더블린 사람들

Dubliners

세계문학전집 307

더블린 사람들

Dubliners

제임스 조이스

이종일 옮김

민음사

차례

일러두기

외국어 고유 명사의 한글 표기는 국립 국어원의 외래어 표기법 규정을 따르는 것을 원칙으로 하되, 원어 발음과 동떨어진 경우 일부 예외를 두었다.

자매

신부님이 이번에는 어려울 것 같았다. 벌써 세 번째 발작이
니 말이다. 밤마다 나는 그 집을 지나치며(마침 방학 때였다.)
불 켜진 네모난 유리창을 살펴보았는데, 그때마다 불빛은 어
슴푸레하고 은은했더랬다. 신부님이 돌아가시면 필경 어두워
진 차양에 촛불 비치는 걸 보게 되려니 여겼는데, 시신 머리
맡에 으레 촛불 두 개를 켜 두는 법이라는 걸 알고 있었기 때
문이다. 신부님은 "이 세상 뜰 때가 다 됐어."라는 말을 입버
릇처럼 내뱉곤 했지만, 난 그저 괜한 소리겠지 했더랬다. 이제
보니 빈말이 아니었던 것이다. 밤에 유리창을 쳐다볼 때면 나
는 으레 '마비'라는 단어를 속으로 가만히 되뇌었다. 그 단어
의 소리는 마치 유클리드 기하학의 '그노몬'[1]이나 교리문답에

---

1) 평행사변형에서 한 각을 공유하는 닮은꼴을 떼어 낸 후에 남는 도형.

나오는 '성직매매'라는 단어처럼 언제나 귀에 설었다. 그러던 것이 이제는 어떤 죄 많은 못된 존재의 이름처럼 들리는 것이었다. 그 단어를 떠올리면 공포심에 사로잡히면서도, 나는 그 곁에 더 바짝 다가가 그 '마비'란 놈이 저질러 놓은 죽음의 모습을 보고 싶어 애가 탔다.

저녁을 먹으러 아래층으로 내려가 보니 코터 영감이 불가에 앉아 담배를 피우고 있었다. 아주머니가 내 오트밀 죽을 푸는 동안 영감은 뭔가 하다 만 말을 잇듯이 말했다.

"아니, 딱 부러지게 그렇다는 건 아니지만…… 뭔가 괴이한 구석이…… 뭔가 불가사의한 구석이 신부님한테는 있었다니까……. 무슨 소리냐 하면……."

영감은 파이프를 뻑뻑 빨아 대기 시작했는데, 영락없이 속으로 생각을 정리하는 품이었다. 지겨운 바보 영감 같으니! 우리가 처음 알게 되었을 때만 해도 영감이 하등 주정(下等酒精)이니 증류기 나선관이니 하고 떠들어 대는 얘기는 그런대로 흥미로웠다. 그렇지만 나는 이내 영감에게도, 끝없이 이어지는 영감의 양조장 얘기에도 싫증이 났다.

"거기에 대해서는 내 나름의 이론이 있지." 영감은 말했다. "내 생각에 그건 그런…… 특이한 경우[2]에 해당해……. 하지만 말로 옮기기가 어렵구먼……."

영감은 우리한테 자기 이론은 들려주지 않고 다시 파이프를 빨아 대기 시작했다. 아저씨는 그 모습을 빤히 쳐다보는 나

---

2) 파문을 당하거나 침묵할 수밖에 없게 된 사정을 암시하는 듯하다.

에게 말했다.

"그래, 네 노인 친구가 세상을 뜨셨다는구나. 네가 들으면 서운해할 소리다만."

"누구요?"

"플린 신부님 말이다."

"신부님이 돌아가셨다고요?"

"여기 계신 코터 씨가 방금 알려 주셨단다. 그 집을 지나온 길이라면서."

내게 시선이 몰리는 것을 느끼고 그 소식에 관심 없는 척하며 계속 먹기만 했다. 아저씨가 코터 영감에게 설명해 주었다.

"저 아이하고 신부님은 아주 가까운 사이였답니다. 말도 마세요, 그 노인 양반이 저 애에게 가르쳐 주신 게 어찌나 많은지요. 사람들 말이, 저 애를 그렇게 예뻐하셨다는군요."

아주머니가 경건하게 말했다.

"하느님, 그분 영혼에 자비를 베풀어 주세요."

코터 영감은 잠시 나를 바라보았다. 영감의 조그맣고 둥근 까만 눈이 반짝거리며 나를 요리조리 뜯어보는 걸 느꼈지만, 영감 좋으라고 음식 먹다 말고 고개를 들어 줄 마음은 없었다. 영감은 다시 파이프를 빨더니 마침내 벽난로 속으로 침을 퉤 뱉으며 말했다.

"나 같으면 내 애들이 그런 사람과 너무 많은 얘기를 나누게 놔두지는 않을 거요."

아주머니가 물었다.

"무슨 말씀이세요, 코터 씨?"

코터 영감이 말했다.

"내 말은, 애들한테 좋을 게 없다는 거지요. 무슨 말이냐 하면, 어린아이는 같은 또래 어린아이들과 뛰어다니며 놀게 해야지, 행여……. 내 말이 맞나, 잭?"

"제 원칙도 바로 그겁니다." 아저씨가 말했다. "분수 지키는 법을 배우게 하라. 저기 있는 장미 십자회원에게 제가 늘 해 주는 말이 바로 그겁니다, 뛰어놀라고 말이지요. 멀리 갈 것도 없이, 저만 하더라도 어렸을 때는 매일 아침 겨울이고 여름이고 할 것 없이 냉수욕을 했지요. 제가 아직 버티는 것도 그 덕택이고요. 교육도 좋지만요……." 아저씨는 아주머니에게 덧붙여 말했다. "코터 씨에게 그 양고기 다리 하나 드시게 하면 좋겠군."

코터 영감이 말했다.

"아니, 아니, 난 됐어요."

아주머니는 찬장에서 접시를 가져와 식탁 위에 놓았다.

아주머니가 물었다.

"그런데 그게 왜 아이들한테 좋지 않다고 생각하시나요, 코터 씨?"

"그게 아이들한테 왜 나쁘냐 하면 말이죠." 코터 씨가 말했다. "아이들 마음이란 워낙 감수성이 예민하기 때문입니다. 아이들이 그런 것을 볼 때 어떤 영향을 받느냐 하면……."

나는 분통을 터뜨릴까 봐 죽을 마구 입에 쑤셔 넣었다. 지겨운 딸기코 바보 영감 같으니!

늦은 시각이 되어서야 나는 잠이 들었다. 코터 영감이 나를 어린애라고 부른 데 화가 나기는 했지만, 나는 영감이 채 마치지 못한 문장에서 무슨 얘기를 하려고 했는지 알고 싶어 골머리를 앓았다. 방 안은 어두운데 그 중풍환자의 무거운 잿빛 얼굴이 상상 속에서 다시 떠올랐다. 나는 머리 위로 이불을 뒤집어쓰고 크리스마스 생각을 해 보려고 애썼다. 그러나 잿빛 얼굴은 여전히 나를 따라다녔다. 중얼대는 모습이 내게 무언가를 고백하고 싶어 하는 눈치였다. 내 영혼이 어떤 기분 좋고도 사악한 영역으로 빨려 들어가나 싶었는데, 거기서도 다시 그 얼굴이 나를 기다리고 있는 게 아닌가. 그 얼굴은 중얼거리는 목소리로 내게 고백하기 시작했는데, 미소는 왜 자꾸 지으며, 입술은 또 왜 그토록 침으로 젖어 있는지 모를 일이었다. 그러다 문득 그 얼굴이 마비로 죽었다는 생각이 떠오르더니, 그 성직매매자의 죄를 사해 주기라도 하려는 듯이 나 또한 희미한 미소를 짓고 있는 것을 느꼈다.

다음날 아침 식사를 끝내고 그레이트 브리튼 거리에 있는 그 작은 집을 보러 내려갔다. '포목점'이라는 막연한 이름으로 등록된 아담한 가게였다. 포목은 거의가 아동용 털신과 우산이었는데, 평일에는 '우산 수리'라고 쓴 팻말이 걸려 있었다. 지금은 셔터가 올라가 있어서 아무런 팻말도 눈에 띄지 않았다. 상장(喪章) 달린 조화(弔花)가 문고리에 리본으로 매여 있었다. 초라한 여인 둘과 전보 배달 소년 하나가 상장에 핀으로 꽂아 놓은 부고장을 읽고 있었다. 나도 다가가 읽어 보았다.

1895년 7월 1일

고(故) 제임스 플린 신부(미드 거리의 세인트 캐서린스 성당 봉
직.) 향년 65세.

'삼가 명복을 빕니다.'

부고장을 읽고 나니 신부님이 돌아가셨다는 실감이 왔고
문득 심란해진 마음에 발길이 멈췄다. 돌아가시지만 않았다
면, 나는 가게 뒤에 딸린 작고 어두운 방으로 들어가 그분이
두꺼운 외투를 뒤집어쓰고 불가 안락의자에 앉아 계신 모습
을 찾으려 했을 터였다. 어쩌면 아주머니가 신부님께 갖다 드
리라고 하이 토스트 코담배 한 갑을 주셨을 것이고 이 선물은
그분을 멍한 졸음에서 깨웠을 것이다. 담뱃갑을 비워 신부님
의 검은색 코담배 상자를 채우는 것은 늘 내 몫이었는데, 그도
그럴 것이 그분은 손을 너무 떨어서 마룻바닥 여기저기에 코
담배를 절반이나 떨어뜨리지 않고는 이 일을 해낼 수 없었던
것이다. 신부님이 커다란 손을 떨며 코로 들어 올리실 때조차
도 코담배 가루가 작은 덩어리째 손가락 사이로 새어나와 코
트 가슴 위에 뚝뚝 떨어졌다. 그분의 낡은 신부복이 빛바랜 녹
색으로 보이게 된 것도 이렇게 줄기차게 흘려 버리는 코담배
탓인지 모를 일이었다. 그도 그럴 것이 평소 한 주일 동안 묻
힌 코담배 얼룩으로 새까매진 붉은색 손수건으로는 떨어진
가루들을 쓸어내려 해도 아예 헛일이었으니 말이다.

안에 들어가 신부님 모습을 뵙고 싶었으나 차마 문을 두드
릴 용기가 나지 않았다. 발길을 돌려 햇빛 비치는 쪽을 따라
거리를 천천히 걸어가면서, 상점 창문에 붙은 연극 광고를 모

두 읽어 나갔다. 나도 그렇지만 날씨조차도 애도하는 기색을 안 보이는 것이 이상했고, 심지어 신부님의 죽음으로 내가 마치 무언가로부터 벗어난 것 같은 해방감을 속으로 느끼는 데에는 화까지 났다. 이것이 의아스러웠던 것은 전날 밤 아저씨가 말한 대로 신부님이 나에게 많은 것을 가르쳐 주셨기 때문이었다. 신부님은 로마에 있는 아일랜드 대학에서 공부하셨고 나에게 라틴어를 제대로 발음하는 법을 가르쳐 주셨다. 카타콤과 나폴레옹 보나파르트 얘기를 해 주셨고, 여러 가지 미사 의식과 여러 가지 신부복의 의미를 설명해 주셨다. 때로는 어떤 상황에서 어떻게 해야 하는지, 또는 어떠어떠한 죄가 중죄인지 경죄인지 아니면 단순한 결함에 불과한지 따위의 어려운 질문을 내게 던지며 재미있어하시기도 했다. 그분의 질문을 받은 나는 항상 지극히 간단한 법이라고만 알고 있었던 어떤 교회법들이 얼마나 복잡하고 신비로운지를 터득하게 되었다. 내가 보기에는 성찬식과 고해의 비밀에 대한 신부의 임무가 그토록 무거운데 도대체 어떤 사람이 그런 임무를 떠맡을 용기를 낼 수 있을까 싶었다. 그러니 신부님이 이 모든 미묘한 문제들을 설명해 주시면서 성당 신부들이 전화번호부만큼 두껍고 신문에 나오는 법률 고시만큼 촘촘히 인쇄된 책들을 썼다는 말을 해 주실 때도 놀랍지가 않았다. 이런 생각을 하면서 나는 아무 대답도 아예 못 하기 일쑤였고, 또 해 봐야 고작 아주 바보 같은 대답을 더듬거리며 한 탓에 신부님은 미소를 지으며 두어 번 고개를 끄덕이곤 하셨다. 때로는 내게 외도록 하신 미사의 응창(應唱)을 쭉 읊어 보라고 하셨는데, 내

암송 소리를 들으시면서 간간이 양쪽 콧구멍 위로 커다란 코담배 연기를 번갈아 뿜어 대곤 하셨다. 미소 지을 때면 변색된 큼직한 이들을 씩 드러내고 아랫입술 위에 혀를 얹어 놓곤 하셨는데, 우리가 갓 만나 내가 그분을 아직 잘 모를 때만 해도 이 습관은 불편한 느낌을 주었다.

햇볕을 쬐며 걸어가는 동안 코터 영감의 말이 기억난 나는 나중에 꿈속에서 일어난 일을 기억해 내려고 해 보았다. 기다란 벨벳 커튼과 흔들거리는 고풍스러운 등이 눈에 들어온 일이 떠올랐다. 내가 아주 멀리 떨어진 어떤 곳, 풍습이 이상한 나라에 와 있는 느낌이었는데, 내 생각에 그건 페르시아였다. ……그러나 꿈이 어떻게 끝났는지는 기억나지 않았다.

저녁에 아주머니는 나를 데리고 상가(喪家)를 찾아갔다. 해가 진 뒤였으나, 서향집들의 창살은 거대한 구름층의 황갈색 금빛을 반사하고 있었다. 내니 할머니가 현관에서 우리를 맞았는데, 큰 소리로 말하는 건 경우가 아닌지라 아주머니는 할머니 손을 잡고 흔들어 주는 것으로 모든 할 말을 대신했다. 내니는 손짓으로 2층에 올라가 보겠느냐고 물어본 다음 아주머니가 고개를 끄덕이자 우리 앞에서 비좁은 층계를 끙끙거리며 올라가기 시작했는데, 숙인 키가 난간 가로대 높이도 채 안 되었다. 내니는 첫 번째 층계참에서 멈춰 서고는 우리에게 앞으로 내처 가라고 막다른 방의 열린 문 쪽을 가리켰다. 아주머니가 들어가고 나서도 내가 들어가길 망설이고 서 있자, 내니는 다시 손짓으로 내게 거듭 신호를 보냈다.

나는 발뒤꿈치를 들고 들어갔다. 레이스 달린 차양 끝자락

사이로 보이는 방에 어슴푸레한 황금빛이 가득했는데, 그 가운데에 있는 촛불은 창백하고 옅은 불꽃 모양이었다. 신부님은 이미 입관되어 있었다. 내니가 앞장을 선 가운데 우리 셋은 침대 발치에 무릎을 꿇었다. 나는 기도하는 척했지만 내니의 중얼거림에 산만해진 나머지 생각을 집중시킬 수 없었다. 내니의 치마가 등에 어설프게 매여 있는 꼴이라든지 헝겊 장화 뒤축이 온통 한쪽으로만 닳은 꼴이 눈에 들어왔다. 늙은 신부님이 저기 관 속에 누워 미소 짓고 있는 환상이 떠올랐다.

그러나 아니었다. 우리가 일어나 침대 머리로 다가가서 보니 신부님은 미소 짓고 계시지 않았다. 신부님은 마치 제식을 치를 것처럼 신부복 차림으로 근엄하고 육중하게 누워 계셨는데, 커다란 두 손에는 성배가 살며시 쥐여 있었다. 얼굴은 아주 험상궂고 잿빛에다 큼직했으며, 콧구멍이 시꺼멓게 뻥 뚫려 있었고, 가장자리에는 성긴 털이 하얗게 나 있었다. 방 안에 무겁게 감도는 냄새의 출처는, 다름 아닌 꽃이었다.

우리는 성호를 긋고 방을 나왔다. 아래층 작은 방에 내려가 보니, 일라이저 할머니가 신부님 안락의자에 위엄 있게 앉아 있었다. 여느 때처럼 구석에 있는 의자 쪽으로 더듬더듬 나아가는 동안 내니는 찬장에서 셰리 한 병과 포도주 잔 몇 개를 가져왔다. 내니는 그것들을 식탁 위에 놓고 우리에게 포도주를 조금씩 권했다. 그러고 나서 당신 언니가 시키는 대로 잔에 셰리를 따라 우리에게 돌렸다. 내게는 크림 크래커도 먹어 보라고 자꾸 권했지만 먹다가 너무 시끄러운 소리를 낼까 봐 사양했다. 내니는 내가 거절하자 다소 실망한 눈치를 보이더니 조용히 소파로 건너가 언니 옆에 앉았다. 아무도 말이 없었다. 우리는 모두 텅 빈 난로만 바라보았다.

일라이저가 한숨을 짓고 나서야 아주머니가 입을 열었다.

"하기야 더 좋은 세상으로 가셨으니까요."

일라이저는 다시 한숨을 쉬고는 맞는 말이라는 듯 고개를 끄덕였다. 아주머니는 쥐고 있던 포도주 잔의 굽을 만지작거리다가 살짝 입에 대었다.

"어떻게, 가실 때는 편안히……?"

"아, 아주 편히 가셨다오, 아주머니." 일라이저가 말했다. "언제 숨이 멎었는지도 모르게 말예요. 이런 호상이 없으니, 다 하느님 은총이지요."

"그리고 장례 준비는 다……?"

"오루크 신부님이 화요일에 곁을 지키면서 도유(塗油)하는 일이며 준비하는 일이며 다 보살펴 주었다오."

"그렇다면 알고 계셨나 봐요?"

"아주 담담했지요."

"지금도 아주 담담해 보이세요." 하고 아주머니가 말했다.

"몸을 씻겨 드리려고 부른 여자 말도 그래요. 마치 잠드신 분처럼, 그토록 편안하고 담담해 보이시더라는 거예요. 그렇게 곱게 가실 줄 누가 알았겠어요."

"그렇다마다요."

아주머니는 포도주를 한 입 더 대고 나서 말을 이었다.

"자, 플린 여사, 어쨌든 그분을 위해 온 정성을 다했다는 걸 아실 테니 마음이 놓이실 거예요. 정말이지, 두 분이 그분에게 여간 잘해 주셨어야지요."

일라이저는 무릎 위의 옷을 다듬어 펴며 말했다.

"아이고, 불쌍한 제임스! 우리 형편이 이 모양이니 우리가 할 도리를 다 하기나 했는지, 원. 이렇게 형편이 딱하나마 모자람 없이 다 해 주려 했건만."

내니는 머리를 소파 베개에 기대고 있었는데 막 잠이 들려는 눈치였다.

"딱한 내니 좀 봐, 녹초가 다 됐네." 내니를 바라보며 일라이저가 말했다. "이 사람이랑 나랑 우리 둘이서 여자를 불러 몸을 씻기고 염을 하고 관을 들이고 한 다음 예배실 미사 준비까지 그 모든 일을 다 했으니. 오루크 신부님이 아니었으면 어쩔 뻔했는지. 예배실에서 그 모든 꽃이랑 촛불 두 개를 가져오시랴, 《프리맨스 제너럴》[3]에 낼 부고를 쓰시랴, 장지랑 불쌍한 제임스의 보험에 필요한 서류까지 온통 도맡아 처리하시랴."

아주머니가 말했다.

"얼마나 좋은 분인지요."

일라이저는 눈을 감더니 천천히 고개를 저었다.

"아, 아닌 게 아니라 믿음직하기로야 옛 친구만 한 친구가 없겠어요."

"아무렴요, 맞는 말이지요." 아주머니가 말했다. "이제 영

---

3) 아일랜드의 유명한 신문인 《프리맨스 저널》(Freeman's Journal)을 잘못 발음한 듯하다.

생의 나라로 가셨으니 하는 말이지만, 틀림없이 신부님은 두 분도, 그리고 두 분이 당신에게 해 드린 그 모든 친절도, 잊지 못하실 거예요."

"아이고, 불쌍한 제임스!" 일라이저가 말했다. "우리한테 별 짐도 되지 않았다오. 지금처럼 집 안에서 말소리 한 번 내는 걸 들을 수 없었지요. 그런데도 이젠 알겠어요. 제임스가 떠난 것도, 그 모든 것들이 다 사라진 것도……."

아주머니가 말했다.

"모든 게 다 끝나서야 그분이 그리워질 거예요."

"알아요." 하고 일라이저가 말했다. "나도 이제 환자용 쇠고기 스프를 컵에 담아 제임스에게 갖다 주는 일이 없을 거고, 아주머니도 코담배 보내 주는 일이 없겠지요. 아이고, 불쌍한 제임스!"

일라이저는 마치 흘러간 시절과 얘기 나누고 있었던 것처럼 말을 멈추더니 날카롭게 말했다.

"그런데 말이지요, 요사이 제임스에게 뭔가 희한한 일이 일어난 눈치였다오. 내가 스프를 들여올 때마다 제임스는 기도서를 마룻바닥에 떨군 채 의자에 누워 입을 떡 벌리고 있었거든요."

일라이저는 손가락 하나를 코에 갖다 대고 얼굴을 찌푸리며 말을 이었다.

"그런 형편인데도 입버릇처럼 하는 말이, 여름이 가기 전에 날을 잡아 오로지 우리 모두가 태어난 아이리시 타운의 옛날 집 하나를 다시 보자고 마차 여행을 떠나겠다면서 나랑 내니도 태워 주겠다는 거예요. 오루크 신부님이 귀띔해 주신 그 소음 없는 신식 마차, 그러니까 바퀴에 바람 넣은 그런 마차를 저기 길 건너편에 있는 조니 러시 마차 대여소에서 값 싸게 하루 세 내어 일요일 저녁에 우리 셋이 함께 타고 가자고 말이에요. 그렇게 그 타령을 해 댔건만…… 가엾은 제임스!"

아주머니가 말했다.

"주여, 신부님 영혼에 자비를 베풀어 주소서!"

일라이저는 손수건을 꺼내 눈물을 훔쳤다. 그러고는 주머니에 도로 넣고 나서 한동안 말없이 텅 빈 난로를 쳐다보았다.

"언제나 너무 꼼꼼했지요." 일라이저는 말했다. "신부에게 딸린 책임이 너무 컸던 거예요. 그러더니만 인생이, 말하자면 꼬인 거지요."

"그래요." 하고 아주머니가 말했다. "실의에 빠진 분이었어요. 빤한 일이지요."

그 작은 방에 정적이 감돌았고, 그 틈에 나는 식탁으로 다가가 셰리를 맛본 다음 구석에 있는 의자로 살며시 돌아왔다. 일라이저는 깊은 생각에 잠긴 듯싶었다. 우리는 일라이저가 입을 떼기를 공손하게 기다렸다. 한참을 쉬고 나서 이윽고 일라이저가 천천히 말했다.

"그 복사 소년이 성배를 깬 탓이에요……. 그게 발단이라고요. 물론 사람들 말이야, 깨진 건 상관없다, 성배에는 아무것도 안 들어 있지 않느냐고들 하긴 했지요. 그러면서도…… 사람들 말이 그 아이 탓이라는 거예요. 하지만 불쌍한 제임스는 원체 신경이 예민해져 있었으니, 하느님, 제임스에게 자비를 베푸소서!"

아주머니가 말했다.

"그 때문이라고요? 제가 듣기로는…….."

일라이저가 고개를 끄덕이며 말했다.

"그것 때문에 심적인 충격을 받은 거예요. 그 이후로 혼자 의기소침하게 지냈지요, 아무에게도 말을 하지 않고 혼자 돌아다니기만 하면서 말이에요. 그러다가 어느 날 밤 심방 요청이 들어와 찾아봤더니 아무 데에도 없는 거예요. 여기도 찾아보고 저기도 찾아보고, 어디를 둘러봐도 그림자도 안 보이는 거예요. 결국 서기 말대로 예배실을 한번 들여다보기로 했지요. 그래서 열쇠를 찾아 예배실 문을 열고 서기랑 오루크 신부님이랑 그 자리에 있던 다른 신부님 한 분이랑 제임스를 찾으러 등불을 들고 들어갔더니…… 세상에, 아니나 다를까, 말짱하게 뜬 눈으로 혼자 웃는 것처럼 고해소 어둠 속에 덩그러니 가만히 앉아 있지 뭐예요."

일라이저는 무슨 소리를 들으려는 듯이 문득 말을 멈추었다. 나도 귀를 기울여 보았다. 그러나 집 안에서는 아무 소리도 들리지 않았고, 그제야 나는 늙은 신부님이 우리가 이미 본 것처럼 가슴에 빈 성배를 얹은 채 엄숙하고 험상궂은 주검이 되어 관 속에 누워 있다는 것을 깨달았다.

일라이저가 말을 이었다.

"말짱하게 뜬 눈으로 혼자 웃는 것처럼 말이에요……. 그제야, 그러니까 그 광경을 보고 나서야, 비로소 제임스에게 무슨 탈이 났나 보다 하고들 생각하게 된 거지요……."

마주침

우리에게 '무법 서부' 얘기를 처음 해 준 건 조 딜런이었다. 조는《유니언 잭》,《용기》,《시시한 기적》따위의 소년잡지 과월 호들을 제법 모아 두고 있었다. 매일 저녁 학교가 끝나면 우리는 조네 정원에 모여 인디언 전쟁 놀이를 짰다. 우리는 조와 조의 뚱뚱한 동생인 게으름쟁이 리오가 차지하고 있는 마구간 건초더미 구역을 빼앗으려고 기습 공격을 하기도 했고, 풀밭에서 격전을 벌이기도 했다. 하지만 우리는 아무리 싸워도 포위 공격이나 전투에서 이기는 일이 없었고, 대결은 모두 조 딜런이 승리의 춤을 추는 것으로 끝났다. 조의 부모님이 매일 아침 8시 가디너 거리로 미사를 드리러 가느라 집을 비울 때 가 보면, 딜런 부인의 은은한 향수 냄새가 거실 안에 가득했다. 그러나 조는 나이도 더 어리고 겁도 더 많은 우리로서는 힘에 부칠 만큼 난폭하게 놀았다. 무슨 인디언 족속이라도 되

는 양 낡은 찻주전자 보온 덮개를 머리에 쓴 채 주먹으로 양철
통을 두들기고 정원을 뛰어다니면서 소리를 질러 대는 것이
었다.

"야! 야카, 야카, 야카!"

그러던 조가 사제직을 지망한다는 소문이 퍼지자 모두가
귀를 의심했다. 하지만 사실이었다.

우리 사이에는 개구쟁이 기질이 퍼져 있었고, 그 영향으로
교양과 성향의 차이는 거들떠보지도 않았다. 우리는 동맹을
결성했는데, 어떤 애들은 배짱으로, 어떤 애들은 장난으로, 또
어떤 애들은 거의 겁이 나서 그랬다. 그중 마지막 패거리, 그
러니까 공붓벌레 취급을 받거나 연약해 보일까 봐 마지못해
인디언 노릇하는 축에 나도 끼었다. '무법 서부' 문학에 나오
는 모험은 내 체질과 거리가 멀었지만, 그래도 탈출구를 열어
주기는 했다. 내가 그보다 더 좋아한 것은 난잡하고 사납고 아
름다운 여자들이 수시로 등장하는 미국의 몇몇 탐정 이야기
였다. 이 이야기들은 무슨 문제가 있는 것도 아니고, 더러는
문학적인 의도로 쓰인 것이었지만, 학교에서는 은밀하게 나
돌았다. 어느 날 버틀러 신부가 『로마사』 네 쪽을 보아주고 있
을 때 칠칠치 못한 리오 딜런이 《시시한 기적》을 가지고 있다
가 들키고 말았다.

"이 페이지냐, 아니면 이 페이지냐? 이 페이지? 자, 딜런, 일
어서! '날이 밝기가'…… 계속해! 무슨 날? '날이 밝기가 무섭
게'라…… 너 그거 공부했니? 네 주머니에 든 게 뭐냐?"

리오 딜런이 종이 꾸러미를 건네자 모두 쿵쿵거리는 가슴

으로 멀뚱한 표정을 지었다. 버틀러 신부는 책장을 넘기면서 상을 찌푸리고 말했다.

"이 잡스러운 건 뭐야? 「아파치 추장」이라니! 로마사는 공부 안 하고 이걸 읽었단 말이냐? 이 학교에서 이런 몹쓸 것들은 더 이상 내 눈에 띄지 않게 해라. 그걸 쓴 작자는 필경 술 한 잔 값이나 벌려고 이따위 책들을 쓰는 형편없는 졸작가일 게다. 너희처럼 교육받은 소년들이 이런 걸 읽다니, 놀랍구나. 너희가…… 공립학교 애들이라면 또 몰라도. 자, 딜런, 내 따끔하게 충고하건대 너 공부에 전념하지 않다가는……."

리오가 엄숙한 수업 시간에 이렇게 꾸중을 듣게 되자 나는 '무법 서부'의 영광이 시시해졌고, 리오 딜런의 오동통한 얼굴에서 당황하는 표정을 보고는 양심 한구석이 찔렸다. 그러나 학교의 구속적인 영향력에서 멀리 떨어져 있을 때면 나는 다시 신나는 감흥에, 그러니까 그런 무법천지에 대한 이야기에나 나올 만한 탈출에 굶주리기 시작했다. 그러다가 마침내 저녁의 전쟁놀이도 오전의 학교 일과만큼이나 시들해져 버렸는데, 그건 나 자신에게 진짜 모험이 일어나기를 바라게 되면서부터였다. 그러나 잘 생각해 보니 진짜 모험이란 집에 죽치고 있는 사람들에게는 일어나지 않는 법이었다. 그런 건 밖에 나가서 찾아야 할 터였다.

그러다가 나는 여름방학을 얼마 안 남기고 단 하루만이라도 학교 생활의 지겨움에서 벗어나 보기로 마음먹었다. 나는 리오 딜런이랑 마호니라는 애랑 하루 동안 땡땡이 부릴 계획을 짰다. 우리는 각자 6펜스씩 모았다. 그리고 운하 다리에서 오전 10시에 만나기로 했다. 마호니는 누나가 사유서를 써 주기로 했고 리오 딜런은 형이 병 핑계를 대 주기로 하였다. 우리는 워프 거리를 따라 배 있는 데로 간 다음, 나룻배를 타고 강을 건너 피전 하우스 발전소를 보러 걸어가기로 했다. 리오 딜런은 버틀러 신부 같은 학교 사람을 만나게 될까 봐 걱정했으나, 마호니는 똑소리 나게도 버틀러 신부가 발전소까지 나와서 무슨 볼일이 있겠느냐고 물었다. 우리는 마음을 놓았고, 나는 내 6펜스 동전을 보여 주면서 다른 두 애들에게서 6펜스를 걷는 걸로 계획의 첫 단계를 매듭지었다. 그날 저녁 마지막 계획을 세우면서 모두 막연히 흥분했다. 우리는 웃으며 악수했고, 마호니는 말했다.

"얘들아, 그럼 내일 보자."

그날 밤은 잠을 설쳤다. 나는 다리 제일 가까운 곳에 살았으므로 맨 먼저 당도했다. 누구의 발길도 닿지 않는 정원 끝 구덩이 곁에서 길게 자란 풀 속에 책을 숨기고 운하 둑을 따라 걸음을 재촉했다. 햇볕이 따스한 6월 첫 주의 아침이었다. 나는 다리 갓돌에 걸터앉아 밤새도록 열심히 닦아서 광낸 나달나달한 캔버스화를 대견스레 바라보기도 하고, 온순한 말들이 일 나가는 사람들을 가득 태운 마차를 언덕 위로 끌고 올라가는 광경을 쳐다보기도 했다. 산책로에 늘어선 키 큰 나무 가지마다 옅푸른 작은 이파리들이 싱그러웠고, 햇빛은 그 사이를 비스듬히 뚫고 물 위에 비쳤다. 다리의 화강석이 막 뜨뜻해지자 나는 머릿속에 떠오르는 가락에 장단 맞춰 손으로 그 위를 두드리기 시작했다. 하늘을 날 듯했다.

앉아 있은 지 오 분이나 십 분쯤 되었을까, 마호니의 회색 옷이 다가오는 게 보였다. 마호니는 미소를 지으며 언덕길을 기어올라, 다리 위에 있는 내 옆으로 왔다. 우리가 기다리는 동안 그 애는 안주머니에서 볼록 튀어나와 있던 새총을 꺼내서는 스스로 개선한 몇 가지 기능을 설명했다. 그걸 왜 가져왔는지 물어보자, 새한테 재미있는 장난을 치려고 가져왔노라고 했다. 마호니는 속어를 거침없이 구사하는 아이로, 버틀러 신부를 분젠버너[4]라고 불렀다. 우리는 십오 분을 더 기다렸으나 리오 딜런은 코빼기도 보이지 않았다. 기다리다 못한 마호니가 뛰어내리며 말했다.

"그만 가자. 뚱보 자식, 꽁무니 뺄 줄 알았어."

내가 말했다.

"그럼 걔 돈 6펜스는……?"

"그건 벌금이야." 마호니가 말했다. "그리고 우리한테는 더 잘된 일이지, 뭐. 달랑 1실링보다야 1실링 6펜스가 어디야."

우리는 노스 스트랜드 거리를 따라 황산염 공장까지 걸은 다음 오른쪽으로 돌아 워프 거리를 따라 걸었다. 우리가 다른 사람들 눈에서 벗어나자마자 마호니는 인디언 놀이를 시작했다. 그 애는 알을 장전하지 않은 새총을 휘두르며 옷차림이 남루한 여자애들을 쫓아가다가, 옷차림 남루한 남자애 둘이 기사도를 발휘해 우리에게 돌을 던지기 시작하자 걔들을 공격하자고 제안했다. 남자애들이 너무 작다고 내가 반대하여 우

---

4) 독일 화학자 R. W. 분젠(1811~1899)이 발명한 화학 실험용 버너.

리는 계속 길을 걸어갔는데, 남루한 패거리는 가뜩이나 얼굴색이 검은 마호니가 모자에 은색 크리켓 클럽 배지를 달고 있는 모습에 우리가 신교도라고 생각했는지 우리 뒤에 대고 "갓난쟁이!5) 갓난쟁이!" 하고 소리를 질러 댔다. 우리는 스무딩 아이언에 이르러 포위 공격을 획책했으나 적어도 세 명은 있어야 가능한 일인지라 실패로 돌아갔다. 우리는 화풀이한답시고 리오 딜런이 정말 비겁한 놈이라고 말하면서 녀석이 3시에 라이언 선생님한테 몇 대나 맞을지 헤아려 보았다.

그러다 보니 강 부근에 이르렀다. 양쪽에 높은 돌담이 처진 시끌벅적한 거리를 돌아다니기도 하고, 기중기와 엔진이 작동하는 것을 지켜보기도 하고, 종종 털털거리는 마차를 모는 마부들한테서 왜 가만히 서서 비키지 않느냐는 호통도 들으면서 긴 시간을 보냈다. 부두에 도착했을 때 정오가 되었는데, 노동자들이 죄다 점심을 먹는 눈치여서 우리도 건포도 빵을 큰 놈으로 두 개 사서 강가의 웬 쇠파이프 위에 걸터앉아 먹었다. 우리는 더블린 무역의 장관, 예컨대 비비 꼬여 올라가는 양털 같은 연기로 멀리서 신호를 보내는 화물선, 링센드 너머에 있는 갈색 어선단, 건너편 부두에서 짐을 내리는 흰색 대형 범선 따위에 기분이 흐뭇했다. 마호니는 저런 배를 하나 잡아타고 바다로 떠나면 신나겠다고 했고, 나도 높다란 돛대를 쳐다보려니, 실제인지 상상인지 학교에서 시원찮게 배운 지리가 서서히 눈앞에 떠오르는 것이었다. 학교와 집이 우리한테

---

5) swaddler. 당시 아일랜드에서 경멸의 뜻을 담아 신교도를 부르던 호칭.

서 멀어져 가는 듯했고, 우리가 거기서 받는 영향까지도 사그라지는 듯했다.

우리는 노동자 두 명과 가방을 든 자그마한 유태인 한 사람이 함께 탄 나룻배에 삯을 내고 리피 강을 건넜다. 우리는 진지하다 못해 엄숙하기까지 했으나, 그 짧은 여행 도중 딱 한 번 마주친 시선에 그만 피식, 웃음이 터지고 말았다. 우리는 배에서 내려, 건너편 부두에서 목격한 돛대 세 개 달린 우아한 범선이 짐 내리는 것을 지켜보았다. 웬 구경꾼 말이 노르웨이 배라고 했다. 선미 쪽으로 가서 거기 새겨진 글자를 판독해 보려다가 실패하고 되돌아 와, 외국인 선원 중에 혹시 초록색 눈[6]을 가진 사람이 있는지 살펴보았다. 왜냐하면 뒤죽박죽이나마 내가 알기로……. 선원들의 눈은 청색과 회색에 검은색까지 있었다. 그중 녹색 눈이라고 할 만한 것을 가진 유일한 선원으로 키 큰 사내가 하나 있었는데, 부두에 모여 선 사람들의 흥을 돋울 요량으로 널빤지가 떨어질 때마다 유쾌하게 소리를 질러 대고 있었다.

"좋아! 좋아!"

이런 광경에 싫증이 나자, 우리는 어슬렁어슬렁 링센드로 들어섰다. 날씨는 이미 무더워졌고, 식품 가게 진열창 안에서는 케케묵은 비스킷이 바래 가고 있었다. 비스킷과 초콜릿을 조금 사서 어부 가족들이 사는 더러운 거리들을 배회하면서

---

6) 활기찬 젊은이, 모험가, 순진하고 미숙해서 믿음직스럽지 못한 사람의 눈을 상징한다.

부지런히 먹어 댔다. 유제품이 보이지 않아 노점으로 들어가 각자 라스베리 레모네이드를 한 병씩 샀다. 이로써 힘을 되찾은 마호니는 고양이 한 마리를 작은 길로 몰았으나, 고양이는 널따란 벌판으로 달아나 버렸다. 우리 둘 다 어지간히 피로해져 벌판에 다다르자마자 경사진 둑 쪽으로 나아가니 둑 마루 너머로 도더 강이 보였다.

시간이 너무 늦은 데다 발전소를 찾아가려던 계획을 실행하기에는 우리가 너무 지치기도 했다. 우리 모험이 들통 나지 않으려면 4시 이전에는 집에 돌아가야 했다. 마호니는 아쉬운 표정으로 새총만 쳐다보더니, 집에 돌아갈 때는 기차를 타 보는 게 어떻겠느냐는 내 제안에 비로소 활기를 되찾았다. 해도 몇 가닥 구름 뒤로 숨은 터라 우리는 맥 빠진 생각에 잠긴 채 과자 부스러기나 축내고 있었다.

벌판에는 우리밖에 없었다. 우리가 말없이 한참을 둑 위에 앉아 있는데 벌판 저쪽 끝에서 웬 사내가 다가오는 모습이 눈에 들어왔다. 나는 나른하게 그 사내를 보면서 여자애들이 점을 치곤 하는 초록색 줄기 하나를 씹고 있었다. 사내는 천천히 둑 옆길을 따라 걸어왔다. 걸으면서 한 손은 허리춤에 대고 다른 손에는 작대기 하나를 쥐고 잔디를 툭툭 쳐 댔다. 초록빛이 도는 검은색 양복을 추레하게 걸치고, 우리가 한때 요강 모자라고 부르던 춤 높은 중절모를 쓰고 있었다. 잿빛 콧수염으로 보아 나이가 꽤 되려니 싶었다. 사내는 우리 발치를 지나면서 우리를 흘낏 보더니 다시 발길을 옮겼다. 우리가 눈으로 그 뒤를 좇았더니 아마 오십 보나 갔을까, 몸을 돌려 가던 길을 되돌아오는 것이었다. 줄곧 작대기로 땅을 치면서 우리 쪽으로 느릿느릿 걸어오는데, 걸음이 어찌나 굼뜨던지 꼭 풀 속에서 무언가를 찾기라도 하는 품새였다.

사내는 우리 옆에 이르자 걸음을 멈추고 인사를 건네 왔다. 우리가 인사를 받으니 천천히, 매우 조심스럽게 우리 옆 비탈에 자리를 잡고 앉았다. 사내는 아주 더운 여름이 될 거라는 둥, 덧붙여 오래전 자기의 소년 시절 이후로 계절이 크게 바뀌었다는 둥 날씨 얘기를 시작했다. 인생에서 가장 행복한 때는 볼 것도 없이 학창 시절이라며, 다시 젊어질 수만 있다면 원이 없겠다는 말도 했다. 사내가 이런 감회를 털어놓는 데에 슬슬 지겨워진 우리는 잠자코 있었다. 그러자 사내는 학교와 책 이야기를 시작했다. 우리가 토머스 무어의 시나 월터 스콧 경과 리턴 경의 작품들을 읽었는지 묻기도 했다. 자기가 거론한 책을 내가 모조리 읽은 척하자 마침내 그가 말했다.

"아하, 너, 나처럼 책벌레인가 보구나. 그런데." 하고 사내는 우리를 똥그란 눈으로 바라보던 마호니를 가리키면서 덧붙였다. "쟤는 달라. 저놈은 놀기를 좋아해."

사내는 자기가 월터 스콧 경과 리턴 경의 작품을 모두 가지고 있으며 그 작품들을 읽는 데 싫증난 적이 없었다고 했다. 그러면서 리턴 경의 작품 중에 사내애들이 읽을 수 없는 작품들도 물론 있다고 했다. 마호니는 사내애들이 왜 그 작품들을 읽을 수 없느냐고 물었는데, 그 질문에 사내가 나도 마호니처럼 멍청한 아이로 볼까 봐 걱정되어 안절부절못하고 마음이 아팠다. 하지만 사내는 그저 웃을 뿐이었다. 웃는 입속을 가만히 보니 누런 잇새가 크게 벌어져 있었다. 그때 사내는 우리 중에서 누가 더 애인이 많은지 물었다. 마호니는 여자친구가 셋이라고 냉큼 말했다. 사내는 내 여자친구는 몇 명이냐고 물었다. 나는 없다고 말했다. 사내는 내 말을 믿지 않고 내게도 한 명은 틀림없이 있을 거라고 했다. 나는 잠자코 있었다.

"그런데요." 하고 마호니가 당돌하게 사내에게 말했다. "아저씨는 몇 명 있어요?"

사내는 아까처럼 미소 지으며 자기는 우리 나이 때 애인이 많았다면서 이렇게 말했다.

"사내애들은 모두 어린 애인이 있는 거야."

이 문제에 대한 사내의 태도가 나이에 비해 이상하게 개방적이라고 여겨졌다. 속마음으로 사내애들과 애인에 대한 그의 말이 그럴싸하게 들렸다. 그렇지만 사내가 그 말들을 입으로 내뱉는 게 싫었고, 무슨 두려운 일이 있거나 난데없는 오한이라도 느끼는 듯이 한두 차례 몸을 부르르 떠는 것이 의아스러웠다. 사내의 말이 계속 이어지면서 그 말투가 훌륭하다는 생각이 들었다. 사내는 우리에게 여자애들 이야기를 시작했는데, 머리카락이 기막히게 곱고, 손이 부드러우며, 모두가 제대로 알고 보면 겉보기만큼 좋은 건 아니라는 따위의 이야기였다. 자기는 멋진 젊은 여자의 멋진 흰 손이라든지 아름답고 고운 머릿결을 보는 것만큼 좋은 게 없다고도 했다. 사내는 마음속에 외워 둔 무엇을 반복하고 있거나, 자신의 연설에 사용된 어떤 말들에 스스로 도취되어 같은 궤도를 마음속에서 천천히 끊임없이 돌고 있다는 인상을 주었다. 이따금 그저 누구나 아는 어떤 사실을 언급할 뿐인 것처럼 말하는가 하면, 때로는 다른 사람이 엿들으면 곤란한 은밀한 얘기라도 하는 양 목소리를 낮추어 신비스럽게 말하기도 했다. 자기가 쓰는 구절들을 조금씩 바꾸기도 하고 단조로운 목소리로 에워싸기도 하면서 자꾸자꾸 반복하는 것이었다. 나는 듣는 도중 비탈 기슭 쪽을 계속 응시했다.

한참이 지나서야 장광설이 끝났다. 사내는 한 일이 분이나 이삼 분 정도 자리를 비워야겠다면서 천천히 일어났는데, 나는 시선 방향을 바꾸지 않고도 사내가 우리 곁을 떠나 벌판 끝을 향해 서서히 걸음을 옮기는 것이 보였다. 사내가 가고 없을 때까지 우리는 말없이 그대로 있었다. 이삼 분쯤 침묵이 흐르고 나서 마호니의 외침 소리가 들렸다.

"아니! 저 사람 하는 짓 좀 봐!"[7]

내가 대답도 하지 않고 고개를 들지도 않자, 마호니는 다시 외쳤다.

"아무래도…… 괴상한 꼰대야!"

"혹시 우리 이름을 물어보면." 하고 내가 말했다. "너는 머피고 나는 스미스인 거다."

우리는 더 이상 서로 말이 없었다. 내가 가 버릴까 말까 아직도 궁리 중이던 참에 사내가 돌아와 다시 우리 옆에 앉았다. 사내가 앉자마자 마호니는 아까 자기한테서 달아났던 고양이를 보고는 벌떡 일어나 벌판을 가로질러 쫓아갔다. 사내와 나

---

7) 사내가 자위행위를 하고 있는 것으로 추측된다.

는 추격 장면을 지켜보았다. 고양이는 또다시 달아났고 마호니는 고양이가 타고 올라간 담에다 돌을 던져 댔다. 돌팔매질을 그만둔 마호니는 하릴없이 벌판 저쪽 끝을 이리저리 돌아다니기 시작했다.

사내는 잠시 뜸을 들이더니 내게 말을 붙였다. 친구가 매우 막무가내인 것 같은데 학교에서 자주 매 맞지 않느냐는 것이었다. 화가 난 나는 우리는 사내가 말한 대로 소위 '매'나 맞는 공립학교 애들이 아니라고 쏘아붙일까 하다가 결국 그만두고 말았다. 사내는 애들을 매질하는 문제에 대해 연설하기 시작했다. 사내의 마음은 다시 자기 말에 도취된 듯 새로운 축을 중심으로 계속해서 천천히 도는 것 같았다. 사내 녀석들이 저 꼴이면 매를 맞아도 단단히 맞아야 마땅하다고 사내는 말했다. 사내아이들이 막무가내고 제멋대로면 혼쭐이 나도록 매질하는 수밖에 별 도리가 없다는 것이었다. 손바닥을 때리거나 귀싸대기를 올려붙이는 걸로는 부족하며, 따끔한 매질을 제대로 퍼부어야 직성이 풀릴 거라고 했다. 나는 이렇게 털어놓는 말에 놀라 무심결에 사내의 얼굴을 흘낏 올려다보았다. 그러다 실룩거리는 이마 밑으로 나를 꼬나보는 암녹색 두 눈과 시선이 마주쳤다. 나는 다시 눈을 깔았다.

사내는 장광설을 이어 갔다. 조금 전에 보여 준 개방주의는 까맣게 잊은 모양이었다. 사내놈이 계집애한테 얘기를 하거나 사귀는 걸 보는 대로 여지없이 두들겨 팰 것이며, 그래야만 사내놈들이 계집애들한테 수작을 걸지 않게 될 거라고 말했다. 그리고 사내놈이 계집애를 사귀고 있으면서 시치미를 떼면 이 세상 어떤 아이도 당해 본 적이 없는 따끔한 매질을 가하겠다는 거였다. 세상에서 그것만큼 좋아하는 게 없다는 것이었다. 그런 아이를 어떻게 매질할 작정인지를 마치 무슨 정교한 비전(秘傳)을 풀어 놓듯 묘사했다. 세상의 그 어떤 것보다 더 신나는 일이라면서, 비전을 줄줄이 늘어놓아 감에 따라 목소리가 아예 다정스럽게 변하다시피 해서, 마치 자기 말을 이해해 달라고 내게 하소연이라도 하는 듯했다.

기다림 끝에 사내의 장광설이 다시 중단되었다. 그때 나는 벌떡 일어났다. 나는 불안감을 들킬까 봐 신발을 똑바로 가다듬는 척하며 이삼 분을 끈 다음, 부득이 가야겠다는 말과 함께 작별 인사를 건넸다. 비탈을 태연하게 올라갔지만, 사내가 내 발목을 잡지나 않을까 하는 두려움으로 가슴이 쿵쿵 뛰었다. 비탈 꼭대기에 이르렀을 때 나는 고개를 돌려 사내를 쳐다보지도 않고 벌판 너머로 소리 질렀다.

"머피!"

나는 억지로 대담한 투를 목소리에 실으면서도 쩨쩨한 잔꾀 부리는 것이 부끄러웠다. 이름을 한 번 더 불리고 나서야 마호니가 나를 보고 큰 소리로 대답했다. 녀석이 벌판을 가로질러 내 쪽으로 달려올 때 어찌나 가슴이 뛰던지! 녀석은 마치 나를 구원하려는 것처럼 달려 왔다. 이에 뉘우침이 덮쳐 왔는데, 마음 한구석에서 항상 녀석을 슬쩍 깔보고 있었던 것이다.

애러비

  노스 리치먼드 거리는 막다른 길이어서 크리스천 브라더스 학교에서 아이들이 쏟아져 나오는 시간을 빼고는 조용한 거리였다. 사람이 살지 않는 2층집이 정방형 터에 있는 옆집들과 동떨어진 채 막다른 길 끝에 자리 잡고 있었다. 거리의 다른 집들은 안에 사는 이들이 영위하는 점잖은 생활을 의식하며 차분한 갈색 얼굴로 서로를 마주 보고 있었다.

  우리 집의 전 거주자였던 신부는 안쪽 응접실에서 죽었다. 오래도록 닫혀 있었던 탓에 쾨쾨해진 공기가 방마다 감돌고 있었고, 쓰지 않는 부엌 뒷방에는 낡아서 폐품이 되어 버린 종이들이 어지러이 널려 있었다. 그 속에서 나는 책장이 눅눅하고 꼬부라진, 종이 표지의 책 몇 권을 찾아냈는데, 월터 스콧이 쓴 『대수도원장』과 『경건한 성체 배령자』, 『비독 회고록』 따위였다. 마지막 책이 제일 좋았던 것은 책장이 노란색이기 때문이었다. 집 뒤에 있는 황폐한 정원에서는 사과나무 한 그루를 중심으로 관목 몇 그루가 멋대로 자라고 있었고, 나는 그중 한 그루 아래에서 이미 저세상 사람이 되어 버린 전 거주자의 녹슨 자전거펌프를 찾아냈다. 그분은 매우 온정이 넘치는 신부였는데, 유서를 통해 가진 돈 전액을 여러 자선단체에 기부하고 가구는 누이에게 물려준 터였다.

낮이 짧은 겨울철이 오면 저녁을 채 먹기도 전에 어둠이 깔렸다. 우리가 거리에서 만났을 때 집들은 이미 어두컴컴해져 있었다. 우리 위로 펼쳐진 하늘은 수시로 변해 가는 보랏빛이었고, 그 방향으로 가로등들은 희미한 등불을 받쳐 들고 있었다. 차가운 공기에 얼얼해도 우리는 몸이 후끈후끈해지도록 놀았다. 우리의 외침 소리는 고요한 거리에 울려 퍼졌다. 한참 놀다 보면 우리는 어느덧 가난한 골목에 사는 난폭한 패거리들이 기습을 해 오는 집 뒤의 어둡고 좁은 진흙길을 지나, 재 괴는 곳에서 악취가 올라오는 컴컴하고 흠뻑 젖은 정원의 뒷문으로 갔다가, 마부가 말을 쓰다듬고 빗질하거나 죔쇠 채운 마구를 딸랑딸랑 흔들어 대는 컴컴하고 냄새 고약한 마구간까지 이르렀다. 거리로 돌아오면 부엌 창에서 나오는 불빛이 지하실 출입구들을 훤히 밝히고 있었다. 아저씨가 모퉁이를 돌아오는 모습이 보이면 우리는 아저씨가 집 안으로 아주 사라질 때까지 그늘에 숨었다. 어쩌다 맹건의 누나가 저녁 먹으라고 동생을 불러들이기 위해 문간 층계에 나오면 우리는 그늘에 숨어 누나가 거리를 이리저리 훑어보는 모습을 지켜보았다. 우리는 누나가 계속 남아 있는지 아니면 들어가는지를 지켜보며 기다리다가, 누나가 남아 있는 경우엔 으슥한 곳을 빠져나와 맹건네 집 층계를 하릴없이 걸어 올라갔다. 누나가 우리를 기다릴 때, 삐죽이 열린 문틈으로 새어 나오는 불빛에 누나의 몸매가 뚜렷한 윤곽을 짓고 있었다. 동생은 항상 약을 올리고 나서야 누나 말에 따랐고, 나는 난간 옆에 서서 누나를 쳐다보았다. 누나가 몸을 움직이면 드레스가 펄럭였고 부드럽게 한 줄로 땋아 늘인 머리채가 좌우로 출렁거렸다.

나는 아침마다 앞쪽 응접실의 바닥에 누워 맹건 누나네 문을 바라보았다. 내 모습을 들키지 않도록 새시에서 3센티미터도 안 되게 블라인드를 내려놓고 말이다. 누나가 문간 층계로 나오면 가슴이 뛰었다. 나는 현관으로 뛰어가 책을 집어 들고 누나 뒤를 따랐다. 누나의 갈색 형체를 줄곧 눈으로 좇다가 각자 가는 길이 갈라지는 지점께 이르면 걸음을 빨리해서 누나를 앞질러 나갔다. 아침마다 이런 일이 일어났다. 어쩌다 으레 하는 몇 마디 빼고는 누나에게 말 한 번 걸어 본 적이 없었지만, 그 이름만 떠올려도 피가 어리석게 용솟음치는 것이었다.

누나의 모습은 낭만과는 아주 동떨어진 장소에서조차 나를 따라다녔다. 아주머니가 장을 보는 토요일 저녁이면 나는 장바구니 몇 개를 들고 따라다녀야 했다. 술 취한 남자들과 흥정하는 여자들에 치이면서 불빛 휘황한 거리를 비집고 다니다 보면, 노동자들이 욕하는 소리며, 돼지 볼살을 넣어 둔 나무통 곁을 지키고 선 상점 아이들이 연신 귀 따가운 고함으로 물건 파는 소리며, 오도노반 로사의 이야기를 담은 노래 「모두 오라」나 우리 조국의 고난을 담은 민요를 흥얼거리는 거리 가수들의 콧소리 따위에 둘러싸였다. 이 소음들은 내 생활에 단 하나뿐인 감흥으로 수렴되어, 내가 한 무리의 적을 뚫고서 성배를 고이 모시고 가는 모습을 상상하게 만들었다. 맹건네 누나의 이름은 나 자신도 이해하지 못하는 이상한 기도와 찬송을 하는 동안 수시로 내 입술로 튀어나왔다. 내 눈에는 종종 눈물이 그렁그렁했고(영문도 모르게), 때로는 무언가가 심장에서 솟구쳐 가슴속으로 쏟아지는 것 같았다. 앞날 따위는 안중에도 없었다. 누나에게 말을 붙여 보게 되기나 할지 어떨지, 붙여 본다 해도 내 이 착잡한 연정을 전할 수나 있을지, 그저 아득하기만 했다. 그러나 내 몸은 하프와 같았고, 누나의 말과 몸짓은 그 하프 현을 타는 손가락 같았다.

어느 날 저녁 나는 신부가 죽은 안쪽 응접실로 들어갔다. 어스름 속에 비 내리는 저녁, 집 안은 쥐 죽은 듯했다. 비가 땅을 때리는 소리와 끊임없이 이어지는 가는 빗줄기가 흥건한 땅바닥에 뿌려지는 소리가 깨진 창 하나를 통해 들릴 뿐이었다. 멀리서 등인지 불빛 어린 창인지 무언가가 내 아래로 반짝였다. 눈앞이 아예 안 보이다시피 했고, 나는 차라리 잘됐다 싶었다. 내 모든 감각이 숨어 버리고 싶어 하는 것 같았고, 그 감각으로부터 막 삐져나올 것 같은 느낌 속에서 나는 두 손바닥을 떨리도록 꼭 쥐고 "오, 사랑! 오, 사랑!" 하며 하염없이 중얼거렸다.

마침내 맹건네 누나가 말을 걸어왔다. 누나가 내게 첫마디를 걸어왔을 때 나는 너무나 당황한 나머지 대꾸할 말이 떠오르지 않았다. 누나는 내게 '애러비'[8]에 갈 거냐고 물었다. 대답을 간다고 했는지 안 간다고 했는지는 생각나지 않는다. 누나는, 멋진 바자[9]일 텐데 못 가게 돼서 아쉽다고 했다.

내가 물었다.

"그런데 왜 못 가?"

맹건네 누나는 말하는 내내 팔목에 찬 은제 팔찌를 자꾸 이리저리 돌려 댔다. 누나가 못 가는 것은 그 주일에 자기가 다니는 수도원 설립 학교에서 피정(避靜)이 열리기 때문이라고 했다. 누나의 남동생과 다른 남자애 두 명은 모자 뺏기 싸움을 하고 있었고, 난간엔 나뿐이었다. 누나는 난간 대못 하나를 잡고 머리를 내 쪽으로 숙였다. 우리 집 문 반대편 등에서 나오는 불빛이 곡선을 그리는 누나의 하얀 목에 내려앉아, 그 위에 늘어뜨려진 머리칼을 비추고, 그 아래로 난간 위에 놓인 손을 비추었다. 불빛은 누나의 옷 한쪽으로도 내려와 누나가 편한 자세로 서 있으면서 살짝 내비치게 된 속치마의 흰 테두리를 비추었다.

누나가 말했다.

"넌 좋겠다."

"가게 되면." 하고 내가 말했다. "뭐 하나 사다 줄게."

그날 저녁 이후로 나는 얼마나 많은 어리석은 생각에 자나

---

8) Araby. '아라비아'를 가리키는 고풍스러운 표현.
9) 오늘날에는 '특매장', '자선 시장'이라는 일반적 의미로 폭넓게 쓰이지만, 본래는 유럽인들 입장에서 동방에 해당하는 '중동 지방'의 시장이라는 뜻으로, 이 소설에서도 그런 의미로 쓰였다.

깨나 머릿속이 어지러웠던가! 그날까지 남은 날들을 쓸어내
버리고 싶었다. 학교 공부가 짜증스러웠다. 밤이면 침실에서
낮이면 교실에서, 책을 읽으려고 애쓰는 내 눈앞에 맹근 누나
의 모습이 떠올랐다. '애러비'라는 단어의 음절들이 내 영혼을
사로잡고 있던 정적을 뚫고 나타나 동방의 매력을 발산했다.
나는 토요일 밤에 바자에 보내 달라고 했다. 아주머니는 놀라
서 설마 무슨 프리메이슨[10] 행사는 아니겠지 하셨다. 나는 수
업 시간에 나온 질문에 대답도 좀체 하지 않았다. 선생님의 얼
굴이 온화한 표정에서 무서운 표정으로 바뀌는 것을 지켜보
는데, 선생님은 내가 설마 게으름 부리기 시작하는 게 아니길
바란다고 하셨다. 걷잡을 수 없이 날뛰는 생각들을 한데 불러
모을 수가 없었다. 진지한 일과도 막상 나와 내 욕망 사이에
가로놓이다 보니 어린애 놀이, 흉하고 따분한 어린애 놀이처
럼 짜증나 견디기 힘들었다.

　토요일 아침, 저녁 바자에 가고 싶다는 얘기를 아저씨에게
상기시켜 드렸다. 아저씨는 모자 솔을 찾느라 옷걸이 옆에서
부산을 떨면서 건성으로 답하셨다.

　"그래, 인석아, 알고 있다."

　아저씨가 현관에 계셔서 앞쪽 응접실로 들어가 창가에 누
울 수가 없었다. 나는 시무룩하니 집을 나와 느릿느릿 학교 쪽
으로 걸어갔다. 대기는 매섭게 차가웠고 내 마음은 이미 불안
해졌다.

---

10) 상호부조와 우애를 목적으로 하는 비밀결사.

저녁 먹으러 집에 왔더니 아저씨는 아직도 귀가하시지 않았다. 시간은 아직 일렀다. 한동안 벽시계만 바라보며 앉아 있다가 재깍재깍 소리가 귀에 거슬려 방을 나왔다. 계단을 올라가 위층으로 갔다. 높고 춥고 어두운 빈방들에서 해방감이 들어 노래를 부르며 이 방 저 방으로 돌아다녔다. 앞쪽 창으로 거리에서 친구들이 노는 광경이 내려다보였다. 아이들의 고함 소리가 작고 희미하게 들려왔고 나는 차가운 유리에 이마를 기댄 채 맹건네 누나가 사는 어두운 집을 살펴보았다. 그렇게 서 있기를 한 시간이나 되었을까, 보이는 거라곤 딱 하나, 곡선을 그리는 목과 난간 위에 놓인 손과 드레스 아래로 드러난 속치마 테두리에 등불 빛을 아스라이 받고 있는, 내 상상력이 빚어낸 갈색 옷의 형체뿐이었다.

다시 아래층으로 내려와 보니 머서 부인이 불가에 앉아 있었다. 늙고 수다스러운 여자로 전당포 주인의 미망인이었는데, 어떤 종교적인 목적에서 낡은 우표를 수집하고 있었다. 나는 다탁에서 오가는 잡담을 참아 내야 했다. 식사가 한 시간 넘게 지연되었는데도 아저씨는 오지 않았다. 머서 부인은 가려고 일어서면서 더 이상 기다리지 못하는 게 아쉽기는 하지만 8시가 넘었고 밤공기가 해로우니 늦게까지 나와 있고 싶지는 않다고 했다. 부인이 가고 나서 나는 두 주먹을 불끈 쥐고 방을 이리저리 걷기 시작했다. 아주머니가 말했다.

"너 아무래도 오늘 밤에는 바자 가는 걸 미뤄야 될까 보다."

9시에 현관문에서 아저씨가 열쇠로 걸쇠를 끄르는 소리가 났다. 아저씨의 혼잣말 소리가 들렸고, 아저씨 외투의 무게로 옷걸이가 흔들리는 소리가 들렸다. 이 신호가 무얼 뜻하는지는 뻔했다. 아저씨가 저녁 식사를 어지간히 마쳤을 때 나는 바자 갈 돈을 달라고 요구했다. 아저씨는 잊고 있었던 거였다.

아저씨가 말했다.

"사람들이 잠자리에 들어 지금쯤 벌써 한잠 잤겠다."

난 웃지 않았다. 아주머니가 아저씨를 다그쳤다.

"애한테 돈을 주어 보내지 그래요? 그만하면 늦게까지 기다릴 만큼 기다렸건만."

아저씨는 잊어버려서 무척 미안하다고 말했다. '공부만 하고 놀지 않으면 바보가 된다.'라는 옛말이 하나도 틀릴 게 없다는 말도 했다. 행선지가 어디냐며 대답을 두 번씩이나 시키더니, 그다음엔 「말과 작별하는 아랍인」이라는 시를 아느냐고 물어 왔다. 내가 부엌을 나설 즈음 아저씨는 아주머니에게 막 그 시의 앞 소절들을 들려주려는 참이었다.

나는 역을 향해 버킹엄 거리를 잰걸음으로 걸으며 플로린[11] 은화 한 닢을 손에 꼭 쥐고 있었다. 물건 사는 사람들로 북적대고 가스등 불빛이 번쩍이는 거리 풍경을 보자 내 여행의 목적이 새삼 생각났다. 사람이 없는 기차 삼등칸에 자리를 잡았다. 울화통이 터질 만큼 지체하고 나서야 기차는 꾸물대며 역을 빠져 나갔다. 황폐한 집들 사이로, 물결이 반짝이는 강 위로 기차는 계속 기어갔다. 웨스트랜드 로 역에서는 사람들 한 떼가 열차 문으로 몰려들었으나 역무원은 바자 행 특별 열차

---

11) 2실링(＝24펜스)에 해당하는 화폐 단위.

라며 이들을 물리쳤다. 텅 빈 기차간에 나 홀로 남았다. 몇 분
이 지나자 기차는 간이 목재 플랫폼 옆에 멈추었다. 길로 나가
불 켜진 시계 문자판을 보니 10시 십 분 전이었다. 내 앞에 선
커다란 건물 하나가 마력적인 그 이름을 내걸고 있었다.

6펜스짜리 입구는 보이지 않는 데다 바자가 문 닫을까 봐
더럭 겁이 나, 피곤해 보이는 남자에게 1실링짜리를 건네고
회전문을 통해 후다닥 들어갔다. 내가 들어선 큰 홀은 중간 높
이쯤에 회랑으로 빙 둘러싸여 있었다. 매점은 거의 문을 닫았
고 홀의 대부분이 어둠에 싸여 있었다. 예배가 끝난 후 교회에
감도는 것과 흡사한 정적이 문득 느껴졌다. 나는 바자 한가운
데로 조심조심 걸어갔다. 아직 문을 연 매점들 주변에 몇 사람
이 모여 있었다. 색등으로 '가요 카페'라고 쓴 아래로 휘장 앞
에 선 남자 두 명이 쟁반에 담긴 돈을 세고 있었다. 나는 동전
떨어지는 소리에 귀를 기울였다.

내가 온 이유를 겨우 떠올리고는 한 매점으로 건너가 자기
꽃병과 꽃무늬 찻잔 세트를 살펴보았다. 매점 문간에서 처녀
하나가 청년 둘과 재잘거리며 웃고 있었다. 그들의 영국 억양
을 귀에 담으며 대화에 막연히 귀를 기울였다.

"어머나, 난 그런 말 한 적 없어요!"

"어라, 했대도!"

"어머, 아니라니까요!"

"그런 말 안 하던가?"

"웬걸. 똑똑히 들었는데."

"어머, 순 엉터리!"

나를 보자 처녀가 내 쪽으로 건너와 살 것이 있느냐고 물었다. 말투가 심드렁한 것이 그냥 의무감에서 건성으로 말을 던져 본 눈치였다. 나는 어두운 매점 입구 양쪽을 동방의 파수병처럼 지키고 서 있는 커다란 항아리들을 쑥스럽게 쳐다보고는 중얼거렸다.

"아뇨, 됐어요."

처녀는 꽃병 하나를 딴 자리로 옮겨 놓더니 두 청년에게 돌아갔다. 그들은 좀 전의 화제를 놓고 다시 지껄이기 시작했다. 처녀는 한두 번 어깨 너머로 나를 흘낏 쳐다보았다.

나는 더 있어 봐야 소용없다는 걸 알면서도 그 여자의 물건들에 대한 내 관심이 더 절실한 것처럼 보이게 할 요량으로 매점 앞에서 어정거렸다. 나는 이윽고 천천히 몸을 돌려 바자 가운데로 걸어 돌아왔다. 1페니짜리 동전 두 개를 주머니 속 6펜스짜리 동전 위에 떨어뜨렸다. 회랑 한끝에서 불이 나갔다고 외치는 목소리가 들렸다. 홀의 윗부분은 어느새 칠흑같이 깜깜해졌다.

그 깜깜한 속을 물끄러미 쳐다보며 허영심에 쫓기다 꼴불견이 되고 만 푼수 같은 내 모습에 두 눈이 참담함과 분노로 이글거렸다.

에블린

처녀는 창가에 앉아 저녁이 한길을 엄습하는 것을 지켜보고 있었다. 머리는 유리창 커튼에 기댄 채였고 콧구멍 속에는 먼지 낀 크레톤 천의 고약한 냄새가 배어 있었다. 처녀는 피곤했다.

행인이 뜸했다. 거리 끝에 있는 집에서 나온 남자가 귀가하느라 지나갔는데, 그 발걸음 소리가 콘크리트 포도를 따라서 타박타박 들리다가, 뒤이어 새로 지은 붉은 집들 앞 석탄재 깐 길에서는 저벅저벅 소리가 들렸다. 한때는 그곳에 빈터가 있어서 처녀네 남매가 저녁마다 다른 집 아이들과 어울려 놀기도 했더랬다. 그러다가 벨파스트에서 온 웬 남자가 그 땅을 사서 집들을 지었는데, 처녀네가 사는 조그만 갈색 집 같은 것이 아니고 번쩍이는 지붕을 얹은 훤한 벽돌집이었다. 한길가의 아이들, 그러니까 데빈네, 워터네, 던네, 다리 저는 꼬마 키오,

그리고 처녀네 남매들은 빈터에서 함께 놀곤 했다. 그러나 어니스트 오빠는 함께 논 적이 없었다. 이미 너무 커 버렸던 것이다. 처녀의 아버지는 종종 인목 지팡이를 들고 아이들을 빈터에서 쫓아 집 안으로 들여보내곤 했지만, 대개 꼬마 키오가 '망'을 보다가 처녀의 아버지가 오는 게 보이면 소리를 지르곤 했다. 그래도 그때는 제법 행복했던 것 같다. 그때만 해도 아버지가 그렇게까지 못살게 굴지 않은 데다, 어머니도 살아 있었으니까. 하긴 그것도 먼 옛날의 일이다. 이제 처녀와 남매들이 다 컸고, 어머니는 세상을 뜬 것이다. 티지 던도 죽었고, 워터네도 잉글랜드로 돌아간 터였다. 모든 것은 변한다. 이제 처녀도 남들처럼 멀리 떠날 참이었다. 집을 두고 말이다.

집이라! 처녀가 방을 둘러보면서 낯익은 세간들을 찬찬히 뜯어보자니, 허구한 세월 동안 매주 한 번씩 먼지를 털어 내는데 도대체 이 먼지가 다 어디서 생기는 것일까 문득 의아스러웠다. 꿈에도 헤어질 줄 몰랐던 이 정든 물건들을 어쩌면 다시는 못 보게 될지도 모른다. 그렇지만 처녀는 마르가리타 마리아 알라코크 성녀가 받은 약속이 쓰인 채색 판화 옆자리의 망가진 하모늄 위쪽 벽에 누렇게 탈색된 채 걸린 사진의 주인공인 신부의 이름을 그토록 오랜 세월 속에서도 아직껏 알아내지 못한 터였다. 그분은 아버지의 학교 친구였다. 아버지는 손님에게 그 사진을 보여 주려고 건넬 때마다 툭 내뱉곤 했다.

"지금은 멜버른에 살지요."

처녀는 멀리 떠나가자는 말에 동의를 해 버린 터였다. 집을 두고 말이다. 잘한 일일까? 문제를 이모저모 다 따져 보려고 애썼다. 집에서는 어쨌든 먹고 잘 걱정 없이 평생을 알고 지내 온 사람들과 함께 지낼 수 있다. 물론 집에서나 직장에서나 고된 일을 해야 한다. 어떤 작자와 달아나 버렸다는 것을 가게 사람들이 알면 처녀를 두고 뭐라고 할까? 아마 바보라고들 쑤군델 것이고, 처녀의 빈자리는 광고로 다시 채워질 것이다. 게 이번 양은 반색하겠지. 언제나, 특히 사람들이 듣는 자리에서는 더욱 기승을 부리면서, 못 잡아먹어 안달이었으니까.

"힐, 이분들 기다리는 게 안 보여?"

"힐, 빨리빨리 좀 해."

가게를 떠나는 일이야 크게 서러울 것 없었다.

그러나 새집에 가면, 먼 타국에 가면, 딴판이겠지. 그때는 결혼한 신분이 되어 있을 테니까. 자기, 에블린이 말이다. 그때는 사람들이 자기를 공손하게 대해 줄 것이다. 과거 어머니 같은 취급을 받지는 않으리라. 열아홉이 넘은 지금도 아버지한테 손찌검당할 위험을 느낄 때가 간혹 있다. 가슴 두근거리는 병이 생긴 것도 그 탓임을 왜 모를까. 한참 자랄 때만 해도 여자인 자기한테 아버지가 해리나 어니스트 오빠에게 하듯이 달려든 적은 없었다. 그러나 요즘 들어서는 아버지가 죽은 어머니 생각만 아니라면 벌써 가만두지 않았을 거라며 처녀를 옥박지르기 시작했다. 그런데 이제는 처녀를 보호해 줄 사람이 아무도 없었다. 어니스트 오빠는 죽었고, 교회 장식 일을 하는 해리는 어느 시골 구석에 내려가 아예 붙박이로 지내다시피 했다. 게다가 토요일 밤만 되면 어김없이 벌어지는 돈 싸움이 말할 수 없을 만큼 진을 빼기 시작한 터였다. 처녀는 자신이 번 급료 7실링을 몽땅 내놓았고 해리 역시 항상 힘닿는 데까지 돈을 보내왔지만, 아버지한테서 한 푼이라도 받아 내기란 예삿일이 아니었다. 아버지는 돈을 헤프게 쓸 줄만 알지 머리 굴릴 줄은 도통 모르는 딸년한테 길거리에 뿌리라고 힘들게 번 돈을 안겨 줄 턱이 있겠느냐고 강짜를 부렸는데, 만취 상태가 되는 토요일 밤이면 이건 약과였다. 아버지는 결국 돈을 주면서도 얼른 가서 일요일 저녁거리 사 오지 않고 뭘 꾸물대느냐고 호통이었다. 그러면 처녀는 걸음아 날 살려라 뛰쳐나가 까만 가죽 지갑을 손에 꼭 쥔 채 북적거리는 사람들 사이를 헤집고 다니며 장을 봤고, 먹을거리를 한 짐 지고 집에 돌아오면 한참이나 늦은 시각이 되곤 했다. 처녀는 집안 살림을 꾸리면서 자신에게 떠맡겨진 아이 둘을 꼬박꼬박 학교 보내고 일일이 끼니 챙겨 주느라 무진 애를 먹었다. 힘든 일, 힘든 삶이었지만, 막상 이제 곧 손을 뗀다고 생각하니 아주 못 살 생활만도 아니었다 싶었다.

처녀는 바야흐로 프랭크와 함께 또 다른 삶을 개척할 참이었다. 프랭크는 매우 다정하고 씩씩하고 솔직했다. 처녀는 프랭크의 아내가 되어 자기를 기다리는 부에노스아이레스의 집에서 함께 살기 위해 그를 따라 밤배를 타고 멀리 떠날 참이었다. 처녀가 종종 찾아간 한길가의 집에 살고 있던 프랭크를 처음 본 기억은 어찌도 그리 생생할까. 고작 몇 주 전 일 같았다. 청년은 챙 달린 모자를 머리 뒤로 눌러 쓰고 구릿빛 얼굴 위로는 머리칼을 흐트러뜨린 채 문간에 서 있었다. 그 뒤로 둘은 서로 친해지게 되었다. 청년은 매일 저녁 가게 밖에서 처녀를 만나 집에 바래다주곤 했다.「보헤미아 처녀」를 구경시켜 줄 때 처녀는 극장의 낯선 자리에 함께 앉아 들뜬 기분이 되었다. 청년은 음악을 끔찍이 좋아했고 노래도 제법 했다. 둘의 연애 사실이 사람들에게 알려졌고, 청년이 선원을 사랑하는 아가씨에 관한 노래를 부를 때면 처녀는 헷갈렸지만 기분은 좋았다. 청년은 장난삼아 처녀를 꼬마 아가씨라고 부르곤 했다. 무엇보다도 처녀로서는 남자가 생겼다는 것이 신나는 일이었고, 그러다 보니 청년이 좋아지기 시작했다. 청년은 먼 나라 이야기에 빠삭했다. 청년은 캐나다로 출항하는 앨런 해운의 선박에서 월급 1파운드짜리 갑판 사환으로 일을 시작했다. 청년은 자기가 탄 배들과 여러 해운 회사들의 이름을 처녀에게 말해 주었다. 마젤란 해협을 항해하기도 했다며 무시무시한 파타고니아인 얘기를 들려주었다. 부에노스아이레스에서 한 몫을 잡았고 고국에는 그냥 휴가차 건너온 것이라고 했다. 물론 처녀의 아버지는 이 소식을 접하자 그놈과는 상종도 하지 말라고 엄명을 내렸다.

아버지는 말했다

"이 뱃놈들이란 게 어떤 놈들인데."

어느 날 아버지는 프랭크와 한바탕 다투었고, 그 후로 처녀는 애인을 남몰래 만나야 했다.

거리에 저녁이 깊어 갔다. 무릎 위에 놓인 편지 두 장의 흰색이 희미해졌다. 한 장은 해리에게, 또 한 장은 아버지에게 쓴 것이었다. 제일 아끼는 사람은 어니스트였지만 해리도 좋아했다. 아버지는 요사이 부쩍 늙어 가는 모습이 눈에 띄는 것이, 앞으로 딸 생각을 많이 하리라. 아버지가 어쩌다 잘해 줄 때도 있었다. 처녀가 하루 내내 몸져누웠던 바로 얼마 전만 해도 귀신 이야기를 큰 소리로 읽어 주기도 하고 난롯가에서 토스트까지 만들어 주지 않았던가. 아직 어머니가 살아 있던 어느 날엔가는 모두 호스 산으로 소풍을 간 적도 있었다. 아버지가 아이들을 웃기려고 어머니의 보닛 모자를 쓰던 일이 기억 났다.

시간이 자꾸 흘러가고 있었지만 처녀는 유리창 휘장에 머리를 기댄 채 먼지 낀 크레톤 천 냄새를 들이마시며 창가에 눌러앉아 있었다. 한길 저 멀리에서는 거리의 풍금 소리가 들려왔다. 아는 곡이었다. 이 곡이 하필 다른 날도 아닌 그날 밤 들려와 어머니한테 했던 약속, 될 수 있는 대로 오래도록 집안 살림을 잘 보살피겠다고 한 그 약속을 환기시키는 것은 어쩐 일일까. 어머니가 아프던 마지막 밤이 생각난다. 그때도 처녀는 현관 건너편의 갑갑하고 어두운 방에 있었는데 밖에서 우수에 젖은 이탈리아 곡이 들려왔던 것이다. 풍금 연주자에게 6펜스를 쥐어 주고 쫓아 보내야 했다. 아버지가 으스대는 걸음으로 돌아오며 환자의 방 안에 대고 하던 말이 기억난다.

"망할 이탈리아 놈들 같으니! 감히 어딜 쳐들어와!"

생각에 잠겨 있는 동안 어머니의 인생, 흔해 빠진 희생만 하다가 결국 미쳐 버리고 만 그 인생의 서글픈 환영이 처녀의 존재 가장 깊숙한 곳에 마법을 걸어 왔다. 처녀는 어머니의 목소리가 바보 같은 고집으로 끊임없이 되뇌던 말이 다시 들리자 몸서리가 쳐졌다.

"데레바운 세라운!¹²⁾ 데레바운 세라운!"

처녀는 갑자기 엄습해 오는 공포를 느끼며 일어섰다. 탈출하는 거야! 탈출해야 해! 프랭크가 구해 줄 거야. 프랭크가 삶다운 삶을, 잘하면 사랑까지도 줄 거야. 정말이지 제대로 살고 싶었다. 왜 불행해야 한단 말인가? 행복을 누릴 권리가 있는데. 프랭크가 품에 끌어안으리라, 품속에 꼭 안아 주리라. 구해 주리라.

처녀는 노스월 부두 역에서 물결치는 군중의 틈바구니에 서 있었다. 청년이 처녀의 손을 잡았고, 처녀는 청년이 선박 여행에 대해 뭐라고 자꾸 뇌까리며 말을 걸고 있다는 것을 알았다. 역은 갈색 짐을 든 군인들로 꽉 찼다. 활짝 열린 창고 문 사이로, 현창에 불빛을 내며 부두 벽 옆에 정박해 있는 배의 시꺼먼 몸집이 흘낏 보였다. 처녀는 아무 대답도 하지 않았다. 볼이 창백하고 싸늘한 것을 느꼈고, 번민의 수렁에 빠진 나머지 인도해 주십사, 할 바를 알려 주십사 하고 하느님께 기도했다. 배는 처량한 고동 소리를 길게 안개 속으로 불어 댔다. 지금 가면, 내일 부에노스아이레스를 향해 증기를 뿜어 대면서 항해하는 배에 프랭크와 함께 타고 있으리라. 둘의 여행은 예약이 되어 있었다. 프랭크가 그렇게까지 해 주었는데 이제 와

---

12) Derevaun Seraun. 아무 뜻 없는 미친 사람의 헛소리 같지만, 전와된 아일랜드어로 그 뜻이 '쾌락의 끝은 고통', '노래 끝은 뜻 모를 헛소리'라는 설들이 있다. 그러나 맥락상 '여인네 삶의 끝은 고통'이라는 김길중 교수의 뜻풀이가 설득력 있어 보인다.

서 꽁무니를 뺄 수 있을까? 처녀는 번민으로 몸속에서 메스꺼움이 일었고 열렬한 기도를 말없이 뇌까리며 입술을 연신 달싹였다.

종소리가 쨍 하고 가슴 위에서 울렸다. 처녀는 청년이 손을 잡아 오는 걸 느꼈다.

"어서!"

세상의 모든 파도가 처녀의 심장 주위에서 곤두박질쳤다. 청년이 처녀를 그 파도 속에 끌어들여 빠뜨릴 참이었다. 처녀는 양손으로 철제 난간을 움켜잡았다.

"어서!"

안 돼! 안 돼! 안 돼! 있을 수 없는 일이야. 처녀의 두 손이 쇠난간을 미친 듯이 꽉 움켜잡았다. 처녀는 파도에 휩싸여 한마디 고뇌의 비명을 질렀다!

"에블린! 에비!"

청년은 철책 너머로 뛰쳐나가 처녀에게 따라오라고 소리쳤다. 계속 가라고 퍼붓는 고함 소리를 들으면서도 청년은 여전히 처녀에게 소리 질렀다. 처녀는 하얗게 질린 얼굴을 청년 쪽으로 향한 채, 수동적이 되어 어찌할 바 모르는 짐승처럼 맥이 풀려 있었다. 청년을 향한 시선에는 상대에 대한 사랑의 표정이나 작별을 고하는 표정도, 심지어 누구인지 알아보는 표정조차 어려 있지 않았다.

경주가 끝난 뒤

　차들이 더블린을 향해 나스 거리의 바퀴자국을 따라 총알처럼 고르게 질주해 들어왔다. 인치코의 고갯마루에서 구경꾼들은 차들이 결승점으로 달리는 모습을 보기 위해 벌떼처럼 몰려들었고, 빈곤과 무기력에 찌든 이 경주로로 유럽 대륙은 부와 산업의 결정체를 쏜살같이 몰고 들어왔다. 벌떼같이 모인 사람들은 억압받는 것도 고마운지 때때로 환호성까지 질러 댔다. 그러나 사람들이 응원하는 대상은 파란 차들, 즉 우방 프랑스에서 온 차들이었다.

　더구나 프랑스인들은 우승한 것이나 진배없었다. 그 팀은 멋지게 완주하여 2위와 3위를 차지했고, 우승한 독일 차의 운전자는 벨기에인으로 알려졌다. 따라서 파란 차는 저마다 고갯마루에 올라설 때 두 차례나 환영의 환호를 받았고, 환호성이 울릴 때마다 차에 탄 사람은 미소와 고갯짓으로 답례했다.

이 미끈하게 빠진 차들 중 한 대에는 일행인 청년 네 명이 타고 있었는데 현재의 의기양양한 태도는 성공한 프랑스인들이 일반적으로 보이는 수준을 훨씬 뛰어넘었다. 실상 이들 네 청년의 태도는 광란에 가까웠다. 이 넷은 차 주인 샤를 세구엥, 캐나다 태생의 젊은 전기 기사 앙드레 리비에, 헝가리 출신의 거구 빌로나, 그리고 깔끔한 차림새의 도일이라는 성을 가진 청년 등이었다. 세구엥이 기분 좋은 것은 예기치 않은 사전 주문을 몇 개 받아 놓은 때문이었고(곧 파리에서 자동차 회사를 출범할 예정이다.) 리비에가 기분 좋은 것은 그 회사의 경영자로 임명될 예정이기 때문이었는데, 이 두 (사촌) 청년이 기분 좋은 또 다른 이유는 프랑스 차들이 좋은 성적을 낸 데 있었다. 빌로나가 기분 좋은 것은 아주 흡족한 점심을 먹어서이기도 하지만 천성이 낙천적인 까닭도 있었다. 그러나 일행의 네 번째 청년은 너무 흥분한 상태여서 정말로 기분 좋은지 어떤지도 모를 판이었다.

이 청년은 대략 스물여섯쯤 되는 나이에 부드러운 연갈색 구레나룻과 다소 순진해 보이는 회색 눈을 가지고 있었다. 청년의 아버지는 급진적인 독립당원으로 생애를 시작했으나 일찌감치 정치관을 바꿔 버린 터였다. 청년의 아버지는 킹스타운에 정육점을 차려서 돈을 버는가 하면, 더블린과 그 근교에 가게를 내서 몇 차례나 더 돈을 벌었다. 또 운 좋게 경찰서 쪽 계약을 몇 개 따낸 끝에 마침내 더블린 신문으로부터 호상(豪商) 소리를 들을 만큼 부자가 되었다. 아들을 영국으로 보내 큰 가톨릭 대학에서 공부하게 했고, 그 후에는 다시 더블린 유니버시티[13])에 보내 법학을 공부시켰다. 지미는 그다지 진득하게 공부하는 맛이 없더니 한참이나 방탕에 빠졌다. 돈 있겠다, 인기 있겠다, 희한하게도 시간을 음악과 자동차라는 두 동아리에 나누어 썼다. 그런 끝에 세상 물정 좀 익히도록 한 학기 동안 케임브리지로 보내졌다. 아버지는 아들의 무절제한 생활을 두고 야단을 치면서도 속으로는 은근히 대견스러워하던 터라 경비를 다 치러 주고 집으로 데려왔다. 지미가 세구엥을 만난 것은 바로 케임브리지에서였다. 아직은 그냥 아는 사이에 불과했으나, 견문이 매우 넓은 데다 프랑스에서 제일 큰 호텔 몇 개를 소유했다고 소문난 사람과 교제하는 것을 지미는 큰 낙으로 삼았다. 그런 사람은(아버지가 동의해 주었듯이) 설사 매력이 없더라도 사귀어 둘 만한 가치가 충분한 법인데, 세구엥은 매력까지 갖춘 친구였다. 빌로나 역시 재미있고, 피아노 솜씨가 출중한 사람이었지만, 애석하게도 무척 가난했다.

차는 흥에 겨운 젊은이들을 싣고 유쾌한 질주를 계속했다. 사촌 둘이 앞자리에 앉고, 지미와 헝가리 친구가 뒤에 앉았다. 빌로나는 확실히 기분이 그만이었던지 수킬로미터 길 내내 굵고 낮은 소리로 콧노래를 흥얼거렸다. 프랑스 친구들은 웃음과 가벼운 말들을 어깨 너머로 날려 댔고, 지미는 종종 빠른 말을 알아들으려고 몸을 앞으로 기울여야 했다. 이 노릇은 딱히 즐거울 수만은 없었는데, 거의 매번 무슨 뜻인지를 재빨리

---

13) 아일랜드 최고 명문 대학인 트리니티 칼리지를 가리킨다. 친영 성향의 부유층 자제가 많이 다녔다.

추측해서 그럴싸한 대답을 강풍을 맞받으며 크게 대꾸해 줘야 했기 때문이다. 게다가 빌로나의 콧노래는 누구라도 헷갈리게 할 만한 것이었고, 거기에 차 소음까지 끼어들었으니까.

공간을 쾌속 이동하는 것이 사람을 우쭐하게 만든다면, 평판도 그렇고 재력도 그러하다. 이것들이 바로 지미가 들떠 있기에 충분한 이유 세 가지였다. 지미는 이날 이 대륙인들과 어울리는 모습을 여러 친구들에게 보여 준 것이다. 차체 검사소에서 세구엥은 지미를 어느 프랑스 선수에게 소개해 주었고, 이에 지미가 우물쭈물 더듬거리며 인사말을 건네자 그에 대한 답례로 그 경주자의 검게 그을린 얼굴은 하얗게 빛나는 가지런한 치아를 드러내 보여 주었던 것이다. 그런 영예를 입고 나서, 구경꾼들이 서로 팔꿈치로 옆구리를 찌르며 의미심장한 시선을 보내 주는 속세로 돌아온다는 것은 즐거운 일이었다. 또한 돈으로 말하더라도, 지미는 정말로 엄청난 액수를 마음대로 쓸 수 있었다. 아마 세구엥이라면 대단치 않게 여길 액수겠지만, 한때 돈을 마구 쓰면서도 내심 본능적으로 물려받은 분별을 잃지 않은 지미는 그 돈이 얼마나 어렵사리 모은 것인지를 잘 알고 있었다. 이런 사정을 아는지라 전에도 씀씀이의 무모함이 일정한 선을 넘지 않았던 것이고, 이런 고도의 분별을 유지한 채 살짝 기분을 낼 때조차도 돈 버는 일이 얼마나 힘든지를 그토록 의식할진대, 하물며 바야흐로 그의 재산 대부분을 걸려고 하는 지금에야 오죽하랴! 지미에게는 심각한 일이었다.

이게 좋은 투자라는 건 말할 필요가 없었는데, 세구엥도 아일랜드의 푼돈을 사업 자본금에 포함시켜 주기로 한 것이 우정 어린 선심에서 비롯했다는 인상을 알게 모르게 심어 주었다. 지미는 아버지의 빈틈없는 사업 수완을 존중했고, 이번 경우 투자를 처음 제안한 것도 아버지였다. 자동차 사업으로 돈을, 그것도 아주 거금을 벌 수 있다면서 말이다. 뿐만 아니라, 세구엥은 누가 보기에도 부자티가 났다. 지미는 지금 타고 있는 으리으리한 차가 대수로운 수준이 아니라는 쪽으로 생각을 바꾸기 시작했다. 차가 어찌나 미끈하게 달리던지. 시골길을 질주해 올 때 얼마나 폼이 났던가! 그 여정은 인생의 참맛이라는 맥박을 마술의 손가락으로 짚어 본 경험이었고, 인체의 신경조직은 날쌘 푸른색 동물이 달리는 경주로의 톡톡 튀는 리듬을 타려는 노력을 용감하게 발휘했다.

네 사람은 데임 거리로 차를 몰았다. 거리는 때 아닌 교통 혼잡을 이루고 있었고, 자동차 경주자들의 경적과 짜증난 전차 운전사들이 울려 대는 종소리로 시끄러웠다. 세구엥이 아일랜드 은행 근처에 차를 세우자 지미와 친구들이 내렸다. 사람들 몇이 보도로 모여들어 부릉거리는 자동차에 경의를 표했다. 일행은 그날 저녁 세구엥의 호텔에서 만찬을 함께하기로 했고, 지미와 지미 집에서 함께 묵고 있는 친구는 그동안 집에 가서 정장으로 갈아입기로 했다. 차가 천천히 그래프튼 거리로 빠져나가는 동안 두 청년은 구경꾼 무리를 헤쳐 나갔다. 걸어서 움직인다는 데에 묘한 실망감을 느끼며 북쪽으로 가는 동안, 도시는 여름 저녁의 옅은 안개 속에서 청년들 위로 어스레한 원형 불빛들을 드리웠다.

지미의 집에서는 그 만찬을 무슨 큰 경사로 알았다. 양친은 전율 속에 자부심 같은 것을 느끼는 것도 모자라 주책 부리고 싶은 욕구까지 치밀었는데, 외국 대도시의 이름이란 게 이런 효력쯤은 너끈히 발휘하는 법인가 싶었다. 지미 역시 쫙 빼입으니 신수가 훤했고, 현관에 서서 상의에 맨 나비넥타이 매무새를 마지막으로 가다듬는 아들의 모습을 보며 아버지는 돈 주고도 사기 힘든 소양을 갖춰 준 것이 장삿속으로 따져도 흐뭇할 만했다. 따라서 아버지는 빌로나를 유별나리만치 다정히 대하면서 외국풍 교양을 진정으로 존중하는 태도를 보였으나, 헝가리 청년은 주인에게서 이런 미묘한 눈치를 채지 못했는지 호텔에서 먹게 될 만찬 생각에 몸이 달아오르기 시작했다.

　만찬은 탁월하고 훌륭했다. 지미는 세구엥이 매우 세련된 감각을 가지고 있다고 단정했다. 모임에는 전에 케임브리지에서 세구엥과 어울리는 모습을 지미가 본 적 있는 루스라는 영국 청년이 합석했다. 청년들은 양초 모양의 전등으로 불 밝힌 아늑한 방에서 식사했다. 얘기는 왁자지껄 거침이 없었다. 상상력에 발동이 걸린 지미는 프랑스 청년들의 활기찬 젊음이 영국 청년의 예의범절이라는 견고한 골격 위에 우아하게 감겨든다고 생각했다. 지미가 떠올린 이 이미지는 스스로 생각해도 격조에 타당성까지 겸비한 것이었다. 지미는 일행의 좌장이 대화를 이끌어 가는 능숙함에 탄복했다. 다섯 청년은 취향이 다양한 데다 말문에 막힘이 없었다. 무한한 존경심에 찬 빌로나는 옛날 악기들이 없어진 것을 한탄하면서 영국 마드리갈[14]의 아름다움을 들춰내기 시작해 영국 청년을 은근히 놀라게 만들었다. 리비에는 지미에게 프랑스 기계공들의 위업을 적당히 부풀려서 설명하기 시작했다. 헝가리 청년의 쩌렁쩌렁한 목소리가 낭만주의 화가들이 그린 엉터리 류트[15]를 비꼬면서 분위기를 막 사로잡으려는데 세구엥이 좌중을 정치 얘기로 몰고 갔다. 너나없이 반색할 화제였다. 많은 영향을 받게 된 지미는 감춰 두었던 아버지의 애국심이 마음속에서 살아나는 것을 느낀 나머지, 꾹 참으며 입 다물고 있던 영국 청년 루스를 끝내 자극하고야 말았다. 방 안 분위기가 더욱 가열되어 세구엥의 좌장 노릇이 점차 힘에 부치다 못해 나중에는 사사로운 적대감까지 생길 판이었다. 눈치 빠른 좌장은 적당한 틈을 엿보다가 인류를 위해 건배하자고 제안하고는, 잔을 비우자 뭔가를 시사하듯이 창문을 활짝 열어젖혔다.

그날 밤 도시는 수도[16]의 탈을 썼다. 다섯 명의 젊은이는 향기로운 연기가 희미하게 감도는 가운데 스티븐스 그린 공원을 거닐었다. 말소리는 유쾌하게 떠들썩했고, 외투는 어깨에 걸친 채였다. 사람들이 청년들에게 길을 비켜 주었다. 그래프튼 거리 모퉁이에서 키 작고 뚱뚱한 남자가 예쁘장한 여성 둘을 또 다른 뚱뚱한 남자가 탄 차에 태우고 있었다. 차가 붕 하고 출발하려는 순간, 키 작고 뚱뚱한 남자가 일행을 보았다.

"앙드레."

---

14) 대위법을 쓰는 무반주 다성가곡(多聲歌曲).
15) 만돌린 비슷한 14~17세기의 현악기.
16) 당시에는 영국의 수도 런던이 식민지 아일랜드의 수도 구실을 했다.

"팔리 아냐!"

뒤이어 한참 이야기보따리가 펼쳐졌다. 팔리는 미국인이었다. 무슨 얘기가 오가는지 제대로 아는 사람은 없었다. 빌로나와 리비에가 개중 시끄러운 편이긴 했지만, 너나 할 것 없이 모두 들떠 있었다. 청년들은 껄껄 웃음 속에 비집고 들어가며 차 한 대를 잡아탔다. 명랑한 종소리에 맞춰 차를 타고 군중 옆을 지나가자 군중은 이내 한데 섞여 알록달록 연한 색깔 덩어리로 바뀌었다. 지미 생각에는 웨스트랜드 로에서 기차를 잡아탄 지 얼마 지나지 않은 것 같은데 어느새 킹스타운 역을 걸어 나오고 있었다. 검표원이 노인이었는데 지미에게 경례를 붙였다.

"좋은 밤 보내십시오!"

고요한 여름밤이었고, 항구가 까매진 거울처럼 발치에 누워 있었다. 청년들은 팔짱을 끼고 항구를 향해 나아갈 때 「루셀 생도」를 합창하며 후렴 때마다 발을 굴렀다.

"호! 호! 아무렴, 그렇고말고!"

청년들은 정박소에 있는 노 젓는 배를 타고 미국 청년의 요트가 있는 데로 나아갔다. 저녁 식사와 음악과 카드가 기다리고 있을 터였다. 빌로나가 확신에 차서 말했다.

"아름답도다!"

요트 객실에 피아노가 있었다. 빌로나는 팔리와 리비에를 위해 왈츠를 연주했는데, 빌로나가 남자, 리비에가 여자 역을 각각 맡았다. 그다음엔 다섯 남자가 독창적인 동작을 개발해 내며 즉흥 4인조 댄스를 추었다. 이런 흥이 있을까! 지미는 열심히 제 역할을 했다. 다른 건 몰라도 세상 견문을 넓히는 일이 아닌가. 그때 팔리가 숨이 차서는 "그만!" 하고 소리쳤다. 한 남자가 가벼운 저녁 식사를 들여왔고, 젊은이들은 건성으로 식탁에 앉았다. 그러나 술은 마셨다. 호탕한 일 아닌가. 아일랜드와 영국과 프랑스와 헝가리와 미합중국을 위해 건배했다. 지미는 연설을, 그것도 길게 했고, 연설 사이사이에 빌로나는 "옳소! 옳소!" 하고 말했다. 지미가 자리에 앉을 때 박수가 요란하게 터졌다. 멋진 연설이었으리라. 팔리가 지미의 등을 두드리며 큰 소리로 웃었다. 얼마나 유쾌한 친구들인가! 얼마나 훌륭한 모임인가!

카드 하자! 카드! 테이블을 치웠다. 빌로나가 조용히 피아노로 돌아가 오르간 독주곡을 쳐 주었다. 나머지는 과감하게 모험 속으로 몸을 던지며 끊임없이 노름을 했다. 하트 퀸과 다이아몬드 퀸에게 건배도 했다. 지미는 어렴풋이 관중이 빠졌다고 느꼈는데, 재치 번뜩이는 생각이었다. 판이 매우 커졌고 차용증서가 돌기 시작했다. 지미는 정확히 누가 따는지는 몰라도 자기가 잃고 있다는 것은 알았다. 하지만 달리 누구 탓을 할 수도 없는 것이, 수시로 카드를 잘못 보는가 하면 다른 사람들이 차용증서 금액을 대신 계산해 줘야 할 정도였으니까. 참 대단한 친구들이다만, 시간도 늦어지고 있는데 이제 그만 했으면 싶었다. 누군가가 '뉴포트의 미녀'라는 이름이 붙은 이 요트에 건배하자고 제안했고 그러자 누군가가 마지막으로 한 판 크게 벌이자고 제안했다.

피아노가 이미 멈춘 것으로 보아 빌로나는 갑판으로 올라간 눈치였다. 지독한 판이었다. 청년들은 판이 끝나기 직전에 게임을 잠시 멈추고 행운을 비는 뜻으로 한 차례 건배했다. 지미는 그 판이 루스와 세구엥 사이의 싸움이라는 것을 눈치챘다. 그 흥미진진함이란! 지미 또한 흥분해 있었다. 물론 돈이야 잃겠지. 차용증서를 얼마치 써 주었더라? 청년들은 마지막 패를 낼 때가 되자 벌떡 일어나 온갖 말과 몸짓을 해 댔다. 루스가 이겼다. 객실은 청년들의 환호로 흔들거렸고 카드가 모아졌다. 그런 다음 청년들은 딴 돈을 그러모으기 시작했다. 팔리와 지미가 가장 많이 잃었다.

지미는 아침이 오면 후회하게 되리라는 걸 알았지만 당장은 다른 일들이 기뻤다. 자신의 어리석음을 덮어 줄 캄캄하고 멍한 머리가 기뻤다. 테이블 위에 팔꿈치를 기대고 양손으로 머리를 감싸 쥔 채 관자놀이의 맥박을 셌다. 객실 문이 열려서 바라보니 어슴푸레한 빛줄기 속에 헝가리 청년이 서 있었다.

"동이 틉니다, 여러분!"

두 건달

따스한 회색빛 8월 저녁이 이미 도시에 깔려 있었고 포근하고 따스한 공기가 여름의 기억이 되어 거리에 맴돌았다. 일요일의 휴식을 위해 셔터를 내린 거리는 옷차림 밝은 군중으로 붐볐다. 불빛 받은 진주처럼 가로등들이 높은 기둥 꼭대기에서 그 아래 살아 움직이는 직물 위를 비추고, 그 직물은 모양과 색깔을 끊임없이 바꾸면서 변함없이 이어지는 소곤거림 소리를 따스한 회색빛 저녁 공기 속으로 올려 보냈다.

두 젊은이가 러틀랜드 광장의 언덕 아래로 내려왔다. 한 젊은이는 혼자서 한참 떠들어 댄 긴 이야기를 막 끝내 가는 참이었다. 보도 가장자리로 걸어가던 다른 젊은이는 무례한 친구에게 밀려 수시로 찻길로 내려서곤 하면서도 흥미롭게 듣는 듯한 표정을 짓고 있었다. 이 젊은이는 땅딸막하고 혈색이 불그레했다. 요트 모자가 이마에서 한참 뒤로 젖혀져 있었고, 이야기를 들으면서 끊임없이 물결치는 얼굴 표정을 코와 눈과 입의 언저리에서 터뜨리고 있었다. 배꼽을 쥔 몸에서는 킥킥 하며 터져 나오는 웃음이 꼬리에 꼬리를 물었다. 교활한 즐거 움으로 반짝반짝 빛나는 눈은 친구의 얼굴 쪽을 쉴 새 없이 흘 낏거렸다. 말 탄 투우사처럼 한쪽 어깨에 걸친 가벼운 비옷을 한두 번 추스르기도 했다. 반바지고 하얀 운동화고 맵시 좋게 걸친 비옷이고 온통 젊음의 냄새가 물씬 풍겼다. 하지만 허리 께에 살이 붙은 몸매에, 숱 없는 머리칼은 반백이었으며, 얼굴 은 물결치는 표정이 스쳐 가고 나면 찌든 몰골이 되었다.

친구의 장광설이 끝난 것을 확신한 젊은이는 족히 삼십 초 를 소리 없이 웃어 대고 나서 말했다.

"야! ……기막힌 얘긴걸!"

목소리에 박력이 모자라다 싶었는지 하던 말에 힘을 실으 려고 익살스럽게 덧붙였다.

"별나고 희한하고, 뭐랄까, '기발'하기까지 한 얘기야!"

젊은이는 이 말을 하고 나서 진지하고 조용해졌다. 혀가 녹 초가 돼 있었는데, 도싯 거리의 술집에서 오후 내내 떠들어 댔 으니 그럴 만도 했다. 대부분의 사람들한테서 기생충 취급을 받았지만 이런 평판에도 불구하고 레너헌은 항상 수완도 좋 고 입심도 좋아서 친구들이 합세해서 그에게 무슨 골탕을 먹 이는 일은 없었다. 바에 모인 친구들에게 다가가 일행의 가장 자리에 날쌔게 달라붙어 한턱 돌리는 공짜 술 얻어먹는 수법 에는 빠삭했다. 이야기와 5행 희시(戱詩)와 수수께끼 따위의 밑천을 한보따리씩 지니고 다니며 놀기 좋아하는 부랑자였다. 온갖 푸대접에도 뻔뻔하기만 했다. 험난한 생계를 어떻게 꾸려 나가는지 알다가도 모를 일이었으나, 레너헌 하면 막연하게 경마 정보지가 떠오를 판이었다.

레너헌이 물었다.

"그래, 콜리. 자네, 그 여자를 어디서 낚았나?"

콜리는 윗입술을 혀로 날름 핥으며 말했다.

"어느 날 밤 말이지, 데임 거리를 걷고 있는데 워터하우스 시계탑 밑에 웬 반반한 계집이 눈에 띄기에 슬쩍 인사말을 던져 봤지. 그렇게 해서 운하 옆길을 한 바퀴 산책하게 됐는데, 배고트 거리에 있는 집에서 허드렛일하는 하녀라고 하더라고. 당장 그날 밤으로 한 팔을 그 계집 허리에 두르고 가볍게 껴안아 주었지. 그러고 나서 말이야, 바로 그 주 일요일에 약속을 잡아 만났거든. 도니브룩으로 나가 들판으로 데려갔지. 전에 낙농장 주인과 어울렸다는데……. 아무튼 기분 삼삼했어. 매일 밤 담배를 가져오는 데다, 왕복 전차 요금도 제 돈으로 다 내더라고. 그러더니 하룻밤은 끝내주게 근사한 시가를 두 개 가져왔는데, 와, 말도 마, 이전에 만나던 남자가 피우던 물건이라는데 진짜 최상품인 거 있지……. 근데 말이야, 요게 애라도 배면 어쩌나 겁이 나데. 하지만 알아서 제 몸 간수하는 데에는 이골이 나 있더라고."

레너헌이 말했다.

"자네가 결혼해 줄 거라고 생각하는 건 아닐까?"

"나는 백수라고 말해 주었거든." 콜리가 말했다. "핌 상회에 있다는 얘기도 했고. 얘는 내 이름도 몰라. 장사 한두 번 하나, 그걸 가르쳐 주게? 그런데도 앤 내 신분을 괜찮게 여기는 눈치더라고."

레너헌은 다시 소리 없이 웃으며 말했다.

"내가 여태껏 재미있는 얘기를 숱하게 들어 왔지만 이렇게 기막힌 얘기는 처음일세."

이 치켜세우는 말에 답하듯 콜리의 걸음걸이가 성큼성큼 커졌다. 그 우람한 몸을 흔들어 대니 콜리의 친구는 보도에서 차도로 내려가 몇 발짝 깡총깡총 뛰다가 다시 돌아와야 했다. 콜리는 경찰 수사관의 아들로 아버지의 풍채와 걸음걸이를 물려받았다. 손을 허리춤에 얹고 몸은 꼿꼿이 한 채 머리를 좌우로 흔들어 대며 걸었다. 크고 동그란 머리는 기름기가 많아서 날씨에 상관없이 땀을 쏟았고, 그 위에 삐딱하게 쓴 커다랗고 둥근 모자는 영락없이 구근 위에 얹은 구근 꼴이었다. 마치 행진이라도 하듯이 항상 앞을 똑바로 응시했고, 거리에 누군가 눈길이 가는 사람이 있으면 몸을 허리께부터 움직여야 했다. 현재는 하는 일 없이 놀고 있었다. 빈 일자리가 생기기만 하면 항상 친구 하나가 재까닥 나서서 심하게 닦달하곤 했다. 콜리는 사복 경찰과 함께 걸으며 열심히 얘기를 주고받는 모습이 종종 눈에 띄었다. 모든 일의 내막을 꿰고 있었고 최종적인 판단을 내리는 걸 좋아했다. 말할 때는 옆 사람 말에 귀를 기울이는 법이 없었다. 대화는 주로 자신에 관한 것으로, 자기가 아무개에게 무슨 말을 했더니 그 아무개가 자기에게 무슨 말을 해서 결국 자기가 무슨 말로 문제를 매듭지었다는 식이었다. 이런 대화를 남에게 전할 때는 자기 이름의 첫 문자인

'시(c)'를 피렌체식으로 '에이치(h)'로 바꾸어 '홀리'라고 발음했다.

레너헌은 친구에게 담배를 건넸다. 두 젊은이가 군중 사이로 걸어가는 동안 콜리는 지나가는 몇몇 처녀들에게 수시로 고개를 돌려 웃음을 보냈지만, 레너헌의 시선은 겹 달무리로 둘러싸인 커다랗고 희미한 달에 박혀 있었다. 레너헌은 잿빛 직물 같은 황혼이 달 표면을 스쳐 지나가는 모습을 열심히 바라보았다. 레너헌은 이윽고 말문을 열었다.

"저기…… 있잖아, 콜리, 이번 일 제대로 해낼 수 있는 거지, 응?"

콜리는 대답 대신 여부가 있겠느냐는 듯이 한쪽 눈을 찡긋했다.

"그 여자가 순순히 말을 들어줄까?" 레너헌이 미심쩍은 듯 물었다. "여자라는 게 도통 알 수가 있어야 말이지, 원."

"얘는 끄떡없어." 콜리가 말했다. "이런 애 꼬드기는 것쯤은 일도 아냐. 나한테 뿅 갔다니까."

"자넨 과연 바람둥이 로사리오[17]라 부를 만해." 레너헌이 말했다. "그것도 아주 딱 부러지는 로사리오 말이야!"

일말의 빈정대는 말투가 그의 태도에 배어 있는 비굴함을 덜어 주었다. 레너헌은 자존심을 지킨답시고 자신의 아첨에 조소로 해석될 여지를 남기는 버릇이 있었다. 그러나 콜리는

---

17) 영국 극작가 니콜라스 로의 희곡 『방탕아의 회개(The Fair Penitent)』에 등장하는 바람둥이.

섬세한 사람이 아니었다.

"괜찮은 하녀만 한 게 없지." 콜리가 단언했다. "이 말을 단단히 새겨 둬."

"여성 편력의 대가 가라사대." 하고 레너헌이 받았다.

"처음엔 얌전한 처녀 애들하고 놀았지." 콜리가 터놓고 말했다. "사우스 서큘러 거리의 처녀 애들 말이야. 전차를 타고 걔들을 어디론가 데리고 다니곤 했는데 말이야, 전차 요금을 낸다든지 밴드 공연장이나 연극 공연장에 데리고 간다든지 초콜릿이랑 과자 따위를 사 준다든지 하면서 놀곤 했지. 걔들한테 들인 돈도 만만치 않아." 하며 콜리는 자기 말이 미덥지 않다는 걸 의식해서인지 설득조로 덧붙였다.

그러나 레너헌은 그 말을 믿고도 남는지라 힘주어 고개를 끄덕이며 말했다.

"누가 아니래, 봉이나 하는 짓이거든."

"도대체 그 짓거리로 건수 올린 게 있어야 말이지."

"누가 아니래."

"그나마 개중에 건수 올린 계집애가 딱 하나 있었지."

콜리는 윗입술을 혀로 쭉 훑으며 침을 발랐다. 옛일 생각에 눈에 광채가 돌았다. 콜리도 역시 이제는 거의 가려진 희미하고 둥근 달을 응시했는데, 생각에 잠긴 듯한 모습이었다.

"걔는…… 꽤 괜찮은 애였는데."

콜리는 애석한 표정으로 말한 뒤 다시 입을 다물었다가 덧붙였다.

"지금은 거리의 여자가 됐어. 어느 날 밤 놈팡이 두 놈과 얼거리에서 마차 타고 가는 걸 보았거든."

레너헌이 말했다.

"자네 탓이겠지."

콜리가 냉정하게 말했다.

"나보다 앞서 개를 건드린 다른 놈들이 있었어."

이번에는 레너헌이 믿는 눈치가 아니었다. 레너헌은 고개를 살래살래 저으며 미소를 띠었다.

"콜리, 어디서 누굴 속이려고 그래?"

"맹세코 진짜라니까!" 콜리가 말했다. "개가 직접 나한테 말해 준걸?"

레너헌은 비통한 몸짓을 하며 말했다.

"야비한 배신자 같으니!"

둘이 트리니티 대학의 난간을 따라 지나갈 때 레너헌은 차도로 뛰어나가 시계를 올려다보며 말했다.

"이십 분이야."

"시간은 충분해." 콜리가 말했다. "틀림없이 와 있을 거야. 난 개를 항상 조금씩 기다리게 만들지."

레너헌은 빙긋이 웃으며 말했다.

"아하! 콜리, 자네 여자 다루는 법을 알고 있군."

콜리가 말했다.

"여자들이 쓰는 온갖 술수에 빠삭하지."

레너헌이 다시 말했다.

"그런데 말야. 자네 정말로 이 일을 제대로 해낼 수 있겠어? 그렇게 만만한 일이 아니야. 여자들이란 그런 문제에는 여간 깐깐한 게 아니거든. 응? ……어때?"

레너헌의 밝고 작은 눈이 확인하려는 듯 친구의 얼굴을 살폈다. 콜리는 끈질기게 달라붙는 벌레를 툭 쳐낼 때처럼 고개를 홱홱 젓고 미간을 찌푸리며 말했다.

"문제없다니까 그래. 그냥 나한테 맡겨 둘 수 없어?"

레너헌은 그만 입을 다물었다. 친구의 성깔을 건드려서 욕을 바가지로 먹으며 조언 따위 필요 없다는 소리를 듣고 싶지는 않았다. 눈치가 조금은 있어야 하는 것이다. 그러나 콜리의 미간이 다시 부드럽게 풀렸다. 생각을 엉뚱한 방향으로 돌리고 있었다.

"걔는 꽤 괜찮은 애야." 콜리가 찬탄조로 말했다. "정말이라니까."

둘은 나소 거리를 따라 걷다가 킬데어 거리로 접어들었다. 클럽 회관 현관으로부터 얼마 떨어지지 않은 도로에서 한 악사가 조그맣게 빙 둘러선 청중을 상대로 하프를 연주하고 있었다. 악사는 건성으로 현을 뜯으면서 사람이 새로 올 때마다 이따금 얼굴을 날쌔게 힐끗거리는가 하면, 여전히 피곤에 절은 기색으로 이따금 하늘을 힐끗거리기도 했다. 악사의 하프 또한 덮개가 무릎께까지 흘러내린 것도 아랑곳 않고 낯선 사람들의 눈이고 주인의 손이고 할 것 없이 만사가 귀찮은 듯한 행색이었다. 한 손이 저음으로 「잔잔하라, 모일강이여」의 가락을 연주하는 동안 다른 한 손은 고음으로 한 소절 한 소절 부지런히 보조했다. 곡조는 굵고 힘차게 울렸다.

두 젊은이는 구슬픈 음악 소리를 뒤로 들으며 말없이 거리를 걸었다. 스티븐스 그린 공원에 이르러 길을 건넜다. 여기서 전차 소음과 불빛과 군중 틈에 끼이다 보니 침묵에서 벗어나게 되었다.

콜리가 말했다.

"저기 있다!"

흄 거리 모퉁이에 젊은 여자가 서 있었다. 푸른색 옷과 흰색 세일러 모자 차림이었다. 연석 위에 서서 한 손에 든 양산을 흔들고 있었다. 레너헌이 활기를 찾으며 말했다.

"쟤 관상이나 한번 보자, 콜리."

콜리가 친구를 흘끗 곁눈질하더니 불쾌한 웃음을 씩 웃으며 말했다.

"누구 일에 끼어들려고 이래?"

"에이!" 레너헌이 능청스럽게 말했다. "무슨 소개를 해 달라는 것도 아닌데. 그냥 얼굴 한번 보자는 걸. 누가 잡아먹기라도 한대?"

"아…… 한번 보기만 한다고?"

콜리가 훨씬 누그러진 투로 말했다. "글쎄…… 그럼 이렇게 하자. 내가 저리 가서 쟤한테 말하는 동안 자네는 그 옆으로 지나가."

레너헌이 말했다.

"좋았어!"

콜리가 어느새 한쪽 다리를 공원가의 사슬 위로 넘기고 있는데 레너헌이 소리쳤다.

"그다음에는? 어디서 만나지?"

콜리가 다른 쪽 다리를 마저 넘기며 말했다.

"10시 반에."

"어디서?"

"메리언 거리 모퉁이에서. 우리 돌아올 거야."

레너헌이 작별을 고하며 말했다.

"그럼 잘해 봐."

콜리는 대답하지 않았다. 그냥 머리를 좌우로 흔들어 대며 어슬렁어슬렁 길을 건너갔다. 그 몸집과 느긋한 걸음과 듬직한 구두 소리에서는 어딘가 정복자의 티가 났다. 젊은 여자에게 다가가더니 인사도 없이 다짜고짜 얘기를 시작하는 것이었다. 여자는 양산을 더욱 빨리 돌리며 발뒤꿈치로 몸을 반쯤 돌렸다. 콜리가 한두 번 여자에게 바짝 붙어 말하자, 여자는 웃더니 고개를 숙였다.

레너헌은 잠시 둘을 지켜보았다. 그러고 나서 사슬 옆을 따라 빠른 걸음으로 몇 발짝 걷다가 비스듬히 길을 건넜다. 흄거리 모퉁이에 이르러 공기 중에 짙은 향수 냄새가 물씬 풍기자 얼른 애타는 눈으로 젊은 여자의 모습을 살펴보았다. 여자는 나들이 차림이었다. 푸른색 서지 스커트에는 검정색 허리띠가 둘러져 있었다. 허리띠의 커다란 은색 버클은 흰색 블라우스의 하늘하늘한 천을 꼭 조르고 있어서 마치 여자 몸의 중심을 짓누르는 형상이었다. 여자는 자개단추가 달린 짤막한 검정색 웃옷과 헤진 검정 목도리를 걸치고 있었다. 얇은 망사로 된 작은 목깃의 끄트머리는 세심하게 헝클어져 있었고, 커다란 빨간 꽃다발이 자루를 위로 해서 거꾸로 옷가슴에 꽂혀 있었다. 레너헌은 여자의 땅딸막한 근육질 몸을 쓸 만하다는 듯 눈여겨보았다. 여자의 얼굴과 통통하고 발그레한 볼과 발칙한 푸른 눈에 거침없고 당돌한 건강미가 빛났다. 이목구비가 투박했다. 콧구멍은 큼지막하고, 엉뚱한 자리에 놓인 입은 기분 좋은 듯 추파를 던지며 옆으로 벌어져 있었는데, 앞니 두 개가 튀어나와 있었다. 레너헌이 지나가면서 모자를 벗자, 십 초가량 지나 콜리가 하늘에다 대고 답례를 보냈다. 그러느라고 콜리는 생각에 골몰한 듯 손을 어정쩡하게 들어서 모자가 놓인 각도를 바꾸었다.

레너헌은 쉘번 호텔까지 걸어가서야 걸음을 멈추고 기다렸다. 잠시 기다리다 둘이 이쪽으로 오다가 오른쪽 길로 접어드는 걸 보고는 메리언 광장 한쪽을 따라 하얀 신발로 살살 디디며 그 뒤를 따랐다. 보속을 둘에게 맞추며 천천히 걸어가는 동안 레너헌은 콜리의 머리가 한 축을 중심으로 돌아가는 큰 구체처럼 젊은 여자의 얼굴 쪽으로 돌아가는 것을 바라보았다. 레너헌은 그 뒤를 눈으로 좇다가 두 사람이 도니브룩 전차의 계단을 올라가는 것을 보고 나서야 비로소 발길을 돌려서 왔던 길로 되돌아갔다.

홀로 되고 보니 레너헌은 얼굴이 더 늙어 보였다. 들떴던 기분도 어느새 달아났는지 듀크스 잔디밭의 난간 옆에 와서는 축 늘어진 손으로 난간을 훑었다. 악사가 연주했던 곡조가 레너헌의 움직임을 통제하기 시작했다. 터벅터벅 부드러이 옮기는 발이 선율을 연주하는 동안 손가락은 난간을 따라 한 소절 한 소절 느릿느릿 변주 음계를 훑었다.

레너헌은 굼뜨게 스티븐스 그린 공원을 돈 다음 그래프튼 거리를 따라 걸었다. 군중 사이를 헤치며 요리조리 눈길을 던져 보았지만 그나마도 시큰둥하기 짝이 없었다. 마음을 사로잡을 만한 것들도 죄다 시들해진 터여서 힘내라고 부추기는 듯한 눈길들도 못 본 체했다. 수많은 말로 얘기를 꾸며 내기도 하고 웃겨 주기도 해야 할 게 뻔한데 머릿속이고 목이고 너무 말라 있어 그럴 형편이 못 되었다. 콜리를 다시 만날 때까지 무슨 수로 시간을 보낼 것인가 하는 문제도 조금 신경이 쓰였다. 시간을 보내는 방법이라고는 마냥 걷는 수밖에 생각나지 않았다. 러틀랜드 광장 모퉁이에 이르러 왼쪽 길로 틀자 거리가 어둡고 조용해 더 편했다. 어두컴컴한 풍경이 기분에 맞았던 것이다. 마침내 '간이식당'이라는 흰 글자를 머리에 이고 있는 초라한 몰골의 가게 창문 앞에서 걸음을 멈추었다. 유리창 위에는 '진저비어'와 '진저에일'이라는 두 단어가 흘림체로 쓰여 있었다. 커다란 푸른 접시 위에 잘라 놓은 햄 하나가 몸을 드러내고 있었고 옆에 있는 접시 위에는 매우 부드러운 건포도 푸딩이 한 조각 놓여 있었다. 레너헌은 한동안 이 음식을 뚫어져라 쳐다보다가 거리 위아래를 조심스레 흘낏 훑어본 다음 재빨리 가게 안으로 들어갔다.

배가 고팠는데, 그럴 만도 한 것이 웨이터 두 명에게 떼를 쓰다시피 하여 얻어먹은 비스킷 몇 개를 빼고는 아침 시간 이후로 아무것도 먹지 못했던 것이다. 여공 두 명과 기계공 한 명이 앉은 맞은편으로 가서 보를 덮지 않은 목재 식탁에 자리를 잡았다. 칠칠치 못한 처녀가 시중을 들었다.

레너헌이 물었다.

"완두콩 한 접시에 얼마요?"

"1펜스 반이에요."

"완두콩 한 접시하고 진저비어 한 병 주시오."

들어오면서 실내가 잠잠해졌기 때문에 얌전한 티를 감출 요량으로 짐짓 거친 말투를 썼다. 얼굴이 화끈거렸다. 자연스럽게 보이느라고 모자를 머리 뒤로 눌러 썼고 식탁에 팔꿈치를 올려놓았다. 기계공과 두 명의 여공은 그 모습을 이리저리 뜯어보고 나서야 낮은 목소리로 하던 이야기를 이어 갔다. 여자 점원이 후추와 식초를 친 뜨거운 식품점 콩 한 접시와 포크 하나와 진저비어를 가져다주었다. 음식을 게걸스레 먹어 치웠는데, 어찌나 맛이 좋던지 마음속에 가게 이름을 새겨 두기까지 했다. 콩을 다 먹고 나서는 진저비어를 홀짝이고 콜리의 모험을 생각하며 얼마 동안을 그렇게 앉아 있었다. 상상 속에서 그 한 쌍의 연인이 어느 어두운 길을 걸어가는 모습을 바라보는데, 굵직하고 힘찬 목소리로 여자의 비위를 맞추는 콜리의 목소리가 들리는가 하면 젊은 여자의 입에 어렸던 교태도 다시 보였다. 이 광경을 떠올리다 보니, 자기가 돈도 배짱도 모자란다는 느낌이 사무쳐 왔다. 정처 없이 방황하며 돈에 쪼들려 속임수와 술수를 쓰는 데에도 넌더리가 났다. 11월이 되면 벌써 서른이 아닌가? 번듯한 일자리는 끝내 물 건너간 것인가? 오붓한 가정을 꾸리겠다는 생각은 공염불이란 말인가? 훈훈한 벽난로에 앉아 있거나 푸짐한 식사를 차려 먹을 수 있다면 얼마나 흐뭇할까 싶었다. 친구나 여자들하고 거리를 쏘다니는 일은 이제 이력이 났다. 어떤 가치가 있는 친구들인지, 어떤 여자들인지도 알았다. 겪어 보니 온 세상에 등을 돌리고 싶은 심정만 드는 것이었다. 그렇다고 희망이 하나도 남지 않은 것은 아니었다. 배를 채우고 나니 전에 비해 기분이 나아졌고, 사는 게 덜 싫증 났으며, 배짱도 되살아났다. 모아 둔 돈도 조금 있고 착하고 순진한 여자를 만날 수만 있다면 어디 아늑한 구석에 자리를 잡아 행복한 삶을 꾸려 갈 여지가 아직 남아 있는지도 모를 일이었다.

레너헌은 꾀죄죄한 처녀에게 2펜스 반을 지불하고 상점을 나와 다시 헤매기 시작했다. 케이플 거리로 접어들어 시청 쪽으로 걸었다. 그다음에는 데임 거리로 꼬부라졌다. 조지 거리 모퉁이에서는 친구 둘을 만나게 되어 걸음을 멈추고 얘기를 나누었다. 오랜 걸음 끝에 쉬게 된 것이 기뻤다. 친구들은 콜리를 보았는지, 그리고 마지막 본 게 언제인지를 물었다. 레너헌은 그날을 콜리와 함께 보냈다고 대답해 주었다. 친구들은 통 말이 없었다. 친구들은 군중 속에 끼어 있는 몇 사람의 뒷모습을 멍하니 바라보면서 이따금 흠잡는 소리나 내뱉었다. 친구 하나가 한 시간 전에 웨스트몰랜드 거리에서 맥을 보았다고 말했다. 이 말을 받아 레너헌은 전날 밤을 이건 술집에서 맥과 함께 보냈다고 말했다. 웨스트몰랜드에서 맥을 보았다는 젊은이는 맥이 당구 시합에서 돈 좀 땄다는 게 사실이냐고 물었다. 레너헌은 모르는 일인지라 홀러핸이 이건 술집에서 그들에게 한턱냈다는 말만 해 주었다.

레너헌은 10시 십오 분 전에 친구들과 헤어져 조지 거리로 올라갔다. 공설 시장에서 왼쪽으로 틀어 그래프튼 거리로 걸어갔다. 처녀 총각 무리가 줄어들어 있었는데, 길 따라 가다 보니 많은 무리나 쌍들이 작별 인사 하는 소리가 들렸다. 의대 시계탑 있는 데까지 가니 막 10시를 알리고 있었다. 행여 콜리가 너무 빨리 돌아오면 어쩌나 싶어 서둘러야겠다는 생각에 스티븐스 그린 공원 북쪽 길에서부터 걸음을 빨리하기 시작했다. 메리언 거리 모퉁이에 이르러 가로등 불빛 그림자가 있는 곳에 자리를 잡고 꼬불쳐 두었던 담배 한 개비를 꺼내 불을 붙였다. 가로등 기둥에 기댄 채, 콜리와 젊은 여자가 돌아오겠다 싶은 구역에 시선을 박았다.

생각이 다시 바빠졌다. 콜리가 성공적으로 일을 성사시켰는지 궁금했다. 콜리가 여자에게 지금쯤 요구를 했을지, 아니면 끝내 얘기를 못 꺼낼지 궁금했다. 지금 처지의 고통과 불안을 자신의 몫뿐 아니라 친구의 몫까지 고스란히 겪었다. 그러나 느긋하게 돌아가는 콜리의 머리를 떠올리자 다소 진정이 되었다. 콜리는 너끈히 해내겠지. 콜리가 혹시 다른 길로 여자를 바래다주고 자기를 따돌렸을지도 모른다는 생각이 문득 뇌리를 스쳤다. 거리를 훑어보았으나, 둘은 그림자도 보이지 않았다. 그러나 의대 시계를 본 지 분명 한 시간은 지난 참이었다. 설마하니 콜리가 그런 짓을 하려고? 마지막 담배에 불을 붙여 초조하게 빨기 시작했다. 광장 건너편에 전차가 설 때마다 눈을 치켜떴다. 아무래도 둘이 다른 길로 해서 집으로 돌아간 게 틀림없었다. 담배 종이가 터지자 욕설을 퍼부으며 담배를 길에다 팽개쳤다.

갑자기, 이쪽으로 오는 둘의 모습이 보였다. 레너헌은 반가움에 팔짝 뛰고는, 옆의 가로등에 바짝 붙어 서서 둘이 걸어오는 모습으로 결과를 짐작해 보려고 했다. 둘은 빠른 걸음으로 오고 있었는데, 젊은 여자가 종종걸음을 빨리 떼는 데 반해 콜리는 그 옆에서 성큼성큼 걷고 있었다. 말을 나누는 눈치는 아니었다. 결과가 짐작이 가자 웬 날카로운 도구 끝으로 찔린 듯한 느낌이었다. 콜리가 실패할 줄 이미 알았지. 어디 될 법한 일이던가.

둘이 배고트 거리로 들어서자 레너헌은 다른 쪽 보도를 택해 재빨리 뒤를 좇았다. 둘이 멈추면 자신도 멈추었다. 둘이 잠깐 이야기를 나누더니, 젊은 여자가 층계를 내려가 어느 집의 지하 출입구로 들어갔다. 콜리는 현관에서 약간 떨어진 길모퉁이에 남아 있었다. 몇 분인가 지났다. 이윽고 현관문이 조심스레 살며시 열렸다. 웬 여자가 현관 계단을 뛰어 내려오더니 기침을 했다. 콜리는 몸을 돌려 그 여자 쪽으로 갔다. 여자는 콜리의 우람한 덩치에 잠깐 모습을 감추더니 다시 나타나 계단 위로 뛰어 올라왔다. 여자 뒤로 문이 닫히자, 콜리는 스티븐스 그린 쪽을 향해 잰걸음을 옮기기 시작했다.

레너헌은 같은 방향으로 걸음을 재촉했다. 이슬비 몇 방울이 떨어졌다. 빗방울이 경고처럼 느껴져 자기를 보고 있나 하고 젊은 여자가 들어간 집 쪽을 흘깃 보고는 부지런히 달음질쳐 길을 건너갔다. 가뜩이나 불안한데 빨리 뛰기까지 해서 숨을 헐떡였다. 레너헌은 소리를 질렀다.

"어이, 콜리!"

콜리는 누가 부르나 하고 고개를 돌리더니, 전처럼 걸음을 계속했다. 레너헌은 한 손으로 어깨 위에 비옷을 걸치며 그 뒤를 따라 뛰어갔다.

"어이, 콜리!" 하고 다시 소리를 질렀다.

친구와 어깨를 나란히 하게 되자 친구의 얼굴을 빤히 들여다보았다. 무표정한 얼굴이었다.

레너헌이 물었다.

"어찌 됐어? 일은 잘 풀렸나?"

둘은 일리 플레이스 모퉁이에 이르렀다. 콜리는 여전히 아무 대답 없이 왼쪽으로 틀어 옆길을 따라 걸어갔다. 아주 냉정하게 차분한 모습이었다. 레너헌은 씩씩 숨을 내쉬며 친구를 따라갔다. 당황스러운 목소리에는 위협조가 깔려 있었다.

"말 안 할 거야? 찔러 보기나 한 거냐고."

콜리는 첫 번째 가로등에서 멈추더니, 꼼짝 않고 앞을 노려보았다. 그러더니 엄숙한 동작으로 불빛을 향해 한 손을 뻗은 채 미소 띤 얼굴로 추종자의 눈앞에 천천히 펼쳐 보였다. 손바닥 위에서 조그마한 금화[18] 하나가 반짝이고 있었다.

---

18) 소버린. 1파운드(=12실링)짜리 금화로 적어도 처녀의 예닐곱 주 급여에 상당하는 금액.

하숙집

무니 부인은 푸줏간 주인의 딸이었다. 매사 알아서 척척 해내는, 말하자면 다부진 여자였다. 아버지 밑에 있던 십장과 결혼하여 스프링 가든스 근처에 푸줏간을 차렸다. 그러나 무니 씨는 장인이 죽자마자 망조가 들기 시작했다. 술독에 빠지고, 금고에 손을 대더니 삽시에 빚더미에 올라앉았다. 금주 맹세를 시켜 보았지만 그도 헛일, 며칠을 못 가 다시 버릇이 터져 나왔다. 고객들이 보는 앞에서 아내와 싸움질을 하지 않나, 상한 고기를 사지 않나, 장사 망치는 일만 골라서 했다. 어느 밤에는 큰 식칼을 들고 달려드는 바람에 무니 부인은 이웃집에서 자야 했다.

그 후로 부부는 따로 살았다. 무니 부인은 신부를 찾아가 아이들 양육권과 함께 별거 허락을 얻어 냈다. 무니 부인이 돈이고 음식이고 잘 방이고 일체 끊어 버리는 바람에 할 수 없이 남편은 군청의 사환 자리로 들어갔다. 남편은 얼굴도 하얗고 구레나룻도 하얗고 눈썹도 하얀, 초췌하며 등이 굽고 몸집이 작은 술주정뱅이였는데, 그런 눈썹 밑으로 작은 눈에 연분홍색 혈관이 드러난 꼴이 보기 흉했다. 남편은 종일토록 관청 사무실에 앉아 일거리 떨어지기를 기다렸다. 푸줏간 장사에서 그나마 남긴 돈으로 하딕 거리에 하숙집을 차린 무니 부인은 몸집이 위압적으로 큰 여자였다. 부인의 집에 묵는 뜨내기 손님들은 리버풀이나 만 섬에서 온 관광객들이었고, 개중에는 음악당에서 온 '연예인'들도 더러 있었다. 붙박이 하숙인은 시의 관리들이었다. 부인은 하숙집을 영악하고도 야무지게 관리했고, 외상을 줄 때가 언제인지, 엄하게 할 때가 언제이고 대충 눈감아 줄 때가 언제인지를 알았다. 붙박이 하숙 총각들은 모두 부인을 '사모님'이라고 일컬었다.

무니 부인의 하숙집 총각들은 숙식비로(정찬에 나오는 맥주와 흑맥주 비용은 별도로) 주당 15실링을 냈다. 하숙 총각들은 취향과 직업이 같다 보니 서로 사이가 아주 좋았다. 우승 후보 말과 우승권 밖에 있는 말의 가능성을 놓고 의견을 나누었다. 부인의 아들인 잭 무니는 플리트 거리에 있는 중개업체 직원으로 망나니라는 소문이 자자했다. 군인들이 쓰는 상소리를 좋아했고 귀가 시간은 자정을 넘기기 일쑤였다. 친구들을 만나 들려줄 음담패설이 항상 쓸 만한 것들로 준비돼 있었고, 좋은 정보, 즉 유명한 말이나 유명한 연예인을 빠삭하게 꿰고 있었다. 주먹 또한 잘 썼고 희극적인 노래를 불렀다. 일요일 밤이면 무니 부인네 앞쪽 응접실에서 곧잘 친목 모임이 열리곤 했다. 음악당 '연예인'들이 기꺼이 자리를 빛내 주었고 셰리든이 왈츠와 폴카와 즉흥곡 반주를 넣어 주었다. 부인의 딸인 폴리 무니도 곧잘 노래했다. 노랫말은 이랬다.

나는야…… 노는 계집애.
뭘 그렇게 빼나요.
뻔할 뻔 자인데.

폴리는 날씬한 열아홉 살 처녀로, 밝고 부드러운 머리칼과 작고 도톰한 입을 가지고 있었다. 폴리는 누군가와 대화할 때면 회색 바탕에 푸른빛이 감도는 눈을 위로 치뜨는 버릇이 있어서 마치 심술궂은 어린 숙녀처럼 보였다. 무니 부인은 처음에 딸을 곡물 도매상 사무실로 보내 타자 치는 일을 시켰으나, 행동이 개차반인 군청 사환이 하루가 멀다 하고 사무실로 찾아와서는 말 좀 붙이겠다고 떼를 쓰는 통에 딸을 다시 집으로 불러들여 집안일을 시켰다. 마침 폴리가 매우 발랄하니 총각들과 쉬 어울리게 하려는 속셈이었다. 게다가 총각들이란 젊은 여자가 그리 멀지 않은 곳에 있다는 느낌을 좋아하게 마련이다. 물론 폴리는 총각들과 어울렸지만 눈치 빠른 무니 부인은 총각들이 그저 심심풀이 삼아 그럴 뿐 아무도 진지한 의도를 가지고 있지 않다는 걸 알고 있었다. 오랫동안 사정이 이 모양인지라 폴리에게 다시 타자 일이나 시켜 볼까 하던 참에 무니 부인은 문득 폴리와 한 총각 사이에 감도는 수상한 기미를 눈치챘다. 부인은 두 사람을 예의 주시하면서도 시치미를 뚝 떼고 있었다.

폴리는 자기를 지켜보는 눈이 있다는 걸 알았으나, 그런데도 어머니가 입을 꾹 다물고 있는 속셈을 헤아리지 못할 바도 아니었다. 모녀가 아예 내놓고 모의를 하지도 않았고 터놓고 양해하는 것도 아니었으나, 하숙집 사람들 사이에 그 염문에 대한 얘기가 나돌기 시작해도 무니 부인은 여전히 수수방관이었다. 폴리는 태도가 조금 이상해지기 시작했고, 총각은 어쩔 줄 몰라 하는 눈치가 역력했다. 마침내 결정적인 순간이 오자 무니 부인이 끼어들었다. 도덕적인 문제를 식칼로 고기 자르듯 다루는 부인이 드디어 이번 일에 대한 결단을 내린 것이었다.

더위가 가까웠지만 아직은 바람이 시원한 초여름의 화창한 일요일 아침이었다. 하숙집의 창문이란 창문은 다 열어젖혀져 있었고, 레이스 달린 커튼은 올려진 창틀 아래에서 거리 쪽으로 살며시 부풀어 있었다. 조지 교회의 종탑에서는 끊임없이 종소리가 울려 퍼졌고, 신도들은 혼자서 혹은 떼로 교회 앞의 작은 원형 마당을 지날 때 경건한 태도를 취하기도 하고 장갑 낀 손에 든 작은 책들로 여기 온 목적을 드러내 보이고 있었다. 하숙집에서는 아침 식사가 막 끝나서 거실 식탁에 베이컨 비계며 껍질 부스러기에다가 노란 줄무늬 계란이 담긴 접시가 널려 있었다. 무니 부인은 밀짚 팔걸이의자에 앉아 하녀 메리가 아침 식탁 치우는 모습을 바라보았다. 부인은 메리에게 화요일에 먹을 빵 푸딩을 만드는 데 쓸 빵 껍질이며 부스러기를 모아 놓으라고 일러 놓은 터였다. 식탁을 치우고 빵 조각을 쓸어 담고 설탕과 버터를 단단히 보관하라고 시킨 다음 부인은 전날 밤 폴리와 얘기 나눈 장면을 다시 떠올리기 시작했다. 사정은 짐작대로였다. 부인도 터놓고 질문했고 폴리도 까놓고 대답했다. 물론 둘 다 쑥스러운 맛이 없는 건 아니었다. 어머니는 딸의 얘기를 너무 스스럼없이 받아들이지도, 그렇다고 아예 눈감아 주는 척하지도 않으려다 보니 어색했고, 폴리는 그런 얘기를 꺼낸다는 것 자체가 으레 쑥스러운 일이기도 하려니와 영악하면서도 순진한 마음에 어머니의 관용 뒤에 숨은 속셈을 눈치채고 있다는 티를 내고 싶지도 않았기에 더욱 어색했다.

무니 부인은 생각에 잠긴 가운데서도 조지 교회의 종소리가 멎었다는 것을 알아차리자마자 본능적으로 벽난로 위의 자그만 도금 시계에 힐끗 눈길을 던졌다. 11시 17분이니 도런 씨와 사태를 결판 짓고 나서도 말버러 거리에 있는 성당의 짧은 정오 미사에 댈 시간은 넉넉할 터였다. 이길 자신이 있었다. 무엇보다도 여론이라는 그 모든 영향력이 화를 당한 어머니 처지인 자신의 편인 것이다. 점잖은 사람이라 믿고 기껏 한집에 거두어 주었더니 도런은 그 후대를 악용하기만 한 것이다. 노총각은 서른네댓이나 되는 나이에 아직 젊다는 구실을 댈 수도 없을 것이고, 세상 경험 웬만큼 한 사람으로서 물정 모른다는 핑계를 내세울 수도 없을 터였다. 폴리의 젊음과 미숙함을 악용하기만 했다는 것, 그건 뻔한 일이었다. 문제는 오직 하나, 어떻게 수습할 것인가 하는 것이었다.

이런 경우에 합당한 수습책이 있는 법이다. 남자야 아무래도 좋다. 실컷 재미를 보고 나서 아무 일 없었다는 듯이 제 갈 길을 가면 그만이니까. 그러나 처녀는 그 뒷감당을 해야 한다. 개중에는 돈 몇 푼 받고 이런 일을 서둘러 수습하는 것으로 만족하는 어머니들이 있고, 그런 사례들을 부인 또한 알고 있었다. 그러나 그럴 마음은 없었다. 부인 입장에서 딸년의 실추된 명예를 보상해 줄 방책이란 오직 한 가지, 다름 아닌 결혼뿐이었다.

부인은 메리를 도런 씨에게 올려 보내 상의할 일이 있다는 말을 전하기 전에 모든 수를 읽어 보았다. 승산은 확실했다. 도런은 진지한 청년으로 방탕하거나 허세 부리는 다른 청년들과는 달랐다. 셰리든 씨나 미드 씨나 밴텀 라이언스라면 훨씬 만만치 않은 일거리였을 것이다. 도런이 소문이 파다하게 퍼지는 것을 무릅쓸 위인은 못 되지 않는가. 그 집 하숙인들은 모두 염문을 웬만큼 알고 있었고, 자질구레한 얘기를 꾸며 내는 사람도 있었다. 게다가 커다란 가톨릭 주류상에서 일한 지가 십삼 년이나 되는 도런의 처지에서 소문이 났다 하면 필경 직장에서 모가지가 떨어질 판이었다. 반면에 합의만 하면 만사형통인 것이다. 우선 도런이 급여도 두둑한 데다 모아 놓은 돈 또한 쏠쏠하다는 셈까지도 부인에게는 서 있었다.

반시간이 다 되었다! 부인은 일어나 거울 속에 비친 제 모습을 훑어보았다. 커다랗고 발그레한 얼굴에 내비치는 단호한 표정이 그만하면 됐다 생각하며, 아는 어머니들 중에서 아직 딸을 여의지 못한 몇 사람을 떠올렸다.

도런 씨는 주일인 이날 아침 정말이지 매우 초조했다. 두 차레나 면도를 시도해 보았으나 어찌나 손이 떨리던지 결국엔 단념하고 말았다. 사흘이나 깎지 못한 불그스레한 수염이 턱 둘레로 나 있었고, 이삼 분에 한 번씩 김이 서린 안경을 벗어 손수건으로 닦아 내야 했다. 간밤의 고해에 대한 기억이 예리한 아픔으로 다가왔는데, 그도 그럴 것이 신부는 염문의 구체적인 내용을 황당할 만큼 꼬치꼬치 캐묻다 못해 급기야는 그의 죄를 어찌나 부풀리던지 보상이라는 구멍을 통해 빠져나갈 수 있다는 것이 되레 고마울 지경이었다. 엎질러진 물이었다. 폴리와 결혼하거나 아니면 달아나는 것뿐, 이제 와서 달리 무슨 뾰족한 수가 있겠는가. 잡아뗄 수는 없는 노릇이었다. 보나마나 이 연애 사건을 두고 이러쿵저러쿵 말들이 많을 것이고 사장 귀에도 들어갈 게 뻔했다. 더블린은 워낙 작은 도시여서 누구나 다른 사람들 일을 속속 꿰고 있었다. 레너드 사장이 거슬리는 목소리로 "도런 군을 이리 좀 올려 보내." 하고 소리치는 모습을 상상하려니 흥분되다 못해 심장이 목구멍 속에서 끓어오르는 것 같은 느낌이었다.

그렇게 긴 세월 동안 근무해 온 것이 몽땅 허사가 되다니! 그렇게 열심히 부지런하게 일한 것이 모두 수포로 돌아가다니! 도런도 젊었을 때야 물론 방탕한 생활을 했다. 술집에서 친구들에게 자유사상이랍시고 떠벌이고 신의 존재를 부정하기도 했다. 하지만 그건 다 지난 일이고 끝난 일이었…… 거의 말이다. 여전히 《레이놀즈 신문》[19]을 매주 사 보기는 하지

---

19) 런던에서 일요일마다 발행하는 급진적인 성격의 주간신문.

만 종교적 의무를 지켰고 일 년 중 10분의 9에 해당하는 기간은 절도 있는 생활을 했다. 살림 차릴 돈이야 있지만 문제는 그게 아니었다. 집안에서 폴리를 업신여길 터였다. 무엇보다도 폴리에게는 평판 나쁜 아버지가 있었고 거기에다 폴리 어머니의 하숙집에 대해 모종의 소문이 나돌기 시작하던 참이었다. 도런은 자기가 걸려들었다는 걸 알고 있었다. 친구들이 이 일을 안주 삼아 웃고 떠드는 모습이 눈에 선했다. 폴리가 좀 천박하기는 천박했다. "난 봤어."라든지 "내가 알았다믄." 같은 말을 곧잘 했던 것이다. 그러나 그 애를 정말 사랑한다면 문법이 무슨 상관이란 말인가? 도런은 폴리가 저지른 일에 대해 그 애를 좋아할 것인지 경멸할 것인지 마음을 정할 수 없었다. 물론 그 일을 저지른 것은 자신이기도 했다. 본능은 결혼하지 말고 자유를 지키라고 부추기고 있었다. 한번 결혼해 버리면 그걸로 끝장이라면서.

도런이 셔츠에 바지 바람으로 대책 없이 침대 가에 앉아 있는데 폴리가 살며시 문을 두드리고 들어왔다. 폴리는 어머니에게 사실을 남김없이 털어놓았으며 어머니가 그날 아침 도런과 담판을 지을 것이라는 등의 이야기를 다 해 주었다. 폴리는 울면서 도런의 목에 매달려 말했다.

"아, 밥! 밥! 어쩌면 좋아? 도대체 어쩌면 좋아?"

폴리는 목숨을 끊어 버리겠다는 말도 했다.

도런은 폴리에게 울지 말라고 타이르면서 별일 없을 테니 걱정 말라고 힘없는 소리로 위로했다. 폴리의 가슴이 콩콩 뛰는 것이 도런의 셔츠에 와 닿았다.

사태가 이 지경이 된 것이 몽땅 도런의 탓만은 아니었다. 도런은 맨 처음 어쩌다 폴리의 옷과 숨결과 손가락이 스쳐 닿을 때 받은 애무의 느낌을 독신자 특유의 희한하리만큼 끈질긴 기억력으로 잘 간직하고 있었다. 그러다 어느 늦은 밤 잠자리에 들려고 막 옷을 벗으려는데 폴리가 방문을 겁먹은 듯 두드렸다. 휙 불어온 바람에 초가 꺼져서 불 붙일 초를 빌리고 싶다는 것이었다. 폴리가 목욕한 밤이었다. 걸치고 있는 날염한 무명 잠옷이 헐렁하게 벌어져 있었다. 모피 실내화의 트인 곳으로는 하얀 발등이 빛났고 향수 뿌린 피부에는 따스한 혈색이 감돌았다. 폴리가 초에 불을 붙이고 바로 세우려 할 때 손과 손목에서도 아련한 향수 냄새가 풍겼다.

도런이 야심한 시각에 들어올 때마다 저녁 식사를 데워 놓은 것도 폴리였다. 모두가 잠든 집에서 폴리가 홀로, 그것도 밤에, 옆에 앉아 있는 것을 느끼면서 식사를 하다 보면 무얼 먹는지조차 모를 지경이었다. 마음 씀씀이는 또 어떠했던가! 춥거나 비가 오거나 바람이 불거나 하는 밤이면 어김없이 조그만 펀치 한잔을 어떻게든 마련해 주는 것이었다. 어쩌면 행복하게 함께 살 수도 있지 않을까…….

둘은 촛불을 하나씩 들고 함께 위층으로 살살 올라가 세 번째 층계참에서 아쉬운 작별 인사를 나누기도 했다. 키스도 했다. 폴리의 눈이며 감촉이며 황홀감 따위에 대한 기억이 생생했다.

그러나 황홀감이란 지나가는 법. 도런은 폴리의 어구를 빌려 와 '어쩌면 좋지?' 하고 되뇌었다. 독신자의 본능은 발을 빼라고 경고했다. 하지만 죄가 있지 않은가. 심지어 명예심조차 이런 죄에 대해서는 보상해야 한다고 타이르는 것이었다.

도런이 폴리와 침대 가에 앉아 있는데 메리가 문으로 와서 사모님이 응접실에서 좀 보잔다는 말을 전했다. 도런은 상의와 조끼를 걸치려고 일어서면서 전에 없이 막막한 느낌이 들었다. 옷을 입고 폴리에게 다가가 위로의 말을 건넸다. 괜찮을 테니 걱정 마. 침대 위에 쓰러져 울며 "어떻게 해!" 하고 한탄하는 폴리를 뒤로 하고 방을 나섰다.

도런은 계단을 내려가는데 안경에 하도 뿌옇게 김이 서려서 안경을 벗어 닦아야 했다. 지붕을 뚫고 올라가 이 골치 아픈 얘기를 다시는 듣지 않아도 될 어딘가 다른 나라로 훌쩍 날아가고 싶은 생각이 굴뚝같았으나 정체 모를 힘에 밀려서 한 발짝 한 발짝 층계를 내려갔다. 잔뜩 벼르고 있을 사장과 주인 아줌마의 얼굴이 곤혹스러워하는 자신을 째려보았다. 계단의 마지막 층계에서 '배스' 맥주 두 병을 품고 식료품실에서 올라오는 잭 무니와 마주쳤다. 둘은 냉랭하게 인사를 나누었고, 사랑에 빠진 남자의 눈길은 두툼한 불도그 상의 얼굴과 뭉툭한 두 팔에 잠깐 머물렀다. 계단 바닥에 이르러 위를 흘낏 쳐다보니 잭이 모퉁이 방문에서 자신을 지켜보는 모습이 눈에 들어왔다.

갑자기 도런은 작은 체구에 금발인 런던 출신의 음악당 '연예인' 한 사람이 폴리의 단정치 못한 행실 얘기를 은근히 꺼내던 밤이 생각났다. 그 바람에 잭은 폭력을 휘둘렀고 그로 인해 친목 모임은 엉망이 되다시피 했다. 모두 잭을 진정시키려고 했다. 음악당 '연예인'은 평소보다 다소 창백해진 낯빛으로 미소를 띠며 무슨 악의로 그런 것은 아니라고 연신 해명했으나, 잭은 어느 놈이든 딴 사람도 아닌 바로 '자기' 누이에게 그따위 장난을 치려 들면 주둥아리를 갈겨 이빨을 와장창 목구멍 속에 처넣을 것이며, 그러지 못하면 손에 장을 지지겠다고 '연예인'에게 고래고래 소리를 질러 댔다.

폴리는 잠시 침대 가에 앉아 울었다. 그러더니 눈물을 훔치고 거울 있는 데로 갔다. 물 단지에 수건 끝을 담가 찬물로 눈가를 훔쳤다. 자신의 옆모습을 바라보고는 귀 위로 꽂힌 머리핀을 바로잡았다. 그런 다음 침대로 돌아가 발치에 앉았다. 오래도록 베개를 쳐다보고 있자니 그 모습에 은밀하고 달콤한 기억이 떠올랐다. 목덜미를 차가운 철제 침대 난간에 기댄 채 공상에 빠져들었다. 얼굴에서 당황한 기색이라곤 이미 찾아볼 수 없었다.

끈기 있게, 거의 명랑한 기분이 되어, 차분한 태도로 기다리던 폴리의 기억은 점차 미래에 대한 희망과 전망으로 바뀌어 갔다. 희망과 전망이 어찌나 복잡다단하던지 눈길을 두고 있던 흰 베개가 이제는 보이지도 않게 되었고 무언가를 기다리는 중이라는 사실도 까맣게 잊어버렸다.

마침내 어머니가 부르는 소리가 들렸다. 폴리는 벌떡 일어나 계단 난간으로 내달렸다.

"폴리! 폴리!"

"네, 엄마?"

"애, 좀 내려오렴. 도런 씨가 너에게 할 말이 있다는구나."

그제야 비로소 폴리는 무엇을 기다리고 있었는지 생각이
났다.

작은 구름

팔 년 전 노스월 부두에서 배웅하면서 행운을 빌어 준 친구였다. 갤러허는 출세한 사람이 되어 있었다. 박식해 보이는 태도라든지, 마름 잘된 트위드 양복이라든지, 당당한 말씨만 보아도 금방 알아차릴 수 있었다. 그만한 재능을 가진 친구도 드물었지만, 그렇게 출세하고도 좋은 성품을 고스란히 간직하고 있는 사람은 더욱 드물었다. 갤러허는 원래부터 사람됨이 좋았고 출세할 만한 자질이 되었다. 그런 친구를 둔다는 건 든든한 일이었다.

꼬마 챈들러는 점심때부터 내내 갤러허와 만날 일, 갤러허의 초대, 갤러허가 살았다는 대도시 런던 따위에 대한 생각뿐이었다. 꼬마 챈들러가 그런 이름으로 불리는 이유는 평균 키보다 별로 작지 않은데도 키가 작은 사람이라는 인상을 주는 데 있었다. 손이 희고 작았으며, 몸집은 가냘팠고, 목소리는 조용했으며, 태도는 세련되었다. 비단결 같은 금발과 구레나 룻을 지극히 세심하게 보살폈고 손수건에는 향수를 지나치지 않게 뿌렸다. 속손톱은 완벽했고 웃을 때면 어린애같이 하얀 이가 가지런히 드러났다.

킹스 인스[20]의 책상에 앉아서 꼬마 챈들러는 지난 팔 년 동 안 달라진 게 무엇일까 생각해 보았다. 남루하고 궁색한 차림 으로만 알고 지내던 친구가 런던 언론계의 총아가 되어 버린 것이다. 꼬마 챈들러는 따분한 필기를 하다 말고 수시로 사무 실 창밖을 내다보았다. 늦가을 석양빛이 잔디 구역과 보도를 덮고 있었다. 석양빛은 옷차림이 말쑥하지 못한 간호원들과 벤치에 앉아 졸고 있는 쇠약한 노인들 위에 포근한 금가루를 쏟아부었고, 움직이는 모든 형체 위에, 자갈길을 소리 지르며 뛰어가는 아이들 위에도, 정원을 가로질러 지나가는 사람들 위에도 아른거렸다. 그 광경을 바라보며 인생을 생각하다 보 니, (인생을 생각할 때면 늘 그랬듯이) 슬퍼졌다. 슬며시 서글프 고 우울한 기분이 들었다. 운명에 맞서 발버둥친다는 것이 얼 마나 부질없는 노릇인가 싶었던 것인데, 이는 세월을 통해 반 복해서 터득한 지혜였다.

꼬마 챈들러는 자기 집 서가에 꽂힌 시집들이 떠올랐다. 총 각 시절에 사 두었던 것들로, 저녁에 현관에서 떨어진 작은 방 에 앉아 있을 때면 수시로 한 권을 서가에서 꺼내 어떤 대목을 아내에게 소리 내어 읽어 주고 싶은 유혹을 느끼곤 했다. 그러

---

20) 더블린에 있는 법학원.

나 늘 멋쩍은 나머지 그러질 못했고, 그러다 보니 시집들은 그냥 서가 위에 그대로 남아 있었다. 이따금 시 몇 줄을 혼자 되풀이해서 읽어 보곤 하는 것으로 그나마 위안을 삼았다.

일어날 시각이 되자 꼬마 챈들러는 자리에서 일어나 굳은 자세로 책상과 동료 직원들을 남겨 두고 나왔다. 세련되면서도 아담한 킹스 인스의 중세풍 홍예문 아래로 빠져나와 재빨리 헨리에타 거리를 따라 걸어갔다. 황금빛 석양은 희미해져 가고 있었고 공기는 살을 에는 듯했다. 아이들 한 무리가 꾀죄죄한 꼬락서니로 거리에 나와 있었다. 아이들은 길에 서거니 뛰거니 있거나 활짝 열린 문 앞 계단을 기어오르거나 문턱 위에 생쥐처럼 쪼그리고 앉아 있거나 했다. 아이들은 눈에 들어오지 않았다. 해충같이 하찮은 생활 터전을 죄다 지나, 과거 더블린의 귀족 계층이 거드름 피우던 황량하고 공허한 저택의 그늘 아래로 통하는 길을 잰걸음으로 들어섰다. 과거의 기억이 떠오르지 않은 건 지금 마음이 환희로 넘쳐나는 까닭이었다.

콜리스 호텔에 들어가 본 적은 없으나 그 이름의 유래는 알고 있었다. 사람들이 극장에서 나와 굴을 먹고 술을 마시기 위해 거기 간다는 것을 알고 있었고, 거기 웨이터들이 프랑스어와 독일어를 할 줄 안다는 말도 들은 적 있었다. 밤에 그 옆을 후다닥 지나가면서 문 앞에 마차들이 서 있는 광경이나 화려하게 빼입은 부인들이 기품 있는 신사들의 에스코트를 받으며 마차에서 내려 속히 안으로 들어가는 광경도 본 적이 있었다. 그 여자들은 현란한 옷을 입은 데다 온갖 장신구를 걸치고 있었다. 얼굴엔 분을 칠했고 옷이 땅에 닿을라치면 다급해진 아탈란타[21]처럼 옷을 걷어올렸다. 꼬마 챈들러는 항상 뒤돌아보지 않고 그냥 지나치곤 했더랬다. 낮 길도 잰걸음으로 가는 버릇이 있었고 어쩌다 밤늦게 시내에 있기라도 하면 불안하고 들뜬 듯이 길을 재촉했다. 그러나 때때로 불안을 자초하기도 했다. 가장 어둡고 좁은 길을 택한 까닭에, 성큼성큼 앞으로 걸어가다 보면 발걸음 주변에 깔린 정적이 신경쓰였고 말 없이 돌아다니는 사람들의 그림자가 거슬렸으며 때로는 잠깐 들리다 사라지는 낮은 웃음소리에 나뭇잎처럼 몸을 떨기도 했던 것이다.

꼬마 챈들러는 케이플 거리를 향해 오른쪽으로 방향을 틀었다. 런던 언론계를 주름잡는 이그네이셔스 갤러허라! 팔 년 전만 해도 이런 일이 있을 줄 누가 알았겠는가? 그럼에도 이제 와서 과거를 돌이켜 보니, 친구가 여러모로 장래 될성부른 나무의 싹수를 보였던 것을 떠올릴 수 있었다. 사람들은 이그네이셔스 갤러허가 방종하다고들 했다. 물론 그때 갤러허는 방탕한 패거리와 어울려 멋대로 술 마시고 도처에서 돈을 꾸고 다녔다. 끝내 무슨 수상한 돈거래 사건에 연루되기에 이르렀는데, 적어도 그것이 도피 행각에 대한 한 가지 견해이기는 했다. 그러나 누구도 그의 재능을 부정하지는 못했다. 이그네이셔스 갤러허에게는 슬며시 깊은 인상을 심어 주는 그 어

---

21) 그리스 신화 속 공주로, 아버지에게 버림받고 사냥꾼 손에서 자라 걸음 빠른 사냥꾼이 되었다.

떤…… 무언가가 항상 있었다. 무일푼에 돈 문제로 쩔쩔맬 때 조차도 넉살이 좋았으니까. 꼬마 챈들러는 이그네이셔스 갤러허가 궁지에 몰렸을 때 곧잘 하던 말 한마디를 기억해 냈다.(그리고 기억하고 보니 의기양양해져서 볼이 살짝 붉어지기까지 했다.)

"자, 하프타임이야, 친구들." 갤러허는 태평하게 말하곤 했다. "어디 머리 좀 짜 볼까?"

이그네이셔스 갤러허의 이러한 진면목에, 젠장, 어찌 탄복하지 않을쏜가.

꼬마 챈들러는 걸음을 빨리했다. 생전 처음으로 지나쳐 가는 사람들에게 우월감을 느꼈다. 챈들러의 영혼은 케이플 거리의 무미건조한 천박함에 처음으로 몸서리가 쳐졌다. 의심할 여지 없이, 성공하려면 여기를 떠야 했다. 더블린에서는 아무것도 할 수 없었다. 그래튼 다리를 건너며 강을 따라 낮은 부두 쪽을 바라보자니 초라하게 옹기종기 모여 있는 집들이 딱해 보였다. 눈에 띈 그것들은 흡사 먼지와 검댕이 잔뜩 묻은 코트 차림으로 강둑을 따라 우글우글 모여앉아 변해 가는 석양에 넋을 잃고 있다가 밤의 첫 한기가 찾아오면 자리에서 일어나 으스스 몸을 떨고 가 버리는 거지 떼 형상이었다. 꼬마 챈들러는 자신의 생각을 표현한 시를 한 편 쓸 수 있을지 궁금했다. 아마 갤러허라면 그것을 런던의 어느 신문에 보내 줄 수도 있을 텐데. 뭔가 독창적인 것을 쓸 수 있을까? 어떤 생각을 표현하고 싶은지는 확실치 않았지만, 시적인 순간이 찾아왔다는 생각이 어린애의 희망처럼 마음속에서 피어올랐다. 꼬마 챈들러는 씩씩하게 앞으로 걸음을 떼었다.

걸음을 뗄 때마다 초라하고 비예술적인 자신의 생활 터전에서 점점 멀어져 런던에 점점 가까워져 갔다. 한 줄기 빛이 마음의 지평 위에서 떨리기 시작했다. 이제 서른 둘, 아직 많은 나이는 아니었다. 기질적으로는 이제 막 성숙의 절정에 올라 있다고 할 수 있었다. 운문으로 표현하고 싶은 상이한 기분과 인상이 너무나 많았다. 마음속으로 그것이 느껴졌다. 자신의 영혼이 시인의 영혼인지를 가늠해 보고 싶었다. 생각해 보면 우수가 자기 기질의 주조를 이루고 있으나, 그건 반복되는 신념과 체념과 단순한 환희에 의해 빛이 바랜 우수였다. 만일 그것을 한 권의 시집으로 표현해 낼 수만 있다면 사람들이 귀를 기울여 줄 터였다. 결코 인기를 끌지는 못하리라는 것, 그쯤이야 알고 있었다. 대중을 좌지우지하지는 못하더라도 기질이 비슷한 소수의 사람들에게야 호소력이 있을 터인데. 영국의 비평가들이라면 아마도 자신의 시가 지닌 우수 어린 어조를 보고 켈트파[22]로 쳐주겠지. 어디 그뿐인가, 꼬마 챈들러는 인유(引喩)도 집어넣을 생각이었다. 자신의 책에 내려질 서평에 들어갈 만한 문장과 구절들을 지어 보기 시작했다. '챈들러 씨는 유유하고 우아한 운문에 재능이 있다……. 이 시들에는 애틋한 슬픔이 깔려 있다…… 켈트파의 정조(情調)가.' 자신의 이름이 좀 더 아일랜드풍이 아닌 것이 안타까웠다. 어쩌

---

22) 19세기 말 아일랜드의 시인들로, 모호하고 몽환적인 우수에 탐닉하며 아일랜드의 과거 문화, 언어, 민담, 신화 등에 관심을 기울였다.

면 성 앞에 어머니의 이름을 집어넣는 것이 더 나을 거야. 토머스 멀론 챈들러라고, 아니, T. 멀론 챈들러가 훨씬 낫겠군. 이 문제를 갤러허에게 상의해 봐야지.

워낙 맹렬하게 공상을 따라가다가 목적했던 거리를 지나치는 바람에 발길을 돌려야 했다. 콜리스 근처에 이르자 아까의 흥분에 압도되기 시작했고 문 앞에 멈춰 섰을 때는 망설여졌다. 마침내 문을 열고 들어갔다.

바의 불빛과 소음에 잠시 문간에서 멈칫했다. 주위를 둘러보았으나 빨갛고 파란 수많은 와인 잔이 반짝이며 시야를 어지럽혔다. 사람들이 바에 가득 찬 듯이 보였고 신기한 눈으로 쳐다보는 것처럼 느껴졌다. (긴한 볼일로 온 것처럼 보이려고 슬쩍 눈살을 찌푸리며) 좌우를 획 둘러보았으나, 시야가 웬만큼 눈에 들어오자 이쪽을 쳐다보려고 고개 돌린 사람이 아무도 없다는 것을 알았다. 그리고, 아니나 다를까, 저쪽에 이그네이셔스 갤러허가 카운터에 등을 기대고 다리를 쩍 벌린 채 서 있었다.

"어이, 토미, 이 친구, 이렇게 보다니! 뭘로 할까? 뭘 마시겠나? 난 위스키를 마시는 중인데 물 건너 저쪽 나라에 있는 것보다 낫다네. 소다? 리티아?[23] 탄산수는 싫다고? 나도 그래. 입맛을 버리거든……. 어이, '가르송',[24] 여기 몰트위스키 반 잔짜리 두 개 가져다주겠나. ……자, 우리 마지막 본 이후로

---

23) 리튬염이 함유된 탄산수.
24) garçon. 웨이터를 부를 때 쓰는 프랑스어 호칭.

어떻게 지냈지? 아니, 이런, 우리 나이 먹어 가는 것 좀 봐! 나도 나이 먹는 티가 나나? 응, 뭐라고? 머리가 좀 세고 정수리에 숱이 적다고, 뭐?"

이그네이셔스 갤러허는 모자를 벗고 바짝 친 커다란 머리를 드러냈다. 짙은 청회색 눈은 건강이 안 좋은 듯 창백한 혈색을 더 두드러져 보이게 하면서 목에 맨 산뜻한 오렌지색 타이 위로 형형한 빛을 발했다. 경쟁적으로 눈에 띄려는 이들 특징 사이에서 입술은 매우 길고 볼품없고 맥없어 보였다. 갤러허는 고개를 숙여 정수리에 있는 숱 적은 머리카락을 안됐다는 듯 두 손가락으로 매만졌다. 꼬마 챈들러는 인정 못 하겠다는 듯 고개를 내저었다. 이그네이셔스 갤러허는 다시 모자를 쓰며 말했다.

"언론 생활이라는 게 말이야, 사람 몸을 망쳐 버려. 항상 허둥지둥 뛰어다니며 기삿거리를 찾아 헤매도 찾지 못할 때가 있거든. 항상 새로운 기삿거리를 찾아야 하는 데다, 망할 놈의 교정쇄니 인쇄기 때문에 단 며칠이라도 쉴 수가 있나. 정말이지, 내 땅에 돌아오니 기분이 그만이구먼. 잠깐씩 휴가를 보내는 게 몸에 좋아. 다정하고 더러운 더블린에 다시 발을 들여놓고 나니 몸이 천만 배 좋아진 느낌이라니까……. 자, 술이 왔군, 토미. 물 타 줄까? 알맞게 따랐을 때 됐다고 말해 주게."

꼬마 챈들러는 위스키에 물을 매우 많이 탔다.

이그네이셔스 갤러허가 말했다.

"이 친구, 뭐가 몸에 좋은지를 모르는구먼. 난 스트레이트로 마신다네."

꼬마 챈들러가 겸손하게 말했다.

"난 아주 조금만 마시기로 하고 있어. 이따금 옛 친구를 만날 때나 그저 반 잔 정도 할 뿐이야."

"아, 그래." 이그네이셔스 갤러허가 쾌활하게 말했다. "우리와 옛날과 오랜 친구를 위하여!"

둘은 잔을 부딪치고 건배를 했다.

"난 오늘 옛 친구 몇을 만났다네." 이그네이셔스 갤러허가 말했다. "오하라가 별로 안 좋아 보이던데. 그 친구 뭐 하나?"

"아무것도." 꼬마 챈들러가 말했다. "그 친구 신세 조졌어."

"하지만 호건은 좋은 자리에 있지 않나?"

"그런 셈이지, 토지 위원회[25]에 있으니까."

"어느 날 밤에 런던에서 만나 보니까 신수가 아주 훤하던걸⋯⋯. 불쌍한 오하라! 술 때문인가?"

"다른 이유도 있고." 하고 꼬마 챈들러가 뚝뚝하게 받았다.

이그네이셔스 갤러허가 웃으며 말했다.

"토미, 자넬 보아하니 눈곱만큼도 안 변했군. 일요일 아침마다 내가 숙취로 머리가 아프고 설태가 끼면 훈계를 늘어놓곤 하던 샌님 그대로야. 세상 견문을 좀 넓혀 봐. 어디 가 본 데 없나? 여행 삼아서라도 말이야."

꼬마 챈들러가 말했다.

"만 섬(島)에 가 본 적이 있어."

---

25) 농토를 지주로부터 소작인에게로 이전시키는 일을 관리하던 아일랜드의 토지 위임 법정.

이그네이셔스 갤러허가 웃으며 말했다.

"만 섬이라고! 런던이나 파리로 가 봐. 굳이 고른다면 파리로 가고. 도움이 될 걸세."

"자넨 파리 구경 좀 해 봤나?"

"하다마다! 여기저기 좀 다녀 봤지."

"사람들 말대로 정말 그렇게 아름다운가?" 하고 꼬마 챈들러가 물었다.

꼬마 챈들러는 이그네이셔스가 술을 시원스레 털어 넣는 동안 그저 홀짝거리기만 했다.

"아름답느냐고?" 할 말과 술맛에 대한 생각으로 뜸을 들이면서 이그네이셔스 갤러허가 말했다. "뭐 그리 아름다운 건 아냐. 물론 아름답긴 하지……. 하지만 요는 파리의 생활이야. 아, 파리만 한 도시가 어디 있나, 쾌활함에, 진보에, 자극에……."

꼬마 챈들러는 위스키를 다 마시고 나서 애써 바텐더의 시선을 잡는 데 겨우 성공했다. 다시 같은 걸 주문했다.

"물랭루주에도 가 봤고."

이그네이셔스 갤러허는 바텐더가 둘의 잔을 치우고 나자 말을 이었다.

"보헤미안 카페에도 두루 가 봤지. 끝내줘! 자네같이 점잖은 친구는 갈 데가 못 돼지만 말이야, 토미."

꼬마 챈들러는 아무 말도 않고 있다가 바텐더가 술잔 두 개를 가지고 돌아오자 친구의 잔에 자기 잔을 가볍게 부딪쳐 아까처럼 건배를 나누었다. 조금씩 실망감이 들기 시작했다. 갤러허의 말투라든지 의사 표현 방식이 탐탁지 않았다. 친구의 태도에는 무언가 전에는 눈에 띄지 않던 천박함이 풍겼다. 그러나 어쩌면 언론계의 부산함과 경쟁에 부대끼며 런던에 살다 보니 그냥 그리됐는지도 모를 일이었다. 새로 생긴 이 속된 태도 밑에는 여전히 옛날의 인간적인 매력이 남아 있었다. 그리고 어찌 됐든 갤러허는 인생 경험을 했고 세상 구경을 하지 않았나. 꼬마 챈들러는 부러운 눈으로 친구를 바라보았다.

"파리에서는 모든 게 유쾌해." 이그네이셔스 갤러허가 말했다. "파리 사람들은 인생을 즐겨야 한다고 믿지, 그 생각이 맞는 것 같지 않나? 인생을 제대로 즐기고 싶으면 파리로 가야 하네. 그리고 말일세, 그곳에서는 아일랜드 사람이라면 사족을 못 쓰거든. 사람들이 내가 아일랜드에서 왔다는 말에 깜박 죽더라니까."

꼬마 챈들러는 술잔을 네댓 번 홀짝거리며 말했다.

"이보게, 파리가 소문대로 그렇게…… 부도덕하다는 게 사실인가?"

이그네이셔스 갤러허는 오른팔로 통 큰 사람의 동작을 취하며 말했다.

"부도덕하지 않은 곳이 어디 있나. 물론 파리가 방탕한 맛이 있지. 예를 들어 학생들 춤판 벌어진 데를 한번 가 봐. '코코트'[26]들이 한번 놀기 시작하면 화끈하거든. '코코트'가 뭔지 알겠지?"

---

26) cocottes. '잘 노는 여자', '매춘부'라는 뜻의 프랑스어.

꼬마 챈들러가 말했다.

"들어 본 적은 있어."

이그네이셔스 갤러허는 위스키를 마신 다음 고개를 흔들며 말했다.

"아, 자네가 뭐라고 해도 좋아. 파리 여자만 한 여자가 없다고, 옷차림으로나 발랄함으로나."

꼬마 챈들러는 조심스럽지만 끈질기게 물고 늘어졌다.

"그러니까 부도덕한 도시군그래? 런던이나 더블린하고 비교해서 말이야."

이그네이셔스 갤러허가 말했다.

"런던이라고! 오십 보 백 보야. 이 친구야, 호건한테 한번 물어봐. 그 친구가 런던에 와 있을 때 내가 시내 구경을 좀 시켜 준 적이 있거든. 자네 눈이 번쩍 뜨이게 해 줄걸……. 아니, 토미, 그 위스키를 그렇게 펀치 빨 듯 하지 마. 한 입에 툭 털어 마시라고."

"아냐, 실은……."

"에이, 뭘 그래, 한 잔 더 한다고 어디가 덧나? 뭘로 할래? 똑같은 걸로 하지?"

"그럼…… 그러지 뭐."

"'프랑수아',[27] 여기 같은 걸로 한 잔 더……. 토미, 담배 피우겠나?"

이그네이셔스 갤러허는 담뱃갑을 꺼냈다. 두 친구는 담배

---

27) François. 웨이터에게 쓰는 파리 토박이 말투를 흉내 내는 것.

에 불을 붙여 술이 올 때까지 말없이 빨아 댔다.

"내 의견을 말해 볼까?" 담배 연기에 가려져 있던 몸을 잠시 뒤에 드러내면서 이그네이셔스 갤러허가 말했다. "요지경 세상이야. 부도덕한 얘기라! 그런 사례에 관한 소문을 들은 적 있지. 아니, 내가 지금 무슨 소릴 하는 거야? 소문을 들은 게 아니라 내가 직접 경험한 경우들이야. 부도덕한…… 사례 말일세……."

이그네이셔스 갤러허는 생각에 잠긴 채 시가를 뻐끔대다가 이어서 차분한 사학자의 어조로 해외에 만연한 타락상 몇 가지를 친구에게 설명하기 시작했다. 여러 나라 수도의 악습들을 간추리는데 그중 베를린을 첫손가락으로 꼽고 싶은 눈치였다. (친구들한테 전해 들은 것이라서) 장담할 수 없는 것들도 있었고, 직접 경험한 것들도 있었다. 지위고 신분이고 가리지 않았다. 갤러허는 유럽 대륙 수도원의 많은 비밀들을 들추고 상류사회에서 횡행하는 몇 가지 관습을 늘어놓더니 급기야는 한 영국 공작부인에 관한 이야기, 사실이라는 것을 알고 있는 이야기를 상세히 알려 주었다. 꼬마 챈들러는 놀라 자빠졌다.

이그네이셔스 갤러허는 말했다.

"하기야, 우리가 있는 이곳 구식 도시 더블린에서는 이런 일에 감감무소식일 수밖에."

꼬마 챈들러가 말했다.

"그런 다른 도시들을 다 둘러보고 나서 더블린을 보면 얼마나 답답하겠나!"

이그네이셔스 갤러허가 말했다.

"그래도 여기로 건너오면 마음이 느긋해지거든. 하기야 따지고 보면 그래도 고향 땅 아닌가? 그런 도시에 호감을 안 느낄 수 있나. 인지상정이지……. 한데 자네 소식 좀 들려주게. 호건한테서 듣자니 자네…… 신혼 재미로 깨가 쏟아진다며. 이 년 전 아닌가?"

꼬마 챈들러는 낯을 붉히고 빙긋이 웃으며 말했다.

"맞아, 결혼했어. 지난 5월로 꼭 열두 달 됐다네."

이그네이셔스 갤러허가 말했다.

"축하해 주기에 너무 늦은 거나 아닌지 모르겠구먼. 자네 주소를 알았어야 말이지. 그렇지만 않았다면 제때 축하해 주었을 텐데."

악수를 청하며 내민 손을 꼬마 챈들러가 잡자 갤러허가 말했다.

"자, 토미, 난 자네와 자네 가족에게 인생의 모든 기쁨과 횡재수가 따르기를 비네. 그리고 마르고 닳도록 오래오래 살기를 비네. 진정한 친구, 옛 친구로서 빌어 주는 소망일세. 알고 있겠지?"

꼬마 챈들러가 말했다.

"아다마다."

이그네이셔스 갤러허가 물었다.

"아이들은?"

꼬마 챈들러는 다시 얼굴을 붉히며 말했다.

"한 놈 있어."

"아들이야, 딸이야?"

"어린 사내 녀석."

이그네이셔스 갤러허는 친구의 등을 철썩 치며 말했다.

"좋았어. 아무렴 그래야지, 토미."

꼬마 챈들러는 웃음을 띠고 갈피를 못 잡는 듯 술잔을 바라보다가 어린애같이 하얀 앞니 세 개를 드러내며 아랫입술을 물고 말했다.

"자네 돌아가기 전에 우리하고 저녁이나 한번 같이하면 어때? 우리 마누라가 자넬 보면 반가워할 거야. 잠시 음악이나 들으면서 말이지."

이그네이셔스 갤러허가 말했다.

"정말 고맙네, 이 친구. 하지만 우리가 좀 더 일찍 만나지 못한 게 안타깝군. 내일 밤에 떠나야 하거든."

"혹시 오늘 밤은……?"

"정말로 미안하네, 이 사람. 실은 다른 친구 한 명과 함께 와서 말이야. 이 친구도 역시 똑똑한 젊은 친군데, 조그마한 카드 판에 가기로 약속이 돼 있거든. 그것만 아니라면……."

"아, 그렇다면 뭐……."

"하지만 또 아나?" 이그네이셔스 갤러허가 생각해 주는 듯 말했다. "이제 길을 한번 텄으니 내년에 또 이리 건너오게 될지. 그저 기쁨을 묵혀 두는 걸로 하지 뭐."

꼬마 챈들러가 말했다.

"그럼 좋아. 다음에 올 때는 저녁을 함께 보내기로 약속하는 거야. 그럼 이의 없겠지?"

이그네이셔스 갤러허가 말했다.

"암, 이의 없고 말고. 내년에 오게 되면, '파롤 도뇌르'[28]."

꼬마 챈들러가 말했다.

"그럼 확실하게 약속한다는 의미로, 이제 딱 한 잔만 더 하세."

이그네이셔스 갤러허는 커다란 금시계를 꺼내 쳐다보며 말했다.

"마지막이지? 기사 원고 교정쇄가 와 있어서 말이야."

꼬마 챈들러가 말했다.

"아, 그야 물론이지."

이그네이셔스 갤러허가 말했다.

"좋아, 정 그렇다면, 한 잔 더 하자고, '데옥 안 도루이'[29]로. 작은 위스키 한 잔에 딱 맞는 표현 아닌가."

꼬마 챈들러는 술을 시켰다. 조금 전 얼굴에 떠오른 홍조가 본격적으로 퍼져 가고 있었다. 원래 별것도 아닌 일에 아무 때고 얼굴이 붉어지곤 했는데, 지금은 몸이 달아오르고 들뜨기까지 했다. 작은 잔으로 세 잔 마신 위스키가 올라 있었던 데다 섬약하고 절제하는 체질인지라 갤러허가 피워 대는 독한 시가에 마음이 어지러웠다. 팔 년 만에 갤러허를 만나, 휘황찬란하고 웅성웅성하는 콜리스 호텔에서 자리를 함께하고, 이야기를 듣고, 잠깐이나마 성공적인 유랑 생활 이야기를 듣는 모험으로 예의 예민한 성격은 평정을 잃었다. 자신의 삶과 친

---

28) parole d'honneur. '맹세코'란 뜻의 프랑스어.
29) deoc an doruis. '이별주'란 뜻의 아일랜드 고유어.

구의 삶이 보이는 대조가 뼈저리게 사무치자 억울한 생각이 들었다. 갤러허는 태생으로나 학벌로나 자기보다 처지는 친구였다. 기회만 주어진다면 친구가 이미 이루었거나 이룰 수 있는 것보다 더 나은 무엇, 허울 좋은 언론 활동보다 더 나은 무엇인가를 해낼 자신이 있었다. 앞길을 가로막고 있는 게 무엇이란 말인가? 한탄스러울 만큼 소심하기는! 무슨 수로든 자신을 변호하고 싶었고 자신의 남자다움을 과시하고 싶었다. 갤러허가 초대를 거절한 속마음을 꿰뚫어보았다. 갤러허는 아일랜드를 찾아옴으로써 고국에 선심 쓰는 것과 똑같이 다정한 태도로 선심이나 쓰고 있을 따름이었다.

바텐더가 술을 가져왔다. 꼬마 챈들러는 잔 하나를 친구 쪽으로 밀어 보내고 다른 한 잔을 거침없이 들어 올렸다.

"누가 알아?" 둘이 잔을 들 때 꼬마 챈들러가 말했다. "자네가 내년에 오면 내가 기꺼이 이그네이셔스 갤러허 부부에게 장수와 만복을 빌어 주는 즐거움을 누리게 될지 말이야."

이그네이셔스 갤러허는 막 마시려다 말고 잔 가장자리 위로 한 눈을 질끈 감았다. 마시고 나서는 입술을 쩝쩝 다시며 잔을 내려놓고 말했다.

"그딴 걱정일랑 붙들어 매, 이 사람아. 실컷 놀면서 세상 구경, 인생 구경을 한 다음에나 그런 굴레를 뒤집어쓸 테니까. 그나마도 뒤집어쓰게 된다면 말이야."

꼬마 챈들러가 태연하게 말했다.

"언젠가는 뒤집어쓰게 되어 있지."

이그네이셔스 갤러허는 오렌지빛 넥타이와 청회색 눈을 친구에게 바짝 갖다 대며 말했다.

"그렇게 생각하나?"

"다른 사람들이 다 그렇듯이 굴레를 뒤집어쓰게 되어 있다 니까." 꼬마 챈들러가 완강하게 말을 반복했다. "임자를 만나 기만 한다면 말이야."

꼬마 챈들러는 살짝 어조에 힘을 주었고 자기 속마음을 들 켰다는 것을 의식했다. 그러나 비록 뺨에 홍조가 더 진해져 있 었지만 친구의 시선을 피하지는 않았다. 이그네이셔스 갤러 허는 잠시 친구를 바라보다가 말했다.

"만약 그런 일이 생긴다 해도, 내가 감상적인 연애질이나 하느라고 어영부영 노닥거린다면 손에 장을 지지겠네. 난 돈 보고 결혼할 작정이니까. 은행에 돈을 두둑이 쟁여 놓은 여자 라면 모를까, 그렇지 않은 여자는 나한텐 쓸모없어."

꼬마 챈들러는 고개를 저었다.

"어허, 이 사람아." 하고 이그네이셔스 갤러허가 펄쩍 뛰며 말했다. "무슨 얘긴지 알겠나? 내 말 한마디면 당장 내일이라 도 여자와 현금을 한꺼번에 수중에 넣을 수 있단 말일세. 믿기 지 않는다고? 그래, 알아. 돈방석에 앉아 있는 수백, 아니, 그 게 아니지, 수천이나 되는 독일인들과 유태인들이 내 말만 떨 어지면 기꺼이……. 조금만 두고 봐, 이 친구야. 내가 제대로 해내는지 못 해내는지 보라고. 내가 이래 봬도 한번 한다 하면 하는 사람이니까. 두고 봐."

갤러허는 술잔을 입으로 가져가 마저 비운 다음 큰 소리로 웃어 젖혔다. 그러고는 생각에 잠긴 듯 정면을 바라보며 한결 차분해진 어조로 말했다.

"하지만 서두르지 않겠네. 기다릴 테면 기다리라지. 한 여자에게 목을 매서 좋을 게 뭔가."

갤러허는 입으로 맛보는 동작을 흉내 내더니 상을 찌푸리며 말했다.

"술맛이 살짝 간 것 같은데."

꼬마 챈들러는 거실에서 떨어진 방에 앉아 아이를 안고 있었다. 돈을 절약하기 위해 하인을 두지 않았고, 그 대신 애니의 동생인 모니카가 아침과 저녁에 각각 한 시간쯤 도와주러 왔다. 그러나 모니카가 집으로 간 지는 한참 되었다. 9시 십오 분 전이었다. 꼬마 챈들러는 차[30] 시간이 지나 늦게 귀가한 데다, 집에 올 때 뷸리 상점에서 애니에게 줄 커피 꾸러미를 사 오는 걸 잊어버린 터였다. 물론 애니는 단단히 골이 나 있었고 대꾸하는 소리도 퉁명스러웠다. 차 같은 건 차리지도 않겠다고 하더니만 막상 길모퉁이 가게가 문 닫을 시간이 다가오자, 차 4분의 1파운드와 설탕 2파운드를 몸소 사러 나가기로 마음을 바꿔먹었다. 애니는 잠든 아이를 솜씨 좋게 남편 품에 안기며 말했다.

"여기 받아요. 아이 깨우지 말고."

백색 자기로 된 갓이 달린 자그마한 등이 탁자 위에 놓여 있

---

30) 오후 5시 경에 홍차를 곁들여 먹는 간단한 식사를 가리키는데, 흔히 저녁 식사를 뜻하기도 한다.

었는데 그 불빛이 쭈글쭈글한 뿔 액자에 끼워 놓은 사진을 비추었다. 애니의 사진이었다. 꼬마 챈들러는 그 사진을 쳐다보다가 꽉 다문 얇은 입술에 눈길이 멎었다. 애니는 꼬마 챈들러가 어느 토요일 귀갓길에 선물로 사다 준 옅은 청색의 여름 블라우스 차림이었다. 10실링 11펜스를 들인 그 옷을 사느라고 안절부절못하며 얼마나 애를 먹었던지! 가게가 빌 때까지 기다리고, 판매대에 서서 젊은 여자가 숙녀 블라우스를 앞에 늘어놓는 동안 짐짓 여유를 부리느라 애를 쓰고, 카운터에서 셈을 치르고, 1페니라는 거스름 푼돈을 챙기는 걸 깜빡하고 나가다가 계산원의 부름을 받고, 마침내 가게를 떠날 때 옷이 안전하게 잘 붙어 있는지 보기 위해 짐꾸러미를 조사하는 척하며 블라우스를 감추느라고 애쓰는 등 그날 고생이 얼마나 자심했던가! 블라우스를 집으로 가져왔을 때 애니는 입을 맞춰 주며 아주 예쁘고 멋지다고 말하더니 막상 옷값을 듣고서는 탁자 위에 블라우스를 팽개치고 그런 물건에 10실링 11펜스나 받다니 완전한 사기라고 말했다. 애니는 처음에 그것을 무르고 싶어 했으나 한번 입어 본 다음에는 그 옷, 특히 소매의 만듦새에 흐뭇한 나머지 입을 맞춰 주며 자기 생각을 그렇게 해 주다니 참으로 좋은 남자라고 말했던 것이다.

흠……!

사진 속 눈을 냉정하게 들여다보니 그 눈도 냉정하게 맞받았다. 확실히 눈은 예뻤고 얼굴 자체도 예뻤다. 하지만 얼굴에는 어딘가 천박한 구석이 있었다. 왜 저리 멍하니 딱 숙녀풍일까? 냉랭한 눈매도 짜증스러웠다. 발칙하고 당돌한 눈이었다.

열정도, 환희도 없었다. 갤러허가 돈 많은 유태 여자에 대해 한 말이 생각났다. 동양 여자의 검은색 눈이라, 생각하면 얼마나 열정이, 관능적인 열망이 넘치는 눈인가! ……왜 하필 사진 속의 눈과 결혼했더란 말인가?

그 질문에 골몰한 채 초조한 듯 방을 힐끗 둘러보았다. 집에 들이기 위해 할부로 산 예쁜 가구에 왠지 천박함이 감돌았다. 애니가 직접 고른 것이라서 그럴까, 애니가 떠올랐다. 가구 역시 깔끔하고 예뻤다. 마음속에서 자신의 삶에 대한 무지근한 분개심이 솟구쳤다. 이 작은 집에서 빠져나갈 수 없단 말인가? 갤러허처럼 멋지게 살아 볼 시도를 하기에는 너무 늦었단 말인가? 런던으로 갈 수 있을까? 아직 가구값도 지불하지 못한 판이었다. 책을 써서 출판할 수만 있다면 길이 활짝 열릴 텐데.

앞을 보니 탁자 위에 바이런 시집 한 권이 놓여 있었다. 아이가 깰까 봐 왼손으로 조심스럽게 책을 펼쳐 수록된 첫 번째 시를 읽기 시작했다.

바람은 잠들고 저녁 어스름 고요하니,
덤불에 떠도는 미풍 한 줄기 없는데,
나 돌아와 마거릿 무덤을 바라보며
내 사랑하는 유해에 꽃을 뿌리네.

읽기를 멈추었다. 방 안 여기저기 시의 리듬이 느껴졌다. 얼마나 우울한 리듬인가! 나도 저렇게 쓸 수 있을까? 내 영혼의 우수를 운문으로 표현할 수 있을까? 묘사하고 싶은 것이 너무나 많았다. 이를테면 그래튼 다리 위에서 두어 시간 전에 느낀 감흥 같은 것. 다시 그 기분으로 돌아갈 수만 있다면⋯⋯.

아이가 깨어 울기 시작했다. 책장을 덮고 아이를 달래려고 해 보았으나 아이는 막무가내였다. 아이를 품에 안고 이리저리 어르기 시작했지만 아이의 칭얼대는 소리는 더욱 날카로워져 갔다. 아이를 더 빨리 어르며 눈으로는 두 번째 연을 읽기 시작했다.

이 좁은 무덤 안에 누운 임의 육신이여,
예전에는 그 육신 속에⋯⋯

소용없는 짓이었다. 읽을 수가 없었다. 아무것도 할 수 없었다. 아이의 칭얼대는 소리가 고막을 찔러 댔다. 소용없어, 소용없다고! 종신형 죄수 팔자야. 그는 분노로 팔을 떨면서 별안간 아이의 얼굴로 몸을 굽히고 소리 질렀다.

"뚝!"

아이는 잠깐 그쳤다가 무서움에 발작을 일으키더니 빽빽거리기 시작했다. 의자에서 벌떡 일어나 아이를 품에 안고 방 안을 이리저리 황급히 거닐었다. 녀석은 사오 초가량 숨을 멈췄다가 다시 소리를 질러 대는 식으로 처량하게 울어 대기 시작했다. 얇은 방벽에서 그 소리가 메아리쳤다. 녀석은 달래려 해도 더욱 발작적으로 울어 댔다. 상을 찌푸리고 부르르 떠는 아이의 얼굴을 보니 와락 겁이 나기 시작했다. 녀석이 쉴 새 없이 목메어 우는 소리를 일곱까지나 세고는 두려운 나머지 아이를 가슴에 꼭 품었다. 죽기라도 한다면!

문이 왈칵 열리더니 젊은 여자가 숨을 헐떡이며 뛰어 들어왔다.

여자가 소리쳤다.

"무슨 일예요? 무슨 일예요?"

아이는 엄마 목소리를 듣더니 발작적으로 울어 댔다.

"아무것도 아냐, 애니…… 아무것도 아냐……. 애가 울기 시작하는데……."

여자는 장바구니를 마루에 팽개치고 아이를 채 갔다.

여자는 남편의 얼굴을 노려보면서 소리쳤다.

"아이한테 무슨 짓을 한 거예요?"

꼬마 챈들러는 잠시 여자의 눈초리를 받아들였고 그 눈초리에 담긴 증오를 마주하자 가슴이 오그라들었다. 말을 더듬기 시작했다.

"아무것도 아니야……. 녀석이…… 녀석이 울기 시작하는데…… 도무지 어쩔 수가…… 내가 어떻게 한 건 아니라고……. 왜?"

이 말에는 아랑곳없이 아내는 아이를 품에 꼭 끌어안고 방 안을 이리저리 걸어 다니기 시작하며 중얼거렸다.

"우리 꼬마 장부! 우리 꼬마 장부! 놀랐지, 아가? ……옳지, 옳지, 우리 아가! 옳지, 옳지! ……아기 양! 세상에 하나뿐인 엄마의 꼬마 양! ……옳지, 옳지!"

꼬마 챈들러는 수치심으로 뺨이 벌게진 채 불빛에서 저만

치 떨어져 서 있었다. 아이의 발작적인 흐느낌이 점점 잦아드
는 걸 듣고 있자니 두 눈에 뉘우침의 눈물이 맺혔다.

대응[31]

　요란히 울려 대는 벨 소리에 파커 양이 내선 전화기 있는 데로 가자, 사나운 목소리가 귀 따가운 북아일랜드 억양으로 고함을 질러 댔다.

　"패링턴 올려 보내!"

　파커는 타자기 있는 자리로 돌아와 책상에서 뭔가를 쓰고 있는 사내에게 말했다.

　"알린 사장님이 위층으로 올라오시라는데요."

---

31) 원제인 'Counterparts'는 쌍을 이루는 두 쪽 중 한쪽을 의미하기도 하고 닮은꼴을 의미하기도 한다. 따라서 이 작품에서 주인공과 대결을 벌이는 상대들을 가리킬 수도 있고, 그 상대들이 모두 주인공의 대결 상대라는 점에서 그 대결들이 서로 닮은꼴이라는 것을 가리킬 수도 있다. counterpart는 복사물(닮은꼴의 특수한 경우)이란 뜻도 있는데, 주인공의 직업이 서류 베끼는 일이라는 점에서 이 역시 무관하다고 보기 어렵다. 역자는 이 모든 함축적 의미를 포괄하고 싶은 바람에서 '대응'이란 단어를 선택했다.

사내는 나지막이 "염병할 작자!" 하고 뇌까리며 의자를 뒤로 밀쳐 내고 일어섰다. 일어서고 보니 키가 훤칠하고 체격이 우람했다. 축 늘어뜨린 얼굴은 짙은 적포도주빛이었고, 눈썹과 콧수염은 노란색이었으며, 눈은 약간 앞으로 튀어나온 것이 흰자위가 칙칙했다. 사내는 카운터를 들어 올리고 고객들 옆을 지나 무거운 발걸음으로 사무실을 나갔다.

사내가 터벅터벅 위층으로 올라가 두 번째 층계참에 이르러 마주한 문에는 '알린'이란 글자가 새겨진 동판이 내걸려 있었다. 여기 멈추어 서자 힘들고 짜증이 나서 숨을 씩씩거리며 문을 두드렸다. 날카로운 목소리가 외쳤다.

"들어와!"

사내는 알린 사장 방으로 들어갔다. 그와 동시에 깨끗이 면도한 얼굴에 금테 안경을 쓴 작은 체구의 남자인 알린 사장은 서류 더미 위로 머리를 번쩍 들어 올렸다. 머리 자체가 어찌나 연분홍빛에 숱이 없던지 영락없이 서류 위에 놓인 커다란 달걀 형상이었다. 알린 사장은 지체 없이 퍼부어 댔다.

"패링턴? 이게 도대체 어찌된 셈이야? 내가 왜 늘 자네한테 푸념해야 되지? 보들리 사(社)와 키어원 사 간의 계약서 사본을 왜 아직 준비 못 했는지 그 영문을 물어봐도 되겠나? 4시까지 준비해야 한다고 일렀을 텐데."

"하지만 셸리 과장님 말씀이……."

"'과장님 말씀' 같은 소리 하고 있네……. '과장님 말씀' 말고 내가 하는 말에나 신경 쓰지그래. 자네는 항상 업무를 태만히 해 놓고 이 핑계 저 핑계 대기 바쁘지. 오늘 저녁까지 계약서를 복사해 놓지 못하면 이 문제를 크로스비 사장에게도 얘기할 테니 그런 줄 알게……. 이제 알아듣겠나?"

"네."

"이제 알아듣느냐고. ……네, 하고선 또 사고를 치지! 자네한테 말하느니 차라리 벽에 대고 말하는 게 낫겠어. 마지막으로 일러 두는데, 자네 점심시간은 반시간이지 한 시간 반이 아니란 걸 알아 두라고. 도대체 점심을 몇 코스짜리로 먹고 싶어서 그러는 건지, 원……. 이제 내 말 새겨들어?"

"네."

알린 사장은 다시 서류 더미 위로 머리를 숙였다. 사내는 크로스비 앤드 알린 사의 사업을 경영하는 반들반들한 머리통을 꼼짝 않고 노려보면서 저게 얼마나 약할까 하고 가늠해 보았다. 치솟는 분노에 잠시 목이 콱 메었다가 노기가 가라앉자 심하게 타는 듯한 갈증을 느꼈다. 사내는 그 갈증을 깨닫고는 밤에 거나하게 술 한잔해야겠다고 느꼈다. 이달도 중순이 지났으니 사본 정서하는 일만 제때 처리하면 알린 씨가 경리에게 가불 지시를 내려 줄지도 모를 일이었다. 사내는 가만히 서서 서류 더미에 파묻힌 머리를 뚫어지게 바라보았다. 갑자기 알린 사장이 뭔가를 찾느라고 서류 더미를 온통 뒤집어 놓기 시작했다. 그러더니 바로 그 순간까지 사내가 그 자리에 계속 있었다는 것을 깨닫지 못했던 듯 머리를 번쩍 쳐들면서 말했다.

"어? 하루 종일 그 자리에 서 있을 작정이야? 패링턴, 정말이지 자네, 속 한번 편하군그래!"

"혹시 해서 기다리느라고 ……."

"됐어, 혹시고 자시고 기다릴 것 없어. 아래층으로 내려가 일이나 하라고."

사내가 무거운 발걸음으로 문 쪽으로 가서 막 방을 나오려는데, 계약서 복사가 저녁때까지 마무리되지 않으면 크로스비 사장 귀에도 이 얘기가 들어갈 줄 알라고 외치는 소리가 등 뒤로 들려왔다.

사내는 아래층 사무실의 자기 책상으로 돌아가 아직 베껴야 할 분량이 몇 장이나 남았는지 세어 보았다. 펜을 집어 들어 잉크에 적시고서도 마지막에 쓴 '여하한 경우에도 상기한 버나드 보들리는……'이란 말을 멍하니 계속 들여다보았다. 저녁이 깔리고 있으니 조금 있으면 가스등에 불이 켜질 텐데 그때나 돼야 쓸 수가 있을 것이다. 목의 갈증을 풀어야겠다고 느꼈다. 책상에서 일어나 아까처럼 카운터를 들어 올리고 사무실 밖으로 나갔다. 밖으로 나가려는데 과장이 의아한 눈초리로 쳐다보았다.

사내는 손가락으로 행선지를 가리키며 말했다.

"별일 아닙니다, 과장님."

과장은 모자 두는 선반을 흘끗 쳐다보았으나 빈자리가 없는 것을 보고 더는 말이 없었다. 층계참에 이르자마자 사내는 주머니에서 격자무늬 목동 모자를 꺼내 쓰고 삐걱거리는 층계를 쏜살같이 내려갔다. 길에 면한 문에서부터는 모퉁이 쪽을 향해 길 안쪽으로 살금살금 걸어가다가 느닷없이 어느 출입구로 들어갔다. 이윽고 오닐 술집의 어둑한 구석방에 무사히 들어와 바 쪽으로 나 있는 작은 창에 적포도주나 거뭇한 고기 색깔로 달아오른 얼굴을 쑥 들이밀고 소리쳤다.

"어이, 팻, 여기 흑맥주 한 잔 가져다주겠나."

바텐더는 담백한 흑맥주 한 잔을 그에게 가져왔다. 사내는 맥주를 꿀꺽꿀꺽 한입에 털어 넣고 회향 씨를 하나 달라고 했다. 1페니짜리 동전을 카운터에 놓고는 바텐더가 어둠 속에서 그걸 찾느라 더듬거리거나 말거나 아까 들어올 때처럼 슬그머니 구석방에서 나왔다.

짙은 안개를 동반한 어둠이 2월의 해질녘에 깔리고 있었고 유스터스 거리의 가로등들은 이미 불이 켜져 있었다. 여러 집을 거슬러 올라가 사무실 문에 다다르고 보니 복사를 과연 제때 끝낼 수 있을까 싶었다. 계단에 오르자 축축하고 고약한 향수 냄새가 코를 찔러 대는 것으로 보아 필경 오닐 술집에 가 있는 사이 델라쿠르 여사가 와 있는 게 뻔했다. 모자를 다시 주머니에 쑤셔 넣고 태연한 척 사무실로 들어갔다.

"알린 사장님께서 자넬 쭉 찾으셨네." 하고 과장이 엄하게 말했다. "어디 갔었나?"

사내는 카운터에 서 있는 고객 둘을 힐끗 보면서 저 사람들이 있는 자리에서 어떻게 대답하라는 거냐 하는 티를 냈다. 고객이 둘 다 남자인지라 과장은 마지못해 그냥 웃는 낯으로 말했다.

"그 수법 나도 알지. 그래도 하루에 다섯 번씩은 좀……. 어쨌든 냉큼 서둘러 알린 사장님께 델라쿠르 건에 대한 우리 서신 사본을 가져다 드리게."

공개 석상에서 한마디 들었겠다, 조금 전 위층으로 올라갈 때 뛰었겠다, 번갯불에 콩 볶아 먹듯 흑맥주를 들이켰겠다, 사내는 머리가 어지러웠고, 지시받은 것을 챙기려고 책상 앞에 앉으니, 5시 삼십 분 이전에 계약서 사본을 끝내는 일이 얼마나 무리인가 하는 생각이 퍼뜩 들었다. 어둡고 습기 찬 밤이 오는데 이 밤을 바의 휘황한 가스 불빛과 쨍그랑대는 술잔 소리 속에서 친구들과 더불어 보내고 싶은 생각이 굴뚝같았다. 사내는 델라쿠르 서신을 꺼내 사무실을 나갔다. 마지막 서신 두 장이 빠져 있다는 걸 알린 사장이 알아차리지 못하기만 바랐다.

알린 사장 방으로 올라가는 내내 축축하고 고약한 향수 냄새가 진동했다. 델라쿠르 여사는 유태인처럼 생긴 중년 여성이었다. 소문에 알린 사장은 여사에게, 아니, 여사의 돈에 푹 빠져 있다고 했다. 여사는 사무실에 뻔질나게 들렀고, 왔다 하면 한참을 빈둥거렸다. 여사는 막 향수 냄새를 풍겨 대고 사장 책상 옆에 앉아 우산 손잡이를 매만지며 모자에 달린 커다란 검은색 깃털을 흔들어 대고 있었다. 알린 사장은 여사 쪽을 보느라고 의자를 돌려놓은 채 왼쪽 무릎 위에 오른발을 맵시도 좋게 척 걸쳐 놓고 있었다. 사내는 서신을 책상 위에 올려놓고 공손히 절을 했으나 알린 사장이나 델라쿠르 여사는 이를 거들떠보지도 않았다. 알린 사장은 서신을 손가락으로 툭툭 치더니, 마치 '됐네, 가도 좋아.'라고 말하는 양 사내 쪽으로 손가락을 톡 튀겼다.

사내는 아래층 사무실로 돌아와 책상 앞에 앉았다. '여하한 경우에도 상기한 버나드 보들리는……'이라는 미완성 문구를 뚫어지게 바라보고 있자니, 마지막 세 단어[32)]가 같은 자음으로 시작하는 것이 기이하다 싶었다. 과장은 파커에게 편지를 그렇게 타자하다가는 결코 제시간에 발송하지 못할 거라고 닦달하기 시작했다. 사내는 잠시 타자기가 딸그락거리는 소리를 듣고 있다가 복사 작업을 마치는 일에 착수했다. 그러나 머리는 맑지 않았고 마음은 술집의 불빛과 쨍그랑 소리에 건너가 있었다. 뜨거운 펀치가 딱인 밤이었다. 사본 일에 매달려 버둥거렸으나 시계가 5시를 칠 때도 정서할 분량이 아직 열네 쪽이나 남아 있었다. 젠장! 제시간에 마치기는 물 건너간 일이었다. 큰 소리로 욕지거를 퍼부으며 아무 데나 대고 난폭한 주먹을 한 방 갈기고 싶은 생각이 굴뚝같았다. 울화통이 치민 나머지 '버나드 보들리' 대신 '버나드 버나드'라고 쓰는 바람에 깨끗한 새 종이에 다시 시작해야 했다.

사내는 온 사무실을 혼자서도 다 쓸어 버릴 수 있을 만큼 기운이 넘치는 것을 느꼈다. 몸이 뭔가를 저지르고 싶어서, 밖으로 뛰쳐나가 폭력이나 한바탕 신나게 휘두르고 싶어서 몸살이 날 지경이었다. 살면서 겪어 온 온갖 모욕적인 처사에 울화가 치밀었다······. 경리에게 슬쩍 가불이나 해 달랄까? 아니지, 경리한테는 안 돼, 씨알도 안 먹혀. 가불해 줄 친구가 따로 있지······. 사내는 레너드며 오할러런이며 노시 플린 같은 친구들을 어디 가면 만날지 알고 있었다. 감정 상태의 계기판 눈

---

32) '여하한 경우에도 상기한 버나드 보들리는······(In no case shall the said Bernard Bodley be······)'의 마지막 세 단어 'Bernard Bodley be'를 가리킨다.

금은 일촉즉발 상태를 가리키고 있었다.

사내는 상상 속에 넋을 잃은 나머지 자기 이름이 두 번이나 불린 뒤에야 대답을 했다. 알린 사장과 델라쿠르 여사가 카운터 밖에 서 있었고, 다른 직원들은 무슨 사단이 터질 것 같은 예감에 모두 이쪽으로 고개를 돌리고 있었다. 사내는 책상에서 일어났다. 알린 사장은 편지 두 장이 빠졌다면서 끝없이 욕설을 퍼붓기 시작했다. 사내는 자기로서는 착실하게 사본을 만들었을 뿐 없어진 편지에 대해서는 아는 바가 없다고 대답했다. 끝없이 퍼붓는 욕설이 어찌나 신랄하고 난폭하던지 앞에 선 난쟁이의 대갈통을 주먹으로 내리치고 싶은 충동을 자제하기가 힘들 판이었다.

사내는 멍하니 말했다.

"다른 두 장의 편지에 대해서는 아무것도 모릅니다."

알린 사장이 말했다.

"'아무것도, 모릅니다.' 물론 아무것도 모르겠지."

"이봐." 하고 사장은 먼저 옆에 있는 여사에게 동조를 구하는 눈길을 힐끗 던지며 덧붙였다. "자네 누굴 바보로 아나? 바보 천치로 알아?"

사내는 시선을 여사의 얼굴에서 조그만 달걀꼴 머리로 흘끗 옮겼다가 다시 거두고는, 때를 놓칠세라 무심결에 놀리는 혀로 말했다.

"사장님, 제게 던진 그 질문은 점잖은 질문이 아닌 것 같은데요."

직원들은 아예 숨을 멈추었다. 모두가(동료들뿐만이 아니라 멋지게 쏘아붙인 당사자까지도) 대경실색했고, 땅딸막하고 상냥한 델라쿠르 여사는 대놓고 웃기 시작했다. 알린 사장의 얼굴색은 달아오르다 못해 들장미 색깔이 되었고, 분개한 난쟁이의 입은 일그러졌다. 사장이 사내의 얼굴에 주먹을 갖다 대고 삿대질을 하는데, 손을 무슨 전기기계의 손잡이처럼 바르르 떠는 듯했다.

"이런 버르장머리 없는 놈! 이런 버르장머리 없는 놈! 당장에 요절을 내 주마! 어디 두고 봐라! 그 버르장머리에 대해 삭삭 빌지 않으면 당장 모가지가 날아갈 테니까! 내 일러두는데, 여기서 쫓겨나든가 아니면 삭삭 빌어야 한다고!"

사내는 사무실 맞은편 문간에 서서 경리가 혼자 나오는지 지켜보고 있었다. 직원들이 다 지나갔고 마침내 경리가 과장과 함께 나왔다. 경리와 과장이 함께 있는 자리에서 경리에게 얘기를 꺼낸다는 건 무모한 일이었다. 사내는 입장이 어지간히 곤란하게 됐다고 느꼈다. 알린 사장에게 무례한 짓을 저지른 데 대해 도리 없이 비참하게 사과하기는 했으나, 이제부터 사무실이 얼마나 바늘방석 같은 곳이 될 것인지 뻔했다. 알린 사장이 다름 아닌 자기 조카를 집어넣으려고 가엾은 피크를 어떻게 닦달한 끝에 사무실에서 쫓아냈는지를 기억할 수 있었다. 사내는 포악함과 갈증과 복수심을 느꼈고 자신에게도 다른 누구에게도 화가 났다. 알린 사장은 사내를 잠시도 편하게 놔두지 않을 것이니, 이제 사내의 인생은 지옥으로 변할 판이었다. 이번에 자청해서 영락없는 바보가 되어 버린 것이다.

적당히 돌려 말할 수는 없었던가? 그러나 사내와 알린 사장, 둘은 처음부터, 그러니까 사내가 히긴스와 파커를 웃기려고 알린 사장의 북아일랜드 억양을 흉내 내는 소리를 사장이 엿들은 바로 그날 이후로, 한 번도 죽이 맞아 본 적이 없었다. 그게 일의 발단이었던 것이다. 히긴스에게 돈을 꿔 달라고 사정해 볼 걸 그랬나 싶기도 했지만, 히긴스는 자기 쓸 돈도 쥐어 본 적이 없었다. 두 가구를 부양해야 하는 남자 신세니 오죽할까…….

사내는 자신의 커다란 몸을 다시 술집에서 편히 쉬게 하고 싶은 마음이 굴뚝같았다. 안개의 냉기로 어느새 으슬으슬 추워지자, 오늘 술집에 있는 팻한테서 돈을 좀 꾸어 볼까 생각했다. 팻한테서 1실링 이상을 우려내지는 못할 텐데 1실링 가지고는 어림없었다. 하지만 어디든 가서 돈을 마련해야 했다. 아까 술 한 잔 마시느라 있는 돈을 탈탈 털었는데 이제 곧 아무 데서고 돈을 마련하기에 너무 늦은 시각이 될 터였다. 시곗줄을 만지작거리고 있자니 문득 플리트 거리의 테리 켈리 전당포가 생각났다. 이런 묘수가 있었잖아! 왜 진작 그 생각을 못 했을까?

사내는 하늘이 무너져도 그날 밤만은 코가 비뚤어지도록 마셔 보겠다고 혼자 뇌까리며 템플 바의 좁은 골목을 잰걸음으로 지나갔다. 테리 켈리의 점원은 "1크라운[33]!"을 불렀으나 시계 주인은 6실링에서 버텼고 결국 에누리 없는 6실링이 손

---

33) 5실링에 해당하는 금액.

에 들어왔다. 사내는 손가락을 모아 동전을 작은 원통형으로 만들며 희희낙락 전당포를 나왔다. 웨스트몰랜드 거리의 보도에는 근무를 마치고 퇴근하는 젊은 남녀들이 넘쳐났고, 꾀죄죄한 차림의 소년들이 석간신문 이름을 외치며 이리저리 뛰어다녔다. 사내는 그 광경을 의기양양하게 죽 훑어보기도 하고 여사무원들을 거드름 피우며 빤히 쳐다보기도 하면서 군중 사이를 지나갔다. 머리는 전차 종과 쉭쉭거리는 전차 집전기의 소음으로 가득 찼고, 코는 벌써 솔솔 피어오르는 펀치 냄새를 들이마셨다. 걸음을 계속하면서 친구들에게 사건 얘기를 어떤 말투로 늘어놓을까 사전 궁리에 들어갔다.

"그래서 나는 그냥, 차갑게 말이야, 사장을 쳐다보고 그다음에 여자를 쳐다봤어. 그리고 다시 사장을 쳐다보았지, 천천히 뜸을 들이면서 말이야. '제게 던진 그 질문은 점잖은 질문이 아닌 것 같은데요.'라고 말해 줬지."

노시 플린은 데이비 번 술집의 평소 자기 자리에 앉아 있었는데, 이야기를 듣고 나더니 여태껏 얘기 들어 본 적이 없는 쾌거라며 패링턴에게 반파인트짜리 한 잔을 샀다. 패링턴 쪽에서도 한 잔 샀다. 조금 후 오할러런과 패디 레너드가 들어오자 이야기는 되풀이되었다. 오할러런이 뜨거운 맥아주를 모두에게 돌리고 자기가 파운스 거리의 캘런 사에 근무할 때 과장에게 말대꾸한 이야기를 했다. 그러나 말대꾸라고 해 봐야 마치 전원시에 나오는 점잖은 목동의 말투인지라 패링턴의 말대꾸만큼 절묘하지 못했다는 걸 시인해야 했다. 이에 신이 난 패링턴은 친구들에게 마시던 잔들은 비워 버리고 한 잔씩 더 하라고 말했다.

각자 마시고 싶은 술 이름을 막 대려는 순간, 누가 들어오는데 다름 아닌 히긴스가 아닌가! 당연히 히긴스도 다른 친구들 틈에 끼어야 했다. 사내들은 히긴스에게 사건을 본 대로 들려 달라고 청했고, 히긴스는 뜨거운 위스키가 작은 잔으로 다섯 개나 되는 것을 보고는 들뜬 기분에 신이 나서 그 청에 따랐다. 알린 사장이 패링턴의 얼굴에 대고 주먹을 흔들어 대던 모습을 히긴스가 보여 주자 모두 가가대소했다. 그러고 나서 히긴스가 패링턴의 말투를 흉내 내 "소인의 절묘한 이야기는 이와 같사옵니다."라고 말하는 동안, 패링턴은 무겁고 칙칙한 눈으로 일행을 바라보면서 빙긋이 웃기도 하고 이따금 콧수염에 떨어져 방울방울 매달린 술을 빨기도 했다.

순배가 다 돌자 좌중이 잠잠해졌다. 오할러런이 있었으나 나머지 둘은 무일푼이어서 일행은 모두 약간 아쉬워하며 술집을 떴다. 듀크 거리 모퉁이에서 히긴스와 노시 플린은 왼쪽으로 사라져 갔고 나머지 셋은 시내 쪽으로 발길을 돌렸다. 차가운 길 위에 이슬비가 내리고 있었고 발러스트 사무소에 이르렀을 때 패링턴이 스카치 하우스로 가자고 제안했다. 바에는 남자들이 가득 들어차 있었고 말소리와 술잔 소리로 시끌벅적했다. 세 사내는 문간에서 처량한 소리로 성냥 파는 사람들을 밀어젖히고 카운터 모퉁이에 조그맣게 무리를 지어 둘러앉았다. 서로들 이야기를 주고받기 시작했다. 레너드가 티볼리 극장에서 곡예도 부리고 광대 연극도 하는 웨더스라는 젊은 친구에게 친구들을 소개했다. 패링턴이 모두에게 한 잔씩 돌렸다. 웨더스는 아폴리나리스 탄산수를 곁들인 아이리시 위스키를 작은 잔으로 마시겠다고 했다. 패링턴은 도리를 확실히 지키는 사람인지라 친구들에게도 아폴리나리스를 곁들이겠느냐고 물었으나, 친구들은 팀에게 자기들 것은 뜨거운 걸로 달라고 말했다. 이야기는 연극 조를 띠어 갔다. 오할러런이 한 순배를 돌리자 패링턴이 또 한 순배를 돌렸고, 이에 웨더스는 아일랜드식 환대도 좋지만 이건 지나친 환대라며 짐짓 따지듯 말했다. 웨더스는 모두에게 무대 뒤로 데리고 들어가 삼삼한 처녀들을 소개시켜 주겠다고 약속했다. 오할러런은 자기와 레너드는 가겠지만 패링턴은 유부남이라 못 갈 거라고 말했고, 이에 패링턴의 슬픈 듯 침침한 눈은 그래, 날 놀리겠다 이거지 하는 듯한 신호로 일행을 흘겨보았다. 웨더스는 모두에게 병아리 눈물만큼의 술을 딱 한 잔씩 사고 나서 나중에 풀백 거리의 멀리건 술집에서 만나자고 약속했다.

스카치 하우스가 문을 닫자 멀리건으로 몰려갔다. 안쪽에 있는 휴게실로 들어갔고 오할러런이 모두에게 작은 잔으로 뜨거운 스페셜을 시켜 주었다. 모두 얼큰한 취기를 느끼기 시작했다. 패링턴이 막 또 한 순배를 시키고 있을 때 웨더스가 들어왔다. 웨더스가 이번에는 비터[34]를 마셔서 패링턴은 적이 마음이 놓였다. 돈이 떨어져 가고 있었으나 아직 조금 더 마실 만큼은 남아 있었다. 곧 커다란 모자를 쓴 젊은 여자 두 명과 바둑판무늬 정복 차림의 청년 한 명이 들어와 옆 테이블에 앉

---

34) 라거 맥주와 흑맥주 중간쯤에 해당하는 쓴맛 나는 맥주.

았다. 웨더스는 이 셋에게 인사를 나눈 뒤 일행에게 티볼리 단원이라고 귀띔해 주었다. 패링턴의 시선은 쉴 새 없이 어느 젊은 여자 쪽으로 향했다. 그 여자의 모습에는 뭔가 눈길을 끄는데가 있었다. 커다란 청록색 모슬린 스카프를 모자 주위에 두른 다음 나비매듭을 짓고 턱 아래로 길게 땋아 늘어뜨려 놓았다. 여자는 팔꿈치까지 올라오는 밝은 노란색 장갑을 끼고 있었다. 패링턴은 품위 있게 움직이는 여자의 통통한 팔에 매우 빈번히 찬탄의 눈길을 보내다가 잠시 후 여자가 눈길을 맞받아 주자 그 커다란 암갈색 눈에 더욱 탄복하게 되었다. 비스듬히 응시하는 눈 표정은 패링턴을 매료시켰다. 여자는 패링턴을 한두 번 힐끗 쳐다보고, 자기 일행이 방을 나갈 때 패링턴의 의자에 부딪치더니 "어머, 죄송합니다!" 하고 런던 말씨로 말했다. 패링턴은 여자가 방을 나가는 모습을 지켜보며 자기를 돌아봐 주었으면 하고 기대해 봤으나 헛일이었다. 돈이 없는 것이 원망스러웠고, 아까 낸 술턱, 특히 웨더스에게 위스키와 아폴리나리스를 사 준 것이 원망스러웠다. 패링턴이 싫어하는 게 한 가지 있다면, 그건 공짜 좋아하는 인간이었다. 패링턴은 너무나 화가 치민 나머지 친구들 얘기가 어찌 돌아가는지도 모를 판이었다.

패링턴은 패디 레너드가 부르는 소리에 비로소 좌중에 힘자랑 얘기가 돌고 있다는 것을 알았다. 웨더스가 일행에게 알통을 과시하며 어찌나 큰소리를 치던지 남은 두 친구가 국가의 위신을 세우라며 패링턴을 부추겼다. 패링턴은 순순히 소매를 걷어붙이고 일행에게 알통을 보여 주었다. 두 사람의 팔을 조사하고 비교한 끝에 결국 힘 대결을 하기로 의견이 모아졌다. 탁자 위를 치우고 그 위에 두 사내가 팔꿈치를 올려놓고 손을 맞잡았다. 패디 레너드가 "시작!" 하고 외치자 둘은 각자 상대방의 손을 탁자로 끌어내리기 위해 용을 써야 했다. 패링턴은 매우 심각하고 결연해 보였다.

대결이 시작되었다. 삼십 초가량이 지나자 웨더스가 상대의 손을 천천히 탁자로 끌어내렸다. 패링턴은 이런 애송이에게 패배한 데 대한 분노와 굴욕감으로 적포도주빛 얼굴을 더욱 붉히며 말했다.

"자네, 체중을 팔 뒤에 실으면 안 되지. 정정당당하게 싸우라고."

상대가 말했다.

"누가 정정당당하지 않다는 거예요?"

"자, 다시 붙어 봐. 3판 2승제야."

대결이 다시 시작되었다. 패링턴의 이마에는 핏줄이 튀어나왔고 웨더스의 창백한 얼굴은 작약색으로 바뀌었다. 둘의 손과 팔은 압력을 받아 떨렸다. 한참 기를 쓴 후 웨더스가 다시 상대의 손을 서서히 탁자로 끌어내렸다. 탁자 옆에 서 있던 바텐더가 붉은 머리를 승자 쪽으로 돌려 끄덕여 주면서 무식하게 뻔뻔한 투로 말했다.

"야! 그거 기막힌 수법인데!"

"자네가 도대체 뭘 안다고 그래?" 패링턴이 바텐더에게 고개를 돌리고 격분해서 말했다. "뭣 때문에 이러쿵저러쿵 끼어드는 거야?"

"쉬, 쉬!" 오할러런이 패링턴의 험악한 얼굴 표정을 주시하면서 말했다. "자, 계산들 하지. 가볍게 한 모금만 더 하고 나서 가자고."

얼굴이 잔뜩 부은 사내 하나가 집 방향으로 가는 샌디마운트행(行) 소형 전차를 기다리면서 오코넬 다리 모퉁이에 서 있었다. 사내는 끓어오르는 분노와 복수심으로 가득 차 있었다. 수치심과 불만감으로 취기도 못 느낄 판인데, 주머니에는 달랑 2페니뿐이었다. 모든 게 원망스러웠다. 사무실에서 일을 망친 데다 시계 맡기고 받은 돈을 몽땅 써 버렸는데 취하지도 않은 것이다. 다시 갈증이 나기 시작했고, 활기 넘치고 악취 고약한 술집으로 돌아가고 싶은 생각이 굴뚝같았다. 풋내기 총각에게 두 차례나 졌으니 장사 소리도 못 듣게 생겼다. 가슴에 울화가 치밀었고, 옆을 스치고 지나가면서 "죄송합니다." 하고 말하던 큰 모자 쓴 여자를 생각하니 울화가 터져 숨이 다 막힐 지경이었다.

셸번 거리에서 전차를 내려 병영 벽 그림자 속에서 커다란 몸을 움직여 갔다. 집에 돌아가는 일이 도무지 내키지 않았다. 옆문으로 들어가서 보니 텅 빈 부엌에서 불이 다 꺼져 가고 있었다. 사내는 위층에 대고 소리 질렀다.

"에이다! 에이다!"

아내는 체구가 작고 얼굴선이 날카로운 여자로, 남편이 깨어 있을 땐 남편을 윽박지르다가 남편이 취해 있으면 도로 윽박을 당하곤 했다. 부부는 다섯 아이를 두었다. 작은 사내아이가 계단을 뛰어 내려왔다.

사내가 어둠 속을 들여다보고 말했다.

"거기 누구냐?"

"저예요, 아빠."

"누구냐? 찰리냐?"

"아뇨, 아빠. 톰이에요."

"네 어미는 어디 있냐?"

"성당에 갔어요."

"그래……. 내 저녁밥 남겨 놓을 생각은 했대?"

"네, 아빠. 제가……."

"등불 켜라. 뭣 때문에 집 안을 깜깜하게 해 놓은 거냐? 다른 놈들은 자냐?"

사내는 꼬마가 등불을 밝히는 동안 의자에 털썩 주저앉았다. 아들 녀석의 둔탁한 말투를 흉내 내어 "성당에 갔어요. 성당에 간 것 같아요."라고 혼잣말을 시작했다. 등불이 켜지자 사내는 식탁에 주먹을 쾅 내리치면서 소리쳤다.

"내 저녁거리가 뭐 있느냐?"

꼬마 녀석이 말했다.

"제가…… 차려 드릴게요, 아빠."

사내는 분기탱천해서 벌떡 일어나 불을 가리켰다.

"저 불에 말이냐? 너, 불을 꺼뜨렸겠다! 옳지, 다시는 그렇게 못 하도록 본때를 보여 주마!"

사내는 문 쪽으로 한 걸음 걸어가 문 옆에 세워져 있는 지팡이를 잡았다.

사내는 팔을 제대로 놀릴 수 있도록 소매를 걷어 올리며 말했다.

"불을 끄다니, 혼쭐을 내 주마!"

꼬마는 "아, 아빠!" 하고 소리치고는 식탁 주위를 울먹이며 뛰었으나, 사내는 그 뒤를 쫓아 아이의 외투를 잡았다. 꼬마는 정신없이 주위를 둘러보았지만 빠져 나갈 길이 없는 것을 알고는 털썩 무릎을 꿇었다.

"자, 어디 또 한 번만 불을 꺼뜨려 봐라!" 사내는 지팡이로 아이를 사정없이 후려치며 말했다. "맛이 어떠냐, 이놈 자식!"

지팡이가 허벅다리에 꽂히자 아이가 빽 하고 비명을 질렀다. 아이는 허공에서 두 손을 꼭 쥐었고 겁에 질려 떨리는 목소리로 외쳤다.

"아, 아빠! 때리지 마요, 아빠! 저, 아빠한테 '성모송' 불러 줄게요……. 안 때리시면 '성모송' 불러 줄게요……. '성모송' 불러 줄게요……."

진흙

감독이 여자들에게 저녁 식사가 끝나는 대로 나가도 좋다고 허락해 준 터였으므로 마리아는 저녁 외출을 학수고대했다. 부엌은 반들반들하다 못해 요리사에게서 커다란 구리 보일러에 얼굴이 비친다는 말까지 나올 판이었다. 불은 밝게 활활 타고 있었고 보조 탁자 위에는 커다란 건포도 빵 네 개가 놓여 있었다. 이 건포도 빵들은 아직 자르지 않은 듯이 보여도 가까이 가서 보면 이미 굵고 기다란 조각들로 고르게 잘려 저녁 식사 시간에 나누어 줄 수 있게끔 준비되어 있었다.

마리아는 정말이지 아주 아주 작은 사람이었지만 코는 아주 길고 턱도 아주 길었다. "그래."라거나 "아니야."라고 약간은 콧소리를 섞어, 그리고 항상 달래듯이 말했다. 여자들이 빨래 통을 차지하려고 다툼을 벌일 때 마리아를 불러오면 그때마다 멋지게 화해를 시키곤 했다. 한번은 감독이 그런 마리아에게 이런 말을 했다.

"마리아는 싸움 말리는 데는 도사야!"

그리고 부감독과 두 여자 관리는 이미 그 칭찬을 들어서 알고 있었다. 그리고 진저 무니는 마리아만 아니라면 다리미질하는 벙어리에게 자기가 벌써 무슨 짓을 했을지 모른다는 말을 입에 달고 살았다. 모두 그렇게 마리아를 좋아했다.

여자들 저녁 식사를 6시에 마치고 7시 전에는 빠져나갈 수 있을 터였다. 볼스브리지에서 필라까지 이십 분, 필라에서 드럼콘드라까지 이십 분, 물건 사는 데 이십 분. 8시 전에는 도착하겠지. 마리아는 은으로 된 죔쇠가 달린 지갑을 꺼내 '벨파스트에서 보낸 선물'이라는 문구를 다시 읽어 보았다. 오 년 전 조가 알피와 함께 벨파스트로 성신강림절 월요일 휴가 여행을 갔을 때 사다 준 것으로 유난히 아끼는 지갑이었다. 지갑 안에는 반크라운짜리 두 개와 동전 몇 닢이 들어 있었다. 전차 요금을 내고 나면 딱 5실링이 남을 것이었다. 아이들이 모두 노래 부르고 하면 얼마나 멋진 밤이 될 것인가! 조가 술 취해 들어오지만 않는다면 좋을 텐데. 술만 입에 댔다 하면 딴판으로 변하는 사람이니.

조는 종종 마리아에게 자기들과 함께 가서 살자고 했지만, 마리아는 스스로 천덕꾸러기라는 느낌을 가질 것이었고(조의 처가 그렇게 잘 대해 주었지만), 세탁소 생활에 익숙해져 있던 참이었다. 조는 좋은 사람이었다. 마리아가 조와 알피까지 키웠더랬고, 그래서 조는 종종 말하곤 했다.

"엄마는 그냥 엄마지만 진짜 어머니는 마리아야."

가족이 갈라서고 난 후 아이들이 '가로등 옆 더블린' 세탁소의 일자리를 구해다 주었는데, 마리아는 마음에 들어 했다. 한때는 개신교도들을 아주 못마땅하게 여긴 적도 있었지만 이제는 무척 좋은 사람들이라고, 다소 말수가 적고 심각하긴 해도 함께 살기에 아주 좋은 사람들이라고 생각이 바뀌었다. 거기다 온실에 화초를 기르면서 돌보는 것이 좋았다. 잘생긴 고사리와 소귀나무가 있어서 누가 찾아오기라도 하면 으레 온실에서 가지 한두 개 꺾어서 손님에게 주곤 했다. 한 가지 맘에 안 드는 게 있다면 그건 설교용 벽보였는데, 그래도 감독은 워낙 점잖고 대하기 편한 여자였다.

취사원이 모든 게 준비되었음을 알리자 마리아는 여자들 방으로 들어가 큰 종을 울리기 시작했다. 잠시 후 여자들이 둘씩 셋씩 짝을 지어 들어오면서, 김 나는 손을 옷에 닦고 김 나는 붉은 팔 위로 블라우스 소매를 끌어 올렸다. 여자들이 커다란 머그잔들 앞에 앉자, 요리사와 벙어리는 이미 커다란 주석통에다 우유와 설탕을 섞어 만든 뜨거운 차를 그 커다란 잔마다 가득 따라 놓았다. 마리아는 건포도 빵 나누는 일을 감독했고 여자들이 저마다 네 조각씩 받았는지 확인했다. 식사 도중 웃음과 농담이 왁자하니 터졌다. 리시 플레밍은 마리아가 틀림없이 반지를 잡을 것이라고 말했고,[35] 플레밍이 만성절 전야에 그 소리를 한 것이 벌써 여러 해째임에도 마리아는 웃으

---

35) 만성절 전야에 받침 접시에 놓인 물건을 집어 점을 치는 놀이를 하는데, 반지는 결혼을, 기도 책은 수녀원을, 물은 생명을, 그리고 진흙은 죽음을 각각 예고하는 것으로 알려져 있다.

면서 반지고 남자고 다 필요 없다고 말을 하는데, 웃을 때 녹회색 눈은 실망 어린 수줍음으로 반짝였고 코끝은 턱 끝에 닿으려 했다. 그때, 다른 여자들 모두가 머그잔을 식탁에 쿵쿵 내리치는 동안 진저 무니가 머그잔을 치켜들고 마리아의 건강을 기원하고 나서 건배할 흑맥주를 한 잔도 못 마시는 것이 아쉽다고 말했다. 그리고 마리아는 코끝이 턱 끝에 닿도록, 그리고 그 작은 몸이 흔들리다시피 할 만큼, 다시 웃어 댔다. 상스러운 여자의 속성을 물론 모르는 바 아니지만, 무니가 선의로 한 말이라는 것을 익히 알고 있었기 때문이었다.

그러나 여자들이 식사를 끝내고 요리사와 벙어리가 식탁을 치우기 시작했을 때 마리아가 어찌 기쁘지 않았으랴! 마리아는 작은 자기 방으로 들어가 이튿날 아침에 미사가 있다는 생각이 들자 탁상시계 알람을 7시에서 6시로 바꾸어 놓았다. 그런 다음 작업용 치마와 신발을 벗고 외출용 치마는 침대 위에, 자그마한 외출용 신발은 침대 다리맡에 꺼내 놓았다. 블라우스도 갈아입고는 거울 앞에 서서 처녀 시절에 주일 아침 미사 갈 때 옷 입던 모습을 생각했고 그토록 자주 치장하던 저 작은 몸을 바라보며 야릇한 애정을 느꼈다. 제법 나이를 먹었음에도 여전히 멋지게 매끈하고 아담한 몸이라고 생각했다.

밖으로 나가니 거리는 빗물로 반짝였고 낡은 갈색 비옷을 챙겨 입고 오기를 잘했다는 생각이 들었다. 전차가 만원이어서 할 수 없이 차 맨 끝에 있는 작은 걸상에 가 앉으니, 모든 사람들이 마주 보였고 발끝은 바닥에 닿을락 말락 했다. 계획하고 있는 모든 일을 마음속으로 정리해 보기도 했고, 독립한 데다 주머니에 내 돈도 있으니 얼마나 더 잘된 일이랴 싶기도 했다. 훌륭한 저녁이 되기를 바랄 뿐이었다. 그러리라는 확신 속에서도, 알피와 조가 서로 말도 섞지 않는 냉담한 사이이니 얼마나 안타까운 노릇인가 하는 생각을 지울 수 없었다. 소년 시절에는 둘도 없는 친구였던 그들 사이가 이제 와서 항상 틀어지곤 했다. 하기는 이런 게 인생이었다.

여자는 필라에서 전차를 내려 군중 속을 빠른 걸음으로 헤집고 나아갔다. 다우니스 제과점으로 들어갔으나 가게에 사람들이 꽉 차 있어 한참 걸려서야 주문할 차례가 돌아왔다. 잡다한 싸구려 케이크를 열 개가량 사서 마침내 한 봉지 두둑이 들고 가게를 나왔다. 그러고 나서 또 뭘 살까 생각했다. 뭔가 정말로 훌륭한 것을 사고 싶었다. 필시 사과와 견과류는 많이 준비해 놓았을 것이었다. 무엇을 사야 할지 난감한 가운데 생각나는 거라곤 케이크뿐이었다. 건포도 케이크를 사기로 마음먹었으나 다우니스 제과점의 건포도 케이크는 위에 얹은 아몬드 당의가 넉넉지 않아 헨리 거리에 있는 가게로 갔다. 여기서 마음에 드는 걸 고르는 데 한참이 걸렸고 맵시 좋게 차려입은 판매대의 젊은 여자가 마리아에게 다소 짜증난 눈치를 뚜렷이 보이더니 사려는 게 결혼 케이크냐고 물었다. 그 물음에 마리아는 얼굴을 붉히고 젊은 여자에게 미소를 지어 보냈다. 그러나 젊은 여자는 이 모든 반응을 정색하여 받아들이고는 마침내 건포도 케이크를 한 조각 두툼히 잘라 포장하면서 말했다.

"2실링 4펜스입니다."

마리아는 드럼콘드라 전차 안에서 얼굴을 알아보는 젊은 이가 없는 것 같아 서서 가야 할 모양이라고 생각했지만 웬 나이 지긋한 남자가 자리를 내주었다. 키가 땅딸막한 남자는 갈색 중산모자를 쓰고 있었고 네모난 붉은 얼굴에 회색빛 콧수염을 달고 있었다. 마리아는 남자가 대령 같은 풍모를 지닌 신사라는 생각에 앞만 뚫어지게 바라보고 있는 젊은이들보다 얼마나 훨씬 더 예의 바른 사람인가 하고 생각했다. 남자는 만성절 전야와 비 오는 날씨에 대해 마리아와 얘기를 나누기 시작했다. 남자는 봉지에 가득 든 것이 아이들에게 가져다줄 물건이라고 여겼는지 아이들이란 마땅히 어릴 때 놀아야 한다고 말했다. 마리아는 그 말에 동감이라고 말하고 점잖게 머리를 끄덕인다든지 네, 네, 소리를 낸다든지 하면서 장단을 맞춰 주었다. 남자가 친절히 대해 주었기 때문에 마리아는 운하 다리에서 내릴 때 감사하다는 말과 함께 고개 숙여 인사를 보냈고, 그쪽에서도 마리아에게 절을 하고 모자를 들어 올리며 다정한 미소를 보내 주었다. 비를 피해 조그마한 머리를 숙인 채 비탈길을 올라가는 동안 마리아는 신사란 술 한잔 걸쳤을 때조차도 참으로 알아보기 쉬운 법이라고 생각했다.

마리아가 조의 집에 가자 모두 "야, 마리아 왔다!" 하고 말했다. 조는 근무를 마치고 집에 돌아와 있었고 아이들은 모두 정장 차림이었다. 옆집에서 말만 한 처녀 둘이 와 있었고 놀이 중이었다. 마리아가 케이크 봉지를 맏이인 알피에게 넘겨 나누도록 하자, 질부인 도넬리 부인은 이렇게 큰 봉지에 든 케이크를 가져오다니 너무도 고마운 일이라면서 아이들에게도 이 말을 하도록 시켰다.

"마리아 할머니, 감사합니다."

그러나 마리아는 아빠와 엄마가 틀림없이 마음에 들어 할 만한 특별한 것을 가져왔다고 말하고 건포도 케이크를 찾기 시작했다. 마리아는 다우니스 가게 봉지 속을 뒤지고 비옷 주머니를 뒤진 다음 외투 걸이도 찾아보았지만 건포도 케이크는 어디에도 없었다. 그래서 여자는 아이들 모두에게, 물론 실수로, 그걸 먹은 사람이 없는지를 물었으나 아이들은 모두 아니라고 했고 훔쳐 먹었다는 소리를 들을 바에야 케이크를 먹고 싶지도 않다는 표정들을 지었다. 저마다 이 수수께끼에 대한 해결책을 제시했고 도넬리 부인은 마리아가 전차에 두고 내린 것이 분명하다고 말했다. 마리아는 회색 콧수염 신사가 자기를 이토록 정신없게 만들었나 하는 생각에 부끄러움과 당혹감과 실망으로 얼굴이 발개졌다. 조그맣게 놀래 주려던 계획이 수포로 돌아가고 공연히 2실링 4펜스나 날렸다는 생각에 당장 울음이 터질 뻔했다.

그러나 조는 괘념치 말라고 말하면서 마리아를 불가에 앉혔다. 조는 마리아에게 매우 싹싹했다. 직장에서 일어난 일을 낱낱이 마리아에게 말했고 자기가 지배인에게 해 준 기막힌 대꾸를 마리아 들으라고 반복해 주었다. 마리아는 조가 자기가 한 대꾸를 두고 왜 그렇게 웃어 대는지 이해되지 않았지만, 그 지배인이란 사람이 다루기에 꽤나 거만한 사람인 모양이라고 말했다. 조는 다루는 법을 알고 나면 그렇게 나쁜 사람은 아니며, 성미를 잘못 건드리지만 않는다면 관대한 편이라고 말했다. 도넬리 부인이 피아노를 쳐 주자 아이들은 춤추고 노래했다. 이어서 옆집에서 온 두 처녀가 견과를 죽 나누어 주었다. 아무도 호두까기를 찾을 수가 없었다. 조는 신경질을 내다시피 하면서 호두까기 없이 마리아가 어떻게 호두를 까겠느냐고 가족을 다그쳤다. 그러나 마리아는 호두를 좋아하지 않으니 자기 때문에 신경 쓸 것 없다고 말했다. 그러자 조는 마리아에게 흑맥주를 한 병 마시겠느냐고 물었고, 도넬리 부인은 집에 포트와인도 있으니 원하면 그걸 마셔도 된다고 말했다. 마리아는 뭘 자꾸 먹으라고 권하지 않았으면 좋겠다고 했지만 조는 막무가내였다.

그래서 마리아는 조 하는 대로 내버려 두었고, 모두 불가에 앉아 흘러간 이야기를 했으며, 마리아는 알피를 위해 덕담 한마디 해야겠다고 생각했다. 그러나 조는 알피가 형에게 다시 한 마디라도 건넨다면 벼락 맞아 죽을 거라고 소리쳤고, 그 바람에 마리아는 괜히 그 일을 입에 담아서 미안하다고 말했다. 도넬리 부인은 한 핏줄에 대해 그런 식으로 말하다니 부끄러운 일이라고 남편에게 말했으나, 조는 알피가 동생도 아니라고 말했고 끝내 이 문제로 한바탕 소동이 일 뻔했다. 그러나 조는 날도 날이고 하니 더 이상 성질을 부리지 않겠다면서 아내에게 흑맥주를 좀 더 따라고 했다. 마리아는 아이들이 매우 즐거워하고 조와 조의 처가 아주 기분 좋은 것을 보고 기꺼워했다. 이웃 처녀들이 식탁 위에 받침 접시를 갖다 놓은 다음 아이들을 눈 가린 채 식탁으로 데려갔다. 한 아이는 기도 책을 집었고 다른 세 아이들은 물을 집었다. 옆집 처녀가 반지를 집었을 때 도넬리 부인은 '아하, 난 다 알고 있지!'라고 말하는 시늉으로 볼이 빨개진 처녀에게 손가락을 흔들었다. 이어서 사람들은 마리아를 눈 가리고 식탁으로 데려가 뭘 집는지 보자고 주장했고, 남들이 자기 눈을 가리는 동안 마리아는 다시 코끝이 거의 턱 끝에 닿도록 웃고 또 웃었다.

사람들이 웃고 농담하며 마리아를 식탁으로 데려갔고, 마리아는 하라는 대로 공중에 손을 쭉 뻗었다. 마리아는 손을 공중에서 이리저리 휘젓다가 받침 접시 하나에 손을 내렸다. 마리아는 손가락에 웬 물컹물컹하고 축축한 물질이 닿는 것을 느꼈는데 무슨 말을 하거나 자신의 눈가리개를 벗겨 주려는 사람이 아무도 없자 놀랐다. 잠시 침묵이 흐르더니 이윽고 북적대고 웅성거리는 소리가 심하게 들렸다. 누군가가 정원에 관해 무슨 말을 했고, 마침내 도넬리 부인은 옆집 처녀에게 매우 화난 소리를 퍼붓고 나서 그 판은 무효니 당장에 그걸 치우라고 일렀다. 마리아는 앞 판이 잘못됐음을 알아차렸고, 그래서 다시 한 번 해 본 결과 이번에는 기도 책을 집었다.

놀이가 끝난 후 도넬리 부인은 아이들에게 「미스 매클라우드의 무도곡」을 연주해 주었고, 조는 마리아에게 포도주를 한 잔 권했다. 사람들은 곧 다시 아주 명랑해졌고 도넬리 부인은 마리아가 기도 책을 집었으니 올해가 가기 전에 수녀원에 들어갈 거라고 말했다. 마리아는 조가 그날 밤만큼 자기에게 잘해 주고 즐거운 이야기와 옛날 얘기를 많이 하는 것을 일찍이 본 적이 없었다. 마리아는 모두 자기에게 무척 잘해 준다고 말했다.

마침내 아이들이 피곤해하고 졸려 하자 조는 마리아에게 가기 전에 간단한 노래, 옛날 노래 하나를 불러 주지 않겠느냐고 물었다. 도넬리 부인이 "그렇게 해 줘요, 마리아!"라고 말하자 마리아는 하는 수 없이 자리에서 일어나 피아노 옆에 섰다. 도넬리 부인은 아이들에게 조용히 하고 마리아 할머니 노래를 잘 들으라고 일렀다. 그런 다음 도넬리 부인은 전주곡을 치고 나서 "자, 마리아!" 하고 말했고, 마리아는 낯을 몹시 붉힌 채 나지막이 떨리는 목소리로 노래 부르기 시작했다. 마리아는 「꿈속에서 산 집」을 불렀고 2절에 이르렀을 때 같은 부분을 다시 불렀다.

내가 꿈속에서 산 집은 대리석 홀이라네.
하인과 노예가 옆에서 시중들고
거기 모여 사는 사람들 모두
나를 희망과 자랑으로 삼았다네.
나는 셀 수도 없는 재산에
드높은 조상의 명망을 이어받았네.
그러나 꿈속에서 제일 기뻤던 일은
그대가 아직도 나를 사랑해 준 것이라네.

그러나 마리아의 실수를 군이 지적하려는 사람은 없었고, 마리아가 노래를 끝마쳤을 때 조는 아주 깊은 감동을 받았다. 조는 먼먼 옛날만큼 좋은 시절이 없으며 누가 뭐라고 해도 불쌍한 발페의 음악만 한 음악이 없을 거라고 말했다. 그러고는 어찌나 많은 눈물이 눈에 맺혔는지 찾으려던 것을 찾을 수 없어서 끝내는 아내에게 포도주 병따개가 어디 있는지 물어봐야 했다.

가슴 아픈 사건

　제임스 더피 씨가 채플리조드에 사는 것은 자신이 시민으로 속한 도시에서 될 수 있는 대로 멀리 떨어져 살고 싶었기 때문이고 더블린의 다른 교외는 모두 천박하고 현대적이며 겉만 번지르르하다고 여겼기 때문이다. 더피 씨는 낡고 음산한 집에서 살았는데, 창밖으로 폐업한 양조장이 들여다보이거나 위로는 더블린을 받치고 있는 얕은 강이 훤히 내다보였다. 카펫도 깔지 않은 더피 씨 방의 높다란 벽에는 그림 한 점 걸려 있지 않았다. 방 안에 있는 가구는 한 점, 한 점이 모두 더피 씨가 직접 산 것으로, 검정색 침대 틀, 철제 세면대, 등나무 의자 네 개, 옷걸이, 석탄 통, 난로 망과 다리미들, 그리고 이중 문갑이 놓인 사각형 탁자 따위가 있었다. 흰색 목재 선반을 이용해 만든 서가가 벽감 안에 세워져 있었다. 침대에는 흰색 침대보를 씌웠고 흑색과 주홍색 양탄자로 침대 다리를 덮었다.

세면대 위에 작은 손거울이 걸렸고, 낮 동안에는 하얀 갓이 달린 등이 벽난로 선반의 유일한 장식물로 놓여 있었다. 하얀 목재 선반 위에 꽂힌 책들은 부피에 따라 밑에서 위로 정렬되어 있었다. 서가의 맨 아래 칸 한쪽 끝에는 워즈워스 전집이 꽂혀 있었고, 맨 위 칸 한쪽 끝에는 비망록 천 표지 안에 꿰매 넣은 『메이누스 교리문답』 한 권이 꽂혀 있었다. 필기도구가 항상 책상에 놓여 있었다. 책상에는 자주색 잉크로 무대 지문이 쓰여 있는 하우프트만의 『미카엘 크라머』 번역 원고와 놋쇠 핀으로 철한 조그만 종이 뭉치가 놓여 있었다. 이 종잇장에는 문장이 하나씩 드문드문 적혀 있었고, 빈정대고 싶은 순간에는 '담즙 콩' 약에 쓰인 광고 표제를 첫 장에 붙이기도 했다. 문갑 뚜껑을 열면 엷은 향기가 새어 나왔는데, 그것은 새로 나온 삼나무 연필이나 고무풀 병이나 아니면 거기 넣어 두고 나서 잊어버렸을 성싶은 푹 익은 사과에서 나는 향기였다.

더피 씨는 정신적으로나 육체적으로나 병의 징후를 풍기는 것이라면 질색이었다. 중세 의사라면 음울한 토성 체질이라고 했을 것이다. 살아온 내력을 몽땅 담고 있는 얼굴은 더블린 거리의 갈색기를 띠었다. 길쭉하고 큼지막한 머리에는 물기 없는 검은색 머리카락이 자라고 있었고, 황갈색 콧수염은 그리 정이 가지 않는 입을 간신히 한구석만 가려 주고 있었다. 광대뼈까지 합세해서 얼굴의 모진 특성을 더해 주었다. 그러나 황갈색 눈썹 아래로 세상을 내다보면서 항상 눈에 불을 켜고 남들의 좋은 성품을 찾아내려고 하지만 으레 실망하고 마는 사람이라는 인상을 주는 눈에는 모진 구석이 없었다. 더피 씨는 자신의 몸과 얼마간 거리를 두고 살면서 자신의 행동을 의심에 찬 곁눈질로 바라보았다. 이상한 자전적 습관이 있어서 마음속으로 스스로에 대해 3인칭 주어와 과거형 술어로 이루어진 짧은 문장을 수시로 지어 보곤 했다. 걸인들에게 동냥 주는 법이 없이 단단한 개암나무 지팡이를 들고 꼿꼿이 걸어 다녔다.

더피 씨는 배고트 거리에 위치한 민간은행에서 출납원으로 일한 지 여러 해였다. 매일 아침 채플리조드에서 전차로 출근했다. 점심때는 댄 버크로 가서 점심으로 라거 맥주 한 병과 작은 쟁반에 담긴 칡 비스킷을 먹었다. 4시가 되면 자유였다. 저녁은 조지스 거리에 있는 식당에서 먹었는데, 그곳에서는 더블린의 부유층 젊은이 떼거리를 보지 않아도 된다는 느낌이 드는 데다 차림표에는 뭔가 뚜렷한 정직함이 배어 있기 때문이었다. 저녁 시간은 하숙집 여주인의 피아노 앞에서 보내거나 시의 외곽 지역에서 배회하면서 보냈다. 모차르트 음악을 좋아해서 가끔 오페라나 연주회에 가기도 했는데 이것이 유일한 삶의 낙이었다.

더피 씨에게는 말 상대나 친구도, 교회나 신앙도 없었다. 다른 사람들과 아무런 교류도 없이 정신적인 생활을 영위하되, 성탄절이나 되어야 친척을 찾아가고 친척이 죽으면 공동묘지에 따라가는 것이 고작이었다. 그나마 이 두 가지 사회적 의무를 행하는 것은 그저 습관적인 체면치레일 뿐, 시민 생활을 규정하는 관습은 거기까지만 따라 주기로 한 것이었다. 사정에 따라서 자기가 다니는 은행을 털겠다는 생각을 못 할 바 아니었으나, 그런 사정이 생기는 일은 결코 없었으므로 인생은 그저 평탄하게, 모험 없는 이야기로 굴러갔다.

어느 날 저녁 더피 씨는 로턴더[36]에 가서 두 숙녀 옆에 앉게 되었다. 공연장은 한산하고 조용해서 비참하게 실패하겠다는 예감이 들었다. 옆에 앉은 부인이 썰렁한 공연장 주위를 한두 번 둘러보더니 말했다.

"오늘밤엔 청중이 어쩜 이렇게 적을까! 빈 객석 앞에서 노래하려면 정말 힘들 텐데."

더피 씨는 그 발언을 얘기를 섞자는 뜻으로 받아들였다. 놀랍게도 부인은 도무지 스스럼없어 보이는 눈치였다. 얘기하는 동안 더피 씨는 부인을 영원히 기억 속에 담아 두려고 노력했다. 부인 옆에 앉은 처녀가 부인의 딸이라는 것을 알고는 부인이 자신보다 한두 살 아래일 거라고 판단했다. 젊어서 분명 미인이었겠다 싶은 부인의 얼굴은 아직 초롱초롱했다. 이목구비가 아주 뚜렷하고 갸름한 얼굴이었다. 눈은 짙은 암청색에 차분했다. 처음엔 당돌한 기색을 띠던 시선이 마치 일부러 그러는 것처럼 동공이 홍채 속으로 사라지자 흐릿해졌고 이 한순간 풍부한 감수성을 풍겼다. 동공이 이내 다시 나타나자, 슬쩍 고개를 내밀려던 감수성은 다시 신중함에 밀려났지만, 부인의 아스트라한 모피 재킷은 제법 부푼 가슴을 만들어 당돌한 기색을 더욱 뚜렷하게 만들었다.

더피 씨는 보름 후쯤 얼스포트 테라스에서 열린 연주회에

---

36) 극장, 연주회장, 회관 등이 모여 있는 원형 건물.

서 부인을 다시 만나, 딸이 딴 데로 주의를 돌린 틈을 잽싸게 타 은밀한 얘기를 나누었다. 부인은 한두 차례 넌지시 남편 얘기를 꺼냈으나, 그렇다고 경고조로 그러는 건 아니었다. 부인의 이름은 시니코 여사였다. 남편의 고조할아버지가 레그혼 출신이었다. 남편은 더블린과 네덜란드 사이를 왕복하는 상선의 선장이었고 둘 사이에 딸린 아이는 하나였다.

우연히 부인을 세 번째 만났을 때 더피 씨는 용기를 내서 만날 약속을 제안했다. 부인은 약속대로 나왔다. 이것이 숱하게 이어질 만남 중 첫 만남이었는데, 둘은 항상 저녁에 만나 가장 한적한 구역을 골라 함께 산책했다. 그러나 더피 씨는 떳떳지 못한 방식을 싫어하는 체질인지라 남몰래 만날 수밖에 없다는 것을 알고는 부인을 졸라 자기를 집으로 초대하도록 만들었다. 시니코 선장은 딸의 결혼이 걸린 문제인 줄 알고 더피 씨의 방문을 권장했다. 선장은 아내를 쾌락을 나눌 상대로는 아예 제쳐 놓고 있던 터라 다른 누군가가 아내에게 관심을 가질 거라는 의심은 추호도 하지 못했다. 남편이 자주 멀리 나가 있고 딸도 음악 과외를 하느라 역시 자주 집을 비웠기 때문에 더피 씨는 부인과 함께 시간 보낼 기회가 많았다. 피차 이런 모험을 해 본 적이 없었고 피차 부적절한 관계라는 의식도 없었다. 더피 씨는 조금씩 자신의 생각을 부인의 생각에 엮어 갔다. 부인에게 책을 빌려 주고 사상을 주입시켰으며 자신의 지적인 생활을 부인과 함께 나누었다. 부인은 모든 얘기를 귀담아 들었다.

때때로 더피 씨의 이론에 답해 부인은 자신의 인생에 얽힌 사실을 더러 들려주기도 했다. 부인은 거의 어머니같이 걱정 스러운 투로 더피 씨에게 자연적인 본성을 한껏 열어젖히도 록 촉구한 끝에 마침내 더피 씨의 고해를 들어주는 사람이 되 었다. 더피 씨는 부인에게 한동안 아일랜드 사회당 회합에 나 갔는데 자기가 희미한 기름 등불이 켜진 다락방에 모인 스무 명쯤 되는 진짜 노동자들 틈에 섞인 별난 존재로 느껴졌다고 말했다. 그 당이 세 파벌로 갈라져 저마다 지도자와 다락방을 따로 두게 되자 더피 씨는 회합 참석을 그만두었다고 했다. 노 동자들이 토론에는 몸을 사리면서 임금 문제에 대한 관심은 터무니없이 높다고 했다. 노동자들이 험악한 현실주의자로서 자기들은 꿈도 못 꿀 여유를 누리는 자들이 한가한 시간을 착 취하는 데 쏟아붓는다며 이를 간다는 것이었다. 더피 씨는 부 인에게 몇 세기가 지나도록 더블린에는 사회주의 혁명이 불 어 닥칠 가능성이 없다고 말했다.

부인은 더피 씨에게 왜 평소 소신을 글로 밝히지 않느냐고 물었다. 더피 씨는 은근히 시답잖다는 투로 그러면 뭐하겠느 냐고 되물었다. 단 육십 초도 진득하니 생각을 이어 가지 못하 는 자들과 미사여구 남발을 경쟁하기 위해서? 도덕은 경찰에 게, 예술은 흥행주에게 맡겨 버린 둔해 빠진 중산층의 비판이 나 감수하기 위해서?

더피 씨는 자주 더블린 교외에 있는 부인의 별장으로 갔고, 둘은 자주 오붓한 저녁 시간을 보냈다. 둘의 생각이 얽혀 감에 따라 화제는 조금씩 막연함을 덜어 갔다. 부인과의 교제는 외 래종 식물을 감싼 따스한 흙과 같았다. 등불을 켜지 않고 그냥 어둠이 내려앉도록 놔둔 것도 여러 번이었다. 어둡고 어스레한 방이며, 단둘만의 고립이며, 귀에 아직도 울리는 음악 따위가 둘을 결속시켰다. 이 결속으로 더피 씨는 들떴고, 모난 천성을 부드럽게 다듬어 갔으며, 정신생활을 정서적인 것으로 바꾸어 갔다. 때때로 제 목소리에 귀를 기울이는 자신의 모습을 발견하기도 했다. 부인의 눈에는 자기가 천사같이 높은 위치에 서 있으려니 했다. 상대의 열정적인 성격을 점점 더 자신에게 바짝 끌어당김에 따라 웬 낯선 목소리가 냉정하게 들려왔는데 그것이 결국 자신의 목소리임을 깨닫고는 헤어날 길 없는 영혼의 외로움을 뼈저리게 느꼈다. 우리는 자신을 남에게 줄 수 없어, 우리는 우리 자신이니까, 라고 그 목소리는 말했다. 이런 대화를 계속하다가 어느 날 밤 시니코 부인은 유난히 들뜬 마음을 다스리지 못하고는 더피 씨의 손을 열정적으로 잡아 올려 자신의 뺨에다 꼭 갖다 댔다.

더피 씨는 화들짝 놀랐다. 자기 말을 부인이 이렇게 받아들이다니 환멸스러웠다. 일주일간 부인의 집에 발길을 끊은 끝에 부인에게 만나자는 편지를 썼다. 둘이서 고해를 망쳐 버렸다고 해서 마지막 면담이 난처해지기를 더피 씨가 원치 않았기 때문에 둘은 파크게이트[37] 근처의 작은 제과점에서 만났다. 쌀쌀한 가을 날씨였지만 그렇게 쌀쌀한 와중에도 둘은 세 시간 가까이 공원 길을 이리저리 거닐었다. 둘은 교제를 끝내기로 합의했다. 모든 인연이란 슬픔으로 통하는 굴레라는 게

---

37) 더블린의 제일 큰 공원인 피닉스 공원.

더피 씨의 말이었다. 둘은 공원 밖으로 나와 전차 쪽으로 말없이 걸어갔다. 그러나 여기서 부인이 너무나 심하게 몸을 떨기 시작한 나머지 또다시 무너지려고 저러나 왈칵 겁이 난 더피 씨는 서둘러 작별을 고하고 자리를 떴다. 이삼 일쯤 지나 더피 씨는 자신의 책과 악보집이 담긴 소포를 받았다.

사 년이 지났다. 더피 씨는 평탄한 생활 방식을 되찾았다. 방은 여전히 자신의 정신이 지닌 질서 정연함을 웅변하고 있었다. 아래층 방의 악보대에는 새로운 악보 몇 편이 들어찼고 서가에는 니체의 『차라투스트라는 이렇게 말했다』와 『유쾌한 학문』 두 권이 꽂혀 있었다. 책상에 놓인 종이 뭉치에는 좀체 글을 쓰지 않았다. 시니코 부인과 마지막 면담을 한 지 두 달 후에 쓴 문장은 이러했다. '남자와 남자 사이의 사랑은 성적인 관계가 있을 수 없기 때문에 불가능하고 남자와 여자 사이의 우정은 성적인 관계가 있을 수밖에 없기 때문에 불가능하다.' 더피 씨는 부인을 만나게 될까 봐 연주회에 발길을 끊었다. 아버지가 죽었고, 은행의 연하 동료가 은퇴했다. 그래도 아침마다 전차를 타고 시내로 갔고, 저녁마다 조지스 거리에서 소박한 저녁을 먹은 후 집으로 걸어서 돌아와 후식 삼아 석간신문을 읽었다.

어느 날 저녁 더피 씨는 양배추 콘비프 한 덩어리를 막 입에 넣으려다 말고 손을 멈추었다. 유리 물주전자에 기대어 놓은 석간신문 한 단락에 눈길이 멈추었다. 음식 덩어리를 접시에 도로 내려놓고 그 단락을 주의 깊게 읽었다. 그런 다음 물한 잔을 마시고 접시를 한쪽으로 치운 뒤 신문을 양 팔꿈치 사이로 앞에 내려놓고 그 단락을 다시 읽고 또 읽었다. 양배추가 차갑게 식은 하얀 기름을 접시 위에 떨어뜨리기 시작했다. 여종업원이 건너와 식사 요리에 무슨 문제가 있느냐고 물었다. 더피 씨는 식사가 아주 훌륭하다고 말하며 두어 술을 간신히 입에 떠 넣었다. 그런 다음 셈을 치르고 식당을 나갔다.

더피 씨는 옆에 달린 주머니 밖으로 황갈색《메일》지의 모서리가 삐죽 고개를 내민 두툼한 짧은 외투를 꼭 여민 채, 짤막한 개암나무 지팡이를 또박또박 짚으며 11월의 황혼이 깔린 길을 걸어갔다. 파크게이트에서 채플리조드로 가는 한적한 길에서 걸음을 늦추었다. 땅을 두드리는 지팡이에 힘이 빠졌고, 아예 한숨 같은 소리로 불규칙하게 내쉬는 숨은 겨울 공기 속에 응축되어 김이 되었다. 집에 이르자마자 침실로 올라가 주머니에서 신문을 꺼내 희미해져 가는 창의 불빛으로 그 단락을 다시 읽었다. 소리 내지 않고, 신부가 「세크레토」 기도를 읽을 때 하듯이 입술만 달싹달싹 움직이며 읽었다. 단락 내용은 이랬다.

시드니 퍼레이드 역에서 부인 사망

가슴 아픈 사건

오늘 더블린 시립 병원에서 부검시관(레버릿 씨는 부재중)은 어제 저녁 시드니 퍼레이드 역에서 목숨을 잃은 43세의 에밀리 시니코 부인의 사체에 대한 검시를 실시했다. 증거에 따르면 고인은 철로를 횡단하려던 중 10시에 킹스타운을 출발하여 서행해 오던 기차 엔진에 치여 두부와 오른쪽 허리에 타박상을 입었고 그 후유증으로 사망한 것으로 밝혀졌다.

기관사 제임스 레넌 씨는 철도회사에 재직한 지 15년째라고 진술했다. 레넌 씨는 역무원의 호각 소리를 들은 다음 기차를 발동시켰고 1, 2초 후 커다란 외침 소리에 반응하여 기차를 정지시켰다. 기차는 서행 중이었다.

역의 하역 인부인 P. 던 씨는 기차가 막 출발할 때 한 여인이 철로를 건너려 하는 것을 목격했다고 진술했다. 던 씨는 여인을 향해 뛰면서 소리를 질렀으나 여인 있는 곳에 채 미치기도 전에 여인이 기관차 완충기에 부딪혀 땅에 쓰러졌다고 했다.

배심원 부인이 쓰러지는 것을 보았습니까?

증인 네.

크롤리 경사는 현장에 도착했을 때 플랫폼 위에 누워 있던 고인이 명백히 숨이 끊어져 있었다고 증언했다. 경사는 시신을 대합실로 옮겨 놓고 구급차가 오기를 기다렸다.

경관 57E번은 이를 입증했다.

더블린 시립 병원의 입주 외과 보조 의사인 핼핀 박사는 고인의 아래쪽 늑골 두 개에 금이 갔고 오른쪽 어깨에 심한 타박상을 입었다고 진술했다. 오른쪽 두개골은 추락시에 손상을 입었다. 정상인이라면 사망에 이를 정도의 상해는 아니었다. 박사의 견해에 따르면, 사망 원인은 충격과 돌발적인 심장 기능의 정지일 가능성이 높았다.

마지막으로 H. B. 패터슨 핀리 씨는 철도 회사를 대표해 사고에 대해 심심한 유감을 표했다. 회사는 사람들이 다리를 통과하지 않고는 철로를 건널 수 없게 하기 위해 역마다 경고문을 설치하고 건널목의 통행용 스프링 문을 상용화하는 등 항상 만전을 기했다고 한다. 고인은 플랫폼을 옮겨 다니면서 밤늦은 시각에 철로를 건너는 습관이 있었으며, 사건의 여타 정황을 고려할 때 철도 관리들에게는 책임이 없다는 것이 핀리 씨의 의견이다.

시드니 퍼레이드의 레오빌에 사는 시니코 선장도 고인의 남편으로서 증언했다. 시니코 선장은 고인이 자신의 아내라고 진술했다. 시니코 선장은 당일 아침에야 로테르담에서 갓 도착한 터여서 사건 당시에는 더블린에 있지 않았다. 이들 부부는 결혼한 지 22년째였고 약 2년 전 아내가 다소 무절제한 습관에 빠지기 시작할 때까지는 행복하게 살았다.

메리 시니코 양은 최근에 모친이 술을 사기 위해 밤에 외출하는 버릇이 있었다고 말했다. 증인은 어머니를 설득하려고 노력했고 금주 협회에 가입하도록 권유했다. 증인은 사고 시각 한 시간 후에 귀가했다.

배심원단은 의학상의 증거에 따라 레넌 씨의 완전 무죄 판결을 내렸다.

부검시관은 이번 일이 더없이 가슴 아픈 사건이라고 말하고, 시니코 선장과 영애에게 깊은 동정심을 표했다. 그는 장래 유사한 사건이 발생할 가능성을 예방하기 위해 철도 회사가 강력한 조치를 취할 것을 촉구했다. 유책자는 없었다.

더피 씨는 신문에서 눈을 떼고 창밖으로 음울한 저녁 풍경을 내다보았다. 빈 양조장 옆으로 강이 조용히 흐르고 있었고, 이따금 루컨 도로변의 어떤 집에서 불빛이 깜박였다. 이렇게 끝나다니! 시니코 부인의 죽음에 대한 모든 이야기가 역겨웠고, 도대체 숭고하게 여기던 얘기를 부인에게 했다는 생각만으로도 역겨웠다. 그 진부한 어구들, 동정심 운운하는 되지도 않은 표현들, 흔해 빠진 속된 죽음의 구체적인 내용을 감추기 위해 끌어다 댄 기자의 용의주도한 말들에 속이 다 뒤틀렸다. 여자는 자기 체면만 깎은 것이 아니라 더피 씨의 품위마저 갉아먹은 것이었다. 더피 씨는 여자가 지닌 더러운 악덕의 세계, 추잡하고 악취 나는 세계를 보았다. 영혼의 벗이라고! 바텐더가 술 따라 주기를 기다리며 생맥주 잔이나 병을 들고 비틀거리는 한심한 작자들을 생각했다. 한심한 것도 유분수지, 이렇게 끝나다니! 문명의 저변에 깔린 잔해의 하나인 음주벽에 쉽게 빠져 버리다니, 삶의 의지라고는 아예 없는 여자였음이 분명했다. 아무리 그렇기로서니, 그토록 타락하다니! 도대체 어떻게 그토록 철저하게 여자를 오해할 수 있었단 말인가? 그날 밤 여자의 감정이 폭발한 일이 생각나자, 그 일에 대한 해석이 그 어느 때보다도 더 가혹해졌다. 자신이 취한 조처를 이제는 아무 스스럼없이 옳다고 여겼다.

불빛이 꺼져 가고 기억이 오락가락하기 시작하자 더피 씨는 여자의 손이 자기 손에 닿는 것 같았다. 처음에는 속을 뒤틀리게 했던 충격이 이제는 신경을 들쑤셔 댔다. 황급히 외투와 모자를 걸치고 밖으로 나갔다. 문턱에 서니 차가운 공기가 불어와 외투 소매 속을 파고들었다. 채플리조드 다리의 술집에 닿자 안으로 들어가 뜨거운 펀치를 시켰다.

술집 주인은 굽실거리며 접대하면서도 선뜻 말을 붙이지는 못했다. 가게에는 노동자 대여섯 명이 킬데어 군에 사는 어떤 신사의 부동산 가치가 얼마나 될 것인가를 놓고 논쟁을 벌이고 있었다. 노동자들은 수시로 커다란 1파인트 잔에 든 맥주를 마시기도 하고 담배를 피우기도 하다가 종종 마룻바닥에 침을 뱉고는 더러 육중한 구두로 톱밥을 끌어당겨 덮기도 했다. 더피 씨는 팔 없는 걸상에 걸터앉아 노동자들을 물끄러미 바라보았으나, 정작 노동자들의 소리나 모습이 들리거나 보이는 것은 아니었다. 잠시 후 노동자들이 나가고 나자 펀치를 하나 더 주문했다. 그 한 잔을 앞에 놓고 한참을 앉아 있었다. 가게는 매우 조용했다. 주인은 카운터에 쭈그리고 앉아《헤럴드》지를 읽으며 하품을 해 댔다. 간간이 바깥의 한적한 길을 따라 전차의 쉭쉭 소리가 들려왔다.

거기에 앉아 여자와 함께 보낸 삶을 되짚어 보고 처음에는 여자의 모습이라고 생각지 못했던 이미지 두 개를 번갈아 떠올리다 보니, 문득 여자가 죽었다는 것, 이제는 생존하지 않는다는 것, 추억이 되어 버렸다는 것을 깨닫게 되었다. 불편한 느낌이 들기 시작했다. 달리 어쩔 도리가 있었겠느냐고 자문해 보았다. 여자와 가당찮은 속임수를 계속할 수도 없었을 것이고, 그렇다고 내놓고 함께 살림을 차릴 수도 없는 노릇이었다. 최선이다 싶은 행동을 한 것이었다. 어떻게 자신의 탓이란 말인가? 막상 여자가 사라지고 보니 밤마다 그 방에서 홀로 지새우는 여자의 삶이 얼마나 외로웠을지 이해가 되었다. 자기 역시 죽을 때까지, 생존을 멈추게 될 때까지, 한낱 추억이 돼 버릴 때까지, 그나마 기억해 주는 사람이 있을지 모르지만, 외롭게 살아가리라.

더피 씨가 가게를 떠난 것은 9시가 넘어서였다. 밤 날씨는 춥고 흐렸다. 제1문으로 해서 공원에 들어가 앙상한 나무 아랫길을 걸었다. 사 년 전에 함께 거닐었던 쓸쓸한 오솔길을 걸었다. 어둠 속에서 여자가 바로 곁에 있는 것 같았다. 문득 문득 여자의 목소리가 귀에 와 닿고 여자의 손이 자기 손을 만지는 것 같았다. 가만히 서서 귀를 기울여 보았다. 왜 여자에게 삶을 주기를 거부했던가? 왜 여자에게 사망 선고를 내렸던가? 자신의 도덕적 본성이 산산조각 나는 느낌이었다.

매거진 언덕의 등성이에 이르러 걸음을 멈추고 더블린 쪽으로 강을 쭉 훑어보니, 추운 밤 더블린의 빨간 등불들이 다정하게 타고 있었다. 눈길이 비탈 아래를 따라가다 기슭에 머무르자, 공원 담의 그림자 속에 웬 사람 형체들이 누워 있는 모습이 눈에 띄었다. 그 사람들의 타락하고 은밀한 연애 행각에 절망감이 엄습했다. 자기 삶의 엄정성을 깎아 냈다. 삶의 향연으로부터 추방당한 신세라는 느낌이 들었던 것이다. 한 인간이 나를 사랑해 주는가 보다 싶어지자 그 여인에게 생명과 행복 주기를 거부해 버린 것이다. 그 여인에게 치욕의 선고를, 그리고 수치스러운 죽음의 선고를 내려 버린 것이다. 저 아래 담 옆에 누워 있는 저 중생들이 자기를 바라보며 자리를 피해 주기를 바란다는 것을 알았다. 아무도 원하는 사람이 없는 자신은 삶의 향연으로부터 쫓겨난 신세였다. 더피 씨는 잿빛으로 번뜩이며 더블린 쪽으로 굽이쳐 흘러가는 강으로 눈길을 돌렸다. 강 너머로 킹스브리지 역을 꾸불꾸불 빠져나오는 화물열차가 눈에 띄었는데, 그 모습이 흡사 불타는 머리를 필두로 끈덕지게 꾸역꾸역, 어둠 사이로 꿈틀꿈틀 기어가는 벌레 꼴이었다. 기차는 서서히 시야 밖으로 벗어났지만, 더피 씨의 귀에는 그 여인의 이름 음절을 끙끙대며 되뇌는 엔진 소리가 여전히 윙윙거렸다.

더피 씨는 귓전을 때려 대는 엔진의 리듬을 느끼며 아까 왔던 길을 다시 밟았다. 기억이 알려 주는 것의 실체가 의심스러워지기 시작했다. 한 그루 나무 밑에 멈춰 서서 그 리듬이 사라지기를 기다렸다. 어둠 속에서 여인이 곁에 있는 것 같은 느낌도, 여인의 목소리가 귀에 와 닿는 것 같은 느낌도 들지 않았다. 한동안 귀를 기울이며 기다렸다. 아무 소리도 들리지 않았고, 밤은 쥐 죽은 듯 고요했다. 다시 귀 기울여 보았지만, 쥐 죽은 듯 고요했다. 혼자뿐이라는 느낌이 들었다.

담쟁이 날[38]의 위원회실

잭 영감은 판지 조각으로 뜬숯을 긁어모아 하얗게 변해 가는 봉긋한 석탄 더미 위에다 신중히 덮어 놓았다. 석탄 더미를 얇게 덮고 나자 영감의 얼굴은 도로 어두워졌으나, 다시 부채질로 불을 살리기 시작하면서 엎드려 있던 영감의 그림자가 반대편 벽으로 올라갔고 얼굴은 서서히 환한 빛을 되찾았다. 매우 앙상하고 털이 많은, 노인의 얼굴이었다. 촉촉한 푸른 눈은 불을 보고 깜박거렸고 물기 어린 입은 수시로 벌렸다 다물었다 하며 한두 번씩 기계적으로 오물거렸다. 뜬숯에 불이 붙자 영감은 판지 조각을 벽에 기대 놓고 한숨을 쉬며 말했다.

"이제 좀 낫네요, 오코너 씨."

---

38) 아일랜드에서는 독립운동 지도자 찰스 스튜어트 파넬(1846~1891)의 기일인 10월 6일에 그를 기리는 사람들이 재생의 상징인 담쟁이를 옷깃에 단다.

오코너 씨는 머리가 희끗하고 얼굴에는 종기와 여드름이 흉하게 덕지덕지 난 젊은이로 이제 막 연초를 매끈하게 담배로 말아 놓은 참이었으나, 상대가 말을 걸어오자 묵묵히 생각에 잠긴 듯 기껏 손으로 말아 놓은 담배를 풀어 놓았다. 그런 다음 생각에 깊이 잠긴 듯 다시 담배를 말기 시작하더니 잠깐 생각하고 나서 종이에 침을 바르기로 마음먹으며 목쉰 가성으로 물었다.

"티어니 씨가 언제 돌아오겠다던가요?"

"그런 말은 없던데요."

오코너 씨는 담배를 입에 물고 주머니를 뒤지기 시작했다. 오코너 씨는 얇은 판지로 된 카드 꾸러미를 꺼냈다.

노인이 말했다.

"성냥을 갖다 줄게요."

오코너 씨가 말했다.

"괜찮습니다, 이거면 됩니다."

오코너 씨는 카드를 한 장 골라 들고 거기에 인쇄된 내용을 읽었다.

시 선거

왕립 거래소 선거구

빈민 구제법 관리 위원 리처드 제이 티어니 씨가 왕립 거래소 선거구의 이번 선거에서 귀하의 한 표와 지원을 정중히 당부드리는 바입니다.

오코너 씨는 선거구 일부를 담당할 티어니 씨의 선거 사무장으로 고용되었지만, 날씨가 사납고 구두에 물이 들어와 그날 대부분의 시간을 나이 든 관리인 잭과 더불어 위클로 거리에 있는 사무실의 난롯가에서 보냈다. 둘은 짧은 날이 저문 후 내내 그렇게 앉아 있었다. 10월 6일의 바깥 날씨는 음산하고 쌀쌀했다.

오코너 씨는 카드에서 한 조각을 길게 찢어 내 불을 붙인 다음 담뱃불을 붙였다. 그 동작을 할 때 생긴 불꽃으로 진한 색깔에 표면이 반들반들한 담쟁이 이파리 하나가 외투 접은 깃에서 환히 드러났다. 영감은 이를 물끄러미 바라본 다음 판지 조각을 다시 집어 들고 상대가 담배를 피우는 동안 천천히 난롯불에 부채질을 하기 시작했다.

"아무렴요." 영감은 부채질을 계속하며 말했다. "애들 교육을 도대체 어떻게 시켜야 하는 건지 모르겠어요. 그놈이 결국 그 꼴이 날지 누가 알았겠느냔 말이오! 크리스천 브라더스 학교에도 보내 주고 힘닿는 데까지 해 주었건만, 술이나 퍼마시고 돌아다니니. 어떻게든 사람 좀 만들어 보려 했건만."

영감은 판지를 힘없이 제자리에 내려놓았다.

"내가 지금 늙지만 않았어도 그놈 자식의 버르장머리를 고쳐 놓을 텐데. 그놈을 지켜볼 수 있는 한에는 등짝을 회초리로 두들겨 팰 겁니다. 전에 그렇게 혼쭐낸 것이 어디 한두 번인가요? 그놈 어미가 문제예요, 이리저리 애를 두둔만 하지 뭡니까……."

오코너 씨가 말했다.

"애들 버릇이 그래서 나빠지는 겁니다."

영감이 말했다.

"그렇고 말고요. 그런다고 어디 고마워나 하나요. 건방져지기만 하지. 내 입에 술 한 잔이라도 들어간 걸 알기만 하면 오히려 나를 잡아먹으려고 달려든다니까요. 자식 놈들이 아비에게 하는 말투가 그 모양이니 세상이 어떻게 되려고 이러는지, 원."

오코너 씨가 물었다.

"몇 살입니까?"

영감이 말했다.

"열아홉이라오."

"무슨 일이라도 시켜 보면 어때요?"

"웬걸요, 학교 떠난 후로 술에 절어 사는 그놈에게 한마디안 했겠어요? '너를 거두지 않겠다. 너 스스로 벌어먹고 살아야 한다.'라고 말이지요. 하지만 일자리를 얻게 되면 영락없이 더 가관이라오. 몽땅 퍼마셔 버리거든요."

오코너 씨는 동정의 표시로 고개를 가로저었고 영감은 다시 침묵에 빠진 채 난로만 들여다보았다. 누군지 방문을 열고 외쳤다.

"어이! 여기서 무슨 프리메이슨 비밀 회합이라도 하나?"

영감이 말했다.

"거기 누구요?"

웬 목소리가 물었다.

"어두운 데서 뭐하고 있는 거야?"

오코너 씨가 물었다.

"자넨가, 하인스?"

"그래. 어두운 데서 뭐하느냐고?" 하며 하인스 씨가 난로 불빛 안으로 들어섰다.

옅은 갈색 콧수염을 기른 호리호리한 청년이었다. 모자 테두리에는 작은 빗방울이 곧 떨어질 듯 매달려 있었고 외투 깃은 뒤집힌 채였다.

하인스 씨가 오코너 씨에게 말했다.

"그래, 맷, 재미가 어떤가?"

오코너 씨는 고개를 저었다. 영감은 난롯가에서 일어나 실내 여기저기를 비틀비틀 돌아다니더니 촛대 두 개를 가지고 돌아와 하나씩 불 속에 집어넣었다가 테이블로 가져갔다. 방안 모습이 휑하니 드러났고 난롯불은 밝은 빛깔을 잃었다. 실내 벽은 선거 유세문 사본을 빼고는 걸려 있는 게 없었다. 방한가운데에는 작은 테이블이 있었고 그 위에 서류가 쌓여 있었다.

하인스 씨는 벽난로 선반에 기댄 채 물었다.

"그 양반, 자네 수당을 지급했나?"

오코너 씨가 말했다.

"아직. 정말이지 오늘 밤 우리한테 입 씻으면 안 될 텐데."

하인스 씨는 웃으며 말했다.

"아, 수당 줄 거야. 걱정 마."

오코너 씨가 말했다.

"무슨 일을 제대로 하려면 그런 건 좀 제때 제때 챙겨 줘야 할 텐데."

하인스 씨가 잭 영감에게 빈정대는 투로 물었다.

"영감님 생각은 어떠세요?"

영감은 난롯가 원래 자리로 돌아와 말했다.

"어쨌든 돈이 없는 건 아니지요. 저쪽 편 뜨내기 같기야 할 라고."

하인스 씨가 말했다.

"저쪽 편 뜨내기라니요?"

영감이 경멸조로 말했다.

"콜건 말이오."

"콜건이 노동자라고 해서 그런 말을 하는 거요? 착실하고 정직한 벽돌공과 술집 주인 사이에 무슨 차이가 있어서요, 예? 노동자도 다른 누구 못지않게 시정 기관에 들어갈 권리가 있는 것 아닙니까? 그리고 그럴싸한 직함 있는 사람 앞에만 서면 어김없이 몸 둘 바를 모르는 덜떨어진 신사들보다야 더 권리가 있는 것 아닙니까? 안 그런가, 맷?" 하고 하인스 씨는 오코너 씨에게 말을 붙였다.

오코너 씨가 말했다.

"자네 말이 맞겠지."

"저쪽 후보는 농땡이 부리지 않는 소박하고 정직한 사람이 예요. 그 사람은 노동 계층을 대표할 사람이란 말입니다. 영감님이 모시는 이쪽 후보는 뭐든 자리 욕심이나 내는 거고요."

영감이 말했다.

"그야 물론, 노동 계층을 대변해야 하고 말고요."

"노동자란," 하고 하인스 씨가 말했다. "고생은 고생대로 하면서 돈은 못 버는 사람이지요. 그러나 모든 걸 만들어 내는 건 노동이란 말이오. 노동자란 자기 자식과 조카와 사촌에게 넘겨줄 수지맞는 일자리를 찾지 않습니다. 노동자란 독일계 군주 비위를 맞추느라고 더블린의 명예에 먹칠을 하지는 않는단 말입니다."

영감이 말했다.

"그게 무슨 말이오?"

"내년에 에드워드 7세가 여기 오면 이쪽 사람들이 환영사를 베풀고 싶어 한다는 것을 모르세요? 도대체 우리가 뭐가 모자라 외국 왕에게 머리를 조아린단 말입니까?"

"우리 후보는 환영사에 찬성 투표하지 않을 거야." 오코너 씨가 말했다. "이 양반은 국민당 공천을 받았으니까."

하인스 씨가 말했다.

"안 한다고? 어디 하는지 안 하는지 두고 보지, 뭐. 난 어떤 사람인지 알아, 사기꾼 디키 티어니 맞지?"

"하기는! 조, 어쩌면 자네 말이 맞을지도 모르겠네." 오코너 씨가 말했다. "어쨌든 이 사람이 돈이나 들고 나타나면 좋으련만."

세 사람은 잠잠해졌다. 영감은 뜬숯을 더 긁어모으기 시작했다. 하인스 씨는 모자를 벗어 흔든 다음 외투 깃을 끌어내려 깃에 달린 담쟁이 이파리를 드러내 보였다.

"만일 이분이 살아만 계신다면," 하고 하인스 씨는 이파리를 가리키며 말했다. "우리가 환영사 얘기 따위를 꺼내고 있진 않을 텐데."

"맞아." 하고 오코너 씨가 말했다.

"정말이지, 그 시절이 좋았어!" 영감이 말했다. "그때는 살 만했는데."

실내가 다시 잠잠해졌다. 그때 웬 자그마한 사내가 바짝 얼어붙은 귀를 하고 코를 킁킁거리며 문을 밀고 들어왔다. 사내는 재빨리 난로 쪽으로 건너가 마치 불꽃이라도 내 보겠다는 듯이 두 손을 비벼 대기 시작하며 말했다.

"돈 받기는 틀렸네, 이 사람들아."

영감이 자기 의자를 권하며 말했다.

"여기 앉으세요, 헨치 씨."

헨치 씨가 말했다.

"아니, 그냥 계세요, 영감님, 그냥 계세요."

헨치 씨는 무뚝뚝한 고갯짓으로 하인스 씨에게 인사를 보내고 영감이 비워 준 의자에 앉았다.

헨치 씨는 오코너 씨에게 물었다.

"자네 온저 거리에서 유세했나?"

"그래." 하고 오코너 씨가 주머니에서 비망록을 찾기 시작하며 말했다.

"그라임스는 찾아봤고?"

"그래."

"그래서? 태도가 어때?"

"약속을 안 하던걸. '내가 어느 쪽에 투표할지는 아무한테도 말하지 않겠어.' 그러더라고. 하지만 그 친구 괜찮을 거야."

"그건 또 왜?"

"그 친구가 추천인이 누구누구인지 묻기에 내가 가르쳐 줬지. 버크 신부 이름도 대 줬어. 괜찮을 거야."

헨치 씨는 코를 킁킁거리며 손을 난로 위에 올려놓고 무서운 속도로 비벼 댔다. 그런 다음 말했다.

"제발 부탁이니, 영감님, 석탄 좀 가져오세요. 남은 게 있을 텐데."

영감이 방 밖으로 나갔다.

"헛일이야." 헨치 씨가 고개를 절레절레 흔들며 말했다. "내가 이 쩨쩨한 아첨꾼에게 돈 문제를 물어봤는데, 이러더라고. '아, 참, 헨치 씨, 사태가 제대로 풀려 갈 기미가 보이면 당신을 잊지 않으리다, 결단코.' 쩨쩨하고 치사한 사기꾼 같으니라고! 하기는, 이 친구 깜냥이 그거밖에 더 되겠어?"

하인스 씨가 말했다.

"내가 뭐래, 맷? 사기꾼 디키 티어니라니까."

헨치 씨가 말했다.

"암, 이 작자 사기꾼 기질이 사람들 생각대로고 말고. 그 음흉한 돼지 눈깔을 괜히 달고 있는 게 아니지. 망할 작자 같으니! '자, 자, 헨치 씨, 패닝 씨에게 말씀 드려야겠네요……. 돈을 엄청나게 써서 말입니다.'라는 소리는 집어치우고 남자답게 돈 좀 팍팍 못 푸나? 천벌이나 받을 쩨쩨하고 치사한 아첨꾼 같으니! 야비한 자기 아비가 메리스 레인에서 싸구려 가게 하던 시절을 잊어버린 거야."

오코너 씨가 물었다.

"한데 그거 사실이야?"

"아무렴." 하고 헨치 씨가 말했다. "그 소리 못 들어 봤어? 남자들이 일요일 오전에 술집 문 열기 전이면 조끼나 바지 사러 들어가곤 했지, 웬걸! 하지만 사기꾼 디키의 야비한 아비는 항상 치사하게도 몰래 파는 술병들을 구석에 숨겨 두고 있었어. 이제 알겠나? 바로 그거야. 이 작자가 처음 빛을 본 게 바로 거기서거든."

영감은 석탄 두어 덩이를 가지고 돌아와 난로 여기저기에 흩뿌렸다.

"이런 식으로 나오면 곤란하지." 오코너 씨가 말했다. "돈도 안 내놓으면서 어떻게 자기 일을 해 달라는 거지?"

"하는 수 없지." 헨치 씨가 말했다. "집에 들어가면 현관에 집달관들이 진을 치고 있겠군."

하인스 씨는 웃으며 어깨를 움직여 벽난로에서 몸을 빼내고는 자리 뜰 채비를 하며 말했다.

"에드워드 왕이 오면 다 잘될 거야. 자, 친구들, 오늘은 이만 가네. 다음에 보세. 잘들 있게나."

하인스 씨는 천천히 방을 나갔다. 헨치 씨도 영감도 아무 말하지 않았으나, 문이 막 닫히자마자 난롯불만 시무룩하게 바라보고 있던 오코너 씨가 난데없이 소리를 질렀다.

"잘 가게, 조."

헨치 씨는 잠시 뜸을 들이고 나서는 문 쪽을 향해서 고개를 까닥했다.

헨치 씨가 불 저쪽에서 말했다.

"그런데 말이지, 저 친구가 무엇 때문에 여기를 들어올까? 무슨 용건일까?"

"젠장, 조 신세가 딱해!" 오코너 씨가 담배꽁초를 난롯불 속에 던져 넣으며 말했다. "저 친구 우리 못지않게 형편이 어려워."

헨치 씨는 큰 소리로 코를 킁킁거린 다음 침을 뱉었는데, 어찌나 많이 뱉었던지 난롯불이 반발하듯 쉭쉭 소리를 내며 꺼질 뻔했다.

헨치 씨가 말했다.

"내 개인적인 의견을 솔직히 말하자면, 저 친구 저쪽 진영에서 보내서 왔을 거야. 무슨 말인고 하니, 콜건이 보낸 염탐꾼이란 거지. '한번 저쪽을 둘러보고 어떻게들 하고 있는지 알아내 봐. 자네를 의심하진 않을 테니까.' 알아듣겠어?"

오코너 씨가 말했다.

"어, 불쌍한 조는 좋은 사람인데."

"저 친구 부친이야 점잖고 덕망 있는 분이었지." 헨치 씨가 수긍했다. "불쌍한 래리 하인스 영감! 한창때 좋은 일도 많이 하셨건만! 하지만 우리의 저 친구는 아무래도 한참 못 미쳐. 아니, 형편이 안 좋을 수는 있다고 쳐. 그러나 염탐하는 것을 어떻게 봐주나. 좀 남자다워질 수 없나?"

영감이 말했다.

"그 사람 여기 오면 나한테 환대도 못 받지요. 자기 편을 위해 일하는 건 좋은데 여기서 얼쩡거리면서 염탐하지는 말아야 될 거 아녜요."

"난 모르겠는데." 하고 오코너 씨가 담배 종이와 연초를 꺼내며 납득하지 못하겠다는 투로 말했다. "조 하인스는 정직한 사람일 거야. 문장에 소질 있는 똑똑한 친구이기도 하지. 자네 그 친구가 쓴 그거…… 기억하나?"

"이 힐사이더인지 피니언39)인지 하는 작자들 중에 어떤 자들은 보통 약아 보이는 게 아니야." 헨치 씨가 말했다. "그 치사한 놈들 중 어떤 놈들에 대한 내 개인적이고 솔직한 의견이 뭔지 아나? 놈들 중 절반은 영국 놈들 돈을 받아 처먹고 있다는 거야."

영감이 말했다.

"그거야 모를 일이지요."

헨치 씨가 말했다.

"어, 내가 확실하게 알고 있다니까. 놈들은 영국 놈들의 앞잡이란 말이야…… 뭐, 하인스까지는 몰라도……. 아, 그래, 하인스는 그보다는 좀 낫겠지……. 하지만 웬 덜떨어진 사팔뜨기 귀족 있잖아, 내가 말하는 애국자가 누군지 알지?"

오코너 씨는 고개를 끄덕였다.

"시어 소령의 직계자손 있잖은가! 아, 그 벼락 맞을 놈의 애국자라는! 돈 몇 푼에 조국을 팔아먹고는, 그래, 그 굽은 무릎

---

39) 재미(在美) 아일랜드 독립운동 단체인 피니언 브라더후드의 회원. 힐사이더는 이들의 별명.

을 꿇고 전능하신 예수님께 팔아먹을 나라를 주셔서 감사하다고 말할 작자 말일세."

문 두드리는 소리가 났다.

"들어오세요!" 하고 헨치 씨가 말했다.

가난한 성직자나 가난한 배우를 닮은 사람 하나가 현관에 나타났다. 작달막한 몸뚱이 위에 검은색 옷을 꼭 끼게 입고 있었는데, 겉으로 드러난 단추에 촛불 빛이 반사되는 남루한 조끼 깃이 목둘레로 세워져 있어서 성직자의 깃인지 일반인의 깃인지 분간이 되지 않았다. 단단한 검은색 펠트로 된 둥근 모자를 쓰고 있었다. 빗방울로 번들거리는 얼굴은 광대뼈라는 걸 알려 주는 발그레한 점 두 개만 아니면 영락없이 눅눅한 노란색 치즈 꼴이었다. 이 사람은 아주 긴 입을 벌려 실망을 나타냄과 동시에 아주 밝은 푸른색 눈을 휘둥그레 떠 기쁨과 놀람을 나타냈다.

"어, 키언 신부님!" 하고 헨치 씨가 의자에서 벌떡 일어나며 말했다. "신부님 아닙니까? 들어오십시오!"

"어, 아뇨, 아뇨." 하고 키언 신부가 마치 어린애에게 말을 거는 것처럼 입을 오므리며 급하게 말했다.

"들어와서 좀 앉지 않으시겠어요?"

"아뇨, 아뇨, 아뇨." 키언 신부가 신중하고 너그럽고 부드러운 목소리로 말했다. "지금 방해가 되고 싶지 않습니다! 그저 패닝을 좀 찾느라고요……."

"블랙 이글 술집에 갔습니다." 헨치 씨가 말했다. "그런데 잠깐 들어와 앉지 않으시고요."

키언 신부가 말했다.

"아뇨, 아뇨, 괜찮습니다. 그냥 사소한 볼일이 있어서요. 정말 고맙습니다."

그는 문간에서 물러섰고 헨치 씨는 촛불을 하나 들고 문으로 가서 신부가 내려가는 길을 비춰 주었다.

"아니, 정말로 이러지 않아도 됩니다!"

"아뇨, 계단이 너무 어두워서요."

"아뇨, 아뇨, 잘 보입니다……. 정말 고맙습니다."

"이제 됐습니까?"

"됐어요, 고맙습니다……. 고맙습니다."

헨치 씨는 초를 들고 돌아와 테이블 위에 올려놓고 다시 불가에 앉았다. 잠시 침묵이 흘렀다.

"이보게, 존." 하고 오코너 씨가 판지 하나를 또 꺼내 담배에 불을 붙이며 말했다.

"응?"

"저 사람 신분이 정확히 뭔가?"

헨치 씨가 말했다.

"난처한 질문도 다 하네."

"패닝과 저 사람 무척 친한 것 같은데. 카바나 술집에 함께 있는 때가 많아. 도대체 신부가 맞긴 맞는 거야?"

"으으응, 그럴 거야……. 소위 천덕꾸러기인 것 같아. 저런 사람이 많지 않은 게 다행이야! 다만 우리한테도 더러는……. 그 사람은 어딘가 불행한 사람이지……."

오코너 씨가 물었다.

"그런데 생계는 어떻게 꾸려 나간대?"

"그것도 수수께끼야."

"예배당이든 교회든 협회든 어디든 간에 소속이 있기는 있는 건가?"

"아니, 독립적으로 돌아다닐걸? ……나 원, 기가 막혀서."

헨치 씨는 말을 이었다.

"저 사람 오는 소리 듣고서 나는 흑맥주가 한 상자 온 줄 알았지."

오코너 씨가 물었다.

"술이 올 낌새가 있긴 있는 건가?"

영감이 말했다.

"나도 목이 컬컬한데."

헨치 씨가 말했다.

"그 쫀쫀한 아첨꾼한테 세 번이나 부탁하지 않았겠어? 흑맥주 한 상자만 보내 달라고 말이야. 이번에 또 부탁을 했는데도 셔츠 바람으로 카운터에 기대서 참사 회원 카울리와 웃고 떠들어 대느라고 정신이 없더라니까."

오코너 씨가 말했다.

"왜, 귀띔 좀 해 주지 않고?"

"응, 참사 회원 카울리와 얘기하는 중인데 다가가긴 좀 그렇더라고. 그래서 그냥 시선이 맞부딪칠 때까지 기다렸다가 '제가 말씀드리던 그 사소한 얘기 말인데요…….' 하고 말을 꺼냈더니 '헨치 씨, 그건 염려 마세요.' 하지 뭐야. 그럼 그렇지, 그 쩨쩨한 난쟁이가 까맣게 잊어버린 거야."

"그 동네에서 뭔가 음모가 진행 중인 것 같아." 오코너 씨가 곰곰이 생각에 잠긴 듯 말했다. "그 작자들 셋이 어제 서포크 거리에서 모의하고 있는 걸 봤거든."

"그 친구들이 무슨 꿍꿍이를 벌이는지 난 알 것 같네." 헨치 씨가 말했다. "요즘엔 시장이 되고 싶으면 시의원들한테서 돈을 융통해야 돼. 그러면 그자들이 시장으로 만들어 주지. 가만! 이 몸이 직접 시의원 되는 길을 본격적으로 생각해 볼까? 자네 생각엔 어때? 내가 해낼 만한 것 같나?"

오코너 씨는 웃었다.

"돈 빌리는 문제로 말하자면야……."

헨치 씨가 말했다.

"시장 관사에서 차를 타고 나올 때, 흰색 모피 제복을 입고, 여기 있는 잭 영감님에게 분 바른 가발을 씌워 내 뒤에 세우면 어떻겠나?"

"그리고 나를 자네 개인 비서로 삼고 말이지, 존."

"그래. 그리고 키언 신부를 내 전용 신부로 삼고 말이야. 집안 잔치가 되는 거지."

"암요, 헨치 씨." 하고 영감이 말했다. "헨치 씨는 저쪽 친구들 몇몇보다 위풍당당할 겁니다. 한번은 수위인 키건 영감과 얘기를 나눈 적이 있어요. '팻, 자네 새 시장이 어떤가? 이제 재미는 다 봤겠어.'라고 말했지요. 팻이 '재미가 다 뭐야! 기름 절은 행주 냄새나 맡고 사는 양반이야.'라고 그럽디다. 나한테 또 뭐라고 했는지 아십니까? 허, 정말이지, 그 친구 말이 믿어지지 않았다니까요."

헨치 씨와 오코너 씨가 말했다.

"뭐라고 했는데요?"

"그 친구 말이 이랬습니다. '더블린 시장이 만찬에 쓸 고기를 겨우 한 근 사 오라고 하는 걸 어떻게 생각하나? 고귀한 생활에 어울리는가 말이야?'라고요. 내가 '저런, 저런!' 했더니, 그 친구는 또 '시장 관사에 들어갈 고기가 한 근이라니.' 하더군요. 나는 그랬지요. '아니, 도대체 어떤 사람들이 가길래?'"

바로 이때 문 두드리는 소리가 나더니 소년 하나가 머리를 디밀었다.

영감이 말했다.

"무슨 일이야?"

소년이 모로 걸어 들어와 병 흔들리는 소리를 내며 바구니 하나를 마룻바닥에 내려놓았다.

"'블랙 이글'에서 왔는데요."

영감은 소년이 바구니에서 테이블로 병 옮기는 것을 거들면서 하나하나 헤아렸다. 병을 다 옮기고 나서 소년은 바구니를 팔에 걸치고 물었다.

"병 안 주세요?"

영감이 말했다.

"무슨 병?"

헨치 씨가 말했다.

"우리가 먼저 마시기도 전에 웬 병 타령?"

"병을 받아 오라던데요."

영감이 말했다.

"내일 다시 와."

"어이, 애야!" 하고 헨치 씨가 말했다. "오패럴네 가게에 가서 코르크 마개 따개 좀 빌려 달래라, 헨치 씨가 그러더라고 하고. 금방 돌려준다고 해. 바구니는 거기 놔두고."

소년이 나가자 헨치 씨는 유쾌한 기분으로 손을 비비면서 말했다.

"암, 그래야지, 결국 그렇게 형편없는 친구는 아니군그래. 어쨌든 약속을 지키는 걸 보면."

영감이 말했다.

"잔이 없어서."

헨치 씨가 말했다.

"아, 영감님, 그 걱정일랑 마세요. 병째 마신 사람이 어디 한둘인가요."

오코너 씨가 말했다.

"어쨌거나, 아무것도 안 나오는 것보다는 낫군그래."

헨치 씨가 말했다.

"그렇게 형편없는 인간은 아니야. 패닝한테 빚을 많이 지워서 그렇지. 하는 짓은 쩬쩬해도, 알고 보면 나쁜 사람은 아냐."

소년이 병따개를 가지고 돌아왔다. 영감이 병 세 개를 따고 나서 막 따개를 돌려주려는데 헨치 씨가 소년에게 말했다.

"너, 한 입 마셔 볼래?"

"그러지요, 뭐."

영감은 마지못해 또 한 병을 따서 소년에게 건네며 물었다.

"너 몇 살이냐?"

"열일곱 살요."

영감이 더 이상 말이 없자 소년은 병을 쥐고 헨치 씨에게 "아저씨, 잘 마시겠습니다."라고 말하더니 다 비우고는 빈 병을 도로 테이블에 내려놓고 소매로 입을 쓱 닦았다. 그런 다음 병따개를 집어 들고 무슨 인사말 같은 소리를 뇌까리며 모로 해서 문 밖으로 나갔다.

영감이 말했다.

"저러면서 슬슬 애 버리게 된다니까."

헨치 씨가 말했다.

"바늘 도둑이 소 도둑 되는 격이니."

영감이 마개 딴 병 세 개를 나누어 주자 사내들은 너나없이 술을 들이켰다. 한 모금 마시고 나서 저마다 병을 난로 선반 위 손 닿는 곳에 내려놓고 뿌듯한 기분으로 길게 숨을 들이마셨다.

헨치 씨가 뜸을 들이다 말했다.

"자, 오늘은 일을 할 만큼 했군."

"그런가, 존?"

"그럼. 도슨 거리에서 확실하게 한두 건수 올렸지, 크로프튼이랑 둘이서 말이야. 참, 우리끼리니 하는 말인데, 크로프튼 있잖아, 물론 점잖은 친구이긴 한데, 선거운동원으로는 영 아니올시다인 거 있지. 말 한 마디를 변변히 못 하는 거야. 내가 열나게 떠들어 대는데 멍하니 서서 사람들을 바라만 보고 있더라니까."

이때 두 사내가 방으로 들어왔다. 한 사람은 매우 뚱뚱한 남자로, 입고 있는 파란색 서지 천이 구부정한 몸에서 금방이라도 흘러내릴 것만 같았다. 마치 젊은 황소 같은 표정을 한 커다란 얼굴에 부리부리한 푸른 눈과 희끗희끗한 콧수염을 달고 있었다. 다른 사내는 훨씬 젊고 연약했는데, 파르라니 면도한 얄팍한 얼굴이었다. 매우 높은 겹 목깃과 테 넓은 중산모자를 착용하고 있었다.

"어이, 크로프튼!" 뚱뚱한 남자에게 헨치 씨가 말했다. "호랑이도 제 말 하면 온다더니……."

젊은 사내가 물었다.

"술이 어디서 났지? 암소가 새끼라도 낳았나?"

오코너 씨가 웃으며 말했다.

"아무렴, 라이언스가 술 냄새 맡는 데는 귀신이라니까!"

라이언스 씨가 말했다.

"선거운동을 이런 식으로 하나 보지? 크로프튼과 나는 춥고 비 오는 날 바깥에 나가 표 끌어들인다고 뼈가 빠지는데."

"어쭈, 웃기지 마." 하고 헨치 씨가 말했다. "자네들 둘이 일주일 동안 모아 봐야 내가 단 오 분 동안에 모으는 꼴도 안 될 걸 가지고."

오코너 씨가 말했다.

"영감님, 흑맥주 두 병 따시죠."

영감이 말했다.

"어떻게 따란 거요? 병따개가 있어야 말이지."

"잠깐, 잠깐!" 하고 헨치 씨가 재빨리 자리에서 일어나며 말했다. "자네들 이런 기술 본 적 있나?"

헨치 씨는 테이블에서 병 두 개를 집어 들고 난롯가로 가져가 벽난로 안의 시렁에 얹었다. 그런 다음 다시 불가에 앉아 자기 병에 든 술을 한 모금 더 마셨다. 라이언스 씨는 테이블 모퉁이에 앉아 모자를 목덜미 쪽으로 젖히고 다리를 떨기 시작하며 물었다.

"어느 게 내 병인가?"

헨치 씨가 말했다.

"이걸세."

크로프튼 씨는 상자 위에 앉아 난로 시렁에 있는 다른 한 병에서 눈을 떼지 않았다. 이 사내가 침묵을 지키고 있는 데는 두 가지 이유가 있었다. 첫 번째 이유는, 그것만으로도 충분한 이유가 되는 것인데, 할 말이 없다는 것이고, 두 번째 이유는 자기 친구들의 격이 자기에게 미치지 못한다고 여기기 때문이었다. 원래 보수당 쪽의 윌킨스 운동원이었으나, 보수당이 후보를 사퇴시키면서 그나마 차선책으로 국민당 후보를 밀기로 하자 티어니 씨 쪽 일을 맡게 된 것이었다.

잠시 후 라이언스 씨 병의 코르크마개가 튕겨져 나가면서 사과한다는 듯이 "폭!" 하는 소리를 냈다. 라이언스 씨는 테이블에서 벌떡 일어나 난로 쪽으로 가서 병을 건네받고 테이블로 돌아왔다.

"크로프튼, 내가 방금 이 사람들에게 무슨 얘기를 하던 참이었느냐 하면 말이지." 하고 헨치 씨가 말했다. "우리가 오늘 표를 꽤 많이 모았다는 거야."

라이언스 씨가 물었다.

"뭘 모았는데?"

"응, 첫째, 파키스를 잡았고, 둘째, 앳킨슨을 잡았고, 도슨 거리의 워드를 잡았지. 이 노인도 좋은 사람이야. 오랜 정통 신사에다가 오랜 보수파지! 이 노인이 '한데 그쪽 후보는 국민당 아니오?' 하더군. 그래서 '이 후보는 덕망 있는 사람입니다.' 하고 내가 대답해 줬지. '이 나라를 위해 도움이 될 만한 일이라면 어떤 일이라도 할 사람입니다. 막대한 납세자고요.' 하고 덧붙이면서 말이야. '시내에 어마어마한 주택과 사무실을 가지고 있는데, 세금을 내리는 게 그분 자신한테는 유리하지 않겠어요? 이분은 명망 있고 존경받는 시민에다 빈민 구제법 옹호자이고, 좋은 쪽, 나쁜 쪽, 중도 할 것 없이 아무 정당에도 속해 있지 않습니다.' 하고 말해 줬지. 그런 사람들에게는 그런 식으로 말해 줘야 하거든."

라이언스 씨가 술 마신 입을 쩝쩝거리며 말했다.

"그럼 영국 왕에게 환영사 해 준다는 건 뭐고?"

"내 말을 들어 봐." 하고 헨치 씨가 말했다. "이 나라, 우리에게 필요한 것은, 워드 노인에게도 한 말이지만, 바로 자본이야. 왕이 이곳에 온다는 것은 이 나라에 자본이 유입된다는 걸 뜻하는 거라고. 더블린 시민은 그걸로 덕을 보는 거고. 부둣가에서 놀고 있는 공장들을 봐! 우리가 오래된 산업, 제철소와 조선소와 공장을 가동시키기만 하면 우리나라에 들어올 돈이 얼마나 될지 생각해 보라고! 우리한테 필요한 건 자본이야."

오코너 씨가 말했다.

"하지만 존, 이거 봐. 우리가 왜 영국 왕을 환영해야 되지?

다름 아닌 파넬만 하더라도…….”

“파넬은 죽은 사람이야.” 하고 헨치 씨가 말했다. “자, 내
가 보는 견지는 이래. 에드워드 왕은 머리가 백발이 되도록 망
할 늙은 어머니한테 찬밥 취급받던 끝에 권좌에 오른 인물이
야. 세상 물정도 밝고 우리한테도 우호적이고. 내 생각을 말
하자면, 에드워드 왕은 멋지고 점잖은 사람이야. 그 사람에 대
해 좋지 않은 얘기 나도는 것 봤나? 그 사람 속마음은 단지 이
거야. ‘전왕께서는 이 미개한 아일랜드 국민에게 가 보신 적
이 없다니, 짐이 직접 가서 그쪽 형편을 살펴봐야겠다.’ 그런
데 이렇게 친선 방문해 오는 분을 우리가 모욕하겠단 말인가?
응? 내 말이 틀렸나, 크로프튼?”

크로프튼 씨는 고개를 끄덕였다.

“그러나 지금 와서 따져 보면.” 하고 라이언스 씨가 따지듯
이 말했다. “에드워드 왕의 생활이 말이지, 딱히 …….”[40]

“지난 일은 지난 일이야.” 헨치 씨가 말했다. “나는 개인적
으로 그분을 좋게 보네. 단지 자네나 나처럼 평범한 한량일 뿐
이라고. 술도 세고, 난봉꾼 기질도 좀 있을 거고, 운동도 잘하
지. 젠장, 우리 아일랜드 국민은 공정해지면 어디가 덧나나?”

“자네 말 다 좋아.” 라이언스 씨가 말했다. “그러나 이제 파
넬 경우를 보자고.”

헨치 씨가 말했다.

---

40) 에드워드 왕은 왕자 시절에 유부녀들과 염문을 뿌렸고, 이 사실이 이혼
재판에서 공개적으로 들통 나기도 했다.

"답답하기는 참. 그 두 경우 사이에 무슨 연관성이 있다고 그래?"

라이언스 씨가 말했다.

"내 말은, 우리에게는 우리에게 맞는 이상이 있다는 거지. 자, 도대체 우리가 왜 그런 사람을 환영해야 하느냐고. 자네는 파넬이 그런 짓을 했어도 우리 지도자로 적합하다고 보나?[41] 그렇다면 에드워드 7세에 대해서는 왜 눈감아 주어야 하느냔 말이야."

"오늘은 파넬 기일일세." 하고 오코너 씨가 말했다. "그러니 서로 감정 상할 말은 하지 말자고. 우리 모두 그분이 세상을 뜨고 안 계신 지금에 와서는 그분을 존경하지 않는가. 심지어는 보수주의자들조차도 말이야." 하고 오코너 씨는 크로프튼을 돌아보며 말했다.

"폭!" 하고 느려 터진 코르크가 크로프튼 씨의 병에서 튀었다. 크로프튼 씨는 앉아 있던 상자에서 일어나 난롯가로 갔다. 그러고는 마개 따진 병을 집어 들고 돌아와 나직한 목소리로 말했다.

"우리 쪽 의원들이 파넬을 존경하는 것은 그 사람이 유한계급이기 때문이지."

"크로프튼, 자네 말 잘 했네!" 헨치 씨가 격분해서 말했다. "파넬이야말로 온갖 고양이들이 모여 떠들어 대는 회의장을

---

41) 파넬은 여비서 키티 오셰이와의 간통 사건 때문에 결국 아일랜드 독립운동 지도자로서의 위신에 먹칠을 하고 다수 국민으로부터 매도를 받기에 이르렀다.

정리할 수 있는 유일한 인물이지. '거기 개들, 앉아! 거기 똥개들, 엎드려 있어!' 이런 식으로 의원 놈들을 휘어잡았지. 들어와, 조! 들어와!" 헨치 씨는 문간에서 하인스의 모습을 발견하고 말했다.

하인스 씨가 천천히 들어왔다.

"흑맥주 한 병 더 따세요, 영감님." 헨치 씨가 말했다. "아 참, 병따개가 없는 걸 깜박했네. 영감님, 여기 한 병 쥐 봐요. 난로에다 갖다 놓게."

영감이 병 하나를 더 건네주자 헨치 씨는 그것을 받아 벽난로 시렁 위에 올려놓았다.

"앉게나, 조." 오코너 씨가 말했다. "그냥 왕초 얘기 좀 하고 있었을 뿐이야."

헨치 씨가 말했다.

"암, 암!"

하인스 씨는 라이언스 씨 옆쪽으로 가 테이블에 앉았으나 아무 말도 하지 않았다.

헨치 씨가 말했다.

"어쨌든 그래도 한 사람만은, 파넬을 버리지 않았어. 정말이지, 자넬 대신해서 내 한마디 함세, 조! 아니, 정말이야, 자넨 장부답게 파넬에게 의리를 지켰어!"

"아, 조." 하고 난데없이 오코너 씨가 말했다. "자네가 쓴 그글 말이야, 기억하지? 그것 좀 들려주게. 지금 지니고 있지?"

헨치 씨가 말했다.

"아, 그럼, 그거 좀 들려줘. 그거 들어 본 적 있나, 크로프튼?

자, 좀 들어 봐, 기가 막히다고."

오코너 씨가 말했다.

"뭐 해, 조, 어서 시작해."

하인스 씨는 그들이 말하는 작품을 얼른 기억하는 눈치가
아니더니 잠시 생각에 잠긴 후 말했다.

"아, 그거 말이군⋯⋯. 아무렴, 이제 한참 됐지."

오코너 씨가 말했다.

"어서 하래도, 이 친구야!"

"쉬, 쉬." 헨치 씨가 말했다. "자, 조!"

하인스 씨는 조금 더 머뭇거렸다. 그러더니 주변이 조용해
지자 모자를 벗어 테이블에 내려놓은 다음 일어섰다. 마음속
으로 작품을 연습하는 것 같았다. 그러더니 한참을 쉬고 나서
읊었다.

파넬의 죽음

1891년 10월 6일

하인스 씨는 한두 번 목청을 가다듬고 나더니 암송을 시작
했다.

임이 가셨다. 우리의 무관 제왕이 가셨다.
오, 에린이여, 슬픔과 비통함으로 애도하라,
이 시대 타락한 위선자 무리가 쓰러뜨린

임이 고이 누워 계시니.

임이 진창에서 영광으로 끌어올려 준
비겁한 사냥개들에게 물려 쓰러져 계시니.
그리고 에린의 희망과 에린의 꿈이
에린의 압제자가 쌓은 장작더미 위에서 스러지노니.

대저택이건 작은 집이건 오두막이건
어디고 할 것 없이 아일랜드의 가슴은
비통함에 겨워 하노라, 임이 가시었도다,
에린의 운명을 일으켜 세우려던 임이여.

임은 에린의 이름을 떨치고,
녹색 국기를 영광스레 활짝 펼치며,
에린의 정치가와 시인과 무사들을
세계만방에 드높이려 하셨네.

임은 꾸셨네(애재라, 한낱 꿈이었던가!)
자유의 꿈을. 그러나 무진 애를 써서
그 환영 잡으려 했건만, 배신이여,
임에게서 사랑하는 것을 앗아 갔도다.

부끄러워하라, 비열한 손들이여,
제 주인에게 달려들거나 아니면

입맞춤으로 팔아넘겼네,
임의 원수, 꼬리 치는 신부들 떼거리에게.

영원한 부끄러움에 시달릴지어다,
그 숭고한 이름을 더럽히고 때 묻히려
발악한 자들의 기억이여, 자랑스러운
그 이름의 주인에 멸시받은 자들이여.

쓰러짐에도 임이시여 거룩한 이다웠으니
최후까지 두려움 없이 당당하였노라.
이제 저세상으로 가신 임이여
에린의 옛 영웅들과 함께 되었노라.

어떤 다툼 소리도 임의 잠 해치지 말라!
편안히 쉬시는 임, 영광의 봉우리에 오르도록
어떤 인간적 고통이나 높은 야망도
이제는 떠미는 일 없나니.

제멋대로 하였구나, 임을 쓰러뜨린 자들이여.
그러나 에린이여, 들어 보라, 불꽃에서
불사조가 일어나듯 임의 혼 일어서리니,
그날의 새벽이 밝아 오며는,

우리에게 자유의 통치를 가져오는 그날이.

그날이 오면 에린이여,

기쁨 위해 들어 올리는 술잔으로 건배하기를,

단 하나의 슬픔, 파넬의 기억을 위하여.

하인스 씨는 다시 자리에 앉았다. 하인스 씨가 암송을 끝내자 침묵 끝에 갈채가 터져 나왔고 라이언스 씨까지 합세했다. 갈채가 한동안 이어졌다. 갈채가 끝나자 모든 청중은 말없이 술잔을 비웠다.

"폭!" 하인스 씨의 병에서 코르크마개가 튕겨 나왔지만 하인스 씨는 모자도 쓰지 않고 상기된 얼굴로 자리에 눌러 앉아 있었다. 술 마시라는 신호인 그 소리를 듣지 못한 것 같았다.

오코너 씨가 그렇게라도 감격을 더 잘 감춰 보겠다는 듯이 담배 마는 종이와 쌈지를 꺼내면서 말했다.

"잘했네, 조!"

"크로프튼, 그래, 들어 보니 어떤가?" 헨치 씨가 소리쳤다. "멋지지 않나? 응?"

크로프튼 씨는 매우 훌륭한 글이라고 말했다.

어머니

'에이레 아부' 보험회사[42]의 비서 보조인 홀러핸 씨는 일련의 연주회 계획을 짜느라고 손과 주머니에 너저분한 서류를 가득 지닌 채 한 달 가까이나 더블린을 쏘다니던 참이었다. 홀러핸 씨는 다리 한쪽을 절었는데 이 때문에 친구들은 절뚝발이 홀러핸이라 불렀다. 홀러핸 씨는 끊임없이 왔다 갔다 했고 시간별로 거리 모퉁이에 서서 요점을 역설하며 기록해 두었다. 그러나 결국 모든 준비를 하는 사람은 커니 부인이었다.

데블린 양이 커니 부인이 된 것은 앙심에서였다. 커니 부인은 고급 수녀원에서 교육받았고 불어와 음악도 배웠다. 얼굴은 핏기 없고 자세는 꼿꼿해서 학창 시절 친구를 잘 사귀지 못

---

42) '에이레 아부(Eire Abu)'는 '성숙한 아일랜드'라는 뜻의 아일랜드어로, 이 보험회사는 이름 덕에 탈영국화를 실질적인 목표로 삼은 언어 문화 운동인 '아일랜드 문예 부흥 운동' 계열에 포함됨.

했다. 혼기가 차면서 이 집 저 집에 보내 보았더니 연주 솜씨며 단아한 범절로 찬사를 받았다. 자신의 교양을 감상하는 썰렁한 모임 가운데 앉아서 어떤 구혼자가 화려한 생활을 제공하겠다고 용기 있게 나서기를 기다렸다. 그러나 만나는 청년들이라는 게 고만고만해서 구혼을 부추기는 일 없이 남몰래 터키 사탕이나 잔뜩 먹어 대며 낭만적인 욕망을 달래 볼 뿐이었다. 그러나 이런 생활도 거의 한계에 이르면서 친구들이 쑥덕공론을 일삼기 시작하자, 오르몬드 부두의 구두장이인 커니 씨에게 시집을 가 버림으로써 쑥덕공론을 잠재웠다.

커니 씨는 부인보다 나이가 한참 위였다. 진지한 얘기가 큼직한 갈색 턱수염에서 드문드문 새어 나왔다. 결혼 생활 일 년 만에 커니 부인은 길게 보면 이런 남자가 낭만적인 사람보다 낫다는 것을 눈치챘지만 정작 자신의 낭만적인 생각은 단념하지 않았다. 커니 씨는 절도도 있고 검소한 데다 경건했다. 매월 첫 번째 금요일에 성당을 나갔는데, 아내를 동반하는 경우도 있었지만 혼자 다니는 경우가 더 많았다. 그래도 커니 부인은 신앙심이 약해진 적이 없었고 남편에게 좋은 아내였다. 남편은 낯선 집에서 열린 어떤 파티에서 아내가 눈썹을 아주 살짝 추켜올리기만 해도 두말없이 자리를 털고 일어섰고, 아내는 아내대로 남편이 기침으로 괴로워할 때 남편 발에 오리털 이불을 덮어 주고 강한 럼 펀치를 타 주었다. 남편으로 말하자면 모범적인 아버지였다. 매주 보험회사에 소액의 돈을 부어 넣어 두 딸이 저마다 스물두 살이 되었을 때 100파운드의 지참금을 탈 수 있게 마련해 놓았다. 첫딸인 캐슬린은 좋은 수녀원에 가서 불어와 음악을 배웠고 나중에는 왕립 음악원에도 다녔다. 해마다 7월만 되면 커니 부인은 어느 친구에게 이런 말을 할 구실을 찾았다.

"우리 그이가 한 보름 예정으로 스케리스에 우리를 데려갈 거야."

가는 곳이 스케리스가 아니면 하다못해 호스나 그레이스톤이라도 되었다.[43] 아일랜드 문예 부흥 운동이 활발해지기 시작하자, 커니 부인은 딸의 이름[44]을 이용하기로 작정하고 집에 아일랜드 고유어인 게일어 선생을 데려왔다. 캐슬린과 그 동생은 친구들에게 아일랜드 그림엽서를 보냈고 이 친구들은 다른 그림엽서를 답장으로 보내왔다. 커니 씨가 가족과 더불어 임시 성당에 가는 특별한 일요일에는 미사가 끝난 후 적으나마 사람들 한 무리가 커시드럴 거리 모퉁이에 모여들었다. 모두 커니 집안의 음악 친구들이거나 아일랜드 독립당 친구들이었는데, 잠깐이라도 한 차례 수다를 떨고 나면 한꺼번에 서로 악수를 하면서 웬 손들이 이렇게 많이도 엇갈리느냐며 웃음을 터뜨렸고 아일랜드 말로 작별 인사를 나누었다. 이내 캐슬린 커니라는 이름이 사람들 입에 자주 오르내리기 시작했다. 사람들은 캐슬린이 음악에 아주 뛰어나며 착한 처녀일 뿐 아니라 언어 운동 신봉자이기도 하다고들 떠들어 댔다. 커니 부인은 이에 꽤나 흡족해했다. 그래서 어느 날 홀러핸 씨

---

43) 세 장소 모두 당시 휴양지로 인기 높던 아일랜드의 해변 마을.
44) 예이츠(1865~1939)의 희곡 『홀리헌가(家)의 캐슬린』의 주인공인 캐슬린은 아일랜드의 전통을 상징하는 인물.

가 찾아와 자기가 속한 보험회사 후원으로 에인션트 콘서트 룸에서 공연할 예정인 일련의 4대 독창회에서 따님이 반주자로 활동해 보는 게 어떻겠느냐고 제안해 오자 올 것이 왔다는 반응을 보였다. 부인은 홀러핸 씨를 응접실에 들여 자리를 권하고는 술병과 은제 비스킷 통을 내왔다. 구체적인 사업 문제를 열렬히 논하면서 충고도 하고 만류도 하더니 마침내는 캐슬린이 4대 독창회의 반주자로 일하는 대가로 8기니를 받기로 하는 계약서를 작성했다.

홀러핸 씨는 홍보물 문안 작성이라든지 프로그램의 항목 배열 따위의 섬세한 일에 초보자여서 커니 부인이 도와주었다. 부인은 요령이 있었다. 어떤 음악가를 대문자로 처리하고 어떤 음악가를 소문자로 처리해야 할지를 꿰고 있었다. 부인은 제1테너가 미드 씨의 코미디 뒤로 순서가 정해지는 걸 좋아하지 않는다는 것도 알고 있었다. 청중에게 꾸준히 흥미를 안겨 주기 위해서 오래도록 인기를 끌어 온 항목들 사이에 빛이 나지 않는 순서들을 끼워 넣었다. 홀러핸 씨는 이런저런 문제에 대해 조언을 얻기 위해 부인을 매일 찾아왔다. 부인은 어김없이 다정하게 조언해 주었다. 아니, 실상 허물이 없었다. 부인은 술병을 내밀며 말했다.

"자, 한잔 드세요, 홀러핸 씨!"

그리고 홀러핸 씨가 술을 들이켜는 동안 말했다.

"뭘 그리 떨어요! 떨지 마세요!"

만사가 순조롭게 진행되어 갔다. 커니 부인은 브라운 토머스 직물회사에서 나온 고운 장밋빛 '마력' 천을 사서 캐슬린의 드레스 앞자락에 넣어 주었다. 돈푼깨나 들었지만, 웬만한 비용쯤은 써야 할 때 마땅히 써야 하지 않겠는가. 부인은 최종 공연일의 2실링짜리 표를 열 장 남짓 사서 이렇게라도 해야 그나마 올 성싶은 친구들에게 보냈다. 모든 일을 잊지 않고 낱낱이 챙긴 부인 덕택에 취해야 할 조치란 조치는 남김없이 취해졌다.

독창회가 열리는 날은 수요일, 목요일, 금요일, 토요일이었다. 수요일 밤에 딸을 데리고 에인션트 콘서트 룸을 찾은 커니 부인은 돌아가는 꼬락서니마다 탐탁지 않았다. 청년 두어 명이 코트에 반짝이는 청색 배지를 달고 현관에 빈둥거리며 서 있었는데 야회복 차림을 한 청년은 아무도 없었다. 부인은 딸과 함께 그 옆을 지나치면서 홀의 열린 문틈으로 흘끗 눈길을 던지고서야 간사들이 빈둥대는 영문을 알아차렸다. 처음에는 혹시 시간을 잘못 알았나 했다. 웬걸, 8시 이십 분 전이 아닌가.

커니 부인은 무대 뒤 분장실에서 보험회사의 비서 피츠패트릭 씨를 소개받았다. 부인은 웃음을 띠고 악수했다. 비서는 체구가 작고 하얀 얼굴이 멍해 보이는 사람이었다. 부드러운 갈색 모자를 건성으로 머리 옆에 걸쳐 놓은 채 밋밋한 하층민 억양을 쓰는 것이 눈에 띄었다. 한 손에 프로그램을 들고서 부인에게 말을 하는 동안 프로그램 끄트머리를 씹어 대 축축한 펄프로 만들어 놓고 있었다. 실망스러운 홍행을 대수롭지 않게 넘기는 눈치였다. 홀러핸 씨는 뻔질나게 분장실에 들어와 매표구 소식을 전했다. '음악가'들은 좌불안석이 되어 서로 애기를 주고받거나, 수시로 거울을 쳐다보는가 하면 악보 책을 말았다 폈다 했다. 8시 30분이 다 돼 가자 청중이 몇 안 되는 홀에서는 빨리 공연 시작하라는 소리가 터져 나오기 시작했다. 피츠패트릭 씨가 들어와 실내 쪽을 향해 멍청한 웃음을 보내며 말했다.

"자, 그럼, 여러분, 시작해야 될 것 같군요."

커니 부인은 그 단조롭기 짝이 없는 마지막 음절에 재빠른 경멸의 시선을 보내고 나서 격려하는 투로 딸에게 말했다.

"얘, 준비됐니?"

부인은 기회가 났을 때 홀러핸 씨를 따로 불러내 어찌된 영문인지를 말해 달라고 했다. 홀러핸 씨는 영문을 모르고 있었다. 그저 위원회가 네 차례의 독창회를 준비하느라 실수를 저질렀다고만 말했다. 네 개는 너무 많았다는 것이다.

"게다가 '음악가'들은 또 어떻고요!" 커니 부인은 말했다. "물론 최선을 다하고 있겠지만, 도무지 신통치가 않아요."

홀러핸 씨는 음악가들이 별 볼일 없다는 것을 인정하면서도 위원회가 처음 세 개의 독창회는 될 대로 되도록 내버려 두었다가 실력 있는 가수들은 모두 토요일 밤에 출연시키기로 결정했다고 말했다. 커니 부인은 묵묵부답이다가, 무대에서 그렇고 그런 작품들이 계속 이어지고 객석에 있는 몇 안 되는 사람들 수가 그나마도 점점 줄어들자 이따위 독창회에 푼돈이나마 쓴 것을 후회하기 시작했다. 일 돌아가는 꼴이 어쩐지 탐탁지 않았고 피츠패트릭 씨의 멍청한 웃음에는 울화통이 터질 지경이었다. 그럼에도 부인은 아무 말 없이 진행 상황을 끝까지 지켜보기로 했다. 독창회는 10시가 채 안 되어 끝났고 모두 귀가를 서둘렀다.

목요일 밤의 독창회에는 청중이 늘었으나 커니 부인은 공연장이 온통 종이로 된 공짜 표뿐이라는 걸 금세 알아차렸다. 청중의 무례한 행동은 마치 독창회를 비공식적인 총연습 정도로 알고 있는 투였다. 피츠패트릭 씨는 나름 즐기고 있는 꼬락서니로 보아, 커니 부인이 울화를 삭이며 자기 행동을 지켜보고 있는 줄 까맣게 모르는 눈치였다. 막 모퉁이에 서서 간간이 머리를 내밀고 발코니 구석에 있는 친구 두 명과 함께 웃음이나 나누고 있었다. 저녁 시간 중에 커니 부인은 금요일 독창회가 취소될 것이라는 것과 토요일 밤에는 위원회가 만사 제쳐 놓고 대형 공연장을 확보할 예정이라는 것을 알았다. 이 소식을 듣고 부인은 홀러핸 씨를 찾았다. 부인은 홀러핸 씨가 어떤 젊은 여자에게 가져다줄 레모네이드 잔을 들고 절름거리는 걸음으로 잽싸게 나오는 것을 붙잡고 이야기를 줄줄 늘어놓으며 그 소식이 사실인지 물었다. 그랬다, 사실이었다.

"그렇다고 해서 그 때문에 계약이 달라지지는 않겠죠. 계약에는 독창회를 네 차례 갖기로 했잖아요."

홀러핸 씨는 황급한 기색으로 피츠패트릭 씨에게 말해 보라고 권유했다. 이쯤 되자 커니 부인은 경악하기 시작했다. 부인은 피츠패트릭 씨를 막에서 불러내 자기 딸이 공연을 네 차례 하기로 계약했다는 것, 그리고 보험회사가 독창회를 네 차례 열든 말든 간에 계약 조건에 따라 마땅히 원래 계약대로 금액을 받아야겠다는 것을 말했다. 피츠패트릭 씨는 말귀를 그다지 빨리 알아듣지 못하고 속수무책이라는 태도로 이 난제를 위원회에 상정하겠다고 말했다. 커니 부인의 분노가 뺨에 울긋불긋 나타나기 시작했고, 간사의 밋밋한 말투를 흉내 내 이렇게 묻고 싶은 욕구가 목구멍까지 차올랐다.

"그런데 그 '우연회'인지 나발인지가 도대체 뭐죠?"

그러나 정숙한 태도가 아니다 싶어 입을 꾹 다물고 말았다.

금요일 아침 일찍부터 어린 소년들에게 홍보 전단지를 들려 더블린의 주요 도로로 내보냈다. 모든 석간신문에 대대적으로 광고를 내서 음악 애호층에게 이튿날 저녁 특별 공연이 기다리고 있음을 상기시켰다. 커니 부인은 다소 마음이 놓였지만, 그래도 안심이 안 되는 몇 가지를 남편에게 털어놓는 것이 상책이라 여겼다. 남편은 주의 깊게 듣더니 토요일 밤에 둘이서 함께 가는 편이 더 낫겠다고 말했다. 부인도 같은 생각이었다. 부인은 뭔가 크고 든든하고 확고한 존재로서 중앙우체국을 존중하는 것과 마찬가지 방식으로 남편을 존중했다. 부인은 남편의 재능을 별로 잘 알지 못했지만 남자로서 가진 추상적인 가치는 높이 평가했다. 남편이 함께 가겠다고 나서 준 것이 기뻤다. 계획을 궁리하고 또 궁리했다.

대공연의 밤이 왔다. 커니 부인은 남편, 딸과 함께 연주회 시작 사십오 분 전에 에인션트 콘서트 룸에 도착했다. 운이 안 따랐던지 저녁에 비가 내렸다. 커니 부인은 딸의 옷가지와 악보 책을 남편에게 맡겨 두고 홀러핸 씨나 피츠패트릭 씨를 찾아 온 건물을 뒤졌다. 둘 다 코빼기도 보이지 않았다. 부인은 간사들에게 위원회 위원 가운데 공연장에 누가 있는지 물었고, 한참 소동을 피운 후에야 간사 한 사람이 베언 씨라는 자그마한 여인을 데려오자 비서 한 사람을 만나고 싶다고 설명했다. 베언 씨는 비서들이 곧 올 거라며 자기가 할 일이 없는지 물어 왔다. 커니 부인은 뚫어지게 쏘아보는 자신의 시선에 그 늙수그레한 얼굴이 믿음과 열성이 어린 표정으로 일그러지는 것을 보며 대답했다.

"아니, 됐어요!"

키 작은 여인은 독창회가 성황을 이뤘으면 좋겠다고 말했다. 여인은 빗줄기를 내다보다가 비에 젖은 거리의 암담한 꼴을 보고 일그러진 얼굴에서 믿음과 열성의 표정을 그만 거두고 말았다. 그러고는 나직이 한숨을 내쉬며 말했다.

"아, 하기는. 이 이상 어떻게 한담, 세상에."

커니 부인은 분장실로 돌아갈 수밖에 없었다.

'음악가'들이 속속 도착했다. 베이스와 제2테너는 이미 와 있었다. 베이스인 더건 씨는 호리호리한 키에 검은 콧수염이 듬성듬성한 청년이었다. 시의 어느 관청에서 현관 수위 노릇을 하던 사람의 아들로, 소년 시절에 현관에서 쩌렁쩌렁 울리며 길게 이어지는 베이스 음정을 노래했더랬다. 이 미천한 처지에서 일취월장한 끝에 일류 '음악가'로 훌쩍 큰 것이다. 그랜드오페라에 출연한 적도 있었다. 어느 날 밤 오페라 주자 하나가 병이 나는 바람에 퀸스 극장에서 공연할 「마리타나」에서 왕 역할을 떠맡게 된 것이었다. 자신의 곡을 엄청난 감정과 성량을 쏟아 불렀고 청중으로부터 뜨거운 호응을 받았다. 그러나 불행히도, 생각 없이 한두 차례 장갑 낀 손으로 코를 푸는 바람에 좋은 인상을 망쳐 버렸다. 태도는 다소곳했고 말수도 적었다. 이녁이란 말을 어찌나 살살하는지 그 시골 말투를 눈치 못 챈 채 넘어갔고, 목소리를 아끼느라 우유보다 강한 음료는 마시지도 않았다. 제2테너인 벨 씨는 금발에 키가 작은 사람으로, 매년 '페이 소일'이라는 더블린 음악 경연대회에 나갔다. 네 번째 출전에서야 비로소 동메달을 탔다. 신경이 극도로 예민한 사람이었고 다른 테너에 대한 질투심이 극도로 심했는데 안절부절못하는 질투심을 감추느라 지나치게 다정한 티를 내곤 했다. 독창회가 얼마나 힘든 행사인지를 사람들에게 말하는 것을 무슨 농담으로 알았다. 그런 터라 벨 씨는 더건 씨의 모습을 보고는 다가가 물었다.

"자네도 끼었어?"

"응."

벨 씨는 함께 수고할 동료를 보고 웃더니 손을 내밀었다.

"잘해 보세!"

커니 부인은 이 두 청년 옆을 지나쳐 공연장을 살펴보기 위해 막 모퉁이로 갔다. 자리는 속속 채워지고 있었고 청중석에서는 왁자지껄 시끄러운 소리가 유쾌하게 들려왔다. 부인은 자리로 돌아와 남편에게 은밀히 말했다. 대화 소재는 캐슬린이었을 게 분명했는데, 그도 그럴 것이 둘 다 캐슬린이 독립주의자 친구 중 콘트랄토인 힐리 양에게 수다를 떨며 서 있는 쪽을 수시로 힐끗거렸던 것이다. 얼굴이 창백한 웬 낯선 여인이 방을 가로질러 왔다. 여자들은 여인이 왜소한 몸에 꽉 빼입은 빛바랜 청색 드레스 뒤를 예의 주시했다. 누군가 소프라노인

글린 부인이라고 말했다.

캐슬린이 힐리에게 말했다.

"도대체 저런 여자를 어느 촌구석에서 주워 왔는지 몰라, 도대체 소문도 못 들어 본 여자를 말이지."

힐리는 웃을 수밖에 없었다. 홀러핸 씨가 바로 그 순간 절룩거리며 분장실로 들어오자 두 여인은 저 낯선 여성이 누구인지 물었다. 홀러핸 씨는 런던에서 온 글린 부인이라고 말했다. 글린 부인은 방 모퉁이에 자리를 잡고 악보를 뻣뻣하게 말아 앞으로 쥔 채 똥그랗게 뜬 눈을 수시로 이리저리 굴렸다. 그림자 덕택에 그 여자의 빛바랜 드레스가 용케 가려졌으나, 대신 복수라도 하듯 그림자는 여자의 목뼈 뒤 살짝 팬 부분에 자리를 잡았다. 홀의 소음이 더욱 잘 들렸다. 제1테너와 바리톤이 함께 들어왔다. 둘 다 잘 빼입은 차림과 뚱뚱한 몸매로 거들먹거리며 주변에 부티를 풍겨 댔다.

커니 부인은 딸을 데리고 그쪽 자리로 건너가 상냥하게 말을 붙였다. 가수들과 잘 지내고 싶은 생각에서였으나, 한참 예의를 차리려고 애를 쓰고 있는데 절름거리며 갈지자걸음을 하는 홀러핸 씨의 모습이 눈에 들어왔다. 틈을 노리다가 자리를 잠깐 빠져나와 그 뒤를 쫓아가서 말했다.

"홀러핸 씨, 잠깐 저 좀 보실까요?"

둘은 복도의 한적한 곳으로 내려갔다. 커니 부인은 딸의 보수가 언제 지급될 것인지 물었다. 홀러핸 씨는 그 문제는 피츠패트릭 씨 소관이라고 말했다. 커니 부인은 피츠패트릭 씨에 대해서는 알 바 아니라고 말했다. 계약대로 딸아이 몫인 8기니를 받아야겠다는 것이었다. 홀러핸 씨는 자기가 알 바 아니라고 말했다.

커니 부인은 말했다.

"그게 왜 선생님이 알 바 아니에요? 딸애에게 계약서를 가져온 분이 선생님 아니에요? 어쨌든 선생님은 상관없을지 모르지만 저는 상관있으니 결판을 봐야겠어요."

"피츠패트릭 씨하고 얘기해 보는 게 좋을 거예요."

홀러핸 씨는 냉냉한 말투였다.

커니 부인이 거듭 말했다.

"피츠패트릭 씨는 전혀 모르겠고요, 계약은 계약이니까 난 계약대로 해야겠어요."

분장실에 돌아왔을 때 커니 부인의 볼은 살짝 달아올라 있었다. 실내는 활기를 띠고 있었다. 외출복 차림의 남자 둘이 난롯가를 차지하고서 힐리와 바리톤과 함께 환담을 나누고 있었다. 그 둘은 《프리맨스 저널》지의 기자와 오매든 버크 씨였다. 《프리맨스 저널》 기자는 맨션 하우스에서 있을 미국인 신부의 강연 보도를 해야 하기 때문에 독창회를 기다릴 수 없다고 말하러 온 참이었다. 기자는 《프리맨스 저널》 사무실에 자기 앞으로 보도자료를 맡겨 놓으면 신문에 내겠다고 말했다. 기자는 백발에 그럴싸한 목소리와 조심스러운 태도를 지니고 있었다. 손에는 불 꺼진 시가를 들고 있었는데 그 향이 몸 주변을 감돌았다. 말로는 독창회고 '음악가'고 아주 신물이 난 터라, 잠시도 머무를 생각이 없다면서도 벽난로 선반에 기댄 채 마냥 남아 있었다. 그 앞에는 힐리가 서서 웃는 얼굴로 얘기하고 있었다. 기자는 힐리가 예의 차리는 이유 한 가지를 짐작할 만큼 나이가 돼 보였으나, 기질적으로는 그 기회를 이용할 만큼 젊었다. 힐리의 몸에서 풍기는 온기와 향기와 색채가 기자의 오감에 호소해 왔다. 아래에서 천천히 오르락내리락 움직임을 보이는 가슴이 그 순간 바로 자기를 위해 오르락내리락한다는 것, 그 웃음과 향기와 의식적인 시선이 자기에게 바치는 선물이라는 것을 의식하니 마음이 뿌듯했다. 더 이상 머무를 수 없는 때가 되자 사뭇 아쉬운 투로 여자에게 작별을 고했다.

기자가 홀러핸 씨에게 말했다.

"오매든 버크 씨가 논평을 쓸 텐데, 싣도록 하겠소."

홀러핸 씨가 말했다.

"정말 감사합니다, 헨드릭 씨. 실어 주실 줄 알고 있습니다. 참, 떠나시기 전에 뭐 좀 더 드시지 않겠습니까?"

헨드릭 씨가 말했다.

"좋습니다."

두 남자는 꾸불꾸불한 복도를 몇 개 지나서 어두운 층계를 올라가 호젓한 방에 도달했는데, 그곳에는 간사 한 사람이 신사 두어 명에게 술병을 따 주고 있었다. 둘 중 한 사람은 오매든 버크 씨였는데, 버크 씨는 본능적으로 방을 찾아냈던 것이다. 버크 씨는 점잖은 노인으로 쉴 때는 육중한 몸을 커다란 비단 우산에 기대어 균형을 유지했다. 버크 씨의 허풍스러운 서부식 이름은 그 사람의 재정 문제가 훌륭하게 균형을 잡도록 지탱해 주는 도덕적 우산 노릇을 했다. 널리 존경받는 인물이었다.

홀러핸 씨가 《프리맨스 저널》 기자를 상대하는 동안, 커니 부인은 남편에게 말을 하고 있었는데 말소리가 어찌나 활기 찼던지 남편이 목소리를 낮추라고 일러 줘야 했다. 분장실에 있는 다른 사람들의 대화는 이미 긴장돼 있었다. 첫 번째 가수인 벨 씨는 악보를 들고 서서 준비하고 있었는데 반주자가 아무런 신호를 보내지 않고 있었다. 뭔가 잘못 돌아가고 있는 게 분명했다. 커니 씨는 턱수염을 어루만지면서 똑바로 앞을 바라보고 있었고, 그사이 커니 부인은 목소리를 낮춰 캐슬린의 귀에 대고 힘주어 다짐하고 있었다. 홀에서는 손뼉 치고 발 구르며 독촉하는 소리가 들려왔다. 제1테너와 바리톤과 힐리는 함께 서서 조용히 기다리고 있었으나, 벨 씨는 청중이 자기가 늦게 온 줄로 알까 봐 신경이 심히 불안했다.

홀러핸 씨와 오매든 버크 씨가 방으로 들어왔다. 즉시 홀러핸 씨는 쥐죽은 듯한 정적을 눈치챘다. 홀러핸 씨는 커니 부인에게 건너가 열심히 얘기를 나눴다. 둘이 얘기하는 동안 홀의 소음은 더 커졌다. 홀러핸 씨는 얼굴이 새빨개진 채 열을 냈다. 있는 소리 없는 소리 다 해 보았으나 커니 부인은 사이사이 짤막한 소리로 말할 뿐이었다.

"우리 애는 계속하지 않을 거예요. 8기니를 받기 전에는."

홀러핸 씨는 사색이 되어 청중이 손뼉 치고 발 구르는 홀 쪽을 가리켰다. 커니 씨와 캐슬린에게 사정했다. 그러나 커니 씨는 연신 턱수염만 쓰다듬었고 캐슬린은 새 신발 끝을 움직이며 아래만 굽어보고 있었다. 자기 잘못이 아니라는 투였다. 커니 부인은 거듭 말했다.

"얘는 돈을 받지 않으면 계속하지 않을 거예요."

홀러핸 씨는 재빠른 혀놀림으로 애써 보다가 황급히 절름거리며 나갔다. 실내는 침묵에 잠겼다. 침묵의 긴장이 다소 견디기 힘들었던지 힐리가 바리톤에게 말을 걸었다.

"이번 주에 여배우 팻 캠블 부인을 보셨어요?"

바리톤은 그 여배우를 보지는 못했지만 아주 잘 지낸다는 소식은 들었다고 했다. 대화는 거기서 끝이었다. 제1테너는 머리를 숙이고 허리에 쭉 두른 금시곗줄 고리를 세기 시작하더니 미소 띤 얼굴로 아무 음정이나 흥얼거리며 움푹 들어간 청중석에 미친 효과를 주시했다. 모두가 수시로 커니 부인 쪽을 힐끗거렸다.

청중석의 소음이 커져 아우성으로 변하자, 피츠패트릭 씨가 방으로 내달려 왔고 그 뒤로 홀러핸 씨가 숨을 헐떡이며 들어왔다. 홀에서는 손뼉 치고 발 구르는 소리 끝에 휘파람 소리까지 들려왔다. 피츠패트릭 씨의 손에는 수표 몇 장이 들려 있었다. 홀러핸 씨는 커니 부인 손에 넉 장을 쥐어 주고는 남은 절반은 막간에 주겠다고 했다. 커니 부인은 말했다.

"이걸로는 4실링이 모자라는데요."

그러나 캐슬린은 치맛자락을 걷으며 사시나무처럼 떨고 있던 첫 번째 가수에게 "벨 선생님, 그럼." 하고 말했다. 가수와 반주자가 함께 나갔다. 홀의 소음은 잦아들었다. 이삼 분가량의 휴지(休止) 후 피아노 소리가 들렸다.

공연의 첫 부분은 글린 부인의 곡을 빼고는 아주 성공적이었다. 여자는 딱하게도 민요 「킬라니」를 헉헉거리는 가성으로 불렀는데, 노래에 무슨 운치라도 준다고 생각했는지 틀에 박힌 구식 억양과 발음을 있는 대로 다 동원하는 것이었다. 여자는 마치 낡은 극장의 의상실에서 튀어나온 듯한 차림새였고, 입장료가 싼 청중석에서는 여자가 내는 고성의 비탄조에 조롱을 보냈다. 그러나 제1테너와 콘트랄토는 연주장을 사로잡았다. 캐슬린은 아일랜드 가곡 선집을 연주해 두루 찬사를 받았다. 1부는 감동적으로 애국심을 호소하는 낭송으로 끝났는데, 낭송한 젊은 여자는 아마추어 연극을 조직하는 사람이었다. 낭송은 당연히 찬사를 받았고, 낭송이 끝나고 막간이 되자 남자들은 흐뭇한 마음으로 밖으로 나갔다.

이러는 내내 분장실은 벌집을 쑤신 듯했다. 한 모퉁이에 홀러핸 씨, 피츠패트릭 씨, 베언 씨, 몇 명의 간사, 바리톤, 베이스, 그리고 오매든 버크 씨가 있었다. 오매든 버크 씨는 이렇게 낯부끄러운 공연은 처음이라고 말했다. 캐슬린 커니의 음악 경력은 더블린에서 이것으로 끝장이라는 것이었다. 바리톤은 커니 양의 처리 방식에 대한 소감이 어떠냐는 질문을 받았다. 그는 아무 말도 하고 싶어 하지 않았다. 돈은 받았겠다, 사람들과 말썽을 일으키고 싶지 않았던 것이다. 그러나 커니 부인이 '음악가'들을 배려했으면 좋았을 것이라는 말은 빼놓지 않았다. 간사와 비서들은 막간이 왔을 때 어떻게 할 것인지를 놓고 격론을 벌였다.

오매든 씨가 말했다.

"베언 씨 말이 맞습니다. 커니 양에게 보수를 주지 마세요."

실내의 다른 모퉁이에는 커니 부부와 벨 씨, 힐리, 그리고 민족주의적인 곡을 암송한 처녀가 있었다. 커니 부인은 자신에 대한 위원회의 처우가 괘씸하다고 말했다. 아낌없이 공을 들이고 비용을 들였는데 그 대가가 겨우 이 모양이라니.

사람들은 다룰 대상이 젊은 여자 하나뿐이므로 대수롭지 않게 다뤄도 된다는 생각들이었다. 그러나 커니 부인은 사람들의 실수를 짚고 넘어갈 참이었다. 자기가 남자이기만 했어도 감히 이런 식으로 대접할 엄두는 내지 못했을 터였다. 그러나 딸이 기필코 응당의 권리를 찾아야지, 바보 취급을 당할 수는 없는 노릇이었다. 딸이 한 푼 남김없이 보수를 받지 않으면 온 더블린을 들쑤셔 놓을 참이었다. 물론 '음악가'들에게는 안 된 일이었다. 하지만 별 수 없지 않은가? 부인이 제2테너에게 하소연하자, 부인에 대한 대접이 부족하다고 생각한다는 답변이 왔다. 부인은 그다음으로 힐리에게 하소연했다. 힐리는 다른 쪽 사람들 편에 서고 싶었지만 캐슬린과 막역한 사이인 데다 커니 가족이 종종 자신을 집에 초대했기 때문에 그 생각을 접었다.

1부가 끝나자마자 피츠패트릭 씨와 홀러핸 씨는 커니 부인에게 건너가 나머지 4기니는 다음 주 화요일 위원회가 끝난 후 지불되리라는 것, 그리고 따님이 만일 2부를 연주하지 않으면 위원회는 계약이 깨진 것으로 보고 일체 지불하지 않으리라는 것을 다짐해 두었다.

"난 위원회라는 걸 본 적도 없어요." 커니 부인은 화를 내며 말했다. "내 딸은 계약서를 가지고 있어요. 얘는 4파운드 8펜스를 받아야지 그렇지 않으면 무대에 한 발도 올려놓지 않을 겁니다."

"부인에게 깜짝 놀랐습니다, 커니 부인." 하고 홀러핸 씨가 말했다. "저희에게 이렇게까지 하실 줄은 몰랐습니다."

커니 부인이 물었다.

"그쪽에서는 나에게 어떻게 했는데요?"

부인의 얼굴에는 분노의 빛이 넘쳐 났고 마치 아무나 한 대 쥐어박을 태세였다.

부인은 말했다.

"난 내 권리를 요구하는 거라고요."

홀러핸 씨가 말했다.

"품위를 좀 지키면 좋을 텐데요."

"아아, 그래요? ……그런데 내 딸이 언제 보수를 받게 되는지 물었을 때 점잖은 대답을 듣지 못했거든요."

부인은 고개를 뒤로 탁 젖히고는 짐짓 거만한 목소리로 흉내를 냈다.

"비서에게 말씀하셔야 합니다. 제 소관이 아닙니다. 사소한 일에 매달리는 건 제 신분상 좀 그래서요."

"저는 부인께서 점잖은 분인 줄 알았습니다."라고 말하며 홀러핸 씨는 부인 곁을 훌쩍 떴다.

이 일이 있고 나서 커니 부인의 행동은 도처에서 비난을 샀다. 모두가 위원회의 처사를 수긍했다. 부인은 문간에 서서 분노에 찬 사나운 얼굴로 남편과 딸에게 따지고 있었다. 부인은 비서들이 접근해 주었으면 하는 희망으로 2부가 시작되도록 기다렸다. 그러나 힐리는 친절하게도 한두 곡을 더 불러 주기로 동의했다. 커니 부인은 바리톤과 그 연주자가 무대 위로 올라갈 길을 터 주느라고 비켜서야 했다. 부인은 잠시 성난 석상처럼 꼼짝 않고 서 있다가, 노래의 첫 음정들이 귀를 때릴 때 딸의 외투를 집어 들고 남편에게 말했다.

"택시 좀 불러요!"

남편은 지체 없이 나갔다. 커니 부인은 딸의 몸에 외투를 둘러 주며 뒤를 따랐다. 문간을 통과할 때 걸음을 멈추고 홀러핸 씨의 얼굴을 노려보았다.

부인이 말했다.

"선생님에게 볼일이 남아 있어요."

홀러핸 씨는 말했다.

"저는 부인과 더 볼일이 없는데요."

캐슬린은 어머니 뒤를 양순하게 따랐다. 홀러핸 씨는 방을 오락가락하기 시작했는데, 피부가 활활 타는 것 같아서 몸을 식혀야 했던 것이다.

홀러핸 씨는 말했다.

"참 훌륭한 부인이구먼! 참 훌륭한 부인이야!"

"자네 처사는 합당했어, 홀러핸." 하고 오매든 씨는 우산에 기대선 채 역성을 들어 주었다.

은총

　때마침 화장실에 있던 남자 둘이 사내를 들어 올리려 했으나 요지부동이었다. 사내는 굴러 떨어진 계단 밑에 웅크린 채 누워 있었다. 남자들은 용케 사내를 뒤집었다. 모자는 저쪽으로 2미터 남짓 굴러가 있고, 옷은 바닥의 오물과 진흙으로 범벅이 되어 있는데 사내는 바로 그 위에 엎드려 얼굴을 파묻고 있었다. 눈은 감겨 있는데 숨소리는 요란하게 그르렁댔다. 입가에서는 가느다란 핏줄기가 똑똑 떨어졌다.

　이 두 남자와 바텐더 한 명이 계단 위로 사내를 옮겨 바의 바닥에 다시 눕혀 놓았다. 이 분이 지나자 사람들이 사내를 빙 둘러쌌다. 바의 지배인이 모든 사람들을 붙들고 사내의 신원이며 일행을 물었다. 신원을 아는 사람은 아무도 없었으나 웨이터 한 명이 그 손님에게 럼주 작은 병을 가져다주었다고 말했다.

　지배인이 물었다.

"혼자였나?"

"아뇨. 남자 손님 두 분이 함께 있었는데요."

"그 손님들은 어디 있지?"

안다는 사람은 없는데, 웬 목소리가 말했다.

"그 양반 공기 좀 쐬여 줘요. 기절했구먼."

빙 둘러선 구경꾼들이 고무줄처럼 뒤로 물러섰다가 다시 좁혀 들었다. 모자이크 모양의 바닥에 놓인 사내의 머리 곁에 검은 메달 같은 핏덩이가 떨어져 있었다. 지배인은 사내의 얼굴이 잿빛으로 창백한 데 놀라 경찰을 불렀다.

사내의 셔츠 깃을 풀고 넥타이를 끌렀다. 사내는 잠깐 눈을 뜨더니 한숨을 쉬며 다시 감았다. 사내를 계단 위로 옮긴 남자 중 한 사람이 움푹 들어간 비단 모자를 손에 들고 있었다. 지배인은 다친 사람이 누구인지 일행은 어디로 갔는지 아무도 모르느냐고 거듭거듭 물었다. 바 문이 열리더니 우람한 경관 한 사람이 들어왔다. 골목길로 그 뒤를 따라온 떼거리가 문 밖에 운집해 유리창 틀 사이로 들여다보려고 기를 썼다.

지배인은 지체 없이 아는 대로 이야기했다. 경청하는 경관은 두툼한 이목구비가 움직임이 없는 청년이었다. 경관은 고개를 천천히 좌우로 젓다가, 다시 지배인에게서 바닥에 누워 있는 사내 쪽으로 움직였는데, 마치 어떤 속임수에 넘어갈까 봐 걱정하는 꼴이었다. 그러더니 장갑을 벗어부치고 허리춤에서 작은 책을 꺼내더니 연필심에 침을 묻혀 받아 적을 준비를 갖추었다. 그리고는 의혹에 찬 시골 억양으로 물었다.

"저 사람이 누굽니까? 성명과 주소가 어떻게 되지요?"

자전거 복장을 한 청년이 둘러선 사람들 사이를 뚫고 들어왔다. 청년은 다친 사내 옆에 재빨리 무릎을 꿇고 앉아 물을 요구했다. 경관도 돕기 위해 무릎을 꿇었다. 청년은 다친 사내의 입가에서 피를 씻어 낸 다음 브랜디를 약간 갖다 달라고 요구했다. 경관이 위엄 있는 목소리로 그 지시를 반복했고 이윽고 바텐더가 유리잔을 들고 달려왔다. 사내의 목구멍 아래로 브랜디를 흘려 넣었다. 잠시 후 사내가 눈을 뜨고 주위를 둘러보았다. 사내는 둘러선 얼굴들을 쳐다보더니 상황을 알아차렸는지 발을 딛고 일어서려고 힘을 썼다.

자전거 복장의 청년이 물었다.

"이제 괜찮습니까?"

다친 사내가 일어서려고 애를 쓰며 말했다.

"아, 벨일 아이오."

사내가 부축을 받고 일어섰다. 지배인이 병원이 어떻고 하는 말을 꺼내자 구경꾼 몇이 거들었다. 찌그러진 비단 모자가 사내의 머리 위에 얹혔다. 경관이 물었다.

"어디 사십니까?"

사내는 대답 없이 콧수염 끝을 비비 꼬기 시작했다. 자기가 당한 사고가 대수롭지 않다는 투였다. 별일 아니고 사소한 사고일 뿐이라고 말하는데 말소리가 매우 불분명했다.

경관이 거듭 물었다.

"사시는 데가 어딥니까?"

경관은 사내를 태울 마차를 구해야 한다고 말했다. 이 문제를 놓고 왈가왈부할 때 하얀 얼굴에 키가 크고 날렵한 남자 하나가 기다란 노란색 얼스터 외투 차림으로 바 저쪽 끝에서 다가왔다. 눈앞의 광경을 보고 남자가 소리쳤다.

"아니, 톰 형님 아녜요! 대체 무슨 일이세요?"

사내가 말했다.

"아, 벨일 아이야."

새로 나타난 남자는 앞에 서 있는 사내의 딱한 몰골을 훑어보더니 경관 쪽으로 고개를 돌리고 말했다.

"괜찮습니다. 경관님. 이분은 내가 집에 모셔다 드릴게요."

경관이 헬멧에 손을 올려 사의를 표하며 대답했다.

"알았습니다, 파워 씨."

"자, 자, 톰 형님." 하고 파워 씨가 사내의 한쪽 팔을 잡으며 말했다. "골절은 없네요. 어때요? 걸을 수 있겠어요?"

자전거 복장의 청년이 사내의 다른 쪽 팔을 잡자 군중이 흩어졌다.

파워 씨가 물었다.

"그래, 어쩌다 이 꼴이 됐대요?"

청년이 말했다.

"계단 아래로 떨어지셨습니다."

다친 사내가 말했다.

"덩말 고마우다."

"별 말씀을요."

"어디 가서 한단……?"

"나중에요, 나중에요."

세 남자는 바를 떠났고 군중은 문을 통해 골목으로 빠져나갔다. 지배인은 경관을 계단으로 데리고 가 사고 현장을 조사하도록 했다. 둘은 사내가 발을 헛디뎠다는 데 입을 모았다. 손님들은 카운터로 돌아갔고 바텐더가 마루에서 핏자국을 치우기 시작했다.

세 남자가 그래프튼 거리로 나왔을 때 파워 씨가 휘파람 소리로 마차를 불렀다. 다친 사내가 다시 한껏 예의를 차리며 말했다.

"덩말로 고마우다. 다시 뵐 날이 있겠디요. 내 이름은 커넌이오."

충격과 부상 초기의 통증으로 웬만큼 정신이 드는 듯했다.

"별 말씀을요." 하고 청년이 말했다.

둘은 악수했다. 커넌 씨는 마차에 태워졌고 파워 씨가 마부에게 몇 마디 지시하는 동안 청년에게 감사의 뜻을 전하면서 한잔 나누지 못하는 사정을 아쉬워했다.

"다음 기회에 하시죠." 하고 청년이 말했다.

마차가 웨스트몰랜드 거리 쪽으로 달려갔다. 밸러스트 오피스 건물의 시계가 9시 30분을 가리키고 있었다. 강어귀에서 매서운 찬바람이 불어닥쳤다. 커넌 씨는 추위에 몸을 웅크렸다. 파워 씨가 친구에게 어쩌다 사고가 일어났는지 말해 보라고 했다.

사내가 대답했다.

"안 대, 혀들 다텄떠."

"어디 좀 봐요."

파워 씨가 마차 좌석 사이 움푹 들어간 공간 위로 몸을 숙여 커넌 씨의 입을 들여다보았으나 보이지 않았다. 성냥을 켜 양손으로 잘 감싸고 다시 입을 들여다보려 하자 이번에는 커넌 씨가 순순히 입을 벌려 주었다. 마차가 흔들거리는 바람에 성냥이 입안으로 들어갔다 나왔다 했다. 아랫니와 잇몸이 말라붙은 피로 덮여 있었고 혀가 아주 조금 깨물려 떨어져 나간 것 같았다. 성냥이 꺼졌다.

파워 씨가 말했다.

"말이 아니네요."

커넌 씨는 "아, 벨일 아이야."라고 말하고는 입을 다물고 더러워진 코트 깃을 목으로 끌어당겼다.

커넌 씨는 구식 외근 사원이어서 직업상의 체통을 깍듯이 지켰다. 도시를 다니면서 어지간히 품위 있는 비단 모자나 각반을 착용하지 않은 모습을 보인 적이 없었다. 이 두 가지 차림이면 만사형통이라는 게 평소의 변이었다. 자신에게는 나폴레옹이나 다름없는 영웅인 판매왕 블랙화이트의 전통을 이어 받느라고 곧잘 얘기와 흉내로 블랙화이트에 대한 기억을 되살리곤 했다. 현대적인 사업 방식이 판치는 풍토에서 커넌 씨는 크로 거리에 겨우 손바닥만 한 사무실을 내고 있었는데, 사무실 유리창 블라인드에는 런던 중심부라는 주소와 함께 회사 이름이 적혀 있었다. 이 작은 사무실의 벽난로 위에는 한 소대의 납 깡통이 정렬되어 있었고, 유리창 앞 탁자 위에는 보통 네댓 개의 자기 그릇에 검은색 액체가 반쯤 차 있었다. 커넌 씨는 이 그릇으로 차를 맛보았다. 차 한 모금을 입에 넣고 끌어 올려 입천장을 적신 다음 벽난로 속으로 퉤 뱉었다. 그러고는 뜸을 들이다가 판단을 내렸다.

파워 씨는 그보다 훨씬 젊은 사람으로 더블린 성에 있는 왕립 경찰 본부에서 근무했다. 파워 씨의 사회적 출세 곡선은 친구의 몰락 곡선과 교차했으나, 그럼에도 커넌 씨의 몰락이 그다지 크게 느껴지지 않는 것은 한창 출세가도를 달릴 때 알고 지내던 친구들 몇이 아직도 그를 한물가지 않은 인물로 알아주는 덕택이었다. 파워 씨가 그런 축에 들었다. 남모를 빚이라도 지지 않고서야 저럴 수는 없다고 주변에서 수군거릴 만큼 사근사근한 청년이었던 것이다.

마차가 글래스네빈 거리에 있는 작은 집 앞에 섰고 커넌 씨는 부축을 받아 집 안으로 들어갔다. 커넌 씨의 아내가 남편을 침대에 누이는 동안 파워 씨는 아래층 부엌에 앉아 아이들에게 어느 학교를 다니는지, 무슨 책을 공부하는지 따위를 물었다. 아이들은 계집아이 둘에 사내아이 하나인데, 아버지가 옴짝달싹 못하는 신세인 데다 어머니가 자리에 없는 틈을 타 청년에게 마구잡이로 장난을 쳐 댔다. 아이들의 버릇과 말투에 놀란 청년의 이마는 생각에 잠긴 듯 찌푸린 표정이 되었다. 잠시 후 커넌 부인이 부엌에 들어와 탄식을 했다.

"저게 무슨 꼬락서니람! 아니, 저러다가 결국 언젠가는 제대로 변을 당하고야 말지, 별 수 있을라고요…… 금요일부터 마셔 대더니만."

파워 씨는 조심스레 자기에겐 책임이 없으며 정말로 우연히 그 자리에 가게 된 것 뿐이라고 설명했다. 커넌 부인은 집안싸움이 벌어졌을 때 파워 씨가 잘 무마해 준 일이며 적은 액

수나마 긴요할 때마다 여러 차례 돈을 빌려 준 일 들을 떠올리고 말했다.

"아이고, 그런 말씀 안 하셔도 다 알아요, 파워 씨. 댁이 저 양반과 어울리는 몇 분들과는 다른 친구라는 걸 제가 모를까 봐서요. 그 친구분들은 저 양반 주머니에 돈만 있으면 처자식이 있는 집에서 뛰쳐나가도 상관 안 하거든요. 말이 좋아 친구지, 원! 그런데 오늘은 또 누구와 어울렸는지 아세요?"

파워 씨는 고개를 저을 뿐 말이 없었다.

"정말 죄송해요." 부인은 말을 이어 나갔다. "집구석이라고 대접해 드릴 게 뭐 있어야지요. 하지만 잠깐만 기다리시면 길모퉁이 포가티 씨네 가게에서 뭘 좀 사 오라고 할게요."

파워 씨가 일어섰다.

"우린 저 양반이 돈을 가지고 집에 오기를 기다리던 참이었어요. 저 양반은 도대체 집이라는 게 있다는 생각이나 하는지 모르겠어요."

파워 씨가 말했다.

"아, 그렇다면, 아주머니, 우리가 형님을 새사람으로 만들어 보겠습니다. 마틴에게 얘기해 볼게요. 이 일에 제격인 사람이거든요. 일간 하루 날을 잡아 저녁에 이리 와서 얘기를 나눠 보겠습니다."

부인은 문간에서 파워 씨를 배웅했다. 마부가 몸을 덥히느라 도보를 왔다 갔다 하며 발을 구르고 팔을 휘젓고 있었다.

부인이 말했다.

"저희 남편을 집까지 데려다 주시다니 이렇게 고마울 데가 없어요."

파워 씨가 말했다.

"별 말씀을요."

파워 씨는 마차에 올라탔다. 그러고는 마차가 사라질 때 모자를 쾌활하게 치켜들며 말했다.

"형님을 새사람으로 만들어 놓겠습니다, 안녕히 계십시오."

커넌 부인은 당혹한 눈빛으로 마차가 시야에서 사라질 때까지 바라보았다. 그런 다음 눈길을 거두고 집 안으로 들어가 남편의 주머니를 비워 냈다.

부인은 활달하고 현실적인 중년 여성이었다. 바로 얼마 전만 해도 은혼식을 자축하고 파워 씨의 반주에 맞춰 남편과 춤을 추며 부부애를 새로이 한 터였다. 연애 시절만 하더라도 커넌 씨는 다정한 맛이 없는 남자로 보이지는 않았다. 부인은 아직도 결혼식이 열린다는 소리를 듣고 잰걸음으로 교회로 달려가 신혼부부를 바라볼 때면, 프록코트에 연보랏빛 바지의 말쑥한 차림으로 한쪽 팔에 멋지게 균형을 이루며 비단 모자를 들고 있는 유쾌하고 몸집 좋은 남자의 다른 쪽 팔에 기댄 채 샌디마운트의 스타 오브 더 시 교회를 걸어 나오던 때를 회상하며 생생한 기쁨을 느끼곤 했다. 세 주가 지나 부인은 아낙네의 생활에 갑갑증을 느끼다가 시간이 더 지나 그 생활을 못 견디겠다고 느끼기 시작할 무렵에 보니 어느새 어머니가 되어 있었다. 어머니 노릇이라는 게 감당 못 할 만큼 어려운 일은 아니었고, 이십오 년 동안 남편을 위해서도 야무지게 살림을 꾸려 나갔다. 위의 아들 둘은 따로 살림을 차려 나갔다. 하나는 글라스고의 포목점에 취직했고, 또 하나는 벨파스트에 있는 차(茶) 상점에 점원으로 들어갔다. 효성 깊은 아들들인지라 때 맞춰 꼬박꼬박 편지를 보냈고 수시로 집에 송금까지 했다. 나머지 자식들은 아직 학교에 다녔다.

커넌 씨는 이튿날 직장에 편지를 보내고는 자리에 몸져누웠다. 부인은 진한 쇠고기 국을 끓여 주면서도 모질게 야단쳤다. 부인은 남편의 잦은 폭음을 세상 풍조로 받아들이고는 남편이 앓아누울 때마다 착실하게 간호를 했고 항상 아침을 먹이려고 애썼다. 그보다 더 심한 남편들도 있지 않은가. 아들들이 큰 다음부터는 폭력을 휘두른 적도 없고, 조촐한 외식 주문 하나라도 예약하기 위해 토머스 거리 끝까지도 왕복 걸음을 마다하지 않으리라는 걸 어찌 모를까.

이틀 밤이 지나 남편 친구들이 문병을 왔다. 부인은 친구들을 몸내가 진동하는 남편의 침실로 데리고 올라가 난롯가에 앉을 의자를 마련해 주었다. 커넌 씨의 혀는 낮 동안에 수시로 쑤셔 대는 통증으로 다소 짜증스럽기까지 하던 것이 이제는 조금 가라앉아 있었다. 커넌 씨는 침대에서 베개를 모아 몸을 기댄 채 앉아 있었는데, 부은 볼에 살며시 색깔이 감도는 것이 따뜻한 재를 연상시켰다. 방이 어수선하다며 손님들에게 사과하면서도 한편으로는 약간 콧대 높게 손들을 바라보는 눈에는 산전수전 다 겪은 자의 자부심이 배어 있었다.

커넌 씨는 자신이 커닝햄 씨, 머코이 씨, 파워 씨 등의 친구들이 현관에서 커넌 부인에게 털어놓은 음모의 희생자라는 걸 까맣게 모르고 있었다. 애초 계획을 끄집어낸 건 파워 씨였지만 그 생각을 실행에 옮기는 일은 커닝햄 씨 손에 맡겨졌다. 커넌 씨는 개신교 집안 출신으로 결혼할 무렵에 가톨릭으로 개종했지만 교회에 발을 들여놓지 않게 된 지가 이십 년이나 되는 터였다. 그것도 모자라 가톨릭을 빈정대기 일쑤였다.

이런 일에는 커닝햄 씨가 제격이었다. 커닝햄 씨는 파워 씨의 손위 동료였다. 정작 자신의 가정생활은 그다지 행복하지 못해서 사람들의 동정을 무던히도 샀는데, 꼴사나운 구제불능 술주정뱅이 여자와 결혼했다는 소문이 도는 걸 보면 그럴 만도 했다. 여섯 차례나 여자에게 살림집을 차려 주었건만 그때마다 여자는 가구를 남편 앞으로 저당 잡히곤 했던 것이다.

가련한 마틴 커닝햄은 모두의 존경을 한몸에 받았다. 철저한 분별과 영향력에 지성미까지도 갖춘 사람이었다. 인간에 대한 지식의 칼날, 즉 즉결 재판소와 오랜 인연을 맺으면서 갈고 닦은 천성적 날카로움이 보편 철학이라는 넓은 물에 잠시 담금질을 하더니 부드러움까지 겸비하게 되었다. 아는 것도 많았다. 친구들은 커닝햄 씨의 식견 앞에 고개를 숙이며 그 얼굴이 셰익스피어를 닮았다고 생각했다.

음모를 귀띔받을 때 커넌 부인은 말했다.

"모든 것을 일임하겠어요, 커닝햄 선생님."

결혼 생활 사반세기 만에 부인에게 남은 환상이라곤 씨가 말라 버렸다. 종교를 습관이라고 여기는 편이다 보니 남편 나이의 남자가 죽기 전에 얼마나 달라지랴 싶었다. 남편이 사고 당한 것이 묘하게도 차라리 잘됐다 싶었고, 몰인정하다는 소리를 들을까 봐 차마 입 밖에 내지 못했기에 망정이지, 하마터면 남편 친구들에게 남편의 혀는 끝이 떨어져 나가 짧아진대도 무탈할 거라고 불쑥 내뱉을 뻔했다. 그러나 커닝햄 씨는 유능한 사람이었고, 종교는 종교일 뿐이었다. 계획이 좋은 결과를 가져올지도 모르고 하다못해 밑져야 본전이다 싶었다. 부인의 믿음이 무모한 것은 아니었다. 부인은 모든 가톨릭 근행(勤行) 중 성심(聖心)이 모든 면에서 가장 쓸모 있는 것이라는 믿음을 꾸준히 지켰으며 성사(聖事)도 인정했다. 비록 부엌 안에서만 맴도는 신앙이라고 해도 사정에 따라서는 죽음을 예고한다는 밴시 요정과 성령까지도 믿을 판이었다.

남자들은 사고 얘기를 하기 시작했다. 커닝햄 씨는 비슷한 일을 겪은 적이 있다고 말했다. 일흔 살 먹은 남자가 간질 발작 도중 혀를 깨물어 한 조각이 떨어져 나갔는데 혀가 다시 아물어 아무도 깨문 자국을 보지 못한다는 것이었다.

환자가 말했다.

"그래, 난 일흔 살도 안 된걸."

커닝햄 씨가 말했다.

"여부가 있나."

머코이 씨가 물었다.

"이제 통증은 없고?"

머코이 씨는 한때 명성깨나 날린 테너였다. 소프라노였던 아내는 아직 어린아이들 상대로 싸구려 피아노 과외를 하고 있었다. 머코이 씨의 인생 경로는 썩 순탄하게 풀린 편이 아니었고 짧은 동안이나마 잔머리를 굴려 연명할 수밖에 없었던 적도 여러 차례였다. 미들랜드 철도 회사의 직원,《아이리시 타임스》와 《프리맨스 저널》의 광고 영업 사원, 석탄 회사의 시내 위탁 외판원, 사설탐정, 부군수실 직원 자리를 전전하다가 최근에는 시 검시관의 비서 노릇을 하고 있었다. 커넌 씨의 부상에 전문가적 관심을 보인 것도 바로 이 새 직업의식의 소산이었다.

"통증? 뭐, 별로." 커넌 씨가 대답했다. "하지만 무척 쑤시는걸. 토하면 좀 나으려나."

커닝햄 씨가 잘라 말했다.

"과음 탓일세."

"아냐." 하고 커넌 씨가 말했다. "마차에서 감기에 걸린 것 같아. 목구멍 속으로 끓어오르는 게 있어, 가랜지 뭔지……."

머코이 씨가 말했다.

"담일세."

"목구멍 저 아래에서 자꾸 올라오는 것 같아, 구역질나는 것이 말이야."

머코이 씨가 말했다.

"맞아, 맞아. 가슴에서 올라오는 거야."

머코이 씨는 커닝햄 씨와 파워 씨를 동시에 쳐다보면서 맞장구를 치라는 신호를 보냈다. 커닝햄 씨가 재빨리 고개를 끄덕이자 파워 씨가 말했다.

"아, 그런가요, 끝이 좋으면 다 좋은 거지요."

"여보게, 정말로 고마우이." 하고 환자가 말했다.

파워 씨는 손사래를 쳤다.

"나와 함께 두 명이 더 있었는데……."

커닝햄 씨가 물었다.

"누가 함께 있었는데?"

"한 친구는, 이름은 몰라. 가만, 이름이 뭐더라? 연갈색 머리에 키가 작은 친군데……."

"또 한 사람은?"

"하포드."

"흐음."

커닝햄 씨가 그 소리를 내자 사람들이 입을 다물었다. 소리의 장본인이 비밀 정보통이라는 것은 삼척동자도 알았다. 이경우에 나온 단음절에는 도덕적 의도가 내포되어 있었다. 하포드 씨는 도시 외곽의 어떤 술집에 가능하면 빨리 도착할 요량으로 일요일 정오가 지나기 무섭게 도시를 떠나는 소수의 무리에 낄 때가 더러 있었는데, 그 술집에서 이들은 진정한 여행자 행세를 제대로 할 수 있었다.[45] 그러나 동료 여행자들은 하포드 씨의 출신을 그냥 넘기려 한 적이 결코 없었다. 하포드 씨는 노동자들에게 소액을 고리로 빌려 주는 어설픈 사채업자 노릇으로 인생길을 텄다. 그러다가 나중에는 리피 대출 은행에 근무하는 골드버그라는 성을 가진 매우 뚱뚱하고 키 작은 남자와 동업을 했다. 비록 유태인의 도덕규범을 지킨 것뿐인데도 가톨릭 신자인 동료들은 그 악랄한 방식에 직접적이

---

45) 술집에서 주류를 판매할 수 있는 시간을 제한하는 음주법은 형편상 법정 시간에 맞춰 술을 마실 수 없는 여행자 신분을 증명할 수 있는 사람들에게는 적용되지 않았다.

든 간접적이든 심하게 당할 때마다 원한에 사무친 나머지, 하포드 씨를 아일랜드계 유태인에 문맹자라고 씹어 대는가 하면 고리대금업에 대한 신의 노여움이 하포드 씨의 백치 아들을 통해 뚜렷이 드러났다고 생각했다. 그런가 하면 또 어떤 때는 사람들이 하포드 씨의 좋은 점을 기억하기도 했다.

커넌 씨가 말했다.

"이 사람이 도대체 어디로 간 것일까?"

커넌 씨는 사건의 세세한 진상이 막연한 채로 남아 있기를 바랐다. 일이 꼬였다고, 그러니까 하포드 씨와 자기가 서로를 만나지 못한 것으로 친구들이 생각하기를 바랐다. 하포드 씨의 술버릇을 훤히 알고 있는 친구들은 입을 다물고 있었다. 파워 씨가 말을 이었다.

"끝이 좋으면 다 좋은 거예요."

커넌 씨는 얼른 화제를 바꾸며 말했다.

"그 의학도 말이야, 참 점잖은 청년이던걸. 그 사람 아니었으면……."

"아, 그 사람 아니었으면." 하고 파워 씨가 말했다. "벌금으로 떼우지도 못하고 영락없이 일주일은 살아야 했을걸요."

"그래, 그래." 하고 커넌 씨가 기억을 되살리려고 애쓰면서 말했다. "이제 보니 웬 경찰관이 있었는데. 점잖은 청년처럼 보였지. 하여간 도대체 어찌된 영문인가?"

커닝햄 씨가 낮은 목소리로 말했다.

"자네가 곯아떨어진 거지, 톰."

"맞는 말씀." 하고 커넌 씨도 역시 낮은 소리로 말했다.

머코이 씨가 말했다.

"잭, 자네, 경관에게 뭘 먹였나 봐."

파워 씨는 자기를 세례명으로 부르는 것이 마뜩지 않았다. 까다롭게 굴자는 건 아니지만 머코이 씨가 최근에 자기 아내가 체결한 적도 없는 지방 공연 계약을 이행할 거라며 여행 가방 따위를 찾는답시고 난리를 피우던 일을 잊을 수 없었다. 농락당했다는 사실보다 더 화가 난 것은 장난질이 너무나 졸렬하다는 것이었다. 따라서 마치 그 질문을 던진 것이 커넌 씨인 양 응대했다.

사정 이야기를 듣고 난 커넌 씨는 격분했다. 그렇지 않아도 자신의 시민 신분을 예민하게 의식해 지금 사는 도시의 사람들과 서로 점잖게 지내고 싶던 차에 자기가 촌닭이라 부르는 자들한테 모욕을 당한 것이 분했다.

"세금 내는 목적이 겨우 이런 거야? 이런 일자무식 멍청이를 먹이고 입히려고? 그 정도밖에 안 되는 치들을 말이야."

커닝햄 씨는 웃었다. 자기의 시 공무원 신분은 오직 근무 시간에만 해당하는 얘기였으니까.

커닝햄이 말했다.

"그런 놈들이 별 다른 수 있을라고, 톰?"

이어서 심한 지방 사투리 억양을 띠고 명령조로 말했다.

"65번, 양배추 받아!"

모두가 웃었다. 무슨 수를 써서라도 대화에 끼고 싶은 머코이 씨는 그 이야기를 못 들은 척했다. 커닝햄 씨가 말했다.

"사람들 말로는 말이지, 그런 일이 덩치가 무지막지한 이

촌놈들, 그러니까 멍청이들을 훈련시키는 보충대에서 일어나는가 봐. 중사가 그놈들을 벽에 일렬로 세워 놓고 접시를 들게 한다나."

커닝햄은 괴상한 몸짓으로 실감나게 이야기했다.

"저녁때 그런다지. 저녁에 중사가 엄청나게 큰 사발에 든 양배추를 앞 테이블에 올려놓고 삽처럼 엄청나게 큰 숟가락을 들고 있대. 양배추 뭉치를 숟가락에 떠서 방 저쪽으로 휙 던져서 불쌍한 멍청이들이 접시에 그걸 받으려고 애쓰게 만든다는 거야. '65번, 양배추 받아.' 하면서 말이지."

모두가 다시 웃었지만, 커넌 씨는 아직도 분이 덜 풀린 나머지 신문사에 편지를 보내겠다고 말했다.

"여기에 올라오는 이 꼰대들이 말이야, 사람들을 휘두를 수 있다고 생각한다니까. 마틴, 그자들이 어떤 작자들인지 잘 알고 있지."

커닝햄 씨가 어정쩡하게 동의하는 시늉을 하며 말했다.

"세상만사가 다 그렇지, 뭐. 나쁜 놈들도 있고 좋은 사람들도 있는 법이지."

커넌 씨가 흐뭇해하며 말했다.

"아 그럼, 좋은 사람들도 있지, 인정해."

머코이 씨가 말했다.

"그런 자들하고는 말을 아예 섞지 않는 게 장땡이야, 내 생각은 그래!"

커넌 부인이 방에 들어와 식탁 위에 쟁반을 놓으며 말했다.

"모두 드세요."

파워 씨가 일어나 도리를 차린다고 부인에게 의자를 권했다. 부인은 아래층에서 다리미질을 하던 중이라며 사양하고는 파워 씨 등 뒤로 커닝햄 씨와 고갯짓을 주고받은 다음 방을 나가려 했다. 남편이 아내에게 소리쳤다.

"나한텐 뭐 없소, 여봉?"

커넌 부인이 쏘아붙였다.

"아이구, 당신한테! 안 맞는 걸 다행인 줄 알아요."

남편이 아내 등에다 대고 소리쳤다.

"이 불쌍한 낭군은 찬밥 신세로구먼!"

그 얼굴 표정과 목소리가 어쩌나 희극적이던지 흑맥주 병을 돌리는 내내 모두 와자지껄 웃어 댔다.

남자들은 잔을 들어 맥주를 마시고 테이블에 도로 놓은 다음 쉬었다. 그때 커닝햄 씨가 파워 씨 쪽으로 고개를 돌리고 지나가는 말을 던졌다.

"목요일 밤이라 했던가, 잭?"

파워 씨가 말했다.

"목요일 맞아요."

커닝햄 씨가 얼른 받았다.

"좋았어!"

"우리 몰리 술집에서 만나면 돼." 머코이 씨가 말했다. "거기가 가장 편하거든."

"한데 늦으면 안 됩니다." 파워 씨가 정색을 하고 말했다. "보나마나 문간까지 꽉 들어찰 테니 말예요."

머코이 씨가 말했다.

"7시 30분에 만나면 되겠지."

커닝햄 씨가 말했다.

"아무렴!"

"그럼 7시 30분에 몰리 술집에서!"

잠시 침묵이 흘렀다. 커넌 씨는 친구들 비밀 이야기에 낄 수 있을지 진득하니 지켜보았다. 그런 다음 물었다.

"무슨 얘긴데?"

"아, 아무것도 아냐." 커닝햄 씨가 말했다. "그냥 목요일에 우리가 준비 중인 사소한 일이 하나 있을 뿐이야."

커넌 씨가 말했다.

"오페라 얘기 말인가?"

커닝햄 씨가 얼버무리는 어조로 말했다.

"아니, 아니, 그냥 사소한, 정신적인 문제랄까."

"아." 하고 커넌 씨가 말했다.

다시 침묵이 흘렀다. 그때 파워 씨가 털어놓았다.

"사실대로 말하자면, 형님, 우리가 피정을 계획하는 중이거든요."

"응, 그거야." 커닝햄 씨가 말했다. "잭하고 나하고 여기 머코이 씨하고, 우리 모두 단지 좀 씻어 볼까 해서 말이야."[46]

커닝햄 씨는 이 비유적 표현을 은근히 힘주어 말하고는 스스로의 목소리에 힘을 얻어 말을 이어 나갔다.

---

46) '단지를 씻다.(wash the pot.)'라는 표현은 '영혼을 깨끗이 하다.'라는 비유적 의미를 내포한다.

"말하자면, 우린 모두 영락없는 악당이라는 걸 인정하는 게 좋다는 거지, 너나 없이 말이야. 너나 할 것 없이."

커닝햄 씨는 선심 쓰듯 걸걸한 목소리로 말하고는 파워 씨 쪽을 돌아보며 덧붙였다.

"자, 자백해!"

파워 씨가 말했다.

"자백해요."

머코이 씨가 말했다.

"나도 자백하네."

커닝햄 씨가 말했다.

"그럼 우리 함께 단지 씻기로 하는 거네."

그러다가 문득 무슨 생각이 뇌리를 스치는지 돌연 환자 쪽을 돌아보며 말했다.

"톰, 방금 내게 무슨 생각이 떠올랐는지 아나? 자네가 끼면 우린 4인방이 되는 거야."

파워 씨가 말했다.

"좋은 생각이에요. 우리 네 명이 뭉치는 거지요."

커넌 씨는 묵묵부답이었다. 제안 자체는 마음에 썩 탐탁지 않았으나, 어떤 정신적인 기운이 자기 덕택에 피어오르고 있다는 생각에 체면도 차릴 겸 그대로 무게를 잡기로 했다. 오래도록 대화에는 끼지 않으면서, 친구들이 예수회 교도들 문제로 토론을 벌이는 동안 점잖게 적대적인 태도를 취하며 귀를 기울였다.

"나라고 예수회 교도들을 딱히 나쁘게 보는 건 아냐." 하고 커닝 씨가 이윽고 끼어들며 말했다. "교육받은 교단이지. 무슨 나쁜 의도를 가진 것도 아닐 거고."

"톰, 예수회 교도들은 기독교 중에서도 가장 훌륭한 교단이야." 커닝햄 씨가 열을 내며 말했다. "예수회 교단의 총회장은 교황 바로 다음 지위라고."

"두말 하면 잔소리지." 머코이 씨가 말했다. "무슨 일을 이루고 싶은데 깔끔하게 해내고 싶으면 예수회 교도들에게 가 봐. 힘깨나 쓰는 친구들이니까. 딱 그런 경우를 얘기해 줄까……."

파워 씨가 말했다.

"예수회 교도들은 멋진 친구들이지요."

커닝햄 씨가 말했다.

"참 이상하기도 하지. 예수회 교단 말이야. 기독교의 다른 교단들은 하나같이 언제가 됐든 개혁을 했는데 예수회 교단만큼은 한 번도 개혁을 한 적이 없으니 말이야. 교세가 기운 적이 없다고."

머코이 씨가 말했다.

"그런가?"

커닝햄 씨가 말했다.

"사실이지, 그건 역사야."

"그 사람들의 교회도 보세요." 파워 씨가 말했다. "그 회중은 또 어떻고요."

머코이 씨가 말했다.

"예수회 교도들은 상류층과 어울려."

파워 씨가 말했다.

"여부가 있나요?"

커넌 씨가 말했다.

"암, 내가 왜 사람들을 좋아하겠어. 다만 간혹 속된 신부들이 있어. 무식하고 잘난 체하는 자들 말이야…….."

"모두 좋은 사람들이야." 커닝햄 씨가 말했다. "저마다 나름대로는 말이지. 아일랜드 신부들은 세계적으로 명성이 높거든."

"그럼요." 하고 파워 씨가 말했다.

머코이 씨가 말했다.

"유럽 대륙의 다른 신부들 중 이름값도 못하는 일부 부류와는 질적으로 다르지."

"그 말이 맞겠지, 뭐." 하고 커넌 씨가 마지못해 말했다.

"맞고말고." 커닝햄 씨가 말했다. "여태까지 세상에서 살아오면서 산전수전 다 겪은 이 몸이 사람 보는 눈도 없을까 봐."

남정네들은 누가 먼저랄 것도 없이 다시 술을 들이켰다. 커넌 씨는 마음속으로 골똘히 생각에 잠긴 듯이 보였다. 감명을 받은 것이었다. 평소 사람 보는 눈에 있어서나 얼굴 표정을 읽는 데 있어서나 커닝햄 씨를 높이 평가하던 터였다. 커넌 씨는 세부 계획을 들려 달라고 말했다.

"아, 그냥 피정일 뿐이야." 커닝햄 씨가 말했다. "퍼든 신부가 주관할 걸세. 사업가들을 위한 거라고나 할까."

파워 씨가 설득조로 말했다.

"신부님이 우리를 너무 심하게 다그치거나 하지는 않을 거예요, 형님."

환자가 말했다.

"퍼든 신부라고? 퍼든 신부?"

"아, 톰, 자네도 알 텐데." 커닝햄 씨가 단호하게 말했다. "끝내주는 친구지! 우리와 다를 바 없는 세상 사람이야."

"아…… 그래, 그 사람 알 것 같아. 얼굴이 좀 불그레하고 키가 크지."

"바로 그 사람이야."

"그런데 이보게, 마틴…… 그 사람 설교는 잘하나?"

"응, 저기…… 딱히 설교라고 할 수는 없지. 그냥 다정한 대화라고나 할까, 상식적으로 주고받는 대화 말이야."

커넌 씨는 곰곰이 생각에 잠겼다. 머코이 씨가 말했다.

"톰 버크 신부가 제격이지!"

"응, 톰 버크 신부." 커닝햄 씨가 말했다. "타고난 웅변가지. 톰, 자네 그 신부님 설교 들어 본 적 있나?"

"들어 본 적 있느냐고?" 환자는 흥분해서 말했다. "당연하지! 신부님 설교를 들어 본 적이……."

커닝햄 씨가 말했다.

"그런데 신학자로서는 별로라는데."

"그래?" 하고 머코이 씨가 말했다.

"아, 물론, 뭐 그래서 어떻다는 건 아니고. 다만, 사람들 말이, 아주 정통파다운 설교는 아니라는 거야."

머코이 씨가 말했다.

"아! ……기가 막힌 사람이었는데."

"그분 설교를 들어 본 적이 딱 한 번 있네." 커넌 씨가 하다 만 말을 이어 갔다. "강론 주제는 이제 잊어버렸지만. 크로프튼과 내가 거시기…… 뒷자리에 앉아 있었는데, 그 뭣이냐, 객석인가 뭔가……."

"본당." 하고 커닝햄 씨가 말했다.

"맞아, 문 옆 뒷자리 말이야. 무슨 내용인지 지금 생각이 안 나네……. 아, 맞아, 교황, 고인이 된 교황 얘기였어. 기억이 잘 나는군. 정말이지, 훌륭했다네, 연설 스타일이 말야. 또 그 목소리하며! 세상에! 그런 목소리가 다 있을까! '바티칸의 죄수', 교황을 이렇게 부르더군. 우리가 나올 때 크로프튼이 하던 말이 생각나는데……."

파워 씨가 말했다.

"하지만 크로프튼 그 사람은 오렌지맨[47] 아닙니까?"

"그렇다마다." 커넌 씨가 말했다. "그것도 아주 골수 오렌지맨이지. 우리가 무어 거리에 있는 버틀러 술집에 들어갔을 때인데, 말도 말게, 사실 그대로 얘기해서, 난 정말로 감동받았는데, 크로프튼 말이 그대로 기억이 나네. 그 친구가 말했지. '커넌, 우린 서로 다른 제단에서 예배를 올리지만 말이야.' 그러곤 이러더라고. '우리 믿음은 한가지네.' 절묘한 표현이라는 생각이 들었지."

파워 씨가 말했다.

"거기엔 그럴 만한 까닭이 있는 거예요. 톰 신부님이 설교

---

47) 친영적인 정치색을 띤 개신교도.

할 때는 예배당에 개신교도들이 항상 몰려들었거든요."

머코이 씨가 말했다.

"우리 사이에 뭐 별 차이가 있겠나. 우리 둘 다 믿는 건 똑같이……."

머코이 씨는 잠시 주춤했다.

"……똑같이 구세주인걸. 개신교도들이 교황과 성모를 믿지 않는다는 것뿐."

"하지만 말할 나위 없이," 하고 커닝햄 씨가 조용히, 인상적으로 말했다. "우리 종교야말로 '본' 종교지, 역사와 전통을 자랑하는 원래의 신앙 말일세."

커넌 씨가 열을 내며 말했다.

"그거야 의심할 바 없지."

커넌 부인이 침실 문으로 와서 알렸다.

"여기 당신 손님이 와 계세요!"

"누군데?"

"포가티 씨요."

"아, 들어와! 들어와!"

창백한 타원형 얼굴이 빛 속으로 나섰다. 그 얼굴에 길게 달린 금발 콧수염의 아치 모양이 반색하는 눈 위로 고리 모양의 금발 눈썹에서도 되풀이되고 있었다. 포가티 씨는 점잖은 식료품상이었다. 도시에서 주류 사업을 하다가 실패한 적이 있는데, 재정 상태의 제약으로 인해서 2급 증류주 제조업자 및 맥주 양조업자와만 거래를 튼 것이 화근이었다. 글래스네빈 거리에서 작은 가게를 열었는데, 자신의 좋은 매너가 구역 주부들에게 먹혀들 거라고 혼자만의 생각을 한 것이었다. 처신도 웬만큼 품위 있게 했고, 어린아이들을 치켜세워 줄 줄도 알았으며, 말할 때도 또렷하게 발음했다. 문화적 소양이 없지 않았던 것이다.

포가티 씨는 선물을 하나 들고 왔는데, 반 파인트짜리 특제 위스키였다. 정중하게 커넌 씨의 안부를 물은 다음 선물을 테이블 위에 놓고 일행과 대등하게 자리를 잡았다. 커넌 씨는 자기와 포가티 씨 사이에 아직 갚지 않은 식료품 외상값이 있음을 알고 있는지라 더더욱 선물에 감사하며 말했다.

"여보게, 자네가 이럴 사람이란 걸 의심치 않지. 잭, 그 병 좀 따 주겠나?"

파워 씨가 다시 수고를 했다. 유리잔들을 닦고 위스키를 조금씩 다섯 잔 따랐다. 이 새로운 영향으로 대화는 아연 활기를 띠었다. 포가티 씨는 의자의 좁은 자리에 앉아서도 관심이 각별했다.

"레오 8세 교황은," 하고 커닝햄 씨가 말했다. "시대의 불빛 중 하나지. 그분의 위대한 사상은 말이야, 라틴 교회와 희랍 교회를 통일하자는 거였어. 그것이야말로 그분 인생의 목표였다네."

파워 씨가 말했다.

"자주 들은 말이지만, 유럽에서 가장 지적인 사람으로 꼽힌대요. 교황이라는 신분과 상관없이 말이에요."

"그런 편이지." 커닝햄 씨가 말했다. "지적인 사람들 중 '으뜸'이라고 할 수는 없어도 말이야. 교황으로서 그분의 좌우명은 말이지, '럭스 어폰 럭스(Lux upon Lux)', 즉 '빛 위의 빛'이었다네."

"아니, 아니," 하고 포가티 씨가 힘주어 말했다. "그건 자네 말이 틀린 것 같네. '럭스 인 테네브리스(Lux in Tenebris)', 그러니까 '어둠 속의 빛'이 맞을걸."

머코이 씨가 말했다.

"아, 그래. 테네브리(Tenebrae)야."[48]

"내 말 좀 들어 봐," 하고 커닝햄 씨가 단호하게 말했다. "럭스 어폰 럭스래도. 그리고 그분의 후계자이신 피우스 9세의 좌우명은 '크럭스 어폰 크럭스(Crux upon Crux)', 그러니까 '십자가 위의 십자가'고 말이야. 두 분 교황직 사이의 차이를 나타내기 위한 것이지."

그 추측이 인정을 받았다. 커닝햄 씨가 말을 계속했다.

"레오 교황은 말이지, 대단한 학자이자 시인이었다네."

커넌 씨가 말했다.

"강인한 얼굴을 지닌 분이지."

커닝햄 씨가 말했다.

"맞아. 라틴어 시도 쓰시고 말이야."

"그런가?" 하고 포가티 씨가 말했다.

머코이 씨는 흐뭇한 마음으로 위스키 맛을 보고는 이중적인 의도로 고개를 저으면서 말했다.

---

48) 레오 8세의 좌우명은 '하늘의 빛(Lumen in Coelo)'일 것이라는 설이 유력하다.

"농담으로 하는 소리가 아닌 줄이나 알아 둬."

"톰, 우리가 1주 1페니 학교[49]에 다닐 때는 말이야." 하고 파워 씨가 머코이 씨의 말투를 흉내 내며 말했다. "그걸 배우지 못했지."

"팔꿈치에 토탄 덩이 땔깜을 끼고 1주 1페니 학교를 다니던 사람들 중에도 훌륭한 사람이 한둘이 아니었지." 커넌 씨가 딱 부러지게 말했다. "옛날 제도가 최고였어. 검소하고 정직한 교육이었거든. 허울만 그럴싸한 요즘 제도에 비할까……."

파워 씨가 말했다.

"맞는 말씀이에요."

포가티 씨가 말했다.

"과잉이라는 게 없었지."

포가티 씨는 '과잉'이라는 단어를 발음하고는 한 잔 쭉 들이켰다.

커닝햄 씨가 말했다.

"내가 읽은 기억으로는 말이야, 레오 교황이 쓴 시 한 편이 사진의 발명에 관한 거라네, 물론 라틴어로 썼고."

커넌 씨가 소리쳤다.

"사진에 관한 거라고!"

"그래."

커닝햄 씨도 술잔을 비웠다.

---

49) 18세기 및 19세기 초에 만연해 있던 형태의 초등학교로, 학생들의 수업료로 생계를 유지하는 사설 교사가 학교를 운영했다.

머코이 씨가 말했다.

"그런데 말이야, 생각해 보면 사진이라는 게 놀라운 것 아닌가?"

"아, 그럼요." 파워 씨가 말했다. "위대한 정신은 사물을 볼 수 있는 법이지요."

포가티 씨가 말했다.

"시인이 말했듯 '위대한 정신은 광기에 아주 가까우니라.'"

커넌 씨는 마음이 산란해 보였다. 어떤 고통스러운 문제에 관한 개신교 교리를 기억해 내려고 애쓰던 끝에 커닝햄 씨에게 말을 붙였다.

"마틴, 말 좀 해 보게. 어떤 교황들은, 물론 우리가 현재 모시고 있는 그분이나 그 전임 말고 옛날 교황들 말인데, 그 뭣이냐…… 그러니까…… 완벽하지 않았나?"

침묵이 돌았다. 커닝햄 씨가 말했다.

"아, 물론, 개중에는 시원찮은 이도 있었지만…… 그러나 놀라운 것은 바로 이 점이지. 옛날 분들은 그 누구도, 형편없는 술주정뱅이든, 비할 바 없이 악랄한 악당이든, 어느 누구도 교황석에서 거짓 교리를 단 한 마디도 한 적이 없다는 거야. 정말로 이건 놀라운 일 아닌가?"

커넌 씨가 말했다.

"놀라운 일이지."

"아암, 왜냐하면 교황이 교황석에서 말씀하실 때." 하고 포가티 씨가 설명했다. "절대무류(絕對無謬)이신 까닭이지."

"맞아." 하고 커닝햄 씨가 말했다.

"아, 나도 교황의 절대무류에 대해서 알고 있다네, 내 기억으론 내가 젊을 때였는데……. 아니, 그때가 아니고 혹시……?"

포가티 씨가 말을 끊었다. 포가티 씨는 술병을 들고 다른 사람들에게 조금씩 더 따라 주었다. 머코이 씨는 돌릴 술이 충분히 남지 않은 것을 보고 자기는 첫 잔도 아직 끝내지 못했다며 너스레를 떨었다. 다른 사람들이 투덜거리면서도 받아 주었다. 위스키가 유리잔에 떨어지는 경쾌한 소리가 기분 좋은 간주곡처럼 들렸다.

머코이 씨가 물었다.

"자네, 무슨 얘기를 하던 중이었지, 톰?"

"교황의 절대무류 얘기였지." 커닝햄 씨가 말했다. "교회 역사를 통틀어 가장 대단한 장면이었지."

파워 씨가 물었다.

"무슨 얘기예요, 마틴?"

커닝햄 씨는 두툼한 손가락 두 개를 치켜들었다.

"추기경회에서, 그러니까, 추기경과 대주교와 주교들 중에서 말일세, 다른 이들이 모두 교황의 절대무류에 찬성했는데, 반대한 사람이 딱 두 명 있었다네. 이 두 명을 빼고는 추기경회 전체가 이구동성이었는데도 말이야. 그래! 그 두 명은 도무지 인정할 태세가 아니었어!"

"하!" 머코이 씨가 말했다.

"그 둘은 돌링인가…… 다울링인가…… 뭔가 하는 이름의 독일 추기경과……."

파워 씨가 웃으며 말했다.

"다울링은 독일 이름이 아니에요, 확실한 애깁니다."

"음, 이름이야 어찌 됐든 이 위대한 독일 추기경이 그 한 사람이고 또 한 사람은 존 맥헤일이었어."

커넌 씨가 소리쳤다.

"뭐라고? 투암의 존 말인가?"

"자네, 지금 그 말 확실한가?" 포가티 씨가 미심쩍은 듯 물었다. "난 무슨 이탈리아인이거나 미국인이려니 했는데."

"투암의 존." 하고 커닝햄 씨가 되풀이해 말했다. "다름 아닌 그 사람이야."

커닝햄 씨가 술을 마시자 다른 사람들도 따라서 술을 마셨다. 그런 다음 커닝햄 씨가 말을 이었다.

"제대로 붙었지, 지구상 곳곳에서 온 추기경과 주교와 대주교에 맞서 투견 같은 악마 둘이 말이야. 급기야는 교황께서 몸소 일어나시어 교황 직권으로 교황의 절대무류가 교회의 교리임을 선언하기에 이르렀지. 바로 그 순간, 그 교리에 반대하는 주장을 계속하던 존 맥헤일이 일어나 사자후를 터뜨렸지, '믿나이다!' 하고 말이야."

포가티 씨가 말했다.

"'믿나이다!'"

"'믿나이다!'" 하고 커닝햄 씨가 말했다. "바로 그것이 그분이 지닌 신앙을 보여 준 거지. 교황이 말씀하시는 순간 승복했으니까."

머코이 씨가 물었다.

"그럼 다울링은 어쩌고?"

"독일 추기경은 승복하려 들지 않았지. 그 사람은 교회를 떠났어."

커닝햄 씨의 말은 듣는 사람들 마음속에 거대한 교회상(像)을 세워 놓았다. 신앙이며 승복이란 단어들을 토할 때의 그윽하고 쉰 목소리는 사람들을 전율시켰다. 커넌 부인이 손을 말리며 방으로 들어왔을 때 좌중은 엄숙한 분위기였다. 부인은 정적을 깨지 않고 침대 발치의 난간 위에 몸을 기댔다.

"난 존 맥헤일을 한 번 본 적 있네." 커넌 씨가 말했다. "그런데 목숨이 붙어 있는 한, 난 그 일을 잊지 못할 걸세."

커넌 씨는 아내 쪽으로 고개를 돌려 확인을 구했다.

"그 얘기 내가 자주 했지?"

커넌 부인이 고개를 끄덕였다.

"존 그레이 경 동상 제막식 때였지. 에드먼드 드와이어 그레이가 연설이랍시고 나불대는 차에, 아, 글쎄, 이 친구가, 잔뜩 부은 얼굴을 한 이 영감이 숱이 부숭부숭한 눈썹 아래로 그 모습을 쳐다보고 있는 거야."

커넌 씨는 미간을 찌푸리고 성난 황소처럼 머리를 낮추고는 아내를 째려보았다.

"말도 마!" 커넌 씨는 본래의 얼굴 표정으로 돌아와 소리쳤다. "난 사람 얼굴에 달린 눈 치고 그런 눈은 생전 처음 봤어. 꼭 이렇게 말하는 것 같더군. '이 풋내기, 난 네 속을 훤히 들여다보고 있지.' 영락없이 매 눈이었다니까."

파워 씨가 말했다.

"그레이 가문 치고 변변한 작자가 어디 있나요?"

다시 침묵이 흘렀다. 파워 씨가 커넌 부인 쪽으로 고개를 돌리고는 갑자기 명랑하게 말했다.

"참, 아주머니, 우리가 여기 있는 아주머니 남편분을 더없이 착하고 독실하며 하느님을 경외하는 로마 가톨릭 신자로 만들어 드릴 참입니다."

파워 씨는 한 팔로 좌중을 죽 둘러 안았다.

"우리 모두 함께 피정을 가서 우리 죄를 고백하려고 하는데, 하느님은 우리가 이걸 애타게 원한다는 걸 아실 겁니다."

커넌 씨가 "난 괜찮아." 하고 조금 초조한 듯 미소 지으며 말했다.

커넌 부인은 흐뭇한 마음을 감추는 편이 낫다고 여겼다. 그래서 말했다.

"당신 얘기를 들어야 할 신부님이 안됐네요."

커넌 씨의 표정이 바뀌었다. 커넌 씨는 퉁명스레 말했다.

"내 얘기가 맘에 안 들거든, 그분이…… 다른 일을 하면 되지. 난 그저 내 슬픈 얘기를 소박하게 할 뿐이니까. 내가 그렇게 못된 인간도 아니고……."

커닝햄 씨가 지체 없이 끼어들며 말했다.

"우리 모두 악마를 버리는 거야. 함께, 악마의 소행과 허세를 잊지 않고 말이야."

포가티 씨가 웃는 얼굴로 다른 사람들을 바라보며 말했다.

"내 뒤로 오너라, 악마여!"

파워 씨는 아무 말이 없었다. 완전히 걸려든 느낌이었다. 그러나 흐뭇한 표정이 얼굴에 어른거렸다.

커닝햄 씨가 말했다.

"우리가 할 일은 그저, 손에 촛불을 들고 세례 서약을 새로 하는 것뿐이야."

머코이 씨가 말했다.

"아, 톰, 무슨 일을 하든 간에, 초를 잊지 말게."

"뭐라고?" 커넌 씨가 물었다. "초가 있어야 하나?"

"아, 그럼." 하고 커닝햄 씨가 말했다.

"싫어, 젠장." 하고 커넌 씨가 또렷이 말했다. "그렇게까지는 못 하겠네. 내 할 일을 할 만큼은 제대로 할 거야. 피정인지 뭔지도 할 거고 고백도 할 거고…… 빠짐없이 다 하겠네. 하지만…… 초라니! 싫어, 염병할, 초는 안 돼!"

커넌 씨는 우스꽝스러우리만치 정색하면서 고개를 저었다.

커넌 씨의 아내가 말했다.

"저 소리 좀 들어 봐요!"

"초는 안 돼." 하고 말하며 커넌 씨는 좌중에 이 말이 먹혀 들어 간다는 걸 의식하고 고개를 계속 좌우로 저었다.

"환등인지 뭔지는 안 돼."

모두 너털웃음을 터뜨렸다.

커넌 씨의 아내가 말했다.

"어쩜 저렇게 훌륭한 가톨릭 신자가 있을까요!"

커넌 씨가 고집스레 반복했다.

"초는 안 돼! 딴소리 말게!"

가디너 거리에 있는 예수교회의 수랑(守廊)은 거의 만원이었다. 그런데도 여전히 옆문으로 남자들이 쉴 새 없이 들어와 평수사의 안내에 따라 발뒤꿈치를 들고 복도를 걸어가며 앉을 자리를 찾았다. 남자들은 모두 단정한 정장 차림이었다. 교회 등불 빛이 흰 목깃에 군데군데 트위드가 섞인 검은 옷 차림의 회중 위에도, 검은 얼룩이 박힌 녹색 대리석 위에도, 처량한 캔버스 천 위에도 비쳤다. 남자들은 바지를 무릎 위로 살짝 끌어 올리고 모자를 얌전히 내려놓은 다음 벤치에 앉았다. 남자들은 한참 뒤에 앉아 높다란 제단 앞에 멀리 떨어진 점처럼 걸려 있는 붉은 등불을 엄숙하게 응시했다.

설교단 옆 벤치에는 커닝햄 씨와 커넌 씨가 앉았다. 뒤 벤치에는 머코이 씨가 홀로 앉았고, 그 뒤 벤치에는 파워 씨와 포가티 씨가 앉았다. 머코이 씨는 다른 사람들과 한벤치에 자리를 잡으려고 해 봤지만 허사였고, 일행이 다섯 점 꼴[50]로 자리를 잡을 때 우스갯소리를 던지려고 해 봤지만 먹히지 않았다. 이런 시도가 환영받지 못하자 단념할 수밖에 없었던 것이다. 머코이 씨조차 경건한 분위기를 감지할 수 있었고 또한 종교적인 자극에 반응을 보이기 시작했다. 커닝햄 씨는 커넌 씨의 주의를 끌어 저만큼 떨어져 앉은 대금업자 하포드 씨를 가리키는가 하면, 새로 당선된 구의원 중 한 사람으로서 선거 등록자이자 시장 선거 전략가인 패닝 씨를 가리키기도 했다. 오른

---

50) 네모꼴의 네 꼭짓점과 가운데 한 점으로 이루어진 형태로, 십자가에 못 박힌 예수의 상처 자리를 상징한다.

편에는 전당포를 세 개나 소유한 마이클 그라임 영감과 관청 서기 자리에 지원한 댄 호건의 조카가 앉아 있었다. 앞쪽 더 멀리에는 《프리맨스 저널》의 수석 기자인 헨드릭 씨와 한때는 사업계의 상당한 거물이었다가 몰락한, 커넌 씨의 오랜 친구 오캐럴이 앉아 있었다. 커넌 씨는 익숙한 얼굴들을 알아보게 되면서 차츰차츰 마음이 편해지기 시작했다. 아내의 손으로 제 모습을 찾은 모자는 무릎 위에 놓여 있었다. 한두 차례 손 으로 셔츠 소맷부리를 끌어내리는가 하면 다른 손으로는 모 자 테를 가만히, 그러나 꼭 쥐고 있었다.

웬 강력해 보이는 형체가 윗몸에 짧은 백의(白衣)를 축 늘 어지게 걸친 채 설교단으로 힘겹게 올라오는 모습이 눈에 띄 었다. 회중이 한꺼번에 어수선해지더니 손수건을 꺼내 조심 스레 깔고 앉았다. 커넌 씨도 다들 하는 대로 따라했다. 신부 의 형체가 설교단에 우뚝 서고 보니, 그 몸채의 3분의 2가 난 간 위로 쑥 올라와 있는데 꼭대기에는 큼직한 붉은 얼굴이 자 리하고 있었다.

퍼든 신부가 무릎을 꿇고 붉은 불빛이 비치는 곳을 향해 몸 을 돌린 다음 두 손으로 얼굴을 감싼 채 기도했다. 잠시 그러 고 나서는 얼굴에서 손을 떼고 일어섰다. 회중도 일어나 다시 벤치에 앉았다. 커넌 씨는 모자를 무릎 위 원래 자리에 놓고 주의 깊은 표정으로 설교할 신부 쪽을 향해 고개를 돌렸다. 설 교 신부는 품이 큰 백의 소맷자락을 커다랗고 정교한 동작으 로 뒤집고는 정렬해 앉은 얼굴들을 천천히 훑어보았다. 이어 서 신부는 말했다.

이 속세의 아이들이 빛의 아이들보다 일 처리가 더 현명하니라. 그러니 너희는 부정한 재물로라도 친구를 사귀어 둘지어다. 그리하면 너희가 죽을 때 그 친구들이 너희를 영원한 집으로 맞아들이리라.

퍼든 신부는 그 구절의 뜻을 낭랑하고 단호하게 풀이해 나갔다. 신부 말로는 그 구절이 모든 성경 구절 중에서 제대로 풀이하기가 가장 어려운 축에 든다고 했다. 잘 보지 않으면 예수 그리스도가 다른 구절들에서 설교한 내용과 모순돼 보일 만한 구절이었다. 그러나 신부가 회중에게 말하기로는, 그것은 세속적인 살아갈 운명을 타고 났으면서도 속인들과는 다른 방식으로 살아가기를 갈망하는 이들을 지도하는 데 특히 적합하게 여겨지는 구절이었다. 사업가와 전문가에게 맞는 구절이었다. 우리 인간의 본성을 놀랍게도 속속들이 헤아리시는 예수 그리스도께서는 모든 사람이 종교 생활의 소명을 받은 것은 아니라는 것, 즉 절대 다수의 사람들은 속세에서, 그리고 얼마큼은 속세를 위해서 살아갈 수밖에 없다는 것을 잘 알고 계셨던바, 이 문장에서 속인들 앞에 종교적 문제에 누구보다도 무심한 물신 숭배자들을 종교 생활의 모범으로 세움으로써 속인들에게 가르침의 말씀을 전하고자 뜻하신 것이었다.

신부는 두려움을 주거나 거창한 목적을 이루기 위해서가 아니라 동료들에게 말하는 속인으로서 그날 저녁 자리에 온 것이라고 회중에게 말했다. 사업가들에게 연설하러 왔으니 사업가 방식으로 연설할 참이었다. 비유를 쓰자면, 자신은 사업가들의 정신적 회계사인바, 회중 한 사람, 한 사람이 각자의 책, 즉 각자의 정신생활의 책을 펼치고 그 책이 양심과 딱 맞아떨어지는지 살펴보기를 바란다는 것이었다.

예수 그리스도는 야박하고 엄한 주인이 아니었다. 그분은 우리의 자잘한 허물을 이해하시고, 한심하게 타락한 우리의 본성을 이해하시며, 이 세상의 유혹을 이해하셨다. 우리는 유혹을 받았을 수도 있고, 어쩌다 한 번씩은 모두가 유혹을 받기도 했다. 우리는 허물이 있을 수도 있고, 또 모두가 허물이 있었다. 그러나 신부가 회중에게 요구하고 싶은 것은 딱 한 가지라고 했다. 다름 아니라, 하느님 앞에 솔직하고 당당하라는 것이었다. 대차대조표가 모든 항목에서 맞아떨어지면 이렇게 말하라는 것이었다.

"자, 내 대차대조표를 확인했다. 모두 제대로야."

그러나 행여 대차대조표가 맞지 않으면 진실을 인정할 것이며 솔직히 남자답게 말하라는 것이었다.

"자, 내 대차대조표를 들여다보았다. 이것도 잘못돼 있고 이것도 잘못돼 있네. 하지만 하느님이 굽어살피신다면, 이것도 바로잡고 이것도 바로잡으리라. 내 대차대조표를 바로잡으리라."

망자

관리인의 딸 릴리는 문자 그대로 발바닥이 닳을 판이었다. 남자 손님 한 명을 1층 가사실 뒤에 있는 작은 식기실로 안내해 외투를 벗겨 주기가 무섭게 초인종 소리가 다시 숨 가쁘게 울려 대면 장식물 없는 복도를 허둥지둥 달려가 다음 손님을 맞아야 했다. 그나마 여자 손님들 시중까지는 들지 않아도 되는 것이 천만다행이었다. 그러나 케이트 여사와 줄리아 여사는 벌써 그 점을 염두에 두고 2층 욕실을 여성용 화장실로 개조해 놓은 터였다. 그 방엔 케이트와 줄리아가 자리를 잡고 서서 시시덕거리며 웃고 법석을 떨다가, 앞서거니 뒤서거니 하며 쪼르르 계단 꼭대기로 걸어 나와 층계 난간 너머로 내려다보며 릴리에게 누가 왔는지 소리쳐 물어보곤 했다.

모컨 집안의 연례 무도회, 그건 언제나 큰 잔치였다. 이 집안을 아는 사람들은 너나 할 것 없이 잔치에 왔는데, 거기엔

이 집안의 친척과 오랜 친구들, 줄리아의 성가대원들, 나이가 웬만큼 찬 케이트의 제자들, 그리고 심지어 메리 제인의 제자까지도 몇몇 끼어 있었다. 잔치가 어설프게 끝난 적은 한 번도 없었다. 누구나 기억할 수 있는 일이지만, 잔치는 긴긴 세월에 걸쳐 화려하고 격조 있게 치러졌다. 오빠 팻이 세상을 뜬 후, 케이트와 줄리아가 하나 남은 조카딸 메리 제인을 데리고 스토니 배터에 있는 오빠 집을 떠나 어셔 아일랜드에 있는 어둡고 음산한 집의 2층을 그 집 1층에서 곡물 도매상을 하는 풀럼 씨로부터 세내어 살기 시작한 이래로 한결같았다. 벌써 줄잡아 삼십 년 전 일이었다. 그때는 짧은 옷차림의 어린 소녀였던 메리 제인이 이제는 해딩턴 거리의 교회에서 오르간을 연주할 정도로 집안의 어엿한 대들보가 되어 있었다. 메리는 왕립 음악원을 나와 에인션트 콘서트 룸 2층에서 해마다 제자들의 연주회를 열었다. 제자들 중에는 킹스타운과 도키 지역에 위치한 상류층 자제가 많았다. 비록 늙기는 했어도 고모들 또한 제 몫을 했다. 줄리아는 머리가 아주 희끗희끗한 나이에도 아담 앤드 이브 성당에서 수석 소프라노로 활동했고, 케이트는 몸이 너무 쇠약해 활발한 활동은 못 해도 뒷방에 있는 낡은 사각형 피아노로 초보자 교습을 하고 있었다. 관리인 딸 릴리가 모컨 가족의 집안일을 해 주었다. 검소한 생활 속에서도 이 가족은 잘 먹어야 한다고 믿는 사람들이어서, 마름모꼴 뼈 안심에, 3실링짜리 차에, 병에 담긴 최고급 흑맥주까지 모든 걸 최고급으로 먹었다. 그러나 릴리는 시키는 일을 좀체 실수 없이 처리해 세 명의 여주인과 잘 지내고 있었다. 주인들이 까탈스럽기는 했지만 그뿐이었다. 다만 주인들이 그냥 봐주지 않는 것이 하나 있었으니, 말대꾸였다.

하기야 여주인들이 이런 밤에는 까탈을 부릴 만도 했다. 그런데 10시가 지난 지 한참이 되었는데도 게이브리얼 부부가 아직 얼씬도 하지 않는 것이었다. 게다가 주인들은 프레디 말린스가 술에 잔뜩 취한 채 나타날까 봐 걱정이 태산이었다. 메리 제인의 제자 중 누구라도 혹시 술 취한 프레디 모습을 보게 되면 큰일인데, 술만 취했다 하면 곧잘 걷잡을 수 없는 사람이 되는 터였다. 프레디 말린스야 항상 늦는 사람이라 쳐도 게이브리얼이 늦는 것은 도대체 무슨 영문인지 모를 일인지라 주인들은 이 분이 멀다 하고 계단 난간에 와서 릴리에게 게이브리얼이나 프레디가 왔는지 자꾸 물어보던 터였다.

"어머, 코너로이[51] 아저씨." 릴리는 게이브리얼에게 문을 열어 주면서 말했다. "케이트 할머니랑 줄리아 할머니는 아저씨가 아예 안 오시는 줄 알고 계세요. 안녕하셨어요, 코너로이 아주머니."

"안 봐도 뻔해." 하고 게이브리얼은 말했다. "하지만 이모님들은 여기 있는 이 사람이 옷 입는 데 장장 세 시간이나 걸린다는 걸 잊고 계셔."

게이브리얼은 현관 매트 위에 서서 골로시[52]에 묻은 눈을 털어 냈고, 그사이 릴리는 게이브리얼의 아내를 계단 밑으로

---

51) 게이브리얼의 성은 2음절어인 콘로이(Conroy)지만, 릴리는 사투리로 코너로이라고 3음절어로 발음한다.

52) 신발을 깨끗하게, 혹은 젖지 않게 하기 위해 덧씌우는 고무 덧신.

안내한 다음 소리쳤다.

"케이트 할머니, 여기 코너로이 아주머니께서 오셨어요."

케이트와 줄리아는 이내 어두운 계단을 아장거리며 내려왔다. 둘 다 게이브리얼의 아내에게 키스를 하고 몸이 다 얼어붙었겠다며 게이브리얼도 함께 왔는지 물었다.

게이브리얼이 어둠 속에서 소리쳤다.

"저 여기 칼같이 와 있습니다, 케이트 이모! 먼저 올라가세요. 뒤따라 갈게요."

세 여자가 웃으면서 위층 여성용 화장실로 올라가는 동안 게이브리얼은 빡빡 발 닦기를 계속했다. 환한 술 장식 같은 눈이 외투 어깨 위에는 목 주위에 걸치는 짧은 망토처럼, 골로시 앞부리에는 앞코 장식처럼 덮여 있었다. 그리고 눈이 얼어붙어 딱딱해진 코트 천 사이로 단추들이 뻑뻑 소리를 내며 빠져나갈 때마다 차갑고 상쾌한 바깥 공기가 옷의 틈새와 접힌 부분에서 새어 나왔다.

릴리가 물었다.

"다시 눈이 내려요, 코너로이 아저씨?"

릴리는 게이브리얼이 외투 벗는 것을 거들기 위해 앞장서 식기실로 안내했다. 게이브리얼은 릴리가 자기 성을 세 음절로 발음하는 것을 듣고 빙긋이 웃으며 그쪽을 힐긋 쳐다보았다. 릴리는 호리호리하게 크고 있는 처녀로 안색이 창백하고 머리칼은 건초색이었다. 식기실의 가스 불빛에 릴리의 얼굴은 더욱 창백해 보였다. 게이브리얼은 릴리가 맨 아래 계단에 앉아 헝겊 인형을 돌보며 놀던 유년 시절부터 릴리와 알고 지낸 사이였다.

"그래, 릴리." 하고 게이브리얼이 대답했다. "내 생각엔 아무래도 오늘 밤새도록 내릴 것 같구나."

게이브리얼은 위층에서 발을 쿵쿵 구르거나 질질 끄는 바람에 흔들거리는 식기실 천장을 올려다보고 잠시 피아노 소리에 귀를 기울이다가, 선반 끝에 얌전히 자신의 외투를 접어 놓는 릴리의 모습을 힐끗 쳐다보았다.

게이브리얼이 다정한 말투로 물었다.

"얘, 릴리, 너 아직 학교 다니니?"

릴리가 대답했다.

"어머, 아니요. 학교 졸업한 지 벌써 일 년도 더 된걸요."

게이브리얼이 쾌활하게 말했다.

"아, 그렇다면, 조만간 좋은 날 결혼식장에서 신랑 총각과 함께 있는 모습을 보게 되겠구나, 응?"

릴리는 어깨 너머로 게이브리얼을 힐끗 돌아보고는 매우 분개하는 어조로 말했다.

"요즘 총각들은 말만 번드르르하고 여자한테서 뭔가 우려낼 생각만 하는걸요."

게이브리얼은 뭔가 잘못한 느낌이라도 드는 듯 얼굴을 붉히고는 릴리를 쳐다보지 않은 채 골로시를 팽개쳐 벗고 에나멜 구두를 머플러로 세차게 탈탈 털었다.

게이브리얼은 살지고 키가 훤칠한 사내였다. 뺨에 어린 홍조가 이마까지 올라가더니 희미하게 불그죽죽한 반점 두어 개로 흩어졌고, 말끔하게 수염을 민 얼굴에서는 반질반질한 안경알과 밝은 색 금테가 쉴 새 없이 번뜩이면서 섬세하고 예민한 눈을 가렸다. 번들거리는 검은 머리는 앞가르마를 타고 긴 곡선을 그리며 귀 뒤까지 빗겼고 모자 자국 아래로는 살짝 곱슬곱슬했다.

게이브리얼은 구두를 털어 광을 낸 다음 일어서서 조끼가 뚱뚱한 몸에 더욱 착 달라붙게 끌어당겼다. 그러더니 주머니에서 재빨리 동전 하나를 꺼냈다.

"저, 릴리." 게이브리얼은 동전을 릴리 손에 쥐여 주며 말했다. "크리스마스 명절이잖니? 그냥…… 약소하지만……."

게이브리얼은 재빨리 문 쪽으로 달아났다.

"어머, 아니에요, 아저씨!" 처녀는 외치면서 그 뒤를 쫓아갔다. "아저씨, 정말로 저 이거 받을 수 없어요."

"크리스마스 명절이잖아! 크리스마스 명절!" 하고는 게이브리얼은 후다닥 계단으로 달아나면서 릴리에게 사정하듯 손을 내저었다.

처녀는 게이브리얼이 벌써 계단에 가 있는 것을 보고는 뒤에다 대고 소리쳤다.

"그럼, 감사합니다, 아저씨."

게이브리얼은 응접실 문 밖에서 왈츠가 끝나기를 기다리며 스커트 자락이 끌리면서 문에 와 부딪는 소리와 바닥을 끄는 발소리를 듣고 있었다. 릴리가 별안간 분개하듯이 되쏜 말대꾸가 여전히 마음에 걸렸다. 소맷부리와 넥타이 매듭 매무새를 다듬으며 그 대꾸가 던져 놓은 먹구름을 쫓아 버리려고 했다. 그런 다음 조끼 주머니에서 종이쪽지 한 장을 꺼내 나중에

할 연설을 위해 적어 놓은 소제목들을 흘낏 쳐다보았다. 로버트 브라우닝 시에서 발췌한 구절들을 놓고 아직 마음을 정하지 못했는데, 그 시구들을 연설 청중들이 이해하지 못할 것 같아서였다. 셰익스피어 작품이나 『멜로디』[53]에서 인용했다면 사람들도 알아챌 수 있어서 더 나았을 것이다. 남자들이 투박하게 발뒤꿈치를 달각거리고 신발 바닥을 질질 끄는 소리를 들으니 그네들의 문화 수준이 자신의 문화 수준과는 다르다는 생각이 새삼 떠올랐다. 사람들이 이해 못 하는 시를 인용해서 들려줘 봐야 자기 꼴만 우스꽝스럽게 돼 버릴 것이었다. 교육 수준 높다고 뽐낸다는 인상이나 줄 뿐이었다. 식기실에서 처녀한테 한 말이 실패한 것과 똑같이 그 사람들한테도 실패할 것이었다. 잘못된 어조를 택했던 것이다. 자신의 연설 전체가 처음부터 끝까지 실수요, 완전한 실패작이었다.

　바로 그때 이모들과 아내가 여성용 화장실에서 나왔다. 두 이모는 자그맣고 옷차림이 소박한 노인들이었다. 줄리아 이모가 2.5센티미터 남짓 더 컸다. 줄리아 이모는 귀 꼭대기 위로 내려와 있는 머리칼이 회색이었고, 축 처진 커다란 얼굴 또한 더 어둡게 그늘진 회색이었다. 비록 체구는 뚱뚱하고 꼿꼿했지만 느릿느릿 움직이는 눈과 쩍 벌어진 입술 때문에 자신의 처지나 목표가 무엇인지도 모르는 여자라는 인상을 주었다. 케이트 이모는 그보다 활기가 있었다. 얼굴은 동생의 얼굴

---

53) 아일랜드 민족시인 토머스 무어(1779~1852)의 시집 『아일랜드 가곡(Irish Melodies)』을 가리킨다.

보다 건강했지만, 쭈글쭈글해진 빨간 사과처럼 온통 주름살 투성이였고, 동생처럼 구식으로 땋은 머리에는 잘 익은 견과의 색이 아직 남아 있었다.

이모들은 둘 다 게이브리얼에게 허물없이 키스했다. 게이브리얼은 그네들의 자랑스러운 조카로, 항만국에 근무하던 T. J. 콘로이에게 시집간 죽은 언니 엘런의 아들이었다.

케이트 이모가 말했다.

"그레타 말이, 오늘밤 마차 타고 멍크스타운으로 돌아가지 않을 거라면서, 게이브리얼?"

"네." 하고 게이브리얼이 아내를 돌아보며 말했다. "작년에 된통 혼났잖아요? 케이트 이모, 이 사람이 그 때문에 얼마나 심한 감기에 걸렸는지 생각 안 나세요? 마차 창은 시종 덜컹거리지 않나, 메리언 공원 지나서부터는 동풍이 불어 닥치지 않나. 그런 난리가 없었어요. 이 사람, 감기 한번 호되게 앓았지요."

케이트 이모는 말 한 마디, 한 마디에 상을 잔뜩 찌푸리고 고개를 끄덕여 대며 말했다.

"아무렴, 게이브리얼, 아무렴. 조심해서 나쁠 것 없고말고."

게이브리얼이 말했다.

"그런데 저기 있는 제 집사람은 말이지요, 내버려 두면 아마 눈 속에서도 집까지 걸어가려고 할걸요."

콘로이 부인이 웃으며 말했다.

"저이 말 귀담아 듣지 마세요, 케이트 이모님. 밤에 잘 때 톰 눈에 녹색 눈가리개를 해 줘라, 톰에게 아령을 시켜라, 에바에게 귀리죽을 먹여라, 하면서 어찌나 사람을 들들 볶아 대는지 아세요? 불쌍한 우리 아기! 귀리죽을 보기만 해도 기겁을 하는 판에! ……아 참, 저이가 어이없게도 저한테 이제는 뭘 신으라고 하는지 모르실 거예요!"

그레타는 까르르 웃음을 터뜨리며 남편을 힐끗 훔쳐보았고, 게이브리얼은 예뻐 죽겠다는 듯 흐뭇한 눈길로 옷에서부터 얼굴과 머리카락에 이르기까지 아내의 모습을 죽 훑어보았다. 두 이모도 한바탕 웃음을 터뜨렸는데, 그럴 만도 한 것이 게이브리얼의 안달은 둘이서 변함없이 주고받는 농담거리였던 것이다.

"골로시 말이에요!" 콘로이 부인이 말했다. "요사이 안달부린 건 그거예요. 땅이 질기만 하면 저는 골로시를 신어야 해요. 오죽하면 오늘 밤에도 저더러 그걸 신으라고 했겠어요. 하지만 저는 말을 듣지 않았죠. 아마 다음번에는 저한테 잠수복을 사 줄 거예요."

게이브리얼은 쑥스럽게 웃으며 안심이라도 시키려는 듯 넥타이를 토닥거렸고, 그사이 케이트 이모는 거의 포복절도를 하는 품이 그 농담이 여간 통쾌하고 즐거운 게 아닌 모양이었다. 줄리아 이모는 이내 얼굴에서 웃음이 걷히더니 어두운 눈빛으로 조카의 얼굴을 쳐다보았다. 잠시 뜸을 들이다가 줄리아 이모가 말했다.

"게이브리얼, 그런데 골로시라는 게 뭐야?"

"골로시를 모르다니, 줄리아!" 하고 언니가 소리를 질렀다. "세상에나, 골로시가 뭔지를 모른다는 거야? 그러니까

저…… 장화 위에 신는 거 있잖아, 그렇지, 그레타?"

콘로이 부인이 말했다.

"그래요, 고무질로 된 거지요. 우린 둘 다 이제 한 켤레씩 장만했어요. 저이 말로는 유럽 대륙에서는 그걸 안 신는 사람이 없대요."

"아, 대륙에서." 하고 줄리아 이모가 천천히 고개를 끄덕이며 중얼거렸다.

게이브리얼은 눈살을 찌푸리고는 약간 화라도 난 듯이 말했다.

"뭐 그렇게 대단한 것도 아닌데 저 사람은 그게 재미있나봐요. 그 단어를 들으면 크리스티 순회 극단이 생각난다고 말하는 걸 보면."

"그런데 말이지, 게이브리얼." 하고 케이트 이모가 쾌활하게 약삭빠른 체하며 말했다. "물론, 숙소는 봐 두었겠지. 그레타 말로는……."

"아, 방은 문제없어요." 게이브리얼이 말했다. "그레셤 호텔에 하나 잡아 놨거든요."

케이트 이모가 말했다.

"그래야지, 누가 뭐래도 그게 제일이야. 그리고 그레타, 애들은 걱정 안 해도 되겠지?"

"아, 하룻밤인데요, 뭐." 콘로이 부인이 말했다. "게다가 베시가 애들을 돌봐 주니까요."

케이트 이모가 다시 말했다.

"아무렴. 그런 처녀, 믿고 맡길 수 있는 그런 애를 둔다는 게 얼마나 마음이 놓이는 일이라고! 저 릴리 좀 봐. 쟤가 요즘 어찌된 영문인지 알다가도 모르겠어. 예전하고는 영 딴판이지 뭐야."

게이브리얼은 이 얘기가 나온 김에 이모에게 몇 마디 막 물어보려 했으나, 케이트 이모는 별안간 말을 멈추고 계단을 황급히 내려간 동생의 뒷모습을 물끄러미 쳐다보다가 계단 난간 너머로 목을 길게 내밀었다.

"아니, 무슨 일이야." 하고 케이트 이모는 짜증이라도 난 듯이 말했다. "줄리아가 도대체 어디를 가는 거지? 줄리아! 줄리아! 어디 가는 거야?"

줄리아 이모는 한 층의 절반쯤 내려갔다가 되돌아와 싹싹하게 알려 주었다.

"여기 프레디가 왔어."

바로 그 순간 손뼉 소리와 피아니스트의 마지막 장식 악구 연주가 왈츠가 끝났음을 알려 왔다. 안에서 응접실 문이 열리고 몇몇 쌍이 나왔다. 케이트 이모는 서둘러 게이브리얼을 옆으로 끌어당기더니 귀에다 속삭였다.

"게이브리얼, 수고스럽겠지만 살짝 빠져나가 프레디가 괜찮은지 살펴보고 만일 술 취해 있으면 올려 보내지 마라. 보나마나 취해 있을 거야. 빤한 일이지."

게이브리얼은 계단으로 가서 난간 너머로 귀를 기울였다. 식기실에서 두 사람이 얘기하는 소리가 들렸다. 그때 프레디 말린스의 웃음소리가 귀에 들어왔다. 게이브리얼은 쿵쿵 소리를 내며 계단을 내려갔다.

케이트 이모가 콘로이 부인에게 하는 말이 들렸다.

"게이브리얼이 와 있어서. 얼마나 마음이 놓이는지 몰라. 게이브리얼이 여기 와 있으면 늘 마음이 편해……. 줄리아, 데일리 양과 파워 양이 음료를 마시겠대. 데일리, 아름다운 왈츠 연주 고마워요. 덕분에 흥겨웠어요."

뻣뻣한 흰 수염에 피부가 거무스레하고 키가 크며 얼굴이 쭈글쭈글한 남자가 파트너와 함께 나오면서 말했다.

"모컨 여사님, 우리도 음료 좀 마실 수 있을까요?"

케이트 이모가 지체 없이 말했다.

"줄리아, 여기 브라운 씨와 펄롱 양이 계시네. 줄리아, 이분들을 데일리 양, 파워 양과 함께 안으로 모셔."

"숙녀분들은 제가 맡죠." 하고 브라운 씨가 콧수염이 곤두서도록 입술을 오므리고 얼굴이 주름투성이가 되도록 웃음을 띠며 말했다. "저기요, 모컨 여사님, 숙녀분들이 저를 그토록 좋아하는 이유가 뭔고 하니……."

브라운 씨는 말하던 문장을 미처 끝내지 못한 채였으나 케이트가 이미 말소리를 듣지 못할 만큼 멀리 간 것을 알고는 즉시 여성 셋을 데리고 뒷방으로 갔다. 방 한가운데에는 네모난 테이블 두 개가 서로 끝을 맞댄 채 놓여 있었는데, 줄리아와 관리인이 그 위에 커다란 보를 펴서 가다듬고 있었다. 찬장에는 크고 작은 접시들이며 잔이며 나이프, 포크 및 스푼 꾸러미들이 가지런히 놓여 있었다. 뚜껑 닫힌 사각 피아노 윗면 또한 음식과 후식 따위를 늘어놓는 찬장 노릇을 하고 있었다. 한쪽 모퉁이 작은 찬장 앞에서는 두 청년이 서서 홉 열매로 만든 비터를 마시고 있었다.

브라운 씨는 자기가 맡은 숙녀들을 그쪽으로 인솔해 뜨겁고 독하고 달콤한 숙녀용 펀치를 마셔 보라고 농조로 권했다. 독한 것은 마시지 않는다는 숙녀들의 말에 레모네이드를 세 병 따 주었다. 그런 다음 한 청년에게 좀 비켜 달라고 말한 뒤, 위스키 병을 잡고 스스로 마실 위스키를 엄청나게 따랐다. 청년들은 맛보기로 한 모금 마시는 그 모습을 존경의 눈초리로 바라보았다.

브라운 씨는 웃음 띠며 말했다.

"불쌍한 내 신세, 의사 지시니 할 수 있나."

브라운 씨의 주름진 얼굴이 더 활짝 웃음을 띨 때 젊은 여자 셋은 몸을 앞뒤로 흔들어 대고 어깨를 요란하게 들썩이며 그 익살에 유쾌하게 장단 맞춰 웃어 댔다. 그중 당돌한 여자가 말했다.

"어머, 브라운 씨. 아무렴 의사가 그런 엉터리 지시를 했겠어요."

브라운 씨는 위스키 한 모금을 더 마시고 조신한 몸짓으로 흉내를 내며 말했다.

"저기, 있잖아요, 저는 '자, 메리 그라임스, 만일 내가 마시지 않거들랑 마시라고 권해 줘. 오늘 술이 당겨서.'라고 말했다는 그 유명한 캐서디 부인과 같다오."

브라운 씨가 바짝 달아오른 얼굴을 너무 격의 없이 앞으로 기울이고 매우 상스러운 더블린 말투를 썼기 때문에 젊은 여자들은 똑같이 본능적으로 그 말에 묵묵부답이었다. 메리 제인의 제자 중 한 사람인 펄롱은 데일리에게 방금 전에 친 아름다운 왈츠의 곡명이 무엇이냐고 물었고, 브라운 씨는 자기 말이 무시당한 것을 알고는 자신을 좀 더 알아줄 두 청년 쪽으로 재빨리 몸을 돌렸다.

자줏빛 옷차림에 얼굴이 발그레한 젊은 여자가 방으로 들어오더니 신이 나서 손뼉 치며 외쳤다.

"카드리유![54] 카드리유!"

바로 뒤따라 들어온 케이트 고모가 외쳤다.

"남자 두 분과 여자 세 분, 메리 제인!"

"아, 여기 버긴 씨와 케리건 씨가 있네요." 메리 제인이 말했다. "케리건 씨, 파워 양을 맡으시겠어요? 펄롱, 버긴 씨로 짝을 맞춰 줄게요. 음, 그럼 이제 됐네."

케이트 고모가 말했다.

"여자 분이 셋 필요하다니까, 메리 제인."

두 청년이 숙녀들에게 함께 춤추자고 청했고, 메리 제인은 데일리를 보고 말했다.

"아, 데일리, 마지막 춤곡 두 개나 쳐 주셔서 무리한 부탁인 줄은 알지만, 그래도 오늘 밤엔 정말로 여성 쪽 수가 모자라니 어떡해요."

"전 상관없어요, 모컨."

"하지만 좋은 파트너로 맞춰 드릴게요, 테너인 바텔 다시 씨로요. 나중에 그분께 노래 한 곡 부탁할 거예요. 더블린 곳

---

54) 네 사람이 한 조가 되어 사방에서 서로 마주 보고 추는 프랑스 춤.

곳에서 그분 칭찬이 어찌나 자자한지 몰라요."

케이트 고모가 말했다.

"아름다운 목소리지, 아름다운 목소리야."

피아노가 첫 번째 선회의 서곡을 두 차례 시작하고 났을 때 메리 제인은 불러 모은 사람들을 재빨리 방에서 데리고 나갔다. 그들이 나가기가 무섭게 줄리아가 무엇인가를 돌아보면서 방 안으로 어슬렁어슬렁 들어왔다.

"무슨 일이야, 줄리아?" 케이트가 걱정스러운 투로 물었다. "누구야?"

길게 쌓아 올린 테이블 넵킨을 들여오던 줄리아는 언니 쪽으로 고개를 돌리고 그 질문에 흠칫 놀란 양 그저 이렇게만 대답했다.

"아, 언니, 그냥 프레디가 왔길래, 그리고 게이브리얼이 함께 있어."

사실은 줄리아 바로 뒤로 게이브리얼이 프레디를 데리고 층계참을 지나오는 게 보였다. 프레디는 마흔 살가량의 젊은 이로 체격과 몸집이 게이브리얼과 비슷했고 어깨가 동그랬다. 얼굴은 통통하고 창백했으며 두껍게 늘어진 귓불과 납작한 콧방울에만 그나마 혈색이 좀 있었다. 이목구비는 거칠었고 코는 뭉툭했으며 이마는 볼록 튀어나왔다가 움푹 들어갔고 입술은 두툼하니 불거져 있었다. 축 처진 눈꺼풀과 헝클어지고 숱 적은 머리카락으로 인해 졸린 인상이었다. 계단에서 게이브리얼에게 높은 어조로 들려주던 이야기의 한 부분에 이르러 웃음을 터뜨렸고, 그와 동시에 왼쪽 주먹의 손가락 관절들을 왼쪽 눈에 대고 앞뒤로 비벼 대고 있었다.

줄리아가 말했다.

"어서 와, 프레디."

프레디 말린스는 목소리가 막히는 버릇 때문에 툭 내뱉는 것 같은 투로 모컨 자매에게 인사를 하고 나서, 브라운 씨가 찬장 쪽에서 자기를 향해 씩 웃는 것을 보고는 다리를 약간 휘청휘청하면서 방을 건너가 방금 전에 게이브리얼에게 들려준 이야기를 낮은 목소리로 다시 하기 시작했다.

케이트 이모가 게이브리얼에게 말했다.

"저 사람, 그렇게 많이 취한 상태는 아니지?"

게이브리얼은 표정이 어두웠으나 이내 얼굴색을 풀고 대답했다.

"아, 예, 별로 티는 안 나요."

케이트 이모가 말했다.

"참, 한심하기도 하지! 불쌍한 저 사람 어머니가 설날 전날 저녁에 금주 맹세까지 시켰건만. 그건 그렇고, 자, 게이브리얼, 응접실로 들어가자."

게이브리얼과 방을 나가기 전에 케이트는 상을 찌푸리고 엄지손가락을 앞뒤로 흔들어 브라운 씨에게 경고 신호를 보냈다. 브라운 씨는 고갯짓으로 응답한 후에 케이트가 나가자 프레디 말린스에게 말했다.

"자, 그럼 테디, 기운 좀 차리게 레모네이드 한 잔 받아."

이제 막 이야기의 절정에 이르고 있던 프레디 말린스는 성가신 듯 손을 내저어 그 청을 뿌리쳤으나, 브라운 씨는 프레디 말린스의 옷매무새가 흐트러진 것을 먼저 환기시킨 뒤 레모네이드를 한 잔 가득 따라 건네주었다. 프레디 말린스는 옷매무새를 다듬는 데 오른손을 쓰고 있어서 건성으로 왼손에 잔을 받아들었다. 브라운 씨는 다시 한 번 웃느라고 얼굴에 주름을 잔뜩 지은 채 자기 잔에도 위스키를 따랐다. 그러는 동안 프레디 말린스는 하던 이야기의 절정에 채 이르기도 전에 높은 소리로 마치 기관지염에 걸린 사람처럼 경련조의 웃음을 터뜨리더니, 넘치는 레모네이드 잔을 입에 대지도 않은 채 내려놓고는, 왼손 주먹을 왼쪽 눈에 대고 앞뒤로 비벼 대기 시작하면서 가끔씩 터뜨리는 웃음 사이사이로 이야기 마지막 대목을 반복했다.

게이브리얼은 메리 제인이 빠른 악구와 난해한 악구투성이인 왕립 음악학교 곡을 숨죽인 응접실 사람들에게 들려주는 동안 연주를 귀담아 들을 수가 없었다. 음악을 좋아하기는 했지만, 메리 제인이 연주하는 곡은 선율이 없는 것처럼 들렸고, 메리 제인에게 뭔가 한 곡 들려 달라고 간청했던 다른 감상자들에게도 무슨 선율이 느껴질까 싶었다. 피아노 소리가 나자, 휴게실에서 나와 문간에 있던 네 청년은 잠깐 서 있다가 슬그머니 짝을 지어 사라졌다. 음악을 따라가는 듯한 사람이라고는 건반따라 손을 주르륵 움직이기도 하고 저주하는 여사제처럼 쉬는 부분에서 손을 잠깐 들어 올리기도 하는 메리 제인자신과 바로 그 옆에 서서 악보를 넘겨 주는 케이트 이모뿐이었다.

게이브리얼은 밀랍 칠한 마루가 육중한 샹들리에 불빛을 받아 아른거리는 것이 눈부셔 피아노 위의 벽으로 시선을 옮겼다. 거기에는 『로미오와 줄리엣』의 발코니 장면 그림이 걸려 있었고, 그 옆에는 줄리아 이모가 소녀 적에 적색, 청색, 갈색의 모직에 수놓은, 런던탑에서 살해된 두 왕자 그림이 있었다. 아마도 이모 세대가 소녀 적에 다니던 학교에서는 한 해동안 저런 종류의 수예를 가르쳤으리라. 어머니는 여우 머리를 수놓고 갈색 공단으로 안을 대 자줏빛 둥근 단추를 단, 자줏빛 태비닛 천 조끼를 생일 선물로 짜 주기도 했더랬다. 케이트 이모한테서 모컨 집안의 두뇌라고 불리곤 했던 어머니가 음악적 재능은 전혀 타고 나지 못한 것이 희한한 노릇이었다. 케이트 이모와 줄리아 이모는 둘 다 진지하고 요조숙녀형인 언니를 늘 자랑스러워하는 눈치였다. 어머니의 사진이 체경 앞에 걸려 있었다. 어머니가 무릎 위에 책을 펴 놓고는 발치에 앉은 해군 복장의 콘스탄틴에게 책 속의 무언가를 가리켜 보이는 모습이었다. 아들들의 이름을 지어 준 것도 어머니였는데, 그만큼 어머니는 가정생활의 존엄성을 깨닫고 계셨던 것이다. 어머니 덕택에 콘스탄틴은 지금 밸브리건에서 수석 사제보로 있고, 역시 어머니 덕택에 게이브리얼 자신도 로열 대학교에서 학위를 받았다. 어머니가 자신의 결혼을 뽀로 통해서는 반대하던 일이 떠오르자 게이브리얼의 얼굴에 그늘이 스쳤다. 어머니가 사용한 모욕적인 말들이 아직껏 기억에 사무쳤다. 한번은 어머니가 그레타를 일러 영악한 촌닭이라고 한 적이 있는데, 그레타에게는 당치도 않는 호칭이었다. 어머니가 멍크스타운의 집에서 마지막 긴 투병 생활을 할 때 어머니를 간병한 사람도 다름 아닌 그레타였던 것이다.

게이브리얼은 메리 제인이 한 소절씩 끝날 때마다 음계가 빨라지는 도입부 선율을 다시 치는 것으로 보아 곡의 끝부분에 다가가고 있는 게 틀림없다는 것을 알고는 끝나기를 기다렸고, 그러는 동안 가슴속 응어리가 사그라지고 있었다. 곡은 최고 성부의 떨리는 옥타브들과 저음부의 나지막한 마지막 옥타브로 끝이 났다. 메리 제인이 뺨을 붉히고 불안하게 악보를 말며 방을 빠져나올 때 우레 같은 박수가 터져 나왔다. 가장 힘찬 박수는 곡이 시작할 때 휴게실로 사라졌다가 곡이 끝났을 때 문간으로 돌아온 네 청년에게서 나왔다.

랑세르[55]가 준비되었다. 게이브리얼은 아이버스 양과 짝이 되었다. 아이버스는 태도가 솔직하고 수다스러운 젊은 여자로 주근깨 난 얼굴에 튀어나온 갈색 눈을 가지고 있었다. 옷깃이 깊이 팬 보디스[56] 차림도 아닌 데다, 옷깃 앞에 박힌 커다란 브로치에는 아일랜드의 문장(紋章)과 명구(銘句)가 새겨져 있었다.

둘이서 자리를 잡자 아이버스가 불쑥 말을 꺼냈다.

"선생님께 따질 일이 있어요."

게이브리얼이 말했다.

"저한테요?"

---

55) 남녀 네 명이 한 조가 되어 연속적으로 추는 카드리유의 일종.
56) 몸에 꼭 끼는 장식 달린 여성복.

여자는 묵직하게 고개를 끄덕였다.

게이브리얼이 무게를 잡는 여자의 태도에 웃음을 띠고 물었다.

"무슨 일인데요?"

아이버스가 게이브리얼에게로 시선을 돌리며 대답했다.

"G. C.가 누구죠?"

게이브리얼이 낯을 붉히고 무슨 말인지 못 알아들은 것처럼 막 이마를 찌푸리려는데, 여자가 퉁명스레 말했다.

"어머, 시치미 떼시기는! 선생님이 《더 데일리 익스프레스》지에 기고하시는 걸 알아냈는데. 어때요, 자신이 부끄럽지 않으세요?"

게이브리얼은 눈을 깜박이고 웃음을 띠려 애쓰며 물었다.

"내가 왜 자신을 부끄러워해야 하죠?"

"저기, 저는 선생님이 부끄럽거든요." 아이버스가 거침없이 말했다. "그런 쓰레기 같은 신문에 글을 쓰시다니 말이에요. 선생님이 친영파[57]인 줄은 몰랐어요."

게이브리얼의 얼굴에 당황한 빛이 스쳤다. 15실링을 받고 《더 데일리 익스프레스》에 매주 수요일 문학 칼럼을 쓰는 건 사실이었다. 그러나 그렇다고 해서 친영파가 되는 것은 분명 아닐 것이었다. 고료로 푼돈 받는 것보다 평론할 책들을 받는 것이 차라리 더 쏠쏠했다. 신간 서적의 표지를 만져 보고 책

---

57) 원문은 West Briton으로, 아일랜드를 영국의 서부로 간주하듯이 영국에 호의적인 아일랜드인을 경멸조로 일컫는 말.

장을 넘겨 보는 것이 즐거웠다. 거의 날마다 대학 강의가 끝나면, 부두를 따라 거닐며 배철러스 워크에 있는 히키스나 애스턴스 키에 있는 매시, 혹은 골목길에 있는 오클로히시스 따위의 중고서점에 들르곤 했다. 게이브리얼은 상대의 비난을 어찌 받아들여야 할지 몰랐다. 문학은 정치를 초월한 것이라고 말하고 싶었다. 그러나 여러 해에 걸쳐 줄곧 친구 사이를 유지해 온 데다, 처음엔 대학을 같이 다니고 다음엔 교수가 되는 등 경력 또한 나란히 밟아 오던 터에, 상대에게 섣불리 거창한 말을 쓸 수는 없었다. 게이브리얼은 계속해서 눈을 깜박거리며 웃음을 지으려고 애쓰면서, 서평을 쓰는 일이 정치와 상관이 있다고 보지는 않는다고 우물쭈물 말했다.

짝을 바꿀 차례가 왔을 때 게이브리얼은 여전히 당황했고 산만했다. 아이버스가 재빨리 손을 꽉 움켜쥐고 부드럽고 다정한 어조로 말했다.

"물론, 그냥 농담한 거예요. 자, 우리 이제 짝을 바꿔요."

둘이 다시 만났을 때 아이버스는 대학 문제를 거론했고 게이브리얼은 마음이 한결 편해졌다. 친구가 브라우닝 시에 대한 게이브리얼의 평론을 보여 주었단다. 그렇게 알게 된 비밀이지만, 그 평론이 엄청나게 마음에 들었다는 것이다. 그때 여자가 갑자기 말했다.

"아, 콘로이 선생님, 올 여름에 아란 아일스[58]로 소풍 오지

---

58) 아일랜드 서해안의 골웨이 만 어귀에 있는 군도로, 아일랜드 전통의 언어와 풍습을 유지하고 있어 아일랜드의 애국적 문예 부흥 운동가들은 이곳을 유토피아로 간주했다.

않으시겠어요? 우리는 한 달 내내 거기 묵을 예정이에요. 저 대서양에 나가 있으면 황홀할 거예요. 오셔야 해요. 클랜시 선생님, 킬켈리 선생님이랑 캐슬린 커니도 올 거예요. 그레타도 오면 멋질 텐데. 그레타가 코나트 출신이잖아요?"

"친정이 그렇죠." 하고 게이브리얼은 퉁명스레 받았다.

아이버스는 뜨거운 손으로 게이브리얼의 손을 꽉 잡고서 말했다.

"어쨌든 선생님은 오실 거죠?"

게이브리얼이 말했다.

"실은, 이미 가려고 계획 세워 놓은 곳이 있어서……."

아이버스가 물었다.

"어딜 가시는데요?"

"저, 그러니까, 매년 친구들과 어울려 자전거 여행을 가거든요. 그래서……."

아이버스가 물었다.

"그런데 거기가 어디예요?"

게이브리얼이 어색하게 말했다.

"저, 우린 보통 프랑스나 벨기에, 또는 독일 같은 데까지도 갑니다."

아이버스가 말했다.

"그런데 자기 자신의 땅을 놔두고, 왜 하필 프랑스나 벨기에로 가시는 거죠?"

게이브리얼이 말했다.

"음, 언어를 접하기 위해서도 그렇고, 또 기분 전환도 하자는 거지요."

"그런데 자기 자신의 언어도 접해야 하는 것 아닌가요? 아일랜드어 말이에요."

게이브리얼이 말했다.

"음, 그 문제로 말하자면, 아일랜드어는 제 언어가 아니지 않습니까?"[59]

이미 주위 사람들은 무슨 추궁이 나오나 하고 이쪽으로 고개를 돌리고 있었다. 게이브리얼은 초조하게 힐끔힐끔 주변을 살피다가 이마까지 빨개질 정도로 난처한 곤경 속에서도 좋은 낯빛을 잃지 않으려고 애썼다.

"선생님은 전혀 모르는 곳이겠지만." 하고 아이버스가 계속 말했다. "마땅히 찾아가 봐야 할 선생님 자신의 땅이 있지 않아요? 자신의 민족과 자신의 나라 말이에요."

"아, 사실을 말하자면." 하고 게이브리얼이 갑자기 대꾸했다. "난 나 자신의 나라가 진저리 납니다, 진저리가!"

아이버스가 물었다.

"어째서요?"

게이브리얼은 대꾸하느라 열이 받쳐 대답을 못 했다.

아이버스가 되풀이해 물었다.

"어째서냐고요."

탐방길을 함께 나서야 마땅한 일에 대답이 없자 아이버스

---

59) 오랜 동안 영국의 지배를 받아 온 아일랜드에서 실제로 아일랜드어인 게일어를 쓰는 사람은 극소수다.

가 부르짖듯 물었다.

"하긴, 대답하실 말이 있겠어요?"

게이브리얼은 매우 활기차게 춤에 참여함으로써 당황한 빛을 감추려고 애썼다. 여자의 얼굴 표정이 부어 있는 것을 보았기 때문에 시선을 피했다. 그러나 길게 이어진 한 차례의 춤 끝에 다시 만났을 때 게이브리얼은 자기 손이 꽉 쥐어진 것을 느끼고는 놀랐다. 여자가 잠시 묘한 표정으로 눈을 치뜨고 바라보는 바람에 웃음이 터져 나왔다. 또 한 차례의 춤이 다시 시작하려는 찰나, 여자가 발끝으로 서서 귀에 대고 속삭였다.

"친영파!"

랑세르가 끝나자 게이브리얼은 프레디 말린스의 어머니가 앉아 있는 방의 외진 구석으로 건너갔다. 프레디의 어머니는 뚱뚱하고 허약한 백발 노파였다. 목소리는 아들처럼 막힐 때가 있었고 약간 말을 더듬었다. 아들이 왔는데 대충 괜찮은 상태라는 말을 이미 귀띔받은 터였다. 게이브리얼은 노파에게 항해가 순조로웠는지 물었다. 노파는 글라스고에서 시집간 딸과 함께 살았는데 일 년에 한 번씩 더블린에 다니러 왔다. 노파는 바다 여행길이 더없이 순조로웠으며 선장이 아주 잘 돌봐 주었다고 차분하게 말했다. 또 글라스고에 있는 딸 소유의 아름다운 집 얘기도 하고, 거기서 알고 지내는 모든 사람들 얘기도 했다. 노파의 혀가 장황한 얘기를 떠벌이는 동안 게이브리얼은 아이버스와의 사이에 있었던 불쾌한 사건의 기억을 모두 마음속에서 떨쳐 버리려고 애썼다. 처녀인지 여인넨지 뭔지 하는 그 여자가 아무리 열성분자라고 해도 매사 적당한

때라는 게 있질 않은가. 그 여자에게 그런 식으로 대답할 일이 아니었을지 모른다. 그러나 그 여자가 사람들이 있는 데서 자기를 친영파라고 부를 권리를 가진 것은 아니었다. 농담으로라도 말이다. 그 여자는 자기를 몰아세우고 똥그란 눈으로 노려보면서 우스운 꼴로 만들려고 했던 것이다.

아내가 왈츠 추는 사람들 사이를 뚫고 이쪽으로 오는 것이 보였다. 아내는 곁에 다가와 귀에 대고 말했다.

"여보, 케이트 이모님이 여느 때처럼 당신이 오리 고기를 잘라 주지 않겠는지 궁금해하시던데. 데일리 양이 햄을 자르고 나는 푸딩을 자를 거예요."

"알았소."

"이모님은 우리끼리 오붓하게 한테이블에서 식사할 수 있도록 왈츠가 끝나는 대로 젊은 사람들을 먼저 들여보낼 생각이세요."

"당신 춤추었소?" 하고 게이브리얼이 물었다.

"추고말고요. 나 못 봤어요? 몰리 아이버스하고는 무슨 실랑이를 그렇게 했어요?"

"실랑이는 무슨. 왜? 그 사람이 그럽디까?"

"그런 투로 말하던데요. 저기 있는 다시 씨에게 노래를 시켜 보려고 애쓰고 있어요. 그분 콧대가 여간 높은 게 아닌 것 같아요."

"실랑이 같은 건 없었소." 게이브리얼은 침통하게 말했다. "단지 나더러 아일랜드 서부로 여행을 가 보라고 하기에 생각이 없다고 말해 줬을 뿐."

아내는 신이 나서 손뼉을 치며 팔짝팔짝 뛰었다.

"어머, 가요, 여보." 하고 아내는 소리쳤다. "골웨이를 꼭 다시 보고 싶어요."

게이브리얼이 차갑게 말했다.

"가고 싶으면 당신이나 가구려."

아내는 잠시 남편을 쳐다보더니 말린스 부인 쪽으로 고개를 돌리고는 말했다.

"명색이 남편이라는 사람 말솜씨 좀 보세요, 말린스 부인."

아내가 사람들 사이를 헤치고 도로 방을 가로질러 가자, 말린스 부인은 도중에 말이 끊긴 것도 아랑곳없이 스코틀랜드에 있는 아름다운 장소들이며 아름다운 경치 따위의 얘기를 게이브리얼에게 다시 늘어놓았다. 사위가 해마다 호수 지방으로 데려가 준다는 얘기며 곧잘 낚시 간다는 얘기도 했다. 사위의 낚시 솜씨가 기막히단다. 한번은 고기를 잡았는데, 어마어마한 월척이어서 호텔 사람이 저녁 식사용으로 끓여 주기도 했다는 것이다.

게이브리얼은 노파의 얘기가 도무지 귀에 들어오지 않았다. 이제 저녁 식사 시간이 다가오고 보니 잠시 후에 할 연설이며 인용에 관한 생각이 고개를 들기 시작했다. 프레디 말린스가 어머니를 찾아 방을 건너오는 것이 보이자, 게이브리얼은 의자를 비워 주고 창의 움푹 들어간 곳으로 가서 아늑하게 자리를 잡았다. 방은 이미 치워져 있었고, 뒷방에서는 접시와 나이프 따위가 딸그락거리는 소리가 났다. 아직 응접실에 남아 있는 사람들은 춤에 싫증난 듯한 표정으로 몇몇씩 모여서 조용히 담소하고 있었다. 게이브리얼의 따뜻한 손이 떨리면서 차가운 창틀을 두드렸다. 바깥은 얼마나 시원할까! 처음에 강변을 걷다가 그다음에 공원 안을 걸으면 얼마나 상쾌할까! 눈이 나뭇가지 위에도 쌓여 있을 것이고 웰링턴 기념탑 위에는 환한 모자처럼 덮여 있겠지. 만찬 식탁 자리보다야 얼마나 더 상쾌할까!

게이브리얼은 아일랜드의 환대, 슬픈 추억들, 세 명의 미의 여신, 파리스, 브라우닝 시구 인용 등 연설의 소제목들을 훑어보았다. 서평에서 썼던 구절을 혼자 되뇌어 보았다. '사상에 시달리는 음악을 듣는 느낌입니다.' 아이버스는 서평을 칭찬했지. 진담이었을까? 그토록 선동적인 활동 이면에 자신만의 생활이 정말로 있기나 한 것일까? 그날 밤까지 둘 사이에는 아무런 악감정도 없었다. 연설하는 동안 그 여자가 식탁에 앉아 따지는 듯 비판적인 눈으로 쳐다볼 생각을 하니 맥이 다 빠졌다. 어쩌면 연설을 잘 못하는 것을 보고도 그 여자는 안타까워하는 마음이 들지 않을 것이다. 한 가지 생각이 마음속에 떠오르자 용기가 났다. 케이트 이모와 줄리아 이모를 빗대어 이렇게 말하리라. '신사 숙녀 여러분, 우리 중 쇠퇴해 가는 세대에게 그 나름의 잘못이 있었을지도 모르지만, 저로서는 그 세대가 우리 중에서 한창 뻗어 나가고 있는, 새롭고 매우 진지하고 넘치는 교육을 받은 세대에게서는 찾아볼 수 없는 어떤 특성, 즉 환대와 해학과 인간애라는 미덕을 가지고 있었다고 생각합니다.' 옳거니, 이건 아이버스에게 한 방 먹이는 거지. 두 이모가 무식한 노파에 불과한들 무슨 상관이란 말인가?

방에서 웅성거리는 소리에 게이브리얼은 주의를 돌렸다. 브라운 씨가, 웃음 띤 얼굴을 부끄러운 듯 돌린 채 자기 팔에 기대고 있는 줄리아 이모를 정중히 호위하며 문에서 나오고 있었다. 요란한 총소리 같은 박수 소리가 줄리아 이모가 피아노 있는 데로 갈 때까지 이어지다가 메리 제인이 걸상에 자리를 잡고 줄리아 이모가 웃음을 거둔 뒤 목소리를 잘 보낼 수 있도록 몸을 반쯤 방으로 돌리고 나서야 비로소 서서히 잦아들었다. 게이브리얼은 서곡이 귀에 익었다. 「신부 단장」이라는, 줄리아 이모가 오래전부터 좋아하는 곡의 서곡이었다. 이모의 목소리는 음조가 강하고 뚜렷해서 선율을 장식하는 빠른 악구를 아주 힘차게 치고 들어갔고, 매우 빠르게 부르는데도 장식음의 아주 작은 부분조차 틀리는 법이 없었다. 가수의 얼굴을 보지 않고 목소리만 따라간다면 재빠르면서도 안정된 비상의 희열을 느끼고 공유할 수 있었다. 게이브리얼은 노래가 끝나자 다른 모든 사람들과 함께 큰 소리로 박수 쳤고 보이지 않는 식탁에서도 커다란 박수 소리가 날아왔다. 그 소리가 어찌나 진정에서 우러나온 소리로 들리는지 줄리아 이모는 자기 이름의 머리글자가 표지에 박힌 낡은 가죽 장정 노래 책을 악보대에 내려놓으려고 몸을 숙일 때 얼굴을 빨갛게 붉히기 시작했다. 노랫소리를 좀 더 잘 들으려고 고개를 갸우뚱한 채 귀를 기울이고 있던 프레디 말린스는 다른 사람들이 모두 박수를 멈추었는데도 여전히 박수를 보내며 어머니에게 활기차게 얘기를 해 주었고, 어머니는 고개를 무겁게 천천히 끄덕거리며 맞장구쳐 주었다. 마침내 더 이상 박수 칠 수 없게 되자, 프레디는 갑자기 일어나 부리나케 방을 가로질러 줄리아에게로 가더니 손을 낚아채 두 손으로 꼭 잡고는 말이 떠오르지 않거나 목소리 막힘이 너무 심해질 때면 그 손을 흔들어 대며 말했다.

"내가 방금 우리 어머니에게 말입니다, 아주머니가 이렇게 노래를 잘 부르신 적이 절대로, 절대로 없다고 말했습니다. 그래요, 아주머니 목소리가 오늘밤처럼 훌륭한 것을 들어 본 적이 없고말고요. 암만요! 그 말이 지금 믿어지세요? 사실입니다. 맹세코, 결단코 사실이라고요. 아주머니 목소리가 이렇게 싱싱하고, 그리고, 또…… 이렇게 깨끗하고 싱싱한 적이 없었어요, 절대로."

줄리아는 프레디의 손아귀에서 손을 빼면서 환한 웃음을 띠고 찬사에 대해 뭐라고 중얼거렸다. 브라운 씨가 줄리아 쪽으로 편 손을 내밀고는 청중 앞에 신동을 소개하는 연예인 같은 자세로 주변 사람들에게 말했다.

"제가 최근에 발굴한 신인, 줄리아 모컨 양입니다!"

브라운 씨는 이 말을 해 놓고는 스스로 너털웃음을 웃어 댔고, 그러자 프레디 말린스가 그쪽으로 고개를 돌리고 말했다.

"그런데 브라운, 자네, 정말로 발굴할 생각이라면 한 수 아래 신인을 발굴하는 게 좋겠네. 나 같은 사람이 할 수 있는 말은 그저, 내가 일찍이 여기 와서 들어 본 아주머니 노래들이 오늘 노래의 반도 미치지 못한다는 걸세. 솔직한 진실이야."

브라운 씨가 말했다.

"내 생각도 그래. 아주머니 목소리가 한결 좋아진 것 같아."

줄리아는 민망하다는 듯 어깨를 으쓱하며 제법 자부심을 담아 말했다.

"목소리로 치자면 삼십 년 전에도 그리 나쁘진 않았다오."

케이트가 힘을 주어 말했다.

"줄리아에게 자주 하는 말이지만, 줄리아는 성가대에서 쫓겨난 거나 다름없어요. 그런데도 줄리아는 내 말에 통 납득을 안 해요."

케이트는 줄리아가 과거를 회상하면서 희미한 웃음을 얼굴에 띠고 앞만 응시하는 동안 고집 센 아이를 꺾어 보려고 다른 사람들의 양식에 호소라도 하겠다는 듯 고개를 돌렸다.

"어림없어요." 하고 케이트가 말을 이었다. "줄리아는 누구 말에도 납득을 하거나 충고를 받아들이지 않고 밤낮 그놈의 성가대에서 혹사만 당하지 뭐예요, 밤낮으로요. 크리스마스 아침에 6시라니! 도대체 누구 좋으라고 그런답니까?"

메리 제인이 피아노 걸상을 돌려 앉으면서 웃는 얼굴로 물었다.

"저기, 케이트 고모, 하느님 영광을 위해서가 아니겠어요?"

케이트는 조카 쪽으로 격분해서 몸을 돌리며 말했다.

"메리 제인, 나도 하느님 영광 다 알아. 하지만 교황이 성가대에서 평생토록 뼈 빠지게 봉사한 여자들을 내쫓고는 그 윗자리에 건방진 애송이 사내애들을 갖다 앉히는 것은 영광스러운 짓이 절대 아니라고 봐. 교황이 그런 짓을 할 때에야 그건 교회 잘되라고 그러는 거겠지. 하지만 메리 제인, 그건 정당치 못해, 옳지 않다고."

케이트는 열을 내다 보니 분통이 치밀었고 워낙 가슴에 맺힌 일인지라 동생을 감싸는 얘기를 계속할 뻔했으나, 춤추던 사람들이 모두 돌아와 있는 것을 알고 메리 제인이 온화한 소리로 말리고 나섰다.

"저, 케이트 고모, 그러시면 브라운 씨가 듣기에 민망하실 거예요, 교파도 다르신데."

케이트는 브라운 씨 쪽으로 고개를 돌리고는 자기 종교에 대한 이 암시에 빙긋이 웃는 브라운 씨의 모습을 보고는 황급히 말했다.

"아니, 교황님이 옳다는 걸 의심하지는 않아요. 멍청한 늙은이에 불과한 내 주제에 어떻게 감히 그럴 수 있겠어요. 하지만 평범한 일상의 예의범절이나 감사할 줄 아는 마음이라는 건 있는 법이지요. 내가 줄리아 처지라면 당장 힐리 신부님에게 달려가 한마디……."

메리 제인이 말했다.

"게다가 케이트 고모, 우리 모두 정말로 배고픈데, 배가 고프면 모두 싸움꾼이 돼요."

브라운 씨가 거들었다.

"그리고 목이 컬컬해도 싸움꾼이 되지요."

메리 제인이 말했다.

"그러니 먼저 가서 저녁을 먹고, 토론은 나중에 끝내는 게 좋겠어요."

응접실 밖 층계참에서 게이브리얼은 아내와 메리 제인이 아이버스에게 더 있다가 저녁을 먹고 가라고 설득하는 광경을 보았다. 그러나 아이버스는 벌써 모자를 쓰고 외투 단추를 채우며 자리를 뜨려고 했다. 전혀 배고프지도 않을뿐더러 이미 시간을 너무 지체했다는 것이다.

콘로이 부인이 말했다.

"그럼 단 십 분만이라도 더 있어. 몰리, 그런다고 늦어지는 것도 아닐 텐데."

메리 제인이 말했다.

"그렇게 춤도 많이 추었는데, 딱 한 입이라도 드세요."

아이버스가 말했다.

"정말로 안 돼요."

메리 제인이 할 수 없다는 듯이 말했다.

"전혀 즐겁게 놀지도 못한 것 같은데."

"정말이지, 얼마나 잘 놀았다고요." 아이버스가 말했다. "하지만 이제 정말로 가 봐야 해요."

콘로이 부인이 물었다.

"하지만 집에 어떻게 가려고?"

"부두에서 엎어지면 코 닿을 거린데, 뭘."

게이브리얼이 잠시 머뭇거리다가 말했다.

"아이버스, 괜찮다면, 정말로 갈 수밖에 없다면, 댁까지 모셔 드릴게요."

그러나 아이버스는 사람들한테서 빠져나가며 말했다.

"천만의 말씀이에요. 제발이지, 어서 들어가 저녁들 드시고 저는 상관하지 말아 주세요. 제 앞가림 하나쯤은 문제없으니까요."

콘로이 부인이 스스럼없이 말했다.

"좋아, 몰리, 자긴 하여튼 별난 여성이셔."

"안녕히들 계세요." 하고 아이버스가 웃음 띤 얼굴로 말하며 계단을 내려갔다.

메리 제인은 그늘지고 곤혹스러운 표정으로 그 뒤를 빤히 쳐다보았고, 그러는 동안 콘로이 부인은 계단 난간에 기대어 현관 문소리에 귀를 쫑긋 기울였다. 게이브리얼은 아이버스가 갑자기 자리를 뜬 것이 자기 때문인지 자문해 보았다. 그러나 여자의 기분이 나쁘지는 않은 듯 보였다. 자리를 뜰 때 웃는 얼굴이었던 것이다. 게이브리얼은 멍하니 계단 아래를 바라보았다.

바로 그때 케이트 이모가 낙담한 나머지 두 손을 움켜쥐다시피 하며 저녁 먹는 방에서 뒤뚱거리면서 나왔다.

"게이브리얼이 어디 있지?" 케이트 이모가 소리쳤다. "도대체 게이브리얼은 어디 있는 거야? 저 안에서 사람들이 모두 준비를 갖추고 기다리는 중인데, 거위 고기 자를 사람이 있어야 말이지!"

게이브리얼이 필요하다면 거위 떼라도 자를 태세로 갑자기 생기를 띠고 말했다.

"이모, 저 여기 있습니다!"

통통한 갈색 거위 한 마리가 테이블 한쪽 끝에 놓여 있었고, 다른 쪽 끝에는 파슬리 잔가지를 깔아 놓은 주름 종이 받침 위에 겉껍질을 벗겨 내고 빵가루를 흩뿌린 돼지 허벅다리가 정강이에 깔끔한 종이 주름 장식을 두른 채 놓여 있었으며,

그 옆에는 양념한 사태 쇠고기가 놓여 있었다. 양쪽 끝에서 앞
다투는 이 두 개의 주요리 사이에는 곁들이 요리들이 두 줄로
가지런히 놓여 있었다. 곁들이 요리란, 빨갛고 노란 사원 모양
의 작은 젤리 둘, 블랑망제[60) 덩어리와 빨간 잼이 그득한 얇은
접시, 자주색 건포도와 껍질 벗긴 아몬드 덩어리가 담긴, 줄기
모양 손잡이가 달린 커다란 잎사귀 모양의 녹색 접시, 이것과
짝을 이루며 단단한 직사각형의 스미르나 무화과를 담고 있
는 접시, 채를 친 육두구 나무 열매를 위에 뿌린 커스터드 접
시, 금색, 은색 종이에 싼 초콜릿과 사탕이 그득 담긴 작은 단
지, 그리고 기다란 셀러리 몇 개를 세워 놓은 유리 화병 등이
었다. 테이블 한가운데에는 피라미드 꼴로 쌓인 오렌지와 아
메리칸 파이를 받들고 있는 과일 탁자 위로 호위병 노릇이라
도 하겠다는 듯 작달막한 구식 세공 유리 그릇 두 개가 놓여
있었는데, 하나는 적포도주를, 다른 하나는 거뭇한 셰리를 담
고 있었다. 뚜껑이 닫힌 사각형 피아노 위에는 큼지막한 노란
색 접시가 대기하고 있었고 그 뒤에는 흑맥주와 에일과 탄산
수를 담은 병들이 세 분대를 이루어 각각 일정한 제복에 따라
정렬해 있었는데, 앞의 둘은 갈색과 붉은색 상표가 달린 검은
색의 분대였고, 그중 작은 세 번째 것은 초록색 견장이 가로질
러 달린 하얀색 분대였다.

　게이브리얼은 테이블 상석에 거침없이 자리를 잡고 고기
자르는 칼날 쪽을 바라보고 나서 포크를 거위 속으로 단단히

───────────────

60) 럼주 따위의 향료를 첨가한 푸딩.

찔렀다. 이제는 마음이 아주 편했다. 그도 그럴것이, 고기 자르는 솜씨가 능숙할 뿐만 아니라 진수성찬이 차려진 식탁 상석에 앉는 기분이 무엇보다도 좋았던 것이다.

게이브리얼이 물었다.

"펄롱 양, 어느 부위를 드릴까요? 날개, 아니면 가슴살 한 조각?"

"작은 가슴살 한 조각 주세요."

"히긴스 양, 그쪽은요?"

"아, 아무거나 좋아요, 콘로이 선생님."

게이브리얼과 데일리가 거위 접시들이랑 돼지 허벅다리 및 양념한 소고기 접시들을 교환하는 동안, 릴리는 흰색 냅킨에 싸인 뜨겁고 바삭바삭한 감자 접시를 들고 이 손님 저 손님 사이를 옮겨 다니고 있었다. 이걸 생각해 낸 메리 제인은 거위에 사과 소스를 치자는 제안도 했지만, 케이트는 자기로서는 사과 소스를 치지 않은 담백한 거위 구이만으로 충분하며 그보다 떨어지는 식사를 하지 않는 게 소망이라고 말했다. 메리 제인은 제자들을 시중들면서 제자들에게 제일 좋은 조각이 돌아가도록 보살폈고, 케이트와 줄리아는 피아노 건너편에서부터 남자들에게 줄 흑맥주 및 에일 병과 여자들에게 줄 탄산수 병을 따서 가져왔다. 어수선한 데다 웃음소리가 요란했고, 주문하거나 취소하는 소리, 나이프와 포크 소리, 코르크 따거나 유리병 마개 따는 소리 따위로 시끄럽기가 또한 이만저만이 아니었다. 게이브리얼은 첫 번째 차례로 음식 돌리기를 마치자마자 두 번째 차례로 돌릴 음식을 자르기 시작하면서 정작 자신의 것은 빼놓았다. 주변에서 너나없이 그런 법이 어디 있느냐고 성화를 부리자 마지못해 흑맥주 한 잔을 쭉 들이켰다. 고기 자르는 일이 고되었던 것이다. 메리 제인은 조용히 앉아 식사를 했으나, 케이트와 줄리아는 테이블 주위를 아장거리고 돌면서 서로 뒤꽁무니를 따르기도 하고 앞길을 가로막기도 하는가 하면 상대가 듣거나 말거나 서로에게 주문을 하기도 했다. 브라운 씨가 제발 앉아서 당신들 식사도 챙기라고 권하고 게이브리얼도 뒤따라 권했으나 둘은 시간이 남아돈다고 말했고, 이에 듣다 못한 프레드 말린스가 벌떡 일어나 케이트를 붙잡고 의자에 눌러 앉히자 좌중이 웃음바다가 되었다.

모두 어지간히 먹었다 싶을 때 게이브리얼이 웃음 띤 얼굴로 말했다.

"자, 혹시 투박한 사람들 말로 소[61]라고 하는 것을 좀 더 드실 분이 계시면 어느 분이든 말씀해 주시죠."

사람들이 이구동성으로 본인 식사나 챙기라고 아우성을 치자, 릴리가 게이브리얼 몫으로 챙겨 둔 감자 세 개를 들고 앞으로 나왔다.

"정 그러시다면." 하고 게이브리얼이 미리 목을 축일 요량으로 맥주 한 잔을 더 마시면서 좋은 낯빛으로 말했다. "여러분, 청컨대 잠시만 제가 없는 셈쳐 주시기 바랍니다."

게이브리얼은 앉아서 식사를 시작했고 릴리가 접시를 치우는 사이에 테이블에서 오가는 대화에는 끼지 않았다. 대화의

---

61) 여기서는 거위의 속을 비우고 그 속에 채워 넣은 음식을 가리킨다.

주제는 당시 시어터 로열에서 활동하던 오페라단이었다. 멋들어진 콧수염에 얼굴색 검은 청년인 테너 바텔 다시 씨가 그 극단의 수석 콘트랄토를 극찬했으나, 펄롱 양의 소감은 그 가수의 목소리 연기가 다소 천박하다는 것이었다. 프레디 말린스는 게이어티 극장 공연물의 2부에 나오는 흑인 수석 가수가 여태껏 들어 보지 못한 훌륭한 테너 목소리를 지니고 있다고 말했다.

프레디가 테이블 너머로 바텔 다시 씨에게 물었다.

"그 가수 노래를 들어 본 적이 있소?"

"아뇨." 하고 바텔 다시 씨가 건성으로 답했다.

"왜냐하면." 하고 프레디 말린스가 설명했다. "그 가수에 대한 선생 생각이 어떤지 몹시 궁금해서 말이오. 내 생각엔 그 가수 목소리가 훌륭하던데."

브라운 씨가 허물없는 태도로 좌중을 향해 말했다.

"진짜로 훌륭한 걸 찾아내는 데는 테디가 귀신이거든."

"도대체 그 사람이라고 좋은 목소리를 가져서는 안 될 이유가 뭐요?" 프레디 말린스가 날카롭게 물었다. "단지 그 사람이 흑인이라서?"

이 질문에 답하는 사람이 아무도 없자, 메리 제인은 좌중의 화제를 정통 오페라 쪽으로 돌렸다. 메리 제인에게 제자 한 사람이 「미뇽」 표를 한 장 준 적이 있었다. 메리 제인은 그 오페라가 매우 훌륭한 것은 사실이지만 옛날의 불쌍한 소프라노 조지나 번스를 생각나게 한다고 말했다. 브라운 씨는 더 오래전으로 거슬러 올라가 더블린에 가끔 오던 옛날 이탈리아 극단, 가령 티엣젠스, 일마 드 무르스카, 캄파니니, 대형 오페라단 트레벨리, 줄리니, 라벨리, 아람부로 따위를 거론했다. 더블린에서 뭔가 들을 만한 게 있던 그 시절이 좋았노라는 말도 했다. 또 과거 왕립 극장의 특등석이 밤마다 꽉꽉 들어찬 일이며, 어느 날 밤엔 웬 이탈리아 테너가 「군인답게 쓰러지리」라는 작품에서 앙코르 곡을 다섯 번이나, 그것도 매번 고음부에 시(C)음을 쓰면서 불렀던 일이며, 그리고 청년 관객들이 이따금 열광할 때면 어떤 위대한 '프리마 돈나'의 마차에서 말을 풀어 낸 후 몸소 '프리마 돈나'를 길에서 호텔까지 호위해 갔던 일 따위를 이야기했다. 브라운 씨는 왜 요즘엔 「디노라」나 「루크레치아」 같은 과거의 위대한 오페라를 공연하지 않느냐는 질문도 던졌다. 그러고는 그 곡들을 부를 만한 가수를 구할 수 없다는 것, 바로 그것이 이유라고 덧붙였다.

바텔 다시 씨가 말했다.

"아, 그런데 제 생각엔, 그 시절 못지않은 가수들이 오늘날에도 있는 것 같은데요."

브라운 씨가 대들듯이 물었다.

"그런 가수들이 어디 있단 말이오?"

"런던, 파리, 밀라노에 있지요." 바텔 다시 씨가 힘주어 말했다. "예컨대 카루소라면 방금 말씀하신 그 어떤 가수들보다 더 낫지는 않을지 몰라도 못하지도 않지요."

"그럴지도 모르지." 브라운 씨가 말했다. "그러나 과연 그럴지 심히 의심스럽다니까."

메리 제인이 말했다.

"어머, 카루소 노래가 얼마나 듣고 싶은지 몰라요."

"나로서는," 하고 뼈를 발라내던 케이트가 말했다. "테너라면 딱 한 사람뿐이에요. 내가 듣기로는 말이에요. 하지만 여기 누구도 그 사람 이야기를 들어 본 적이 없을 거예요."

바텔 다시 씨가 점잖게 물었다.

"누구 말씀입니까, 모컨 여사님?"

"그 이름은, 파킨슨이에요. 난 그이 노래를 전성기 때 들어 본 적이 있는데, 그때는 사람이 낼 수 있는 최고로 청아한 테너 목소리라고 생각했다오."

바텔 다시 씨가 말했다.

"이상한 일이군요. 그런 이름은 들어 본 일이 없는데."

"암, 암, 모컨 여사님 말이 맞아요." 브라운 씨가 말했다. "옛날에 파킨슨 노래를 들어 본 기억이 나긴 하는데 나한테는 너무 오래 전 일이라서 원."

케이트가 열을 내며 말했다.

"아름답고 청아하고 감미롭고 부드러운 영국인 테너지요."

게이브리얼이 식사를 마치자, 거대한 푸딩이 테이블로 옮겨졌다. 포크와 스푼이 덜거덕거리는 소리가 다시 나기 시작했다. 게이브리얼의 아내는 푸딩을 여러 스푼 떠서 접시에 담아 테이블에 두루 돌렸다. 테이블 중간 지점에서 메리 제인이 그 접시들을 받쳐 들고 거기에 라스베리나 오렌지나 블랑망제나 잼을 얹어 담았다. 푸딩은 줄리아의 솜씨로, 여기저기서 찬사를 들었다. 정작 본인은 푸딩에 갈색이 충분하지 않다고 말했다.

"그렇다면 모컨 여사님." 하고 브라운 씨가 말했다. "부인께서 보시기에 저는 충분히 갈색이겠지요. 저는 온통 브라운이니까요."

모든 남자들이 게이브리얼만 빼고 줄리아에 대한 사례로 푸딩을 조금씩 떼어 먹었다. 후식에 전혀 손을 대지 않는 게이브리얼 몫으로 셀러리를 남겨 놓았다. 프레디 말린스도 셀러리 줄기 하나를 떼어 푸딩과 함께 먹었다. 셀러리가 혈액에는 그만이라는 소리를 들었는데, 자기는 마침 지금 의사의 치료를 받는 중이라는 것이었다. 저녁 식사 내내 말이 없던 말린스 부인이 일주일쯤 후에 아들이 멜러리 산에 갈 참이라고 말했다. 그러자 식탁에 둘러앉은 사람들은 멜러리 산 얘기로 꽃을 피웠는데, 공기가 상쾌하다든지, 수도승들 인심이 어찌나 후한지 손님에게서 단돈 1페니도 받지 않는다든지 하는 얘기들이었다.

브라운 씨가 믿기지 않는다는 듯이 물었다.

"아니, 그러면, 누가 거기 가서 호텔 삼아 묵으면서 온갖 음식으로 호사를 하고도 땡전 한 푼 내지 않고 그냥 돌아올 수 있단 말입니까?"

메리 제인이 말했다.

"아, 대개 떠나올 때 수도원에 얼마씩 기부를 해요."

"우리 교회에도 그런 기관이 있으면 좋으련만." 하고 브라운 씨가 솔직하게 말했다.

브라운 씨는 수도승들이 결코 말하는 법이 없이 아침 2시에 일어나고 관에서 잔다는 말을 듣고는 대경실색했다. 그러고는 이유가 무엇인지 물었다.

케이트가 정색하고 말했다.

"그게 그 교파의 규정이라오."

브라운 씨가 물었다.

"그렇지만 왜 그럴까요?"

케이트는 규칙이면 규칙인 것이라고 거듭 말해 주었다. 브라운 씨는 여전히 납득이 가지 않는 표정이었다. 프레디 말린스가 속세의 모든 죄인들이 지은 죄를 보상하기 위해 그러는 것이라고 자기 딴에는 열심히 설명해 주었다. 그 설명도 석연치 않았던지 브라운 씨는 픽 웃으면서 말했다.

"그런 생각이야 참 맘에 들긴 하는데, 그러나 꼭 관이 아니라 편안한 스프링 침대라도 괜찮지 않을까?"

메리 제인이 말했다.

"관은, 사람들에게 최후를 상기시켜 주기 위한 것이에요."

화제가 어두운 쪽으로 흐르자 테이블에 침묵이 감돌았고 그러는 사이 말린스 부인이 옆 사람에게 들릴 듯 말 듯한 낮은 소리로 말하는 소리가 들렸다.

"수도승들 말예요, 참 훌륭하고 경건한 분들이에요."

이제 건포도와 아몬드와 무화과와 사과와 오렌지와 초콜릿과 과자가 테이블에 돌려졌고, 줄리아는 모든 손님에게 적포도주나 셰리를 마시도록 권했다. 처음에는 바텔 다시 씨가 아무것도 마시지 않으려고 하다가 옆에 있는 누군가가 옆구리를 찌르며 뭐라고 한마디 하자 물러서서 한잔 받았다. 마지막 잔이 채워지면서 차츰차츰 대화가 멎어 갔다. 이어서 침묵이 감돌았고 그사이 들리는 건 와인 따르는 소리와 의자 움직이는 소리뿐이었다. 모컨 집안의 세 여인은 모두 테이블보를 내려다보고 있었다. 누군가 한두 차례 기침을 해 대자 남자 손님 두어 명이 조용히 하라는 신호로 테이블을 가만히 두드렸다. 정적이 찾아왔고 게이브리얼은 의자를 뒤로 밀고 일어났다.

두드리는 소리가 이내 격려의 뜻으로 커졌다가 한꺼번에 멈췄다. 게이브리얼은 떨리는 열 손가락으로 테이블보를 짚고서 좌중을 둘러보며 어색한 웃음을 지었다. 고개를 들고 있는 얼굴들을 죽 훑어보며 그는 샹들리에 쪽으로 시선을 올렸다. 피아노가 왈츠 가락을 연주하는 가운데 치마 자락이 응접실 바닥에 끌리는 소리가 들렸다. 필경, 바깥 부두에서는 사람들이 눈 속에 서서 불 켜진 창문을 쳐다보며 왈츠 음악을 듣고 있으리라. 거기는 공기가 맑으리라. 멀리에는 나무들이 눈에 겨워 축 처진 공원이 있겠지. 웰링턴 기념탑을 덮고 있는 눈은 하얀 피프틴에이커 벌판 위로 서쪽을 향해 반짝이고 있겠지.

게이브리얼은 입을 열었다.

"신사 숙녀 여러분.

예전처럼 오늘 저녁에도 매우 즐거운 임무를 수행하는 일이 제 몫으로 떨어졌습니다만, 연설자로서의 제 변변찮은 능력이 감당하기에는 너무나 벅찬 임무입니다."

브라운 씨가 말했다.

"무슨 소릴, 당치도 않아!"

"그러나 설사 그렇다 치더라도, 오늘 밤에는 의도에 못 미치는 행동일망정 가상히 여기시어 이 자리에 선 저의 감상을 여러분에게 말로 표현하느라고 애쓰는 동안 잠시 경청해 주시기를 부탁드립니다.

　신사 숙녀 여러분. 우리가 함께 모여 인심 후한 이 집에, 상다리가 부러져라 차려 놓은 이 식탁에 둘러앉게 된 것이 오늘로 처음은 아닙니다. 우리가 어떤 마음씨 좋은 부인들이 베풀어 주시는 환대의 수혜자, 아니, 차라리 희생자가 되는 것이 오늘로 처음이 아닙니다."

　게이브리얼은 한 팔을 들어 휙 원을 그리고 말을 멈추었다. 기쁨에 겨워 얼굴이 발갛게 달아오른 케이트 이모와 줄리아 이모와 메리 제인을 보고 모두 소리 내어, 혹은 빙긋이 웃었다. 게이브리얼은 더욱 힘을 얻어 말을 이어 갔다.

　"해가 바뀔 때마다 더욱더 커지는 확신이지만, 환대의 전통만큼 우리나라의 위상을 떨치고 또 우리나라가 정신 바짝 차려 지켜야 할 전통도 없습니다. 제가 경험한 바로(저도 해외여행이라면 어지간히 해 본 몸입니다만) 이는 현대 국가들 중에서 찾아보기 힘든 전통입니다. 우리로서는 그것이 무슨 자랑거리라기보다는 오히려 단점이라고 강변할 사람도 아마 있을 것입니다. 그러나 설혹 그렇다 치더라도, 그것은 제 마음속에서는 숭고한 단점이요, 우리가 앞으로도 오래도록 가꾸어 가게 될 것으로 믿어지는 단점입니다. 저는 적어도 한 가지만은 확신합니다. 앞에 말씀드린 마음씨 좋은 부인들이 이 한지붕 아래 살아 계시는 한, 저는 앞으로 길고 긴 세월 동안 그렇게 되기를 충심으로 바라는 바입니다만, 우리 조상이 우리에게 남겨 주었고 또 우리는 우리대로 우리 후손에게 물려주어야 할 진실하고 훈훈하며 정중한 아일랜드식 환대 전통은 우리 사이에 면면히 살아 있으리라는 것을 말입니다."

마음속 깊이 공감을 표하는 웅얼거림 소리가 좌중에 울려 퍼졌다. 아이버스가 이 자리에 없고 아까 무례하게 자리를 떴다는 생각이 불현듯 뇌리를 스치자 자신감을 얻어 말했다.

"신사숙녀 여러분.

우리 사이에는 새 세대, 즉 새 사상과 새 원칙에 자극을 받는 세대가 자라고 있습니다. 이 세대는 진지하고 새 사상에 대해 열성적이라고 할 수 있는데, 그 열성은 그릇된 방향으로 나아가고 있을 때조차도 제가 믿기로는 대체로 순수합니다. 그러나 우리는 회의적이고, 이런 구절을 써도 좋다면, 사상에 시달리는 시대에 살고 있습니다. 그래서 저는 때때로 이 새 세대가 아무리 교육, 아니, 교육의 할아버지를 받았다 하더라도, 전 시대의 자산인 인간애, 환대, 다정다감 등의 특질은 결여되고 있다는 우려를 금할 수 없습니다. 과거의 그 모든 유명 가수들 이름을 오늘 밤 듣고 있자니, 고백하거니와, 우리는 그보다 편협한 시대에 살고 있는 것 같습니다. 과거 시대는, 과장 없이 말해서, 관대한 시대라 할 수 있겠습니다. 그리고 그 시대가 불러도 다시 오지 않을 이름이 되었다면, 우리는 하다못해 이런 모임을 통해서라도 여전히 긍지와 애정을 가지고 그 시대를 이야기하고 세상 사람들이 기꺼이 그 명성을 영원히 기리고 싶어 하는, 이제는 가고 없는 그 위대한 이름들에 대한 기억을 마음속에 간직할 것이라는 소망이라도 품어 봅시다."

브라운 씨가 큰 소리로 말했다.

"옳거니, 옳거니!"

게이브리얼은 목소리를 더욱 느긋한 억양으로 낮추며 말을 이었다.

"그렇기는 하지만, 이런 모임에서는 언제나 우리 마음에 더욱 슬픈 생각들이 자꾸 떠오르기 마련인데, 과거에 대한 생각, 청춘에 대한 생각, 변화에 대한 생각, 오늘밤 이 자리에 없는, 그래서 보고 싶어지는 얼굴들에 대한 생각이 바로 그것입니다. 우리 삶의 여정에는 이러한 슬픈 추억들이 많이 깔리게되며, 우리가 늘 이런 추억들에만 잠겨 있으면 살아 있는 사람들과 섞여 살면서 우리 일을 과감하게 밀고 나갈 용기를 낼 수 없게 됩니다. 우리는 너나없이 살아 있는 의무와 살아 있는 애정을 가지고 있는데, 이것들을 지키려면 부단한 노력을 기울여야 하고 또 기울여 마땅합니다.

그럴진대, 저는 과거에 얽매이지 않겠습니다. 저는 오늘 밤이 자리에서 무슨 도덕적 연설 따위로 우리의 기분을 우울하게 망치지 않으렵니다. 여기에 우리가 함께 모인 것은 잠깐 동안이나마 시끄럽고 번잡한 나날의 일상에서 벗어나고자 함입니다. 우리가 여기서 만난 것은 친구로서 우애를 다지기 위함이요, 또 그에 못지않게 동료로서 진실한 동지애를 다지기 위함이며, 아울러, 뭐랄까, 더블린 음악계를 주름잡는 세 여신의 손님이 되기 위함입니다."

이 멋들어진 말에 좌중은 온통 갈채와 웃음의 도가니에 빠졌다. 줄리아는 게이브리얼이 방금 무슨 말을 했는지 옆에 있는 이 사람 저 사람에게 물어보았으나 대답을 듣지 못했다.

"줄리아 고모, 우리가 세 명의 여신이래요." 하고 메리 제인이 말해 주었다.

줄리아는 알아듣지 못했지만 웃음 띤 얼굴로 게이브리얼을 쳐다보았다. 게이브리얼은 같은 어조로 말을 이었다.

"신사 숙녀 여러분.

저는 오늘 밤 파리스가 딴 자리에서 맡았던 역할을 맡으려 하지 않겠습니다. 저는 세 분의 여신 중에서 한 분을 뽑으려 하지 않겠습니다. 그런 일은 제 생리에도 맞지 않을 뿐더러 부족한 제 능력을 벗어나는 일이기도 합니다. 왜냐하면 그분들을 차례로 훑어볼 때, 가령 그것이 그 고운 마음, 너무나도 고운 마음이 그분을 아는 모든 이에게 하나의 대명사가 되어 버린 맏안주인 바로 그분이건, 또는 영원한 젊음을 타고난 것 같은 자태로 오늘 밤 노래를 불러 주셔서 우리 모두에게 놀라움과 새로운 깨달음을 안겨 준 그분의 동생 되시는 분이건, 아니면, 마지막으로 놓치고 싶지 않은 분으로, 그 타고난 재능과 쾌활함과 근면함으로 모든 조카들의 표상이라 할 만한, 우리의 가장 젊은 안주인이건 간에, 신사 숙녀 여러분, 저는 으뜸상을 어느 분에게 바쳐야 할지 모른다는 것을 고백해야 하기 때문입니다."

게이브리얼은 이모들을 힐끗 내려다보더니, 줄리아 이모의 얼굴에 함박웃음이 피어나고 케이트 이모의 눈에 이슬이 맺히는 것을 보고는 마무리를 서둘렀다. 그는 자리에 앉은 모든 사람이 기대에 부풀어 잔을 만지작거리는 가운데 적포도주 잔을 힘차게 높이 들고 큰 소리로 말했다.

"세 분 모두에게 건배합시다. 그분들의 건강과, 부귀와, 만수무강과, 행복과 영화를 위해 건배합시다. 그리고 그분들이 자랑스럽게 자수성가하여 얻은 직업상의 지위와 그분들이 우리 마음속에서 차지하고 계신 영예와 애정의 자리를 오래도록 누리시기를 빕시다."

모든 손님이 손에 잔을 들고 자리에서 일어나, 앉아 있는 세 여인 쪽으로 고개를 돌리고 브라운 씨를 따라 한목소리로 노래를 불렀다.

> 그들은 멋진 쾌남아,
> 그들은 멋진 쾌남아,
> 그들은 멋진 쾌남아,
> 아니랄 자 누구랴.[62]

케이트 이모는 아예 내놓고 손수건을 써 댔고, 줄리아 이모조차 감격한 모습이었다. 프레디 말린스는 푸딩 포크로 박자를 맞추었고 노래 부르는 사람들은 마치 음악 모임에나 온 것처럼 서로를 쳐다보며 힘주어 노래했다.

> 그 친구 말대로라면,
> 그 친구 말대로라면,

---

[62] 당시 애창되던 권주가.

그러고 나서 사람들은 다시 한 번 안주인들을 향해 몸을 돌려 노래했다.

그들은 멋진 쾌남아,
그들은 멋진 쾌남아,
그들은 멋진 쾌남아,
아니랄 자 누구랴.

노래에 이어 식당 문 저편에 있던 다른 손님 여럿으로부터 시작된 환호성이 끝도 없이 되풀이되었는데, 그 가운데 프레디 말린스는 포크를 높이 쳐들며 지휘자 노릇을 하고 있었다.

살을 에는 듯한 새벽 공기가 사람들이 서 있는 현관으로 불어닥치자 보다 못한 케이트가 말했다.

"누가 문 좀 닫아 줘요. 잘못하면 말린스 부인이 감기 걸려 죽겠어요."

메리 제인이 말했다.

"브라운이 저기 나가 있어요, 케이트 고모."

케이트가 나지막한 목소리로 말했다.

"브라운이야 안 끼는 데가 있나."

메리 제인은 고모의 말투에 웃음이 나왔다.

"정말이지," 하고 메리 제인이 장난스럽게 말했다. "그 양반 친절한 건 알아줘야 해요."

"여기 들어오는 가스처럼 붙박인 사람이지." 케이트가 예의 어조로 말했다. "크리스마스 내내 말이야."

케이트는 이번에는 상냥하게 웃고 나서 얼른 덧붙였다.

"그렇지만, 메리 제인, 그 양반더러 들어오라고 하고 문 닫아. 설마 내 말을 들은 건 아니겠지."

바로 그때 현관문이 열리더니 브라운 씨가 문 앞 층계에서 들어오면서 가슴이 터져라 웃음을 터뜨렸다. 모조 아스트라한 소매와 목깃이 달린 기다란 녹색 외투를 걸치고 머리에는 타원형 털모자를 쓴 모습이었다. 브라운 씨는 날카롭고 길게 이어지는 기적 소리를 실어 보내는 눈 덮인 부두를 쭉 가리키며 말했다.

"테디가 더블린에 있는 마차란 마차는 몽땅 불러낼 모양입니다."

게이브리얼은 부엌 뒤의 작은 식기실에서 나와 낑낑대며 외투를 걸치고 나서 주위를 둘러보고 말했다.

"그레타는 아직 안 내려왔나?"

케이트가 말했다.

"옷 입고 있단다, 게이브리얼."

게이브리얼이 물었다.

"저 위에서 연주하고 있는 사람은 누구예요?"

"누가 있다는 거야. 다 갔는데."

메리 제인이 말했다.

"아니, 아니에요, 케이트 고모. 바텔 다시와 미스 오캘러헌은 아직 안 갔어요."

게이브리얼이 말했다.

"어쨌든 누군가 피아노를 퉁탕거리고 있어."

메리 제인이 게이브리얼과 브라운 씨를 흘낏 쳐다보고는 몸을 부르르 떨며 말했다.

"여기 앞에 계신 신사 두 분이 이렇게 머리끝까지 옷을 두르고 계신 것만 봐도 오싹 추워지네요. 이런 시각에 귀갓길 나서는 모습을 보려니 마음이 안 좋아요."

"지금 당장 내가 제일 하고 싶은 게 뭐냐면 말이죠." 하고 브라운 씨가 딱 잘라 말했다. "시골길을 더없이 우아하게 걷거나 아니면 멋진 준마가 끄는 마차를 타고 신나게 달리는 거예요."

줄리아가 서글프게 말했다.

"우리 집에도 한땐 아주 훌륭한 말과 마차가 있었다오."

메리 제인이 웃으며 말했다.

"영원히 잊지 못할 그 조니 말이죠."

케이트와 게이브리얼도 따라 웃었다.

브라운 씨가 물었다.

"아니, 조니라는 말이 뭐가 그리 대단해서요?"

"저승에 계신 우리 할아버지 패트릭 모컨, 그러니까." 하고 게이브리얼이 설명했다. "말년에는 세칭 영감님으로 통했던 그분이 아교 제조업을 하셨는데요."

"아니, 저런, 게이브리얼." 하고 케이트 이모가 웃으며 말했다. "아버님이 운영하신 건 풀 공장이었어."

게이브리얼이 말했다.

"아, 아교든 풀이든 간에, 그 영감님께 조니라는 말이 있었지요. 그 조니란 놈이 영감님 풀 공장에서 일을 하면서 멧돌을 굴리느라 수도 없이 돌고 돌았답니다. 거기까지는 좋은데, 조니에 관한 비극적인 얘기는 이제부터예요. 날씨 좋은 어느 날 영감님은 상류사회 사람들과 마차를 타고 공원에서 벌어지는 열병식에 가고 싶은 생각이 났습니다."

케이트 이모가 온정 어린 태도로 말했다.

"주님, 아버님 영혼에 자비를 내리소서."

"아멘." 게이브리얼이 말했다. "그래서 아까 하던 말을 잇자면, 영감님은 조니에게 마구를 채우고 당신의 가장 훌륭한 긴 모자와 가장 훌륭한 장식 목깃을 착용하시고 의젓한 풍모로 마차를 타고 블랙 레인인가 하는 동네에 있는 조상 대대로 물려받은 저택을 출발하셨지요."

너나없이, 심지어 말린스 부인조차도 게이브리얼의 말투에 웃음을 짓는데, 케이트 이모가 말했다.

"아니, 게이브리얼, 실은 아버님이 사신 곳은 블랙 레인이 아니야. 공장이 거기 있었을 뿐이지."

"조상이 물려주신 저택에서." 하고 게이브리얼은 말을 이었다. "영감님은 조니가 끄는 마차를 타고 길을 나섰습니다. 만사가 순조롭게 돌아가 마침내 조니는 윌리엄 왕의 동상이 보이는 데까지 이르렀는데, 글쎄 이놈이 윌리엄 왕이 타고 있는 말에 홀딱 반했던지 아니면 공장에 되돌아왔다고 생각했던지, 어쨌든 동상 주위를 돌기 시작한 거예요."

게이브리얼은 다른 사람들이 웃는 가운데 골로시를 신은 채 현관 주위로 원을 그리며 걸음을 걸었다.

게이브리얼이 말했다.

"그놈이 자꾸자꾸 돌자, 매우 점잖은 노신사였던 영감님은
몹시 성을 내셨답니다. '어서 가, 이놈! 도대체 어쩌자는 거야,
이놈아? 조니! 조니! 이런 별난 노릇이 다 있나! 이놈의 말은
당최 속을 모르겠다니까!'"

게이브리얼의 사건 흉내로 말미암아 터진 폭소는 현관문을
두드리는 큰 소리에 중단되었다. 메리 제인이 달려가 문을 열
고 프레디 말린스를 들여보냈다. 프레디 말린스는 모자를 머
리 뒤로 한껏 젖혀 쓰고 어깨는 추위로 잔뜩 움츠린 채 어찌나
용을 썼던지 숨을 헐떡이고 입김을 내뿜으며 말했다.

"마차를 한 대밖에 못 잡겠어."

"아, 또 한 대는 부두 길을 걸어가면서 잡지 뭐." 하고 게이
브리얼이 말했다.

"그래." 케이트 이모가 말했다. "말린스 부인을 찬바람 맞
히며 세워 두지 않는 게 좋겠어."

말린스 부인은 아들과 브라운 씨의 부축을 받아 정문 계단
을 내려온 다음 무던히도 애를 먹이며 어렵사리 마차에 올라
탔다. 프레디 말린스는 어머니 뒤를 따라 기어 들어가 브라운
씨의 도움말을 받으며 한참만에야 어머니를 자리에 앉힐 수
있었다. 이윽고 어머니가 편히 자리를 잡자, 프레디 말린스는
브라운 씨에게 마차 안으로 들어오라고 권했다. 한참을 소란
피운 끝에 비로소 브라운 씨가 마차에 탔다. 마부는 무릎 덮개
를 덮고는 행선지를 듣느라고 몸을 굽혔다. 소란은 더욱 커졌
고, 프레디 말린스와 브라운 씨는 마부에게 서로 다른 지시를

내리느라 저마다 마차 창밖으로 고개를 내밀고 있었다. 문제는 가는 길에 브라운 씨를 어디에서 내려 줘야 할지를 알아내는 일이었는데, 케이트와 줄리아와 메리 제인은 이 토론을 도와준답시고 문간에 서서 저마다 다른 지시를 내려, 앞뒤가 안 맞는 말을 하랴, 웃음보를 터뜨리랴, 난리였다. 프레디 말린스로 말하자면 웃어 대느라고 말을 못할 지경이었다. 프레디가 모자가 다 떨어지도록 수시로 머리를 창 안팎으로 냈다 뺐다 하며 어머니에게 토론이 어떻게 진행 중인지를 전해 주기 바쁜 와중에 마침내 브라운 씨가 모두의 왁자지껄한 웃음소리를 뚫고 갈팡질팡하던 마부에게 소리를 버럭 질렀다.

"트리니티 대학교를 아시오?"

"옙." 하고 마부가 말했다.

"좋소, 그러면 트리니티 대학교 정문으로 곧장 가시오." 브라운 씨가 말했다. "그다음에 어디로 갈지는 다시 일러 주리다. 이제 알아듣겠소?"

"옙." 마부가 말했다.

"트리니티 대학교로 총알같이 달리시오."

"알았습니다."

말에 채찍질이 가해졌고 웃음소리와 작별 인사가 이구동성으로 터져 나오는 가운데 마차는 부두를 따라 덜컹거리며 달려갔다.

게이브리얼은 다른 사람들과 함께 문 쪽에 가 있지 않았다. 현관의 어두운 자리에 서서 계단을 올려다보고 있었다. 웬 여자가 첫 번째 층계 꼭대기 근처의 역시 어두운 자리에 서 있었다. 여자의 얼굴은 보이지 않았지만, 그늘 때문에 흑백으로 보여도 실은 적갈색에 연어 살빛의 분홍색을 띤, 여자의 치마에 세로로 달린 천이 보였다. 아내였다. 아내는 난간에 기대어 무슨 소린가를 듣는 중이었다. 게이브리얼은 아내가 꼼짝 않고 있는 데 놀라 도대체 무슨 소린가 하고 귀를 쫑긋 기울였다. 그러나 앞문 계단에서 웃고 떠드는 소리와 몇 마디 피아노 화음과 한 남자가 노래하는 몇 마디 음정 외에는 제대로 들리는 소리가 없었다.

게이브리얼은 현관의 어둠 속에 가만히 서서 목소리가 노래하는 가락을 식별해 보려고 애를 쓰면서 아내를 올려다보았다. 아내의 태도에 기품과 신비로움이 어린 것이 마치 무엇인가의 상징이라도 되는 것 같았다. 어둠 속 계단에 서서 아련한 음악에 귀를 기울이고 있는 여자가 무엇의 상징이 될 수 있을지 자문해 보았다. 자신이 화가라면 저런 태도를 취하고 있는 아내 모습을 그려 보련만. 아내의 파란색 펠트 모자는 어둠에 대비하여 머리의 청동색을 더 두드러져 보이게 할 것이고 치마에 댄 검은색 긴 천은 밝은 천을 돋보이게 하리라. 자신이 만일 화가라면 그 그림을 「아련한 음악」이라 이름 붙이리라.

현관문이 닫히고 케이트와 줄리아와 메리 제인이 아직껏 미소를 띠며 현관으로 내려왔다.

메리 제인이 말했다.

"세상에, 프레디는 정말 별나지 않아요? 진짜 못 말리는 사람이에요."

게이브리얼은 아무 말 없이 계단 위로 아내가 서 있는 쪽을 가리켰다. 현관문이 닫히고 나니 목소리와 피아노 소리가 더욱 또렷하게 들렸다. 게이브리얼은 사람들에게 잠자코 있으라는 뜻으로 손을 들어 올렸다. 노래는 전통적인 아일랜드 가락을 띠는 듯했고 노래 부르는 사람은 가사에나 목청에나 자신감이 모자란 듯했다. 거리도 떨어져 있는 데다 노래 부르는 사람의 목이 쉰 탓에 애조를 띠게 된 목소리는 슬픔을 표현하는 가사로 곡의 가락을 희미하게 장식하고 있었다.

　　오, 비가 내 무거운 머리칼에 내리고
　　이슬은 내 살갗을 적시는데,
　　우리 아기 식은 몸으로 누워 있네……

"아하." 하고 메리 제인이 소리쳤다. "노래 부르는 사람은 바텔 다시예요. 밤새 노래를 안 하려고 하더니만. 참, 가기 전에 노래 한 곡 시켜야겠네요."

케이트가 말했다.

"응, 그래, 메리 제인."

메리 제인은 다른 사람들 사이를 날쌔게 뚫고 지나가 계단으로 내달렸으나 채 닿기도 전에 갑자기 노래가 멎고 피아노가 닫혔다.

"어머, 안타까워라!" 메리 제인이 소리쳤다. "그레타, 다시 씨가 내려오고 있어요?"

게이브리얼은 아내가 그렇다고 대답하는 소리를 들었고 아내가 이쪽으로 내려오는 것을 보았다. 아내보다 두어 걸음 뒷

발치에 바텔 다시 씨와 오캘러헌 양이 보였다.

"어머, 다시 씨." 메리 제인이 외쳤다. "우리 모두 선생님 노래를 듣느라 한창 넋이 빠져 있을 때 그렇게 끝을 내 버리다니 너무나 야속해요."

"제가 저녁 내내 이분께 졸라 댔답니다." 오캘러헌이 말했다. "콘로이 부인도 거들고요. 그런데 독감에 걸려 노래를 못하신다지 뭐예요."

케이트가 말했다.

"어머, 다시 씨, 괜한 말씀이시죠?"

다시 씨가 짜증내며 말했다.

"제가 까마귀처럼 목 쉰 걸 듣고도 모르시겠어요?"

다시 씨는 황급히 식기실로 들어가 외투를 걸쳤다. 다른 사람들은 그 거친 말투에 기겁하여 할 말을 잃었다. 케이트는 눈살을 찌푸리고 다른 사람들에게 이 얘기는 접어 두자는 눈짓을 보냈다. 다시 씨는 목을 살살 감싸며 상을 찌푸린 채 서 있었다.

"날씨 탓이야." 하고 줄리아가 뜸들이다가 말했다.

"그래, 너나없이 감기 걸렸어." 케이트가 얼른 받아쳤다. "너나없이."

메리 제인이 말했다.

"들리는 말로는, 삼십 년만의 폭설이래요. 아침에 신문을 봤더니 아일랜드 전역에 눈이 내릴 거래요."

줄리아가 청승 떨며 말했다.

"난 눈 풍경이 좋아."

"저도 그래요." 오캘러헌이 말했다. "땅 위로 눈이 내리지 않으면 크리스마스가 도무지 크리스마스답지 않은 것 같아요."

케이트가 웃음 띠며 말했다.

"하지만 딱하게도 다시 씨는 눈이 싫으신가 보다."

다시 씨가 온몸을 칭칭 두르고 단추를 꼭꼭 여민 채 식기실에서 나와 뉘우치는 어조로 감기 든 경위를 사람들에게 들려주었다. 모두 한마디씩 충고를 건네며 참으로 애석한 일이라고 말하고 밤공기에 목을 각별히 주의하라고 신신당부했다. 게이브리얼은 대화에 끼지 않는 아내를 지켜보았다. 아내는 먼지 낀 부채꼴 채광창 바로 아래 서 있었는데 며칠 전에 아내가 난롯불에 말릴 때 보았던 머리칼의 짙은 청동색을 가스 불꽃이 훤히 밝혀 주고 있었다. 아내는 여전히 같은 태도로 서서 주변에서 오가는 대화를 의식하지 못하는 눈치였다. 이윽고 아내가 사람들을 향해 고개를 돌리자, 상기된 볼과 반짝이는 눈이 보였다. 난데없는 환희의 물결이 가슴에서 터져 나왔다.

아내가 말했다.

"다시 씨, 방금 부르신 노래 제목이 뭐예요?"

"「오림의 아가씨」라고 합니다." 다시 씨가 말했다. "하지만 제대로 기억이 나지 않았어요. 왜 그러세요? 그 노래를 아십니까?"

"「오림의 아가씨」라." 아내가 되풀이해 말했다. "제목이 영 생각나지 않았어요."

"참 좋은 곡이에요." 메리 제인이 말했다. "오늘밤 선생님 목소리가 제대로 안 나온 게 아쉬워요."

케이트가 말했다.

"자, 메리 제인, 다시 씨 심기를 건드리지 마라. 저 양반 심
사를 더 이상 불편하게 해 드리지 않았으면 한다."

모두 출발 준비가 된 것을 알고 케이트는 사람들을 문으로
이끌었고 거기서 작별 인사가 오갔다.

"그럼 안녕히 계세요, 케이트 이모, 그리고 즐거운 저녁 시
간 감사했습니다."

"잘 가, 게이브리얼! 잘 가, 그레타!"

"안녕히 계세요, 케이트 이모님, 정말로 너무나 감사했어
요. 안녕히 계세요, 줄리아 이모님."

"아참, 잘 가, 그레타, 미처 못 봤네."

"잘 가요, 다시 씨. 잘 가요, 오캘러헌 양."

"안녕히 계세요, 모컨 여사님."

"잘들 가요, 다시 한 번."

"잘들 가요, 모두. 댁에 무사히들 돌아가세요."

"안녕히 계세요. 안녕히 계세요."

새벽은 아직 어두웠다. 노란 빛이 집들과 강을 희미하게 감
싸고 있었고, 하늘은 내려앉는 것처럼 보였다. 발에 밟히는 땅
은 질퍽거렸고, 눈만이 지붕과 부두 난간과 지하실 출입구 계
단 난간 위를 기다랗게 혹은 듬성듬성 뭉텅이 꼴로 덮고 있었
다. 가로등 불은 어두침침한 하늘에서 아직 빨갛게 타고 있었
고, 강 건너로는 법원 건물이 잔뜩 찌푸린 하늘을 배경으로 우
뚝 서서 위협적인 느낌을 주고 있었다.

그레타는 바텔 다시 씨와 함께 앞장서서 걸었는데, 신발을 싼 갈색 꾸러미를 한쪽 겨드랑이에 끼운 채 두 손으로 치마를 꼭 잡고 진흙에 닿지 않도록 하고 있었다. 아까 같은 우아한 태도는 이제 사라진 터였으나, 게이브리얼의 눈은 행복에 겨워 여전히 반짝였다. 혈관을 따라 흐르는 피는 팔딱팔딱 뛰고 있었고, 머리를 스쳐 지나가는 상념은 자부심과 기쁨과 애틋한 마음과 용기로 들끓었다.

그레타가 앞장서서 걷는 모습이 어쩌나 경쾌하고도 반듯한지, 게이브리얼은 소리 없이 그 뒤로 뛰어가 어깨를 부여잡고 귀에다 애정에 찬 엉뚱한 말을 하고 싶어 배길 수 없었다. 그레타가 어쩌나 연약해 보였던지, 무언가로부터 보호해 둘이서만 있고 싶어 안달이 났다. 둘이 함께 보낸 은밀한 삶의 순간들이 기억 위에 별처럼 쏟아졌다. 게이브리얼은 아침 식사용 컵 옆에 놓인 연보라색 봉투를 한 손으로 꼭 쥐고 있었다. 새들이 담쟁이덩굴에서 지저귀고 환한 색의 커튼 천이 마룻바닥을 따라 반짝이니 행복에 겨워 음식이 목에 넘어가지 않았다. 붐비는 플랫폼에 서 있을 때 게이브리얼이 그레타의 따뜻한 장갑 손바닥 안으로 차표를 넣어 주고 있었다. 게이브리얼은 추위 속에 그레타와 함께 서서 어느 사내가 불이 활활 타오르는 용광로 속에서 병을 만드는 모습을 망이 쳐진 창을 통해 바라보고 있었다. 아주 추웠다. 그레타는 차가운 공기 속에서 향기를 풍기는 얼굴을 게이브리얼의 얼굴에 바짝 붙이고 있다가, 난데없이 용광로에 있는 사내에게 외치는 것이었다.

"아저씨, 불이 뜨거워요?"

그러나 사내는 용광로 소리 때문에 그 말을 들을 수 없었다. 그래도 좋았다. 사내가 상스럽게 대답했을지도 모를 일이었으니까.

훨씬 더 애틋한 기쁨의 물결이 게이브리얼의 가슴에서 빠져 나와 동맥을 따라 뜨겁게 넘쳐흘렀다. 아스라이 쏟아지는 별처럼, 둘이서 함께 보낸 삶의 순간들이, 아무도 알지 못했고 앞으로도 결코 알지 못할 순간들이 기억 위에 환하게 펼쳐졌다. 아내에게 그 순간들을 상기시키고 싶어서, 아내로 하여금 둘이 함께한 시간 중 무미건조한 세월은 잊어버리고 환희의 순간만을 기억하도록 만들고 싶어서, 애가 탔다. 그 세월 동안에 자신이나 아내의 영혼이 메마르지 않았다는 느낌이 들었다. 함께 아이들을 키우면서, 자신은 글을 쓰고, 아내는 집안일을 돌보는 동안 둘의 영혼에 피어난 그 모든 애틋한 불길이 사그라진 것은 아니었던 것이다. 그 당시 아내에게 쓴 편지에서 게이브리얼은 이렇게 말했었다. '이런 말들이 나한테 이토록 따분하고 차갑게 보이는 건 도대체 무슨 영문일까? 당신의 이름이 될 수 있을 만큼 애틋한 단어가 없는 탓일까?'

여러 해 전에 썼던 이 말들이 아련한 음악처럼 과거로부터 이쪽으로 넘어왔다. 아내와 단둘이 있고 싶었다. 다른 사람들이 가고 나서, 아내와 함께 호텔 방 안에 들어가게 되면, 그때는 단둘이 있게 되겠지. 부드럽게 아내를 불러 보리라.

"그레타!"

아마도 아내는 금방 말소리를 듣지 못하리라. 옷을 벗고 있을 테니까. 그러다가 그 목소리에 담긴 예사롭지 않은 낌새를 문득 눈치채리라. 그러면 돌아서서 이쪽을 쳐다볼 테고…….

와인테번 거리 모퉁이에서 마차가 잡혔다. 마차가 달그락거리는 소리 덕에 대화를 하지 않아도 된다는 것이 반가웠다. 창밖을 내다보는 아내의 모습이 피곤해 보였다. 다른 사람들은 어떤 건물이나 거리를 손짓하며 한두 마디씩을 던질 뿐이었다. 깜깜한 새벽 하늘 아래로 달그락거리는 낡은 마차를 뒤에 끌며 말이 지친 기색으로 달려왔고, 게이브리얼은 다시 아내와 마차를 타고 보트를 잡기 위해 말 달리고 밀월을 위해 말 달리게 되었다.

마차가 오코넬 다리를 건널 때 미스 오캘러헌이 말했다.

"오코넬 다리를 건널 때 꼭 하얀 말을 보게 된다는 말이 있어요."

게이브리얼이 말했다.

"이번에는 하얀 사람이 보이는걸."

"어디?" 하고 바텔 다시 씨가 물었다.

게이브리얼은 눈이 듬성듬성 덮인 동상을 가리켰다. 그러고는 동상에 대고 알은체를 하느라고 고개를 끄덕이며 손을 흔들었다.

게이브리얼은 쾌활하게 말했다.

"안녕하시오, 댄?"

마차가 호텔 앞에 이르자 게이브리얼은 밖으로 뛰어내려서는 바텔 다시 씨의 만류를 뿌리치고 마부에게 삯을 지불했다. 내야 할 요금에 1실링을 얹어 주었다. 마부는 경례를 붙이며 말했다.

"새해 복 많이 받으십시오."

게이브리얼이 진심을 담아 말했다.

"댁도 새해 복 많이 받으세요."

그레타는 잠시 게이브리얼의 팔에 기댄 채 마차에서 내려 보도에서 다른 사람들에게 작별 인사를 했다. 그레타는 가볍게, 두어 시간 전 함께 춤출 때처럼 살며시 게이브리얼의 팔에 기댔다. 그때까지 게이브리얼은 자랑스럽고 행복하던 참이었다. 그레타가 자기 아내라는 것이 행복했고 아내의 기품과 요조숙녀다운 거동이 자랑스러웠던 것이다. 그러나 그 많은 기억들을 다시 떠올리고 난 지금에 와서는, 음악적이고 신기하며 향기로운 아내의 몸을 처음 만지게 되자 날카로운 욕정의 고통이 엄습해 왔다. 아내가 잠자코 있는 데 힘입어 아내의 팔을 자신의 허리에 꼭 누르면서 호텔 문간에 서 있을 때에는 둘이 생활과 의무에서 벗어나, 가정과 친구에게서 벗어나, 설레는 환한 마음으로 새 모험을 향하여 함께 달아난 것 같은 느낌이 다 들었다.

호텔 로비에서는 덮개가 씌워진 의자에서 노인 한 사람이 졸고 있었다. 노인은 사무실에서 촛불을 켜고 앞장서서 층계 쪽으로 갔다. 말없이 그 뒤를 따라가는 동안 둘은 양탄자가 두껍게 깔린 계단 위에서 나지막이 쿵쿵 발소리를 냈다. 그레타는 수위 뒤를 따라 계단을 올라가느라 머리를 숙이고 연약한 어깨는 짐이라도 진 것처럼 구부렸으며 치마를 몸에 바짝 붙여 둘렀다. 게이브리얼은 아내를 끌어안고 싶은 욕망으로 팔이 덜덜 떨릴 판이라 아내의 엉덩이를 두 팔로 냅다 감싸 안고 꼼짝 못 하게 안아 볼까도 싶었으나, 손톱으로 손바닥을 꽉 누르고서야 겨우 거친 육체적 충동을 달랠 수 있었다. 수위는 촛농이 떨어지는 초를 바로잡느라 층계에서 걸음을 멈추었다. 그 아래 계단에서 둘도 멈추었다. 정적 속에서 게이브리얼은 녹은 양초가 쟁반 속으로 떨어지는 소리와 자신의 심장이 갈비뼈에 쿵쿵 부딪히는 소리가 들리기라도 할 것 같았다.

수위가 앞장서서 복도를 따라가다가 객실 문을 열었다. 그러더니 위태롭던 초를 경대 위에 내려놓고는 아침 몇 시에 깨워 드릴까 하고 물었다.

"8시요." 하고 게이브리얼이 말했다.

수위는 전등불이 꺼져 있는 것을 가리키며 뭐라 사과의 말을 중얼중얼 꺼내려 했으나, 게이브리얼은 얼른 입을 막았다.

"불빛이 없어도 됩니다. 거리에서 들어오는 불빛만으로도 충분하니까요. 그리고 말이죠." 하고 게이브리얼은 초를 가리키면서 덧붙였다. "수고스럽겠지만 그 훌륭한 물건 좀 치워 주시겠소?"

수위가 초를 다시 집어 드는 품새가 굼뜬 것이 세상에 이런 별난 생각이 다 있느냐는 투였다. 그러더니 중얼중얼 잘 주무시라는 말을 남기며 방을 나갔다. 게이브리얼은 방문 자물쇠를 잠갔다.

거리에서 새어 나온 흐릿한 불빛이 창문에서 문까지 긴 빛줄기를 이루며 놓여 있었다. 게이브리얼은 외투와 모자를 소파 위에 내던지고 방을 가로질러 창문께로 갔다. 감정이 좀 가라앉도록 거리를 내려다보았다. 그러다가 몸을 돌려 불빛을 등지고 옷장에 몸을 기댔다. 아내는 모자와 망토를 벗어 놓고 커다란 흔들 거울 앞에 서서 허리의 후크를 끄르고 있었다. 게이브리얼은 그 모습을 바라보며 잠시 뜸 들이고 나서 말했다.

"그레타!"

그레타는 천천히 거울에서 몸을 떼더니 빛줄기를 따라 이쪽으로 걸음을 떼었다. 얼굴빛이 어찌나 심각하고 지쳐 보이던지 게이브리얼은 차마 입이 떨어지지 않았다. 아니, 아직은 때가 아니다.

게이브리얼이 말했다.

"피곤해 보이는구려."

아내가 말했다.

"좀 그래요."

"어디 아프거나 허약해진 건 아니오?"

"아뇨, 그냥 피곤해서요."

그레타는 계속 걸음을 옮겨 창으로 가 서더니 밖을 내다보았다. 게이브리얼은 다시 기다린 다음 이렇게 우물쭈물하다가는 안 되겠다 싶어 불쑥 말을 꺼냈다.

"그런데 여보!"

"무슨 일이에요?"

게이브리얼은 재빨리 말했다.

"그 딱한 친구 말린스 있잖소?"

"네. 그 사람이 왜요?"

"글쎄, 그 딱한 친구도 알고 보면 좋은 사람이야." 하고 게이브리얼은 꾸민 목소리로 말을 이었다. "그 사람이 내가 빌려 준 1파운드를 돌려주는 게 아니겠소, 실은 그런 기대를 하지 않았거든. 마음은 악한 친구가 아닌데 그 브라운이란 작자 곁을 벗어나지 못하는 게 안타까워."

게이브리얼은 이제 화가 치밀어서 몸이 떨릴 판이었다. 아내는 왜 이렇게 멍해 보이는 거지? 어떻게 실마리를 풀어 나가야 할지 알 수가 없었다. 아내도 뭔가에 화가 난 것일까? 스스로 알아서 이쪽으로 몸을 돌리든지 오든지 하면 좋으련만! 저러고 있는데 덮친다면야 짐승이 되겠지. 아니지, 먼저 아내의 눈에 열정이 어려야 한다. 아내의 생소한 기분을 정복하고 싶었다.

아내가 잠시 뜸을 들인 후 물었다.

"그 1파운드를 빌려 준 게 언젠데요?"

게이브리얼은 주정뱅이 말린스와 그의 1파운드에 대고 험악한 말을 쏟아붓고 싶은 충동을 억누르느라 애를 먹었다. 아내에게 영혼의 소리를 외치고, 아내의 몸을 으스러져라 껴안으며 아내를 제압하고 싶은 마음이 굴뚝같았다. 그러나 이렇게 말했다.

"아, 크리스마스 때, 왜 그 헨리 거리에서 크리스마스카드 가게를 열었을 때 있잖소."

게이브리얼은 들끓는 분노와 욕망으로 아내가 창문에서 오는 소리도 듣지 못했다. 아내는 잠시 앞에 서서 이상한 눈빛으로 이쪽을 바라다보았다. 그러더니 난데없이 발끝을 딛고 몸을 일으키더니 게이브리얼의 어깨에 가만히 두 손을 얹고 입을 맞추며 말하는 것이었다.

"당신은 참 너그러운 사람이에요, 게이브리얼."

게이브리얼은 아내의 갑작스러운 입맞춤과 기묘한 말씨에 기쁨에 차 몸을 떨면서 아내의 머리카락에 두 손을 얹고 나서 손가락을 채 대지 않고 뒤로 쓸어 넘겼다. 쓸어 낸 머리칼이 한결 곱고 빛나 보였다. 가슴이 행복감으로 넘쳐 났다. 원하는 때에 딱 맞추어 아내가 스스로 다가온 것이다. 아내의 생각이 자신의 생각과 함께 흐르고 있었던 것일까. 남편의 마음속에 자리잡고 있던 격렬한 욕망을 느끼자 아내가 이를 받아들일 기분이 든 것일까. 이토록 쉽사리 넘어올 것을 아내는 왜 그리 망설였는지 모를 일이었다.

게이브리얼은 아내의 머리를 두 손으로 잡은 채 서 있었다. 그러다가 한 팔로 재빨리 아내의 몸을 감싸 안고 아내의 몸을 바짝 끌어당기며 말했다.

"여보, 무슨 생각을 하고 있소?"

아내는 대답도 않고 그렇다고 게이브리얼의 팔에 몸을 아주 맡기지도 않았다. 게이브리얼은 다시 부드럽게 말했다.

"무슨 일인지 말해 봐요, 그레타. 무슨 일인지 알 것 같은데. 내가 아는 일인가?"

그레타는 얼른 대답하지 않았다. 그러더니 눈물을 왈칵 쏟으며 말하는 것이었다.

"아, 그「오림의 아가씨」라는 노래를 생각하고 있었어요."

아내는 게이브리얼에게서 몸을 빼내 침대 쪽으로 간 다음 침대 난간 너머로 두 팔을 뻗어 얼굴을 묻었다. 게이브리얼은 기겁해서 잠시 꼼짝 않고 서 있다가 뒤를 따라갔다. 흔들 거울이 있는 데를 지나치면서 자신의 몸이 모두 눈에 들어왔다. 딱 벌어지고 꽉 찬 셔츠 가슴팍과 거울에서 볼 때 항상 곤혹감을 안겨 주던 얼굴 표정과 번들거리는 금테 안경까지. 게이브리얼은 아내에게서 몇 발짝 떨어진 자리에 멈춰 서서 말했다.

"그 노래가 어때서? 그 노래로 우는 이유가 뭔데?"

아내는 팔에서 머리를 쳐들고 어린애처럼 손등으로 눈물을 훔쳤다. 게이브리얼의 목소리에 마음에도 없는 친절한 말씨가 스며들었다.

"왜 그래, 그레타?"

"아주 예전에 그 노래를 곧잘 부르던 사람이 생각나서요."

미소를 지으며 게이브리얼이 물었다.

"그 예전 사람이라는 게 누구요?"

"할머니와 살 때 골웨이에서 알고 지내던 사람이에요."

게이브리얼의 얼굴에서 미소가 싹 가셨다. 마음속으로는 다시 묵직한 분노가 치밀었고 핏줄에서는 욕망의 불길이 불끈 성을 내며 타올랐다.

게이브리얼은 빈정대듯 물었다.

"당신이 사랑에 빠진 사람이오?"

"내가 알고 지내던 마이클 퓨리라는 소년이었어요." 하고 아내는 대답했다. 「오림의 아가씨」라는 그 노래를 즐겨 불렀지요. 아주 연약한 애였어요."

게이브리얼은 말을 잃었다. 자신이 이 연약하다는 소년에게 관심을 가지고 있다고 아내가 생각하는 것이 싫었다.

"그 애 모습이 아주 또렷이 보여요." 조금 있다가 그레타가 말했다. "그 애가 가진 눈이라니, 커다란 검은 눈 말이에요! 그리고 그 눈 속의 표정이라니, 어쩜 그런 표정이 다 있을까!"

게이브리얼이 말했다.

"아, 그러니까 당신은 그 애와 사랑에 빠졌던 게로군?"

그레타가 말했다.

"골웨이에 있을 때 난 그 애와 사귀며 산책을 하곤 했어요."

한 줄기 생각이 게이브리얼의 마음을 스치고 지나갔다.

"아이버스 처자와 골웨이에 가고 싶어 한 것도 그 때문인가 보지?" 하고 게이브리얼이 차갑게 말했다.

그레타는 놀란 눈으로 쳐다보며 말했다.

"무엇 때문이라고요?"

아내의 눈을 보자 머쓱해진 게이브리얼은 민망한 어깻짓을 하며 말했다.

"낸들 아오? 아마도 그 친구를 보고 싶은 게지."

그레타는 저쪽으로 고개를 돌려 빛줄기를 따라 말없이 창쪽을 바라보았다.

이윽고 그레타가 말했다.

"그 애는 죽었어요. 열일곱밖에 안 된 나이에 죽었어요. 그렇게 젊은 나이에 죽다니 끔찍한 일 아니에요?"

게이브리얼은 여전히 비꼬는 말투로 물었다.

"뭐 하던 친군데?"

그레타가 말했다.

"가스 공장을 다녔어요."

게이브리얼은 빈정대는 자기 말은 먹히지도 않은 채 이 인물, 가스 공장에나 다녔다는 소년이 망자의 세계에서 아내의 마음에 떠올랐다는 게 창피스러웠다. 자신이 둘이서만 함께 보낸 내밀한 생활에 대한 추억으로 흠뻑 젖어 있고, 애틋함과 기쁨과 욕망으로 부풀어 있는 동안, 아내는 마음속으로 남편을 다른 남자와 비교하고 있었던 것이다. 자신의 사람됨에 대한 부끄러운 자의식이 엄습해 왔다. 자신이 이모들에게 똘마니 노릇이나 하는 우스꽝스러운 인물로, 속물들에게 일장연설을 늘어놓고 자신의 얼토당토않은 욕정을 그럴싸한 것으로 치부하며 안절부절못한 채 호의나 베풀려고 드는 감상주의자로, 그리고 거울 속으로 흘낏 본 처량하고 한심한 작자로 스스로의 눈에 비쳐졌다. 수치심으로 벌겋게 달아오른 이마를 아내가 볼까 봐 게이브리얼은 본능적으로 빛을 더욱 등졌다.

게이브리얼은 냉정하게 따지는 어투를 유지하려고 애썼으나, 정작 말할 때 나온 목소리는 주눅 들고 담담했다.

"마이클 퓨리라는 친구와 사랑에 빠진 모양이구려, 그레타."

"그때는 그 애에게 푹 빠져 있었어요."

그레타의 목소리는 흐릿하니 슬펐다. 게이브리얼은 이제 애초에 의도했던 방향으로 그레타를 유도하려 애쓰는 것이 얼마나 부질없는 일인지를 느끼자 그레타의 한 손을 쓰다듬으며 똑같이 슬픈 어조로 말했다.

"그런데 그 소년은 무슨 연고로 그렇게 젊은 나이에 죽은 거요, 그레타? 결핵, 뭐 그런 거였나?"

그레타가 답했다.

"나 때문에 죽은 것 같아요."

이 대답에 막연한 공포가 게이브리얼을 엄습했는데, 그건 마치 이제 막 승기를 잡나 보다 싶은 바로 그 순간 눈에 보이지 않는 어떤 보복적인 존재가 아득한 저쪽 세계에서 게이브리얼에게 대항할 세력을 규합하여 달려드는 것 같은 느낌이었다. 그러나 게이브리얼은 애써 이성을 발휘해 그 존재를 떨쳐내고 아내의 손을 꼭 쥐었다. 아내에게 다시 질문하지 않은 것은 아내가 스스로 말해 주려니 싶었기 때문이었다. 아내의 손은 따스하고 축축했다. 그 손은 만져도 반응을 보이지 않았으나, 게이브리얼은 어느 봄날 아침 아내가 보내온 첫 번째 편지를 꼭 쥐었을 때처럼 그 손을 쥐어 주었다.

"겨울철, 그러니까." 하고 아내는 말했다. "내가 할머니 집을 떠나 이곳 수녀원으로 올라오려던 해의 초겨울쯤이었어요. 그때 그 애는 골웨이에 있는 하숙집에서 앓고 있어서 외출이 허락되지 않았고 오터라드에 있는 가족에게 편지를 띄워 놓은 참이었죠. 사람들 말로는 폐병 같은 거라고들 했지요. 난 확실히는 모르고 있었어요."

그레타는 잠시 쉬더니 한숨을 지었다.

"불쌍도 하지." 그레타는 말했다. "그 애는 날 무척 좋아했고, 아주 얌전한 아이였어요. 우린 함께 만나 걷곤 했어요. 여보, 왜 시골에서 흔히 그러잖아요. 그 애는 건강 문제만 아니었으면 노래 공부를 할 생각이었지요. 목소리가 무척 좋았거든요, 불쌍한 마이클 퓨리."

게이브리얼이 물었다.

"그래, 그래서?"

"그러곤 내가 골웨이를 떠나 수녀원으로 올라올 때가 되자 그 애 병세가 악화되면서 그 애를 보지 못하도록 금족령이 떨어졌고, 그래서 난 편지를 써서 더블린으로 올라갈 거라는 것, 이듬해 여름에 다시 내려올 거라는 것, 그때쯤에는 회복되기를 바란다는 것 따위를 말해 주었지요."

그레타는 목소리를 가다듬기 위해 잠시 말을 끊었다가 다시 이어갔다.

"그러다가 떠나기 전날 밤 넌스 아일랜드 거리에 있는 할머니 집에서 짐을 싸고 있었는데 창에 돌멩이 던지는 소리가 들리는 거예요. 창문이 너무 젖어 있어서 보이지 않기에 옷도 갈아입지 않고 아래층으로 뛰어 내려가 뒷문으로 해서 정원으로 빠져 나갔더니 글쎄, 정원 끄트머리에 불쌍하게도 그 애가 서 있는 것 아니겠어요? 몸을 달달 떨면서 말이에요."

게이브리얼이 물었다.

"그래, 그 애에게 돌아가란 말을 하지 않았소?"

"난 그 애에게 당장 돌아가라고 사정하면서 비를 맞아 죽을 거냐고 말했죠. 하지만 그 애는 살고 싶지 않다고 말했어요. 그 애 눈빛이 지금도 눈에 선해요! 그 애는 나무가 있는 벽 끝에 서 있었어요."

"그래서 그 애는 집에 갔소?"

"네, 집에 갔어요. 그런데 내가 수녀원에 들어간 지 일주일 만에 그 애는 죽었고 가족들의 고향인 오터라드에 묻혔어요. 어쩜, 그 애가 죽었다는 그 소리를 듣던 그날을 생각하면!"

그레타는 흐느낌에 목이 막혀 말을 멈추었고 감정에 북받

치자 몸을 내던져 침대에 얼굴을 파묻고는 이불 속에서 흐느껴 울었다. 게이브리얼은 어정쩡한 자세로 잠시 더 아내의 손을 잡고 있다가 아내의 슬픔에 끼어드는 것이 무안해서 슬그머니 손을 놓고는 조용히 창가로 걸어갔다.

그레타는 곤히 잠들어 있었다.

게이브리얼은 팔을 괸 채 잠시 아내의 흐트러진 머리칼과 반쯤 열린 입을 풀린 마음으로 바라보며 아내의 깊은 숨소리를 들었다. 그렇다면 아내는 필생의 연애라는 것을 해 본 것이다. 한 남자가 아내를 위해서 죽었고 말이다. 명색이 아내의 남편이라는 자기가 아내의 삶에서 맡은 역할이 얼마나 변변찮은 것이었는가 하는 생각에도 그다지 마음이 아프지 않았다. 마치 자신과 그레타가 부부로서 함께 살아 본 적이 없다는 듯 태연히 잠들어 있는 아내의 모습을 바라보았다. 호기심 어린 눈으로 오래도록 아내의 얼굴과 머리카락을 바라보며 아내가 맨 처음 소녀다운 아름다움을 간직하고 있던 시절에 어떤 모습이었을지에 생각이 미치자 아내에 대한 희한하리만큼 다정한 연민이 영혼 속으로 스며들었다. 아내의 얼굴이 이제는 아름답지 않다고는 혼잣말로도 하고 싶지 않았으나, 그렇다고 마이클 퓨리가 목숨을 걸었던 그 얼굴은 더 이상 아니라는 걸 모를 바도 아니었다.

어쩌면 아내는 사연의 전모를 이야기해 주지 않았을 것이다. 게이브리얼의 시선은 아내가 옷가지를 벗어 던진 의자 쪽으로 옮겨졌다. 스커트 끈 하나가 매달려 마룻바닥에 닿아 있었다. 구두 한 짝은 윗부분이 접혀 아래로 축 늘어진 채 똑바로 서 있었고 다른 한 짝은 모로 누워 있었다. 한 시간 전에 격앙되었던 자신의 감정이 의아스러웠다. 그 감정은 어디서 연유한 것일까? 이모네 만찬 탓일까, 어쭙잖은 자신의 연설 탓일까, 아니면 술 마시고 춤춘 탓일까, 현관에서 작별 인사하면서 와자지껄한 탓일까, 눈 맞으며 강변을 걷던 흥취 탓일까? 불쌍한 줄리아 이모! 이모 또한 패트릭 모컨 할아버지나 할아버지 말의 혼령과 함께할 혼령 신세가 되겠지. 게이브리얼은 이모가 「신부 단장」을 부르고 있을 때 수척한 얼굴 기색을 놓치지 않고 슬쩍 보았더랬다. 어쩌면 머지않아 상복 차림에 비단 모자를 무릎 위에 놓고 이모와 같은 방에 앉아 있게 될지도 모를 일이었다. 차일이 쳐질 것이고, 케이트 이모가 옆에 앉아 울면서 코를 풀어 대며 줄리아 이모가 죽던 상황을 들려줄 것이다. 이모에게 위안이 될 몇 마디 말을 마음속으로 궁리하겠지만 고작 생뚱맞고 쓸데없는 말만 끄집어내게 될 것이다. 아무렴, 아무렴, 바로 코앞에 닥친 일이지.

방 안 공기에 어깨가 시렸다. 몸을 시트 밑으로 조심스럽게 쭉 뻗어 아내 옆에 누웠다. 한 사람, 한 사람 모두가 혼백이 될 터였다. 나이 먹어 암담하게 시들고 이울어 가느니 어떤 열정이 한창 피어날 때 저세상으로 시원스럽게 사라지는 편이 차라리 나으리라. 옆에 누워 있는 아내가 살고 싶지 않다고 말하던 연인의 눈을 그토록 오랜 세월 동안 마음속에 꼭꼭 담아 두고 있었구나 하는 생각이 들었다.

게이브리얼의 눈에 눈물이 그렁그렁했다. 어떤 여자에 대해서도 몸소 이런 감정을 느껴 본 적이 없었으나, 이런 감정이야말로 바로 사랑이려니 싶었다. 눈물이 눈에 더욱 가득 고였고 어두운 한쪽에서 빗물 듣는 나무 밑에 선 젊은이의 모습이 보이는 듯한 상상이 들었다. 그 옆에 다른 형상들도 있었다. 자신의 영혼이 수많은 망자들이 사는 영역에 다가간 것이다. 종잡을 수 없이 가물거리는 망자들의 존재를 의식은 하면서도 이해할 수는 없었다. 자신의 정체성마저 뿌옇게 잘 보이지 않는 세계 속으로 사라져 가고 있었고, 이 망자들이 한때 세우고 살았던 단단한 이승 자체가 용해되어 줄어들고 있었다.

창틀을 가볍게 두어 번 두드리는 소리에 게이브리얼은 창쪽으로 고개를 돌렸다. 다시 눈이 내리기 시작한 것이었다. 가로등 불을 배경으로 비스듬히 떨어지는, 은빛의 거무스름한 눈발을 졸린 눈으로 바라보았다. 서쪽 여행을 떠날 때가 온 것이다. 그렇다, 신문기사가 옳았다. 온 아일랜드에 눈이 내리는 참이었다. 눈은 어두운 도심의 벌판 구석구석에도, 나무 없는 언덕에도 내리고 있었고, 보그 오브 앨런[63]에도 사락사락 내리고 있었고, 더 서쪽으로 어둡고 사나운 섀넌[64]에도 사락사락 내리고 있었다. 눈은 또한 마이클 퓨리가 묻힌 고즈넉한 언덕배기 교회 묘지에도 빠짐없이 내리고 있었다. 휩쓸린 눈은 구부러진 십자가와 갓돌 위에도, 작은 대문 살 위에도, 앙상한 가시나무 위에도 수북이 쌓여 있었다. 서서히 아득해져 가

---

63) 더블린에서 서쪽으로 40킬로미터쯤 떨어진 광활한 지대.
64) 더블린 남서 방향의 꾸불꾸불한 강과 그 유역.

는 정신 속에 눈 내리는 소리가 들려왔다. 삼라만상 사이로 아스라이, 그리고 모두에게 최후의 종말이 내린 듯, 모든 생자와 망자 위에 아스라이 내리는 눈 소리가.

작품 해설

제임스 조이스는 단순히 모더니즘 시대를 대표하는 소설가를 넘어서 세계 문학사를 통틀어서도 드물게 큰 영향을 끼친 대작가이다. 본격적인 의식의 흐름 수법과 이를 수반하는 시간의 전이를 통해 성장 과정에 처한 주인공의 내면세계를 드러내는 중편소설 『젊은 예술가의 초상』, 고대 호머의 서사시 『오디세이』를 현대적으로 패러디해 가히 백과사전적이라 할 만큼 다양한 소설의 형식, 문체, 기법상의 실험을 극한까지 몰고 간 장편소설 『율리시스』, 수십 개의 언어에 대한 지식을 바탕으로 언어의 본질에 대한 질문을 제기하며 어휘 조직상의 기존 전통을 깨뜨리고 새로운 가능성을 탐색한 소설 아닌 소설 『피네건스 웨이크』 등이 남긴 문학사적 발자취는 이루 다 헤아리기 힘들다. 이 소설들은 작품성도 작품성이지만, 자연주의, 모더니즘, 포스트모더니즘, 탈구조주의 등의 예술 사조를 넘나들며 소설 변천사에 중요한 획을 긋고 있다. 다만 예술가에게 중요한 탐구와 표현의 대상을 삶의 외적인 양상보다는 인간의 내면 의식에 더 치중하는 과정에서 어려운 서술 기법을 구사하기도 했다. 그 결과 조이스는 많은 사람들에게 두루 읽히기보다는 소수의 전문가에 의해 꼼꼼히 읽히는 편에 속한다. 쉽게 말해서, 대중에게는 높은 인기를 누리지 못하지만, 문학 전공자들에게는 더없이 주목해야 할 작가로 꼽히는 것이다. 이런 견지에서 보면 일반인에게도 인기가 높은 『더블린 사람들』은 조이스 작품치고는 매우 특이하다면 특이한 편이라 하겠다.

　세계적인 작가의 단편집 중에 조이스의 『더블린 사람들』만큼 널리 읽히고 또 예술적으로도 높은 평가를 받는 경우는 아마 흔치 않을 것이다. 특히 대표적인 영어권 작가들의 단편소설을 모아 놓은 책들에는 조이스의 작품이 반드시 들어가 있다시피 하고, 우리나라의 경우에도 대학 교양영어 교재에 「애러비」나 「하숙집」 같은 작품이 하나씩 꼭 끼곤 한다. 그런데 이는 언뜻 매우 의아스러운 현상으로 비칠 수 있다. 난해한 작가라는 꼬리표가 붙어 다니기 십상인 작가의 작품인데도 이같이 대중성을 확보하고 있는 것은 한편으로는 이 단편집이 그의 중·장편 소설들과 달리 그만큼 읽기 쉽게 쓰였다는 반증일 것이다. 그러나 단순히 쉽게 쓰였다는 이유만으로는 이 단편집의 높은 인기와 평가가 제대로 설명되지 않는다. 실상 쉽다는 인상은 그의 다른 소설들에 비해 그렇다는 것이지, 전시대나 동시대에 속한 다른 작가의 소설들과 비교할 때에는

『더블린 사람들』도 그렇게 만만히 읽히는 작품이 아니라는 사실이 드러난다. 따라서 다른 한편으로는 이 단편집이 널리 읽힐 만큼 두드러진 재미와 보편성, 그리고 작품성을 두루 지니고 있다고 볼 수 있다. 그렇다면 『더블린 사람들』은 어떤 작품인가?

『더블린 사람들』은 총 열다섯 편의 단편소설을 모아 놓은 책이다. 이 책은 저마다 다른 주제와 소재, 그리고 문체와 서술 기법들을 가지고 있는 다양한 단편들로 구성되어 있다. 또한 그 단편들에는 다양한 유형의 인물들이 등장한다. 그러나 책의 제목에서 짐작할 수 있듯이, 조이스의 궁극적인 초점은 서로 동떨어진 개개인의 모습을 그리기보다는 그러한 사람들의 거주지인 더블린이라는 도시의 이미지를 창조하는 데 있었던 것으로 보인다. 그는 서구 문학에서 별로 다루어지지도 않고 크게 알려지지도 않았던 이 도시를 처음으로 알린다는 데에 큰 자부심을 느꼈던 듯하다. 그러나 그가 이 도시를 배경으로 삼기로 결심한 것은 이 도시가 단순히 아일랜드의 수도여서라거나 그의 주된 성장 배경이라는 따위의 피상적인 이유 때문만은 아니었다. 실상 그는 스무 살을 갓 넘기면서 아내 노라와 함께 고국을 떠나 유럽 대륙으로 건너간 후 일생의 거의 3분의 2에 해당하는 기간을 취리히, 로마, 파리, 트리에스테 등의 도시를 전전하며 살았다. 그러나 더블린은 평생토록 그의 마음을 떠나지 않는 영원한 고향이자 정신적 거주지였고, 그의 모든 작품은 한결같이 이 도시를 배경으로 하고 있다. 그만큼 이 도시는 그에게 절대적인 비중을 차지하는 감성적 지주이자 창작의 원천이었다. 그렇다면 조이스에게 깊은 인상을 심어 주고 그로 하여금 창작을 통해 표현하고 싶은 절실한 욕구를 느끼게 한 것은 더블린의 어떤 모습이었을까?

조이스에게 더블린은 대체로 밝고 활발하고 건전하기보다는 어둡고 무기력하고 타락한 모습을 띠고 있었다. 그러나 조이스가 『더블린 사람들』에서 다룬 삶의 양상이 비교적 부정적인 쪽에 치우쳐 있고, 또한 이를 표현하는 데 걸맞게 언뜻 구질구질하거나 상스럽게 비칠 만한 언어를 구사했다는 것은 처음부터 주변 사람들에게 문제로 대두했다. 조이스는 처음에 이 책이 빨리 출판되기를 바라는 마음에서 더블린이라는 도시가 유럽에 별로 알려지지 않은 만큼 자신의 "이야기들에서 풍길 것으로 희망하는 타락의 특별한 냄새"를 사람들이 기꺼이 감수할 용의가 있을 것으로 생각한다는 편지를 영국 출판업자 리처드 그란트에게 보냈다. 그러나 출판업자가 나름대로 외설스럽거나 상스럽다고 판단한 표현들을 삭제하거나 수정할 것을 요구해 오자, 조이스는 그 요구에 응할 수 없는 근거를 정당화하기 위해 자신의 구상을 이렇게 편지로 설명했다.

나의 의도는 우리나라 도덕사의 한 장(章)을 써 보겠다는 것이었고 그 무대로 더블린을 선정한 것은 이 도시야말로 내게 마비의 중심지로 보였기 때문입니다. 나는 그것을 유년기, 청년기, 성년기 및 공공 생활이라는 네 양상으로 나누어 무관심한 대중에게 제시하고자 했습니다. 이야기들의 배열도 이 순서를 따랐고요. 나는 그것을 쓰는 데 대부분 꼼꼼한 비속의 문체를 사용했거니와, 자신이 보고 들은 바를 제시 과정에서 함부로 바꾸거나 심지어 왜곡하는 자는 몹시 뻔뻔한 자라는 확신이 들었던 것입니다.

그럼에도 출판사 측의 압박이 계속되자, 이에 맞서 조이스는 이렇게 소신을 밝혔다.

내가 양보하지 않은 사항들이야말로 바로 책을 단단히 응집시키는 사항들입니다……. 내가 그 사항들을 견지하기 위해 싸우는 것은 내 도덕사의 장을 내가 쓴 방식 그대로 씀으로써 우리나라의 정신적 해방을 향한 첫걸음을 내디뎠다고 믿기 때문입니다.

작가적 소신이 담긴 위의 진술들에는 『더블린 사람들』의 주요한 문학적 요소들, 즉 소재, 주제, 구조, 분위기 및 문체 따위에 대한 그의 철저한 구상이 담겨 있다. 그 구상을 다시 요약, 정리해 보면 이렇다. 이 책의 핵심적 주제는 아일랜드의 도덕적 "마비"인데, 이렇게 정신적으로 잠들어 있는 조국을 일깨우겠다는 것이 조이스의 의도라는 것이다. 그리고 이러한 양상을 효과적으로 표현하기 위해, 인생의 단계에 따라 이야기들을 "네 양상"으로 구분하되, 이야기들에 공통적으로 깔려 있는 "타락"의 분위기를 통해 작품 전체가 어떤 통일성을 갖도록 하고 그에 걸맞은 "꼼꼼한 비속의 문체"를 구사하겠다는 것이다. 이를 크게 '마비'라는 주제, '꼼꼼한 비속의 문체' 및 '네 양상'의 구조 등 세 가지 항목으로 나누어 살펴보자.

1 '마비'라는 주제

조이스의 조국 아일랜드가 '마비'라는 중증에 걸려 있다는 것은 구체적으로 무엇을 뜻하는가? 『더블린 사람들』에 실린 첫 번째 작품 「자매」에서 주인공이자 화자인 소년은 평소 밀접한 관계를 유지하던 플린 신부의 죽음을 경험하는데, 플린 신부는 죽을 때 정신적으로는 광기에 사로잡혀 있었고 육체적으로는 마비 증세를 보였다. 설득력 있는 연구 결과에 의하면 신부가 보이는 것과 같은 이러한 증상은 제3기 매독의 결과로 추정된다. 실상 신부는 아동 성애적인 행동을 보이는 등 어른들이 소년 앞에서 차마 입에 담지 못할 추악한 죄를 범했다는 암시가 이야기에 깔려 있다. 그렇다면 신부의 육체적 마비는 정신적 타락의 증세이자 결과이기도 한 셈이다. 화자인 소년이 신부가 병석에 누워 있는 2층집을 올려다보며 마비라는 단어를 떠올리는 장면은 이 점에서 시사적이다.

밤에 유리창을 쳐다볼 때면 나는 으레 '마비'라는 단어를 속으로 가만히 되뇌었다. 그 단어의 소리는 마치 유클리드 기하학의 '그노몬'이나 교리문답에 나오는 '성직매매'라는 단어처럼 언제나 귀에 설었다. 그러던 것이 이제는 어떤 죄 많은 못된 존재의 이름처럼 들리는 것이었다. 그 단어를 떠올리면 공포심에 사로잡히면서도, 나는 그 곁에 더 바짝 다가가 그 '마비'란 놈이 저질러 놓은 죽음의 모습을 보고 싶어 애가 탔다.

마비라는 단어가 소년에게 "공포심"을 안겨 준다든지, "어떤 죄 많은 못된 존재의 이름"처럼 들린다는 것은 의미심장하다. 더욱이 여기서 소년에게 마비와 함께 궁금증을 느끼게 하는 다른 두 단어, 즉 '그노몬'과 '성직매매'를 주목할 필요가 있다. '그노몬'은(그 상징적 의미에 대해서는 뒤에 보다 상세히 설명하겠지만) 신부의 행실 및 신부가 대변하는 성인 세계가 소년에게 수수께끼로 남아 있다는 암시를 풍긴다. '성직매매'는 서구 종교계의 고질적인 타락상을 대변하는 말로, '어떤 죄 많은 못된 존재'란 말의 울림과 맞물리며 신부의 죄와 타락을 강력하게 암시한다고 할 수 있다.

조이스가 위에 인용된 대목을 『더블린 사람들』에 실린 첫 이야기의 첫 문단에 넣었다는 것, 그리고 그 첫 문단에서도 이 세 단어를 이탤릭체로 처리하며 소년이 호기심을 느끼는 단어로 설정함으로써 자연스럽게 독자의 호기심을 유도하고 있다는 것은 이 단어들이 이 책 전체에 걸쳐서 내용과 형식 양면에서 어떤 중요한 모티프를 형성할 것이라는 추측을 가능케 한다. 이런 점에서 화자인 소년이 언급하는 '마비'를 비롯한 세 단어는 이 단편 하나의 테두리를 벗어나 열다섯 편 전체에까지, 또한 신부라는 한 개인의 차원을 넘어서서 아일랜드의 전체 사회에 대해서 적용될 수 있는 개념이라 봐도 될 것이다.

따라서 마비는 당시 고통스럽고 갑갑한 현실에서 맴도는 정체된 인간들로 가득 찬 아일랜드 사회 전반을 아우르는 말이라고 할 수 있다.

실상 20세기 초 아일랜드는 타락한 정치와 영국의 지배, 정치와 예술의 영역을 공히 지배하던 폐쇄적인 민족주의, 로마 가톨릭 교회의 압도적인 영향 등으로 활력을 찾지 못하고 있었다. 좀 더 구체적으로 말해서, 정치적인 차원에서 당시 아일랜드는 수백 년에 걸친 영국의 제국주의적 압박과 이와 관련한 정치적 부패, 그리고 감자 기근 등으로 인한 경제적 빈곤과 이로 인한 미국 등지로의 이민 물결이라는 사회적 혼란을 겪고 있었다. 이런 상황에서 아일랜드의 정신적 지주 역할을 담당해야 할 가톨릭교회는 올바른 가치관의 지표를 제시하지 못하고 오히려 집단이기주의와 세태 영합의 모습을 보이기도 했다. 이렇게 어려운 제반 환경에 갇혀 지내면서 많은 아일랜드 사람들이 다른 유럽 국가들, 특히 영국에 대한 경제적, 문화적 열등의식에 젖어 사회적 지위나 경제적 여건이 우월한 자에게 아부하는 태도를 보이거나 반대로 지나친 국수주의적 오기를 부리며 자폐증적인 배타성을 보였고, 나아가 상업주의로 인해 뒤틀린 가치관이 판치는 가운데 무의미하게 반복되는 고단한 일상의 늪에 빠져 있었다. 아닌 게 아니라, 『더블린 사람들』에 등장하는 많은 작중인물들은 이렇게 빈곤과 무지와 환상과 이기심에 의해 고정된 자리에 갇혀 지낸다. 그럼에도 그들은 고달프고 억압적인 현실에 대항하거나 그 현실에서 탈출하려는 꿈을 꾸지 못하고 체념과 정체 상태에 빠져 있거나, 설혹 현실 타개의 엄두를 낸다 하더라도 판단력과 의지 부족으로 말미암아 결국 꿈을 이루지 못하고 제자리에 주저앉아 패배주의에 빠지는 경우가 보통이다. 마비와 그에 대처하는 다양한 양상들을 작품들의 예를 통해 좀 더 구체적으로 살펴보자.

유년기에 해당하는 세 작품 중 「자매」가 육체적, 도덕적 마비에 걸린 신부를 통해 종교계의 마비를 간접적으로나마 처음 경험하게 되는 어린 소년의 이야기를 다뤘다면, 그다음에 이어지는 두 작품은 단조롭고 권태롭게 반복되는 생활로부터 탈출하여 새로운 변화를 꾀하는 이름 없는 소년들의 이야기를 다룬다. 「마주침」의 주인공 소년은 따분한 학교 생활과 어린애 장난에 싫증을 느끼며 각종 문학 서적에 나오는 모험 이야기에 흥미를 느낀 나머지 학교 수업을 빼먹고 다른 동네로 나름대로의 모험을 떠난다. 그러나 우연히 마주친 아동 성애자이자 변태 성욕자로 보이는 낯선 어른으로부터 폭력과 무시의 위협을 받자, 공포심에 마음이 얼어붙으며 자존심에 상처를 입는다. 「애러비」의 주인공 역시 어린애 놀이를 시시해하며 한동네 사는 누나뻘의 소녀를 짝사랑해서 아라비아풍 바자에 가 소녀에게 줄 선물을 사려 하지만, 가진 돈이 형편없이 부족함을 깨닫고 참담한 좌절을 경험하게 된다. 소년은 소녀에게 사 줄 선물이 소녀의 사랑을 얻게 해 줄 것으로 기대했지만, 진정한 사랑보다는 물질만능적인 풍조가 판치는 상업화된 사회에서 자신의 무력함을 확인할 뿐이다. 두 소년 모두 답답한 처지를 벗어나려는 시도가 한계에 부닥친다는 점에서

뿐만 아니라, 그 실패에 앞으로 그들이 살아가게 될 사회의 성적, 경제적 타락이 자리 잡고 있음을 분명하게 깨닫기에는 아직은 미숙하다는 점에서 일종의 마비 상태에 머물고 있는 셈이다.

청년기에 해당하는 네 작품은 경제적, 사회적인 신분 상승의 꿈이 허망하게 좌절되는 내용을 담고 있다. 「에블린」은 가난에 찌든 주인공이 고달픈 삶의 현실에서 탈출하려는 시도를 다룬 대표적인 사례이다. 어머니를 잃은 후 처녀의 몸으로 술주정뱅이 아버지와 형제들을 보살피고 사실상 집안 살림을 도맡다시피 하며 빈곤과 권태와 억압으로 얼룩진 생활을 이어 가던 에블린 힐은 프랭크라는 아르헨티나 출신의 젊은 선원을 사귀게 된다. 프랭크가 그의 고국에 있는 집에서 결혼 생활을 함께하자는 제안을 해 오자 에블린은 망설임 끝에 행복한 생활을 약속하는 그 제안을 받아들이기로 결심하고 더블린 항으로 가지만, 막상 부두에 이르자 갑자기 엄습하는 공포심에 사로잡혀 배에 옮겨 태워 줄 보트로 발걸음을 떼지 못하고 몸과 마음이 얼어붙고 만다. '프랭크(솔직한)'라는 이름에 걸맞게 프랭크가 진정으로 에블린의 행복을 의도하는 경우라면 에블린은 인생을 새로 출발할 절호의 기회를 놓치는 셈이 되고, 반대로 프랭크가 에블린을 속여서 이용해 먹으려는 나쁜 의도를 가진 경우라면 에블린은 마의 올가미에 걸려들지 않게 되는 셈이다. 그러나 어느 쪽이 진실이건 에블린의 삶은 현재보다 나아지지 않을 것이며, 에블린이 마비의 늪에 빠졌다는 사실에는 변함이 없는 것이다. 「경주가 끝난 후」와 「두 건달」은 자신보다 우월한 입장에 있는 친구에게 아부하며 기생하다시피 하는 종속적인 관계를 통해 이득을 꾀하려는 청년들의 속물성과 허영심을 다룬다. 그러나 전자에서 지미 도일은 외국 부자들과의 관계에서 체면 유지를 하려고 노름에 끼어들다 엄청난 피해를 입게 되고, 후자에서 레너헌은 그의 롤 모델인 콜리에게 빌붙는 자신의 비굴한 태도와 황새를 따르려는 뱁새 꼴에 불과한 자신의 실제 처지를 새삼 깨닫게 된다. 둘 다 마지막에 참담한 패배감과 자기모멸감 속에서 후회할 수밖에 없다. 「하숙집」에서 주인공 도런은 하숙집 여주인과 딸의 교묘한 유혹에 걸려들어 본능적인 욕구를 이겨 내지 못하고 딸과 관계를 맺고 난 뒤 여주인의 협박에 가까운 요구를 끝내 거절하지 못하고 내키지 않는 결혼에 동의하고 만다. 유혹의 올가미에 순진하게 걸려들고 나서 이에 관한 사회적 시선과 교묘한 겁박을 뿌리치지 못함으로써 나중에 사회적 신분의 상승은커녕 하강의 길을 택하게 되고, 그 결과는 자포자기의 생활로 나타날 것이다.

성년기에 해당하는 네 작품 중 처음의 두 작품, 즉 「작은 구름」과 「대응」은 닮은 점이 많다. 두 작품의 주인공들은 자신의 직장 생활을 따분히 여기는 데다, 자신이 원하는 만큼의 능력 발휘를 하지 못하는 데 대한 불만과 주변으로부터 충분한 인정을 받지 못하는 데 따르는 열등감을 가지고 있으면서 현실에서 벗어나기를 꿈꾼다. 「작은 구름」에서 챈들러는 레너헌이 콜리에게 그랬듯 런던 언론계에서 성공한 친구 갤러허의 호탕함을 숭배하듯이 따르며 아부한다. 그러면서 다른 한편

으로는 갤러허의 호탕함과 맞물린 천박한 감각을 속으로 멸
시하며, 자신의 예민한 감각에 은근히 자부심을 느끼려고 한
다. 그러나 갤러허와 헤어지고 집에 돌아와 마주하게 되는 아
내와 집안 가구의 깔끔하고 예쁘장함이 자신의 잠재적 감각
을 살려 글쟁이로서 성공하고 싶은 꿈을 추구하는 데 구속 요
인으로 작용한다는 생각에 분노가 치민다. 챈들러가 아일랜
드 문학계의 천박성에 저항감을 느끼며 이를 타개하는 데 선
구적인 역할을 하고 싶어 한다는 점은 일단 나름대로 긍정적
인 평가를 받을 만하다. 음울한 켈틱풍의 시를 써서 영국에서
인정받고자 하는 꿈은 더블린으로부터 벗어날 가능성에 대한
상상이다. 그러나 깔끔한 집에서 벗어나고 싶어 하는 그의 충
동은 실상 자신의 소심하고 깐깐한 성격으로부터 탈출하고
싶은 본능에서 비롯되는 것이며 그의 우울함은 삶의 본격적
인 무대로부터의 도피나 다름없다. 그가 아이에게 버럭 소리
를 지르는 저항 아닌 저항은 역설적으로 그의 좌절의 심각성
을 반영하는 것이다. 이와 비슷하게, 「대응」에서 패링턴의 직
장 생활은 자신의 무능함에 대한 자괴감과 상사의 권위에 대
한 비뚤어진 반항으로 점철되어 있다. 그 반항심을 제대로 펼
쳐 보일 수 없는 현실에서 술 마시는 것만이 그가 택할 수 있
는 유일한 도피 방법이다. 직장 상사와의 대결 아닌 대결에서
질 수밖에 없었던 그는 술집에서도 매력적인 여성의 관심을
끄는 데 실패할 뿐 아니라, 청년과의 팔씨름에서도 패함으로
써 체면을 잃는다. 술이 따분한 직장 생활로부터의 진정한 탈
출구가 될 수 없듯이, 그가 결국 집에 돌아가 아이에게 휘두르

는 폭력 또한 그의 반항이 갖는 한계를 반증한다. 챈들러가 우울하고 나약하고 예민한 성격인 데 반해 패링턴이 공격적이고 폭력적이고 거친 성격이라는 차이가 있지만, 두 작품은 현재 자신의 능력과 직업에 불만을 품고 반항하려 하지만 올바른 반항에 미치지 못하는 인물을 그렸다는 점에서 일맥상통한다. 「진흙」과 「가슴 아픈 사건」에서 마비는 나란히 주변으로부터 고립되어 있을 뿐 아니라 사랑할 수 있는 이성을 만나지 못하거나 거부하는 불임성, 그리고 그 불임성으로 대표되는 죽음과 같은 삶으로 나타난다. 마리아의 겸손한 성격과 본의 아닌 독신 생활, 그리고 자신의 죽음에 대한 예감이 더피 씨의 자만심과 스스로 선택한 독신 생활, 그리고 타인의 죽음을 유발한 불감증과 대조를 이루기는 한다. 그러나 두 인물 모두 남녀 문제에 있어서 무능하거나 무감각하고, 그 결과 주변 사람들로부터 고립된 처지를 면치 못하는 점에서 공통점을 보인다. 마리아가 조카인 조의 집에서 진흙을 집었다는 것은 죽음을 암시하는 것인데, 그것은 단순히 머지않아 다가올 마리아의 육체적 죽음을 의미한다기보다 활발하고 단란한 공동체 생활로부터 유리된 생중사, 즉 죽음이나 진배없는 삶을 의미한다고 볼 수 있다. 더피 씨 또한 그와 의미 있는 관계를 형성하기를 원했던 시니코 부인의 죽음을 초래했을 뿐 아니라 극단적인 이기심에 사로잡힌 탓에 차갑고 어둡고 딱딱한 고립 세계에 갇혀 죽음과 다를 바 없는 생활을 이어가게 될 것이다.

유년기, 청년기, 성년기에 속하는 이야기들이 더블린의 삶을 개인적인 차원에서 다뤘다면, 공공 생활에 속하는 세 이야기는 여러 인물들로 구성된 특정한 사회 영역, 즉 정치, 예술, 종교 영역에서 벌어지는 사건을 다룬다. 「담쟁이 날의 위원회실」에서는 시의원 선거운동을 돕기 위해 위원회실에 모인 사람들의 불성실하고 야비한 모습이 적나라하게 그려진다. 그들은 그들을 고용한 후보를 자격과 능력이 있는 후보로 보지도 않고, 그 후보의 당선을 위해 헌신하는 모습을 보이지도 않는다. 아일랜드 독립운동을 주도하던 민족의 지도자 파넬의 숭배자들이 그의 기일을 기리며 담쟁이 잎을 착용하는 날에 위원회실에 모인 자들의 관심사란 고작 남 헐뜯기 아니면 사소한 경제적 부수입 따위에 불과하다. 과거의 추억에 대한 감상적인 향수, 그리고 타락과 배신이 지배하는 위원회실의 분위기는 파넬이 죽은 후 아일랜드 정치가 무기력 상태에 빠져 있음을 잘 나타낸다. 「어머니」에서는 체통과 재정적 안정의 가치를 잘 의식하며 거기에다 은근한 정신적 사치품으로서 낭만적 성향과 민족주의적 이념까지도 갖춘 것처럼 보이는 한 여인의 이면에 어떤 세속적 가치관이 자리 잡고 있는지가 백일하에 드러난다. 커니 부인은 딸이 반주자로 고용된 민족주의적 성향의 공연회가 참가하는 음악가들의 전반적 수준이 기대에 미치지 못하는 데다 관객의 호응 또한 갈수록 열기가 식어 가자 문화적 허영심에 큰 상처를 입는다. 설상가상으로 예정된 네 차례의 공연 중 한 차례가 취소되는 지경에 이르자 딸의 출연료를 원래대로 받아야 한다고 우격다짐 같은 소동을 부림으로써 점잖은 체면을 완전히 구기며 속물근성을 드러내고 만다. 그 결과, 더블린의 음악 세계에서 낙인찍히게 될 커니 부인의 일견 희극적인 추락은 돈이라는 세속적 가치 앞에서 민족주의니 예술이니 하는 대의명분은 뒷전으로 밀려 버릴 만큼 낙후되고 뒤틀린 더블린 예술 세계의 어두운 한 단면을 구체화한다. 「은총」에서는 술 마시고 넘어지는 봉변을 통해 사회적으로나 경제적으로나 위신이 추락한 상태임을 여실히 보여 주는 커넌이라는 인물을 구제하기 위해 주변 친구들이 공모하여 그를 피정에 데려가고 거기서 퍼든 신부의 설교를 듣게 되기까지의 과정이 그려진다. 그런데 놀랍게도 신부의 설교는 하느님과 함께 돈을 섬기라는 취지를 담고 있다. 실상 하나같이 경제적인 형편이 좋지 않은 커넌 일행에게 이러한 설교가 진정한 감동으로 와 닿을 리 만무하다. 더욱이 첫 부분에서 커넌을 도와준 사람들이나 그를 피정에 데려가는 친구들의 선의에 비하면 세속적인 지혜를 강조하는 신부의 설교는 물질적 가치와의 타협을 대놓고 설파하는 타락의 냄새를 짙게 풍긴다. 이와 같이 더블린의 공공 생활에서 종교가 어떤 역할을 수행하는지를 보여 주는 「은총」에는 어린 개인의 성장 과정에서 종교의 단면이 처음 드러나는 「자매」와 마찬가지로 '성직매매'란 말이 대표하는 종교적 세태에 대한 조이스의 분노가 깔려 있다.

마지막 이야기 「망자」는 앞의 열네 편과 여러 모로 다르다. 분량에 있어서도 단연 길지만, 등장하는 인물의 수나 다양성 또한 월등하고 독자에게 주는 감동의 폭도 훨씬 크다. 문학 교수 게이브리얼 콘로이는 이모 댁에서 연례적으로 열리는 연말 파티에 참가해 집안의 대표자답게 파티를 주도한다. 파티는 융숭한 손님 접대와 훈훈한 인정의 나눔으로 성황을 이룬다. 그러나 파티 장소에는 현재에 대한 직시나 미래에 대한 전망보다는 과거에 대한 감상적인 향수가 만연해 있고 이는 혁신을 배격하고 전통의 소중함을 강조하는 게이브리얼의 연설에서 절정에 이른다. 그러나 그의 연설 저변에는 영국과 대륙의 언어 및 문화를 경사하고 친영적인 성향의 신문에 평론을 기고하는 그의 행적을 강하게 비판하며 아일랜드 전통의 상징인 골웨이의 아란 섬에 가 보라고 충고한 운동권 여성 아이버스에 대한 반감이 깔려 있다. 아이버스의 도전은 파티가 끝난 후 숙소인 호텔로 돌아가서 아내 그레타로부터 첫사랑의 상대였지만 이제는 망자가 된 마이클 퓨리라는 청년에 대한 고백을 듣는 데서 다시 커다란 공명을 얻는다. 퓨리에 대한 그레타의 감정이 아내에게서 육체적 욕망만을 느꼈던 자신에 대한 감정보다 훨씬 순수하고 진정성 있는 것임을 깨달은 게이브리얼은 충격 속에 자신의 삶을 되돌아보고 골웨이로 여행해야겠다고 다짐한다. 아마도 이러한 과정을 통해 게이브리얼이 깨달은 것은 죽은 퓨리가 진정한 의미에서 살아 있고, 살아 있지만 과거에 얽매인 채 선진국 문화에 영합하려는 자신과 이모들이 오히려 죽어 있었다는 역설적 상황이다. 게이브리얼이 회한과 깨달음에 빠져 있는 동안 아일랜드 전역에는 모든 것을 차별 없이 덮는 눈이 사락사락 내린다. 이튿날 게이브리얼은 과연 심기일전하여 그동안 지녀 온 자만심과 속물근성을 버리고 서부로 여행을 떠나려는 계획을 추진하기 시작할 것인가, 아니면 간밤의 결심을 잊거나 무시하고 여태까지 견지해 왔던 생활 방식으로 되돌아갈 것인가를 수수께 끼로 남긴 채 말이다.

여기까지 『더블린 사람들』에 실린 단편 열다섯 편을 '마비'라는 주제를 중심으로 살펴보았다. 다양한 인물형들의 다양한 생활 모습이 그려져 있지만 전반적으로 갑갑하고 어두운 색채가 지배적이다. 그러나 마비라는 한마디 단어만으로 이 책에 그려진 더블린 사람들의 이야기 전체를 단순화한다면 과연 온당한 평가라고 할 수 있을까? 실상 조이스는 나중에 자신의 국가와 도시를 공정하고 객관적인 방식으로 그리지 못했다고 실토하기도 했다. 아닌 게 아니라, 나중에 추가된 작품 「망자」는 다른 작품들에 비해 부정적인 관점에서 상당히 벗어나 어느 정도 희망적인 요소까지 내비치고 있다. 수동적이라는 한계를 안고 있는 것은 사실이지만, 나름대로 더블린 사람들의 '정신적 해방'을 향한, 조용하지만 의미 있는 꿈틀거림이 느껴지기까지 하는 것이다. 실상 이 책을 잘 들여다보면, 다른 작품들도 전적으로 절망과 좌절만을 드러낸다고 확언하기 조심스러운 측면이 있다. 무엇보다 「마주침」, 「애러비」, 「망자」 같은 작품들은 무의미하게 반복되는 현실을 벗어나 새로운 세계로 모험을 떠나려 시도한 내용을 다루고 있는 것이다. 또한 「작은 구름」이나 「대응」 같은 작품들은 억압적인 기존 체제에 반항하려는 주인공의 욕망을 그린다. 대부분의 다른 작품들도 이런저런 변화에 대한 욕망을 키우고 꿈꾼다는 점에서 마찬가지다. 비록 그러한 모험이나 반항이나 변화에 대한 욕망이 좌절됨으로써 회한과 낙담 속에 사시 한 번 제자리걸음을 하는 것으로 귀결된다 하더라도, 『더블린 사람들』의 인물들이 그러한 변화를 시도했다는 것 자체가 억압적인 환경에서도 패배주의나 무력감을 벗어나려는 탈출의 제스처라는 점에서 살아 있는 모습을 보여 주었다고 말할 수도 있지 않을까? 그리고 그러한 시도가 일단 좌절되었다 하더라도 숨을 고른 후에 다시 한 번 도전할 잠재력을 내포하고 있는 것은 아닐까? 마비라는 단어가 조이스 자신이 이 책에 대해서 사용한 말이고 또 실제로 이 책 도처에 마비의 증상이 짙게 감지된다는 점은 물론 인정할 수밖에 없다. 다만 그것은 역설적으로 그 마비의 증상에 대해서 조이스가 그만큼 안타까워했다는 사실의 반증이기도 하다. 그런 점에서 조이스 말마따나 그것은 아일랜드 사람들의 정신적 해방을 향한 첫걸음인 것이다.

2 꼼꼼한 비속의 문체

앞에서 언급한 대로, 조이스는 '마비'라는 단어를 거론한 대목에서 『더블린 사람들』에서 사용한 문체를 '꼼꼼한 비속의 문체'라고 일컬었다. 그런데 조이스 학자들의 입에 '마비'에 버금가게 자주 회자되는 이 어구가 정확히 무엇을 의미하는지에 대해서는 해석이 종종 엇갈린다. 여기에는 조이스가 이 어구의 개념을 정확히 규정하지는 않은 탓도 있기는 하다. 그러나 이 어구가 사용된 문맥의 전후를 살펴보면 정확한 개념까지는 몰라도 다소 막연하나마 그 어구가 겨냥하는 방향을 잡아내기는 그리 어려운 일이 아니다. 즉 "무대로 더블린을 선정한 것은 이 도시야말로 내게 마비의 중심지로 보였기 때문"이라는 진술과, "자신이 보고 들은 바를 제시 과정에서 함부로 바꾸거나 심지어 왜곡하는 자는 몹시 뻔뻔한 자라는 확신"을 가졌다는 진술을 참고하면 되는 것이다. 이렇게 보면 "꼼꼼한 비속의 문체"가 표현하려는 대상은 마비된 더블린의 현실이며, 그 문체가 표현하는 방식은 현실을 함부로 바꾸거나 왜곡하는 것이 아니라 있는 그대로 서술하는 것이 된다. 말하자면 마비라는 말은 "비속"이라는 의미로 연결되고, 현실을 바꾸거나 왜곡하지 않고 있는 그대로 재현하는 태도는 "꼼꼼한" 서술 기법에 해당한다.

꼼꼼한 문체는 조이스의 철저한 자연주의적 작풍을 나타낸다. 조이스는 『율리시스』를 읽어 본 사람은 더블린을 직접 가 보지 않아도 더블린 시가를 머릿속에 훤히 재현해 낼 수 있을 것이라는 취지의 말을 한 적이 있는데, 이는 『더블린 사람들』에도 그대로 적용되는 말이다. 그만큼 그는 이 작품에 더블린 시의 온갖 풍경과 건물과 시가 등을 실제 그대로 폭넓게 묘사하고자 노력했다. 그러나 이런 자연주의적 창작 태도는 물리적 배경에만 국한되지 않아서, 더블린 시민들의 삶의 모습과 더블린에 관한 온갖 역사와 사실에까지도 미쳤다. 그 결과, 더블린 시의 지저분하고 궁핍하고 암울하고 추악하고 위선적인 모든 마비의 양상들이 가감 없이 고스란히 조이스가 사용한 비속한 언어에 담기게 되었다. 자신의 고국이라 해서 그 비속한 현실을 실제와 다르게 표현하거나 더 좋게 보이도록 미화시키는 사람은 예술가로서의 양심을 저버린 "몹시 뻔뻔한 자"라고 생각했기 때문이다. 그리고 그는 그러한 거짓된 태도가 아일랜드 사람들의 잠들어 있는 의식을 깨우기는커녕 오히려 더욱 무디게 만들고 그럼으로써 그의 고국이 처한 암담한 현실을 개선하기보다는 오히려 악화시킨다고 보았다. 참된 예술가가 할 일은 민족의 허영심에 영합하고 비위 맞추는 것이 아니라 모욕적일 만큼의 비판을 가함으로써 자기기만에 빠져 있는 동시대인들에게 충격을 주고 그를 통해 잠에서 깨어나 "정신적 해방"으로 나아가게 하는 것이었다.

그러나 조이스는 자연주의적 수법에만 만족하지 않았다. 사실주의나 자연주의라는 사조가 인생을 있는 그대로 담는다는 취지를 가지고 있지만, 현실을 있는 그대로 재현하는 데에는 일정 정도의 한계가 있을 수밖에 없었던 것이다. 왜냐하면 현실을 문학이라는 예술 장르로 옮기는 과정에서 필연적으로 전형적인 삶의 단편(斷片)만을 담을 수밖에 없기 때문이다. 그리하여 동시대 삶의 모습을 최대한 담으려는 조이스는 문학의 본질적인 특성상 현실의 많은 부분들이 배제되거나 생략될 수밖에 없는 한계를 극복하는 방법을 모색해야 했다. 어떤 사물이나 사건에 풍부한 함축적 의미를 심어 놓는 상징주의는 이런 차원에서 효과적일 수 있다. 그러나 조이스는 여기서 한 단계 더 나아가는 방법을 착안해 냈다. 즉 어떤 사물이나 인물에 초점을 맞추어 그 안에 내재해 있는 특수한 성질이나 본질이 순간적으로 빛을 발하듯이 강렬한 인상을 통해 드러나게끔 하는 것이다. 『영웅 스티븐(Stephen Hero)』이라는 습작 형태의 작품에서 조이스의 분신이라 할 수 있는 스티븐은 이를 '이피퍼니(epiphany)'라 명명하고 "말이나 제스처의 천박함 속에서건 마음 자체의 기억할 만한 단계에서건 갑작스럽게 일어나는 정신적 현현(顯現)"이라고 정의했다. 『더블린 사람들』에 실린 대부분의 이야기들은 마지막 장면에서 이피퍼니를 보여 준다. 예컨대 「애러비」의 마지막 장면에서 주인공 소년이 아무 물건도 사지 못한 데 따른 참담함과 분노를 느끼며 바자의 어둠 속을 멍하니 들여다보는 모습은 상업주의가 지배하는 타락한 현실에서 무기력할 수밖에 없는 소년의 처지를 풍부한 울림 속에 전달한다. 조이스의 이피퍼니가 효과적인 것은 독자뿐만 아니라 심지어는 작중인물조차도 이피퍼니 상황을 감지하는 의식의 주체로 기능한다는 점이다. 「애러비」의 소년이 비록 자신의 상황을 충분히 이해하지 못한다 해도 냉엄한 현실에 좌절하는 첫 경험을 통해 참담함과 분노를 느낀다는 것은 소년이 독자와 마찬가지로 그 상황의 의미를 생성하는 것뿐 아니라 파악하는 역할까지도 맡고 있음을 말해 준다.

그러나 『더블린 사람들』의 이야기들이 드러내고 보여 주기만 하는 것은 아니다. 많은 이야기들이, 특히 끝부분에서 점강법, 불완전, 감추기를 보여 주기도 한다. 앞에서 말한 것처럼 「자매」에서 주인공 소년이 수수께끼로 여기던 단어인 '그노몬'은 사각형의 한 모퉁이가 떨어져 나간 모양을 가리키는데, 이는 조이스가 이야기에서 일정한 상황에 관련된 어떤 중요한 사실이나 단서를 감추는 방식에 대한 기하학적 암시로 읽

을 수도 있다. 단순히 외면적인 사실이나 상황을 재현하는 데
그치는 자연주의 기법을 넘어서서 조이스는 작중인물 내면의
의식 세계도 그리고자 했다. 사물의 절대적인 객관성에 대한
회의에서 출발하여 사물을 바라보는 다각적인 시각의 가능성
과 필요성을 느꼈던 것이다. 이피퍼니도 그러한 착상의 산물
이거니와, 조이스는 작중인물과 독자에게 공히 사물을 인식
하는 데 있어서 절대적인 시각보다는 상대적인 시각에 비중
을 두도록 했다. 가령 「자매」에서 신부가 어떤 행동을 했는지,
왜 마비 상태가 되었는지, 어른들은 소년에게 왜 쉬쉬하는지
등이 상당 부분 베일에 가려진 채 소년과 독자가 적극적으로
추론하도록 요구한다. 또한 「에블린」에서 프랭크의 의도가 순
수한지 아니면 불순한지에 대해서도 작가는 끝내 철저히 입
을 다물고 궁극적인 판단을 독자에게 유보한다. 이런 점에서
이피퍼니와 생략은 비속한 상황을 작가가 꼼꼼하게 보여 주
는 만큼 독자도 꼼꼼하게 이리저리 뜯어보고 헤아려 보도록
유도하는 방법인 셈이다.

3 네 양상의 구조

조이스가 더블린 사람들의 생활 양상을 최대한 폭넓게 재
현하고자 한 노력은 그것을 유년기, 청년기, 성년기, 공공 생
활의 네 단계로 나누어 다룬 사실에서도 드러난다. 즉 다양한
연령층을 다룸으로써("무관심한 대중"의 관심을 끌 의도도 있었

겠지만) 가능하면 더블린 생활의 주요한 양상들을 모두 포함시키려 한 것이다. 연령층의 다양성은 문체에도 영향을 미친다. 유년기에 속하는 세 작품은 1인칭 화법으로, 경험과 시야가 극히 한정된 어린이의 눈에 비친 대로 제시된다. 청년기부터 3인칭 화법으로 전환되어 작중인물들의 나이가 많아짐에 따라 서술과 묘사의 폭이 점점 넓어지다가, 마지막 이야기인 「망자」에서는 노인들도 많이 등장할 뿐 아니라 심지어 죽은 사람들도 작중인물 못지않은 역할을 담당하게 된다. 또한 작중인물들의 신분이나 성격, 직업과 생활태도도 점점 다양한 스펙트럼을 이루어가다가 「망자」에서는 마치 더블린의 축소판이라 여겨질 만큼 다양한 종류의 인간형이 등장하면서 공간적으로는 마침내 아일랜드 전역이 시야에 들어오고 시간적으로는 과거와 현재, 심지어는 미래까지 아우르게 된다.

『더블린 사람들』을 형식과 구조의 측면에서 상호 관련성 없이 완전히 동떨어진 이야기들의 부조화적인 묶음으로 봐서는 곤란할 것이다. 조이스는 그가 양보하지 않은 사항들을 견지하려고 애쓴 이유가 그것이 바로 "책을 단단히 응집시키는 사항들"이기 때문이라고 말했다. 즉 이 책에 실린 다양한 이야기들이 마비라는 주제를 중심으로, 타락의 냄새를 풍기는 비속의 문체라는 공통된 표현법에 의해 응집되도록 하는 것이 그의 의도였던 것이다. 이는 3인칭 화법으로 넘어간 이야기들에서도 자유 간접 화법, 즉 표면적으로는 전지적 관점의 객관적 서술로 보이는 문장의 이면에 작중인물의 관점이 은근히 배어 있는 화법을 통해서 작중인물의 생각과 감정을 직접 대하는 듯한 느낌을 주도록 처리한 시점의 폭넓은 사용에 의해서도 뒷받침된다. 이런 견지에서 전체 이야기들의 구조를 꼼꼼하게 비교·분석해 보면 놀랍게도 그것들 사이에 내용상 서로 관련을 이루는 일정한 패턴이 숨어 있음을 발견하게 된다. 가령 청년기에 속하는 네 편의 이야기는 두 개의 조합으로 되어 있다. 첫 조합 「에블린」과 「경주가 끝난 뒤」에서는 각각 소심하고 순진한 처녀와 불안정하고 순진한 청년이 새로운 삶을 꿈꾸지만 공포심과 편견에 의해 좌절을 맛본다. 마찬가지로 「두 건달」에서는 남성 2인조가, 「하숙집」에서는 여성 2인조가 각각 뻔뻔하게 남을 유혹하여 착취하는 도덕 불감증의 양태가 대응된다. 성년기의 네 작품도 유사한 양태를 보인다. 「작은 구름」과 「대응」에서는 가정을 가진 두 남성이 일에 무능력을 보이며 좌절감에 빠져 있고, 「진흙」과 「가슴 아픈 사건」에서는 각각 독신인 여성과 남성이 이성과의 건전한 관계를 맺지 못한 채 불모의 삶을 영위하고 있다. 이러한 양상들을 역자의 영국 유학 시절 지도 교수였던 클라이브 하트 교수는 아래와 같은 표로 정리했다. 이 표에 나타난 바와 같이 조이스는 대칭, 평행, 대조 등의 형태적 패턴을 바탕으로 『더블린 사람들』에 실린 이야기들 사이에 표면에 드러나는 것보다 밀접한 상관관계를 구성하고 있다. "책을 응집시키는 사항들"로서 조이스가 언급한 마비라는 주제나 꼼꼼한 비속의 문체 외에도 이러한 구조적 관계를 통해 이 단편집은 다양성과 통일성을 함께 획득하고 있다 하겠다.

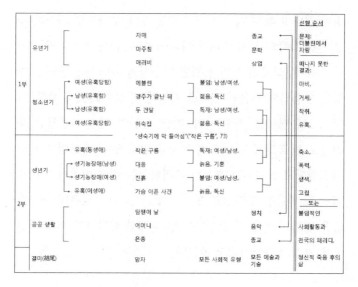

네 양상의 구조 도표

번역 대본으로는 국제적인 제임스 조이스 학술지인 《제임스 조이스 쿼털리(James Joyce Quarterly)》가 표준판으로 정한 책(*Dubliners: Text, Criticism, and Notes*, ed. Robert Scholes and A. Walton Litz. New York: Viking Press, 1969)을 사용했다. 번역하는 데 있어서 역자 나름대로 설정한 기본 방침은 우리말 독자를 염두에 두고 가독성을 높이는 노력은 노력대로 기울이되, 언어 사용에 극히 민감한 조이스의 원본이 지니는 문체상의 특징은 최대한 살리자는 것이었다. 가령 딱딱한 한자어보다는 순 우리말을 선택하되, 원본의 어휘가 라틴어 어간을 지니고 있고, 문맥상 그 말에 무게를 실으려는 의도가 담겨 있다고 생각되는 경우는 한자어를 사용하고자 했다. 또한 원본의 문장이 길다고 해서 역자 멋대로 이를 두세 문장으로 나누는 것은 원문 특유의 문체에 대한 가벼이 볼 수 없는 훼손이라는 판단 아래, 우리말의 어미가 지닌 가소성과 유연성을 살리는 방법을 활용하여 원문의 길이를 가능한 한 보존하고자 했다. 그리고 고유명사들, 가령 거리, 건물, 기관 따위의 이름들은 우리말로 번역해 주지 않으면 독자들 입장에서 그 의미 파악이 어렵겠다고 판단되는 경우를 제외하고는 원래 이름을 그대로 살려 그 발음을 우리말로 옮기는 방식을 썼다. 고유명사의 발음은 역자의 짧은 지식이 닿는 한 최대한 아일랜드 본토의 발음에 가깝게 다가가고자 애썼다.

이 책이 나올 수 있도록 안내와 격려를 아끼지 않으신 이상옥 선생님께 감사드린다. 아울러 역자의 게으름 탓으로 번역이 지연되는데도 참고 기다려 준 민음사, 그리고 편집 과정에서 많은 도움을 주신 편집부에도 고마움을 전한다. 그리고 이 번역은 2008년도 세종대학교 교내 연구비 지원을 받아 이루어진 것임을 밝힌다.

2012년 12월

이종일

작가 연보

1882년   2월 2일 더블린 교외 라스가에서 존 스타니스로
           스 조이스와 메리 제인의 장남으로 태어남.

1888년   더블린 남쪽에 있는 브레이로 가족 이주. 엘리트
           예수회 학교인 클롱고스 우드 학교에 입학.

1891년   가세가 기울어 클롱고스 우드 학교를 중퇴하고
           잠시 학업을 중단함.

1892년   가족이 더블린 교외의 블랙록으로 이사.

1893년   가세가 더욱 기울어 더블린으로 가족 이주. 예수
           회 학교인 벨비디어 학교에 입학.

1898년   더블린의 유니버시티 칼리지에 입학.

1900년   《포트나잇틀리 리뷰》지에 논문 「입센의 새 연극」
           기고.

1901년   사비로 논문 「헛소리 하는 날」 출판.

1902년	대학 졸업 후 의학 공부를 위해 파리 유학길 떠남.
1903년	모친 위독 소식에 더블린으로 귀환. 모친 사망.
1904년	에세이, 시, 단편소설 등을 씀. 6월 16일(『율리시스』의 배경일인 블룸스데이)에 노라 바너클과 첫 데이트. 노라와 함께 오스트리아의 폴라로 떠나 생계로 영어 과외 시작.
1905년	트리에스테로 이사하여 베르리츠 스쿨에서 교편 잡음. 장남 조지오 탄생. 시집 『실내악(Chamber Music)』과 단편집 『더블린 사람들(Dubliners)』 초고를 영국의 출판업자 그랜트 리처즈에게 보냄.
1906년	로마로 이주하여 은행원으로 취직.
1907년	트리에스테로 돌아온 후 딸 루시아 탄생. 『실내악』을 런던에서 출판하고 단편 「망자(The Dead)」 탈고. 영어 개인교습을 하며 공개 강연 및 신문에 논문 기고. 소설 『젊은 예술가의 초상(A Portrait of the Artist as a Young Man)』 집필 시작.
1909년	『더블린 사람들』 출판 계약을 위해 두 차례 더블린 방문.
1912년	가족과 함께 골웨이와 더블린 마지막 방문.
1914년	『젊은 예술가의 초상』을 《에고이스트》지에 연재하기 시작. 소설 『율리시스(Ulysses)』 집필 시작.
1915년	스위스 취리히로 이주.
1916년	미국에서 『젊은 예술가의 초상』 출판.
1917년	해리엇 위버가 조이스 가족에 대해 평생에 걸친

물질적 후원을 시작.

1918년   희곡 『망명인(Exiles)』 출판. 『율리시스』를 《리틀
　　　　　리뷰》지에 연재하기 시작.

1919년   트리에스테로 귀환.

1920년   파리로 이주. 『율리시스』의 《리틀 리뷰》지 연재가
　　　　　법정 제재 조치당함.

1922년   『율리시스』가 실비아 비치의 서점인 셰익스피어
　　　　　앤드 컴퍼니에 의해 파리에서 출판됨.

1923년   소설 『미완성 작품』(나중에 『피네건스 웨이크』로 개
　　　　　명.) 집필 시작.

1927년   『미완성 작품』이 《트랜지션》에 연재되기 시작.

1930년   조이스 부부, 런던에서 정식 결혼식 올림.

1934년   『율리시스』가 미국 랜덤하우스에서 출판됨.

1939년   『피네건스 웨이크(Finnegans Wake)』가 런던 페이
　　　　　버 앤드 페이버 및 뉴욕 바이킹에서 출판됨. 2차
　　　　　세계대전 발발로 가족과 남프랑스로 이주.

1940년   취리히로 이주.

1941년   1월 13일 58세의 나이로 사망. 취리히의 플룬테
　　　　　른 묘지에 묻힘.

세계문학전집 **307**

더블린 사람들

1판 1쇄 펴냄 2012년 12월 28일
1판 14쇄 펴냄 2024년 3월 26일

지은이   제임스 조이스
옮긴이   이종일
발행인   박근섭, 박상준
펴낸곳   (주)민음사

출판등록   1966. 5. 19. (제 16-490호)
서울특별시 강남구 도산대로1길 62(신사동) 강남출판문화센터 5층 (우편번호 06027)
대표전화 02-515-2000 팩시밀리 02-515-2007
www.minumsa.com

ISBN 978-89-374-6307-5 04800
ISBN 978-89-374-6000-5 (세트)

* 잘못 만들어진 책은 구입처에서 교환해 드립니다.

세계문학전집 목록

세계문학전집은 계속 간행됩니다.